U0927184

慈禧太后
蔡东藩——著
中国出版集团
现代出版社

图书在版编目（CIP）数据

慈禧太后 / 蔡东藩著. —北京：现代出版社，2018.5
ISBN 978-7-5143-6893-2

Ⅰ. ①慈…　Ⅱ. ①蔡…　Ⅲ. ①长篇历史小说—中国—现代　Ⅳ. ① I246.5

中国版本图书馆 CIP 数据核字（2018）第 031422 号

慈禧太后

作　　者：蔡东藩
责任编辑：姚冬霞
出版发行：现代出版社
通信地址：北京市安定门外安华里 504 号
邮政编码：100011
电　　话：010-64267325　64245264（传真）
网　　址：www.1980xd.com
电子邮箱：xiandai@vip.sina.com
印　　刷：三河市宏盛印务有限公司
字　　数：282 千字
开　　本：710mm×1000mm　1/16　　印　　张：20.75
版　　次：2018 年 6 月第 1 版　　印　　次：2019 年 1 月第 2 次印刷
书　　号：ISBN 978-7-5143-6893-2
定　　价：49.80元

出版说明

本书原名“西太后演义”，为近代著名历史演义小说家蔡东藩所撰。蔡东藩从1916年起，应上海会文堂书局之邀，撰写了十二部通俗历史演义小说。其中，本书在广阔的历史背景中，采用虚实结合、真野并存的笔法，记录了慈禧太后成长、发迹、独裁、误国的坎坷历史。

慈禧生于1835年，逝于1908年。慈禧历咸丰、同治、光绪三朝，三次垂帘听政。同治帝载淳、光绪帝载湉和宣统帝溥仪皆为其傀儡。慈禧在位四十八年，实际统治中国达半个世纪，亲历了第二次鸦片战争、太平天国运动、中法战争、中日战争、戊戌变法、义和团运动等重大事件，也经历过1860年英法联军侵华并疯狂焚毁圆明园，1900年八国联军侵华并大肆屠掠北京城等中国人共同的屈辱。

晚清以降，列强蚕食中国，中国人民由此觉醒而奋起抗争，走向文明。研究晚清社会乃至中国近代史，本书颇有意义。

本书作者囿于时代的局限和偏见，对农民起义持反对态度，将他们的革命行为称为“反叛”“匪患”，主张“剿杀”“镇压”。希望读者加以分析和鉴别。

本书据1932年上海会文堂书局《西太后演义》本整理点校。

序　言

有清一代之女后，前有孝庄，后有孝钦，皆以才色闻，而孝钦尤过之。顾孝庄能招降洪承畴，善驭多尔衮，卒令八龄幼主入主中原，开一统之盛治。孝钦则初平发捻，定回苗，知人善任，几若凌驾孝庄。乃其后误信谗构，妄任憸人，酿成数千年来未有之匪祸，而清室以墟。是何也？妇人可小知，不可大受；可暂试，不可常专。孝庄虽亦预政，卒未秉揽大权，故所试有效。孝钦三次临朝，威权莫比，由勤而逸，由逸而骄，由骄而败，则甚矣！牝鸡毋晨之训，固不可违也！晚清之季，党人蜂起，保皇党笔伐于先，革命党口诛于后，孝钦之名为之大损，坊间曾有《西太后》一编，卷帙无几，第述宫闱秽亵事迹，近诬蔑毫无价值，故不崇朝而毁灭。清室已覆，复有《慈禧外纪》及《慈禧写照记》等书流传市肆，顾或稗贩西文，未必尽确，或掇拾野乘，所见多偏，据片面之见闻，漫欲加以论定，保无有管蠡之诮者。鄙人前辑《清史通俗演义》，于孝钦一生行迹，十举四五，自谓粗得大凡，乃时论犹有未尽之憾。用特续编西太后专集，仍用演义体裁，裒（póu）录大政，遍采遗闻，得书四十回，都二十余万言。要旨在防范女权，唤醒世梦，以人为鉴，即劝即惩，阅者得是编以证之，其或足以餍目也欤！编竟志数语，以作弁言。

中华民国七年十一月，古越东帆氏识。

目 录

第一回
述胜朝畅谈楔子　溯后族顺叙髫年

母后临朝，自古所戒。有史以来，只宋朝一个宣仁太后，史称她作女中尧舜。此外，如汉唐时代，母后当国，外戚、内竖，夤（yín）缘幸进，把一朝锦绣江山，搅乱得不可收拾，所以，史家悬为厉禁，将母后临朝的制度，视作蛇蝎一般，统说它是覆宗的祸水、误国的罪魁。揭出宗旨。

在下生当前清季世，往古的母后也不能一一评论。只清季母后垂帘，始自同治初元。咸丰帝驾崩热河，太子载淳嗣位，年号同治。这同治帝尚是冲龄，未能亲握政权，他的生母那拉氏英明得很，就依附历史，援母后临朝的成制，一意举行。当时，有几个王大臣与她反对，都被她一概扳倒，杀的杀，死的死，满朝文武吓得屁滚尿流，哪个还敢出来作梗！因此那拉氏遂安安稳稳地临朝起来。妙。但同治帝尚有嫡母钮祜禄氏，素性贞娴，本没有临朝的思想，寻由那拉氏从旁怂恿，未免两可其间。那拉氏虽母以子贵，究竟不好抹煞嫡母，于是特创一个不古不今的法制，抬出两位母后，垂帘听政。这正是旷古无两。这时候的国势，正忧危得了不得。洪、杨余党蟠踞长江，赖、张两捻出没大河。还有外洋各国乘乱相逼，英法联军长驱入京，城下乞盟，割地偿款，京内外的元气几乎消磨殆尽。自从两太后垂帘以后，用人行政，各适其宜，把数十万发捻次第荡平，且乘此辑睦邦交，戡定内外，河山再奠，日月重光，俨然有中兴气象。不但海内人民盛称懿德，就是外洋各邦亦钦佩得很，慈安、慈禧两太后徽号，歌颂一时。就中慈禧太后的英名，比慈安太后更加一层。因为慈安性质冲和，事事不愿专擅，一切政务多归慈禧主持。这慈禧后福至心灵，神强力固，所言所行，无不顺手，内而宫禁，外而朝野，没一个不服她见识，没一个不奉若神明。欲擒先纵，是文中应有之笔。

到了同治驾崩，光绪帝以弟承兄，又是一个小皇帝。两太后仍然训政，依旧匕鬯无惊。一瞬数年，慈安谢世，国家大事统归慈禧掌握，自不必说。直至光绪亲政，慈禧退养颐和园，名为不亲朝事，暗中恰也与闻。不料中日战起，中国的水陆军，统一败涂地。邦人士未识内情，统说光绪帝所为，远不及慈禧的英明，于是慈禧太后的德望，更增一倍。那时光绪帝也自愤自嫉，恨不得立刻斡旋，转败为胜。康梁新进，引为知己，戊戌变法，百日以内，维新诏旨联翩下来，把京内外的官吏弄得头绪不清，脚忙手乱。顿时怨声载道，物议沸腾。朝右的老臣顽固的多，开通的少，遂捕风捉影，谗间两宫。又把这慈禧太后请了出来，三次垂帘，驾轻就熟。总道她能保全国脉，挽回气运。谁知天意变迁，人才衰歇，一班献媚贡谀的臣子有什么大经济！免不得照例敷衍，苟且塞责。还有几个皇亲国戚，窥伺慈禧的意旨，勾结内侍，播弄宫中。端刚之肉，其足食乎。酝酿久之，竟闯出一场滔天大祸，几乎把二十二行省，四百兆生灵，尽行断送！幸亏外人牵率而来，互相钳制，囫囵一个大中原，无从分起，只好我觑你，你觑我，彼此瞠目一番，舌挢而不敢下，迁延多日，没人发难，乐得卖个人情与清室，再敦和好。但寇氛虽靖，民力渐凋，四百五十兆的赔款，母子盘剥，已足刮尽中国地皮，吸尽华人膏血。嗣是慈禧太后的盛名，一落千丈。前歌谁嗣，后诵孰杀？一片诽谤声，喧腾全国，甚且肆口讥评，捏词诬蔑，说得慈禧一钱不值，且目为中国罪人。其实，往时的称颂未免过情，晚来的谤毁也不无太甚。平心之论。倘使慈禧太后今日尚存，吾中华的革命，恐没有这般迅速，就令推位让国，也要弄得筋疲力尽，哪里肯不战而退呢。看官不信，试想慈禧自西安回銮途中，并没有出险情事。到京后，依然手握大权，莫敢指斥。由辛丑至戊申，其间又经过八年，并没有损动分毫。到了光绪晏驾，宣统入嗣，宫中仍肃静无哗。直至自己病剧，犹且从容不迫，嘱咐得井井有条，自王公以下，统恪承遗训，安而行之。若非慈禧平日有强忍果毅的手段，笼罩得住，难道有这样镇静么？是极。

在下早想把慈禧行状编成一书，作为稗史的先声，可奈累岁奔波，不遑着手。坊间的《慈禧外纪》及《慈禧写照记》等书，已陆续出版，先我著成，转令在下落了人后，只好搁笔。但因夙愿未偿，于心难忍。适值丁戊二年，家居无事，借翰墨以消愁，就文字以论古，不揣冒昧，编了一部《西太后演义》。西太后，就是慈禧太后。慈安居东，慈禧居西，所以当时有东西两太后的称号。在下不敢妄撰，沿称为西太后，以便省文。全书仿演义体，语语浅近，老妪都解。令天下后世人人晓得西太后历史，有善有恶，可劝可惩，倒也不无小补。且书中内容，统系得诸遗闻，征诸故乘。于西太后三次临朝，原是备陈颠末，即清季五十年来得失，也曾裒录一斑，看官试悉心详阅。在下已将楔子说明，下文便要开手叙事了。崇论闳议，得未曾有。

却说西太后那拉氏，乃是叶赫国后裔。叶赫国系满洲最古的部落，向居长白山麓，为满洲各部盟长。自清太祖努尔哈赤崛兴以后，居住赫图阿拉城，与叶赫国相距不远，互相嫉妒。努尔哈赤曾命工匠兴起土木，建筑一所堂子，作为祭神的场所。正在动手的时候，忽掘起一块古碑，上面有六个大字，可惊可愕。当由工人报知努尔哈赤，努尔哈赤端详审视，乃是“灭建州者叶赫”六字。突如其来，煞是可怪。这六字映入眼帘，任你努尔哈赤如何英武，倒也暗吃一惊。看官到此，恐未免模糊起来。因在下未曾说明建州原委，只好就此补叙。原来努尔哈赤开国的地方，明朝曾称它作建州卫，且封努尔哈赤为建州卫都督。因此建州二字，便是大清旧日的地名。那碑文并非新凿，偏有那灭建州的字样，哪得令人不惧！可巧叶赫主纳林布禄遗书努尔哈赤，自称叶赫国大贝勒，要努尔哈赤割地与他。惹得努尔哈赤性起，兴兵与抗。叶赫主纠合九部联军，浩浩荡荡地来攻赫图阿拉城。不料努尔哈赤早已出境扎营，一阵厮杀，众不敌寡，被努尔哈赤杀得七零八落。可见兵贵精不贵多。不得已，易战为和，把宗女献与努尔哈赤为妃，暂算和亲结案。赔了夫人又折兵，叶赫主安得不恨。嗣后，努尔哈赤势力膨胀，时常忆及碑文，想把那叶赫国灭掉，免留后患。

是时叶赫国逐渐衰微，料知努尔哈赤不怀好意，尝遣使进贡明廷，望它保护。可奈明朝也扰乱得很，主庸臣佞，文恬武嬉，曾出征努尔哈赤，发兵二十万。叶赫也出兵二万名，会合前进，只望旗开得胜，马到成功。哪里晓得努尔哈赤用兵如神，声东击西，避实攻虚，又把明军杀败。叶赫兵连忙逃回，三停中已少了两停。努尔哈赤乘胜进攻。叶赫贝勒金台石，方承兄嗣位，收拾残烬，登城固守。怎奈大势已去，独力难支，等到城虚饷绝，免不得被他攻陷，这位大贝勒金台石束手成擒。努尔哈赤也不顾亲谊，竟将他推出斩首。满期斩草除根。临刑时，金台石厉声道："我生前不能存叶赫，死后有知，定不使叶赫绝种。无论传下一子一女，总要报仇雪恨！"怨愤深矣。努尔哈赤虽闻此言，恰也不以为意。叶赫灭后，竟立他妃子叶赫那拉氏为后。礼烈亲王代善、太子皇太极，均系那拉后所出。努尔哈赤逝世，皇太极嗣立。因血统所关，不忍绝叶赫子孙，格外施恩，存他宗祀，所以那拉一姓，尚得一线苟延。相传康熙时代的权相明珠，就是金台石的侄儿，也不知是真是假。若实有其事，那明珠贪墨性成，也是清室的蟊贼。幸亏清室方盛，圣祖仁皇帝极顶聪明，大权不致旁落，总算太平过去。原是大幸。传到道光季年，宣宗为诸皇子选妃，满蒙大臣家的女儿，遵章应选。适有一位体态合格的佳人，颇称上意，宣宗拟指配四子。详问氏族，寻闻是那拉两字，不由得惊惶起来，踌躇一回，命罢指婚。清廷大臣还不晓得宣宗的用意，你猜我测，莫明其妙。后由宫中传出秘旨，方知宣宗是回溯往事，恐怕那拉入宫，异日或升为国母，适应金台石的愤言，搅乱国家，因此停选。这尚是天不亡清，并非宣宗善防。谁意天下事防不胜防，做祖宗的杜渐防微，总想创垂久远，百世千世地传将下去。那子孙恰记不得许多，选妃时只论才貌，不问姓氏，于是这个有才有貌的西太后竟从此发迹了。春秋之旨微而显。

西太后乳名兰儿，她的父亲叫作惠徵，曾为安徽候补道员。只因时运不济，需次了好几年，竟不曾得一好缺，弄得囊底萧涩，妙手空空，几苦得不可言喻。亏得同寅中有个汉员，姓吴名棠，籍隶盱眙县，与惠徵有僚旧谊。平时见惠徵窘状，代为惋惜，有时或解囊相助。惠徵非常感激，每语家人道："咱们如有日出头，吴同寅的大德，断断不可忘怀。"兰儿听了，牢记在心。兰儿是时，不过十龄，垂髫覆额，弱眼横波，已生就几分风韵。尚有一个妹子，面貌与兰儿仿佛，只体态骨格，不及兰儿的娇小玲珑。兰儿遂自觉胜人一筹，大有顾影生怜的意态。而且性情生得特别，资禀更是不凡。她于针黹（zhǐ）缝纴等项不甚注意，平时只管看书、写字、读史、吟诗，把西子、太真、飞燕、灵甄的故事，更记得非常烂熟。少成若天性。暇时，与乃父惠徵谈论，惠徵尚被她难倒。兰儿见乃父无言，更说得天花乱坠。惠徵听得不耐烦，常怒斥道："你一个年轻女子，说什么上下古今。本朝旧例，只有须眉男子，好试博学鸿词。若巾帼女流，任你如何淹博，总用不着哩！"兰儿恰从容对父道："'贱日岂殊众，贵来方悟稀'，这不是西子的写照么？'生男勿喜女勿悲，生女也可壮门楣'，这不是杨妃的遗歌么？女儿现虽贫苦，安知后来不争胜古人？"志趣确是过人，可惜未曾醇正。惠徵听这一席话，也觉暗暗惊异，但口中还是驳斥道："我现在落拓得很，连衣食都办不端正，你还痴心妄想，望做皇后妃嫔。哼哼！这等奇遇，轮你不着。你不如到厨房内去帮你母司炊烹茶，做个灶下婢便吧。"兰儿被乃父奚落数语，忍着气退入闺中。惠徵还是太息不住。

过了一两天，闻有友人来访，惠徵不知是谁，接阅名片，乃是吴棠二字，便叹道："我是一个穷道员，除了他，哪个还来看我！"门前罗雀，古今同慨。说罢，忙整衣出迎，彼此相揖，未能免俗。两下分宾主坐定，互为问答。惠徵总不免嗟卑叹老，眼眶中儿流下泪来，吴棠只好从旁劝慰。好一歇，见一垂髫女子捧茶出来，虽是敝衣粗服，颇觉楚楚动人。当下注目凝睇，恰被那女子觉着，不禁把头一低，霎时间两朵红云映出面上。惠徵献茶毕，就对吴棠道："吴寅兄处不必讳言，小弟现状，连婢媪都无钱可顾。"说至此，举手指女子道："这便是小女儿，亲充婢役，真正惭愧！"吴棠道："怪不得我要动疑，若非大家闺秀，哪里有这般容止！"惠徵不待说毕，便令那女子过谒吴棠。那女子不慌不忙，移步至吴棠前，请了双安，且轻轻地呼声老伯。莺簧初度，呖呖可听。吴棠起立，受了半礼，不由得极口赞赏。这时受她拜谒，那时受你拜谒，吴公虽是识人，恐也未必料及。惠徵又把她平时言行略述一遍。吴棠道："难得，难得。惠寅兄，不要轻视此女，她既有此丽质，兼此大志，怕不是将来一位贵人！"说她贵人，也是极口夸奖，谁知她更出人头地。惠徵道："谬承虚奖，命蹇如弟，哪里来的贵女！"吴棠也不与辩论，就在衣袋中取出白银二两，作为觌（dí）仪。这时候那女子已经退入，复由惠徵唤出，叫她谢赏。那女子又拜谢如仪。吴棠问女子道："你要花粉，向我处来取，你要书籍笔墨，也好向我处来携。彼此通家，不必客气。"说罢，遂起身告辞，由惠徵率女送别。这个女子，看官不必再问，就可晓得是兰儿了。

兰儿此后，常在吴寓往来。吴公曲意体恤，兰儿亦曲意趋承。就是这位吴夫人，也是大度得很，时赠衣饰。后来做到一品夫人，想必具有大度。因此，兰儿修饰益工，文墨益娴。未到破瓜年纪，已出落得丰姿绝世，才貌双全。会吴棠调任清江县令，整顿行装，与兰儿话别。兰儿恨不得随他到任，只因父母在皖，不便远离，眼睁睁地由他自去。送行时，直到河梁。吴棠温语叮嘱，兰儿点一回头，垂一回泪，好似一枝带雨梨花，欺风杨柳。渲染得妙。吴氏夫妇也被她惹作泪人。亏得惠徵也来相送，饬女停泪，方才怏怏告别。

吴棠已去，兰儿回家，镇日里无情无绪，神思恹恹。那时惠徵仍然听鼓抚辕，并没有一点喜信，典鬻（yù）度日。眼见得支撑不住，由忧成劳，由劳成病。那时已穷得没有饭吃，还有什么闲钱延医服药，只好卧床待毙。这是候补官的写照。这兰儿忍饥耐饿，勉强提起精神，日夕侍奉。无如惠徵的病势，日甚一日。昏沉时，尚口口声声叫吴寅兄。直到弥留这一夕，张目视兰儿道："苦汝，苦汝，汝等到穷极无奈时，往投吴老伯，或者能仰他赒济。只是他的德惠，我生时无以为报，死后还要将寡妇孤儿贻累及他，不胜惭愧！"说到愧字，已是痰喘交作，两眼一翻，呜呼哀哉。看官，你想兰儿遭此大故，能不伤心？当下对着父尸大哭一场。哭罢，与母亲商量殓袭，检点了几件敝衣，胡乱包裹。只苦没钱买棺，弄得束手无策。兰儿的母亲越发号啕不止，下有一个弱妹，也陪着悲啼，毫无见识。又有一个幼弟，名叫桂祥，甫脱母怀，简直是莫明其妙，连父死也都不晓得。兰儿想了又想，只好拼着自己面目，往各旗员处哀求赙恤。各旗员见她凄楚可怜，凑集了好几两银子，畀（bì）她买棺殓父，奔丧回籍。在下走笔至此，暂作一结束。姑凑成俚句一绝以殿之。诗云：

不经磨炼不精神，穷到无赀殓父身。
他日尊荣无与匹，谁知当日固卑贫。

欲知后事如何，且至下回交代。

前半回总加评论，为笼罩全书之楔子，说得淋漓痛快，不激不随。后半回首叙氏族，次述寒微，既证明有清一朝之因果，复揭出西后一生之性情。看似叙事，实举全部小说之内容，隐括于本回中。开宗明义，固不可无此文。

第二回
奔父丧无意得赙仪　幻仙宫有缘逢艳侣

且说惠徵病殁安徽，各旗员慨助赙仪，方得棺殓回籍。当时雇定一舟，把棺移下。兰儿奉着母亲，挈着弟妹，同到舟中。身外已无长物，只有两三具老旧的箱笼，随棺下载，便即开船，一程一程地进发。这时正是晚秋天气，草木零落，景物萧森。兰儿开舱睹景，拟借此排遣悲思。谁知野旷、天孤、猿啼、雁泣，一派愁惨气象，愈足触动忧怀，泪珠儿不知流了多少。此情此景，正是难堪。

过了数天，船家忽就停泊。兰儿问为何事。舟子道："是地叫作清江浦，乃由南往北的要道。浦口有市，无论何种食物，都可买得。船上所备无多，不得不停船上岸，添购一点。若太太小姐们需买何物，即嘱我等去买便了。"兰儿闻言，呆了一呆，良久，乃转禀母亲。惠太太皱眉道："我们行囊的银钱已将用罄，看来只好随便将就。"兰儿道："食物也是要紧，现在途中，势难枵腹，总不能一钱不用！"惠太太无奈，取出一锭碎银，约有四五钱重量，付与兰儿，由兰儿转给船家，令他就贱价的食物买些备用。船家去讫。兰儿待了好一会儿，尚未见船家回来，免不得凝神悬望。遥见有一差人模样，得得而来。手中携着一包，很似有点费力。到了岸边，即朗声问道："哪一只船是由安徽奔丧来的？"兰儿听了此语，猛然记起吴大令来，不禁脱口答道："你莫非从吴老爷署中差来的？"那人答道："正是。"兰儿道："我们正是由安徽奔丧过此暂停。不知吴老爷有何见谕？”那人道：“敝老爷有赙仪三百两，特着小的赍送。”兰儿道：“什么又要贵老爷费心！我家在安徽时，累叨贵老爷厚惠，今又蒙赐，如何敢当！”说至此，即着船家引来人下船。那人走入船中，向惠太太请过了安，即奉上赙仪三百两。惠太太见这重赙，不由得转悲为喜，老老实实地令兰儿收了。兰儿收了赙银，即向惠太太附耳密言，惠太太点了点头。当由兰儿启箧取银，检出三四块，共计有二三两，用了素纸包好，给与来人，并语来人道：“为我上复贵老爷，本拟踵署叩谢，因有孝服在身，不敢造次。烦你代为致意，多多辞谢。”那人道：“这个自当遵嘱。但须请给回片，方可复命。”兰儿复返寻谢片，检了一会儿，已是一纸不留。只得取出笔墨，并裁了一张素笺，就笺纸上面，端端正正地写一谢字，下文又写着“孤子桂祥泣血稽颡（sǎng）”八字，交给来人。来人看了谢片，迟疑许久，方才上岸回去。这段文字似无甚意趣，及看到下文方见兰儿才识，已是不凡。

兰儿遣去县差，正值买物的舟子回舟，收了食物，详禀惠太太。惠太太因得了重赙，复思添买另物数件，又令舟子上船续购，所以逗留多时。待到舟子转来，正拟起碇，忽岸上大呼：“留船。”兰儿瞧将过去，乃是方才来过的差人，便叫船家暂停，导差人下船。差人已走得满头是汗，作牛喘声。良久乃道：“我们的老爷说我送错了赙仪，如何是好？”令人一惊。兰儿忙道：“如何说是送错？”差人道：“我老爷发怒得了不得，亏得某师爷从旁解劝，方令我再到你船，查问来历。”兰儿道：“贵老爷是否姓吴，官印可是一棠字？”差人道：“不错。”兰儿笑道：“你不要着急，待我给你一条，包管无碍。”差人似信非信，便道：“你等不要立刻开船。”兰儿道：“我等不是骗子，请你放心。你若不信，我叫舟子与你同去何如？”差人道：“好，好。”当由兰儿写就一条，给与差人，并令舟子偕行。看官阅到此处，未免动疑：吴棠本是惠徵故友，此次惠徵病殁，家属奔丧回籍，道过清江，也应送点赙仪，为什么说是送错呢？原来此中有个缘故，待在下补叙出来。阅者正待说明。

这吴棠出宰清江，距安徽省城，也有好几百里，惠徵的死耗，他还未曾确闻。适有一安徽副将，殁在任上。丧船过清江浦，吴棠闻知，忙差人厚致赙仪。因为副将在日，与吴棠格外莫逆，吴棠本没有异能，全赖副将替他说项，所以要差繁缺，陆续不断。这次调任清江，也是副将暗中为力。感德生前，图报死后，这也是人情同然，三百两厚赙，为此慨与。不料差人误送兰儿舟中，取回谢片，返署复命。吴棠不瞧犹可，瞧了桂祥二字，急问差人道："什么桂祥，你把这赙仪送到哪里去了？"差人道："小的也曾问明，她说是由安徽奔回的丧船。"吴棠道："你也曾识几个字，难道丧主的姓名都不细看么？"差人道："丧主的姓名小的未曾晓得，老爷也未曾吩付。"吴棠不禁气愤，把谢片一掷道："你瞧你瞧，为什么有名无姓？名不晓得，姓应记着！"差人道："这个谢片是一个小姑娘写的，小的接到谢片，也疑他有名无姓，转思谢片上面恐怕是应这样写的，因此取了就来。"吴棠叱道："混账的东西，谢片何能无姓？你快去取回赙仪，否则要你赔偿。"这一语吓得差人魂飞天外。正思转身外走，巧遇一幕友进来。问明仔细，并拾起谢片，对差人道："我方才听你复禀，说此片是一姑娘儿写的，这姑娘约有多少年纪？"差人道："不过十多岁。"幕友道："她舟中尚有何人？"差人道："除这姑娘儿外，还有一个中年的妇人，及一个女孩，一个幼儿。"幕友道："是否旗装？"这四字提醒差人，便答道："小的真是糊涂。师爷如何晓得？"幕友道："我看谢片上面有名无姓，这明明是一个旗人。毕竟幕宾有识。只你说是一小姑娘写的，我尚不信。"差人道："小的亲眼瞧见，不敢有欺。"幕友便指示吴棠道："小小的姑娘儿，书法如此秀媚，定是满洲闺秀，将来未始非一位贵人。今已送给赙仪，何妨将错便错，塞翁失马，安知非福？还请东翁酌夺。"吴大令得此幕宾，也是后半生的福命。吴棠被这幕宾劝解，不觉气愤渐平。便向差人道："你且去查问来历，叫她说明氏族便了。"差人唯唯连声，从门外走出，一直跑到浦口，幸亏船尚未开。当与兰儿说明，取了复条，同舟子返署，把来条呈与吴棠。

吴棠阅毕，自语道：他是惠徵的孤儿。我与他握别时，这孤儿尚在怀抱。他曾与我说过名字，我因多事遂致失记。他的丧船过了此地，我也应送他赙仪，不过多费了些。现已如此，好人做到底，我且去探看兰儿，就便吊唁。至如副将那边，另备一份送去，便好了结。主意已定，随问差人道："她的丧船尚在么？"差人答了一个"是"字。吴棠道："你去传齐皂役，待本县亲到浦口。"差人应声而出。不一时舆仗俱备，吴大令乘舆出门，径到浦口停舆。当由差人报知兰儿丧船，兰儿随着母亲，上岸迎接。吴棠下了舆，登舟行吊，惠太太举哀，兰儿挈弟桂祥稽颡。吊毕，姊弟二人，复至吴棠前叩谒。吴棠扶起两人道："相别未久，不料令尊竟已作古，真是可叹！你如何不发一讣闻通知我处？我因某副将丧船过此，赍送赙仪。寻接回片，方知差人投入汝舟。我一时失记桂儿，还不知是谁人，等到家人查复，才识是你们奔丧经此，所以特来吊唁。"委婉说来，恐非全然由衷。兰儿垂着泪道："老伯大人的厚恩，不啻重生父母，欲报之德，昊天罔极！可怜先父去世，身后萧条，老伯面前不必讳言，连棺殓等费，统是亲戚故旧凑集而成。老伯处本应禀报，实因曩时已叨盛惠，不敢再行惊动。此次奔丧过此，乃蒙尊价伻来，猝颁厚赐。正在惊疑交集，乃复劳老伯大驾惠临敝舟，此情此德，永世勿忘，先父有灵，亦衔感不置。"吴棠闻言，不禁暗想道：好一个伶俐女子！正默念间，听兰儿又接下道："老伯厚赐，真是却之不恭，受之有愧！家母刚拟璧谢，适蒙老伯驾到，正好交尊价奉还。侄女等守制在身，恕不登堂回叩。"说到此处，转身欲去取出原赙。明知吴棠将错便错，所以作此举动。十余龄的小女儿，便已解此，煞是过人。吴棠忙举手拦住道："你莫非嫌我仪薄，所以有心却还？"兰儿忙道："这却怎敢？只不好受此盛情。"吴棠道："算了，算了，你不要再说这种话头。"兰儿方挈了幼弟，再行叩谢。吴棠道："你又这般多礼。相隔不到数年，你越加聪慧，不知从何处学来！"兰儿至此方破涕为笑。吴棠复从靴统内取出数金，给与桂祥，作果饵资。兰儿复令桂祥拜谢。吴棠答了礼，又嘱咐了数语，并劝慰惠太太一番，然后起身辞去。兰儿复随母送至岸上。吴棠令她回入舟中，复命差役觅副将丧船。谁知遍觅不得。旁问邻船，才知该丧船于昨夜经过，未曾停泊，早已远远地驶去了。差人之投错赙仪，不为无因。吴棠回署，另备赙仪交与驿递，送达副将家中，自不必说。单说兰儿送别吴棠，立即开船。沿途无事可述。约过了两三旬，方才到京。就把吴大令赙仪，取出开销，安排丧葬，忙碌了好几天，始行就绪。兰儿尝语弟妹道："他日吾三人中，有一得志，断不可忘吴公大德。"这也是她的厚处。那妹子年已十龄，略解语中意味，乃弟桂祥，全然是孩稚气，晓得什么恩德不恩德。

光阴易过，寒暑迭更，吴公所赠的厚赙，又已用尽。兰儿家无人赡养，只好学些针黹，掉换几文工钱，将就度日。可怜吃一口愁一口，有了早餐没有晚餐，有了晚餐又没有早餐。一日兰儿对镜梳妆，顾影自叹道："我的姿容，亦自谓不弱，怎么遭此苦况？难道红颜果真薄命么？"正嗟叹间，忽闻惠太太已迭呼己名，叫她出买油盐，并责她晏眠慵起。兰儿也无心答辩，草草妆裹，便遵着母命，携筐出市。京城地近寒带，除夏季外，镇日间朔风猎猎，冷气逼人。兰儿只着了几件敝衣，瘦怯怯的娇躯，禁不住这般凛冽，一步懒一步，一程挨一程，好儿刻才走入油盐店中，付钱购物。店主某甲，素好诙谐，见了兰儿形状，不免调笑道："像你这般芳容，只好在闺中静养，如何抛头露面，出来购物？"兰儿道："我没有这般福气。"某甲道："我恰有一个法儿，令你安稳坐食。"兰儿问他何法。某甲涎着脸道："我正要娶个小妻，你肯屈就，保你享福。"兰儿啐了一声，顿时红霞晕颊，烜染梨涡。某甲不禁生爱，骤伸出粗笨的手指，去挟兰儿鼻准。兰儿连忙闪开，已被他挟了几挟，不由得变羞为嗔。某甲知她含怒，急将油盐取出，随道："你不要生嗔，我畀你的油盐，比人家加增一倍，何如？"兰儿为油盐起见，也只好忍心耐气，取了油盐，惘然而返。何物某甲敢如此唐突西施，我为兰儿亦应怅怅！

这时惠太太已倚门待着，见了兰儿，还要埋怨几声。兰儿不敢多言，只含着两眶珠泪，匆匆入门。看官试想：兰儿受这委屈，能不由愤生病么？兰儿苦况，作书人虽善形容，然亦信而有征，并非无端捏造。是夕，身体不快，就有些憎寒恶热。过了数日，病势渐加，有时如冷水浇身，有时如热汤沃体。惠太太虽也顾惜女儿，怎奈囊底空空，医药等项，非钱不行，只好由她生病，听天由命。兰儿委顿床间，恹恹独卧，万般凄楚，诉与谁知！看看日色西沉，那母亲也不来劝餐，自己亦不想吃什么，恨不得立刻就死，随父地下。转思吴棠厚德，无以为报，店主挟鼻，未有雪恨，而且父亲只传下一脉，数龄弱弟，尚须提挈，不幸身死，只剩了老母、小妹，恐不能照管到底，似乎自身又颇有关系，不好作短命的念头。体贴入微，刻画尽致。怎奈求死不得，求生不能，左思右想，无自为计。身上又是寒一阵，热一阵，愈觉得不耐烦，到了无可奈何的时候，只好向隅暗泣，滴了几行伤心泪。好一歇，见母亲携灯进来，略略问了几句，她方拭了泪痕，低声作答。

未几母已出外，勉强镇定精神，闭目静睡。正在蒙蒙眬眬地睡去，瞥见灯光一闪，有个青衣侍儿，冉冉而入，眉目间隐含秀气，装束亦比众不同。走近炕旁，向她招手。兰儿正思诘问，那侍儿偏上前扶起自身，恰不知不觉地随了她去。甫出家门，即见一片大平原，两旁都列着古木丛林，浓姿欲滴，还有翠生生的瑶草、红灼灼的琪花，掩映林间，格外秀艳。兰儿暗想道："怎的家门外有这般胜境，我没病时往来多次，如何并没有见到？"想念未已。那青衣侍儿走得很速，已与兰儿隔了一程。兰儿急行而前，疾走了数百步，方才赶上。这所在又别具一番景致：左有银河，右有蓬岛，山风飒爽，水石清幽；空中复有白鹤飞舞，羽衣翩跹，非常皎洁，见了兰儿，仿佛如相识一般，故意低翔，在兰儿头上盘旋不住。写得闪烁，恰有仙气无鬼气。兰儿心爽神怡，也不管它是什么名地，只是随行随赏，目不胜接。又行了里许，前面的侍儿忽已不知去向，但见有一座高旷的楼阁，挡住途中，上面悬着匾额，仰望似有三个大字，既不是汉文，又不是满、蒙文，并不是篆文、隶文。兰儿一想：我此番被它难倒了，如何此处的字儿我都不识一个？普通说部叙入幻境，往往向壁虚造什么楼、什么阁，还要空撰几副楹联，自鸣才学，其实虚无缥缈之间，有何字迹可凭，浪费笔墨，殊属无谓。故本书独不落俗套。再从门内探望，复道琳廊，回栏曲榭，都是见所未见。暗想：这里莫非是琼楼玉宇？我何幸到此一游。可惜导引无人，不能擅入，看来只好做个门外汉吧？正想着，那侍儿从门右出来，含笑相迎。兰儿喜甚，不暇详问，立即随入。穿过回廊，绕出曲槛，方到里面的大厅。白玉作梁，黄金作柱，碧云为牖，明月为灯，说不尽的华丽，描不尽的精工。所陈几案桌椅等件，并非竹木制就，统是天然的宝石雕砌而成。还有极大的珊瑚树、极高的琥珀台，陈设两楹。真是满目琳琅，令人目眩。那兰儿几疑身入广寒，弄得神思恍惚，心不由主。俄闻珠帘响处，香风一阵一阵地吹将过来，接连有环珮声、履舄（xì）声，杂沓而出。当先的是两名侍女，轻裾长袖，飘飘欲仙。随后又有五六个艳姝，身材不相上下，个个似宝月祥云，明珠仙露。这许多色彩，射入兰儿眼帘，不由得因羡生惭，自觉形秽。蓦听得一声珠喉，度入兰儿耳中，道："贵客到了，如何不请她进来。"兰儿一怔，不知谁是贵客。忽由前导的侍儿将她扶入。她进了厅，见各丽姝统站着左首，风鬟雾鬓，秀逸不群。顿时目迷心折，拟向前屈膝请安。但听各丽姝齐声道："不敢，不敢，你是将来的国母，休要客气。"奇极。言毕，统向兰儿握手问好。兰儿至此，也好像自身已列尊荣，竟放着胆，与她酬答。寒暄数语，渐渐投机，各丽姝就邀她坐在客位。兰儿不及谦让，竟至东首坐定。由侍女献上一杯，这杯系碧玉镂成，异常玲珑，杯中盛着清水，并无一颗茶叶，偏是芳气袭人。各丽姝俱执杯劝饮，兰儿遂一吸告干，味清而甘，沁人心脾，顿觉精神增倍。饮毕，各丽姝与谈故事，有说的是五湖游兴，有说的是六朝韵事，有说的是汉宫歌舞，有说的是天宝风流，实者虚之，虚者实之，此为岐黄家言，小说家亦应尔尔。兰儿不识玄妙，只随声附和数语。忽一丽姝太息道："我辈昔投尘网，多半有始无终，倒不如今日的贵客，后福无穷。"

旁坐一姝道："这也不可一例论。"随举手指上座二人道："她二人在汉唐时，非为天子母，操生杀权么？"弦外有音，闻者莫轻轻滑过。言未毕，厅外忽有人狂呼，惹得兰儿吃一大惊，此恶声也，胡为乎来哉！转眼间，连各位丽姝及一座大厅都不见了。这正是前人所说的：

色即是空空即色，无还生有有还无。

毕竟是何缘故，且看下回分解。

本回从西后才貌，叙出命数来。西后之才，在误受赙仪时，举止谈吐，已见一斑。西后之貌，定是动人，店主某甲，戏抉其鼻，虽未免唐突西施，然其妩媚之态，自不可掩。著书人复添入一段幻境，写得奇诡谲漾，光怪陆离，运实于虚，寓规于讽，不得徒以小说目之。

第三回
天语传宣循章选秀　云程发迹应旨入宫

却说兰儿身入幻境，猛听得一声狂呼，连忙张目外瞧，并不见有什么仙境，只剩了半榻孤衾、虚帷灯火，方觉是南柯一梦。至此始点出梦字，文笔不平。正拟回溯梦境，适惠太太走近炕床，唠唠叨叨地问个不休。兰儿想道："这声狂呼，莫非就是我母所叫？她还道我已入黄泉，谁知我却魂游仙境。这老人家真是多事，打断我的好梦，不然我还在仙境与仙侣谈今说古呢！"想到这里，听母亲还是叫她乳名，不禁失声道："兰儿尚生，不烦母亲系念。"惠太太道："你总是这般性情，我已探视好几回，见你一味睡着，不免心焦，因此唤你醒来，你还要派我不是么？"兰儿闻言，也觉得自己性急。句中有眼。便答道："我睡了不多时，母亲何必焦劳！"惠太太道："你不听见街上的梆声已敲过三下了，停歇儿，便要敲四鼓哩！"兰儿道："儿不曾听见。夜深如许，母亲何尚未寝？"惠太太道："为你有病，所以不暇睡着。"兰儿道："儿已好了许多，请母亲安睡便是。"那时惠太太方转身出去。兰儿跃然起床，剔亮灯光，自觉病势已减去大半。回思梦境，历历如昨，口内的津液尚是甘香，不禁自念道："这个幻梦，若全然是假，如何余味尚在口中？但不知所遇丽姝果是谁人？且称我是将来的国母，难道我的穷骨也配做后妃么？"转念道："人无貌相，水无斗量，西子向业浣纱，飞燕曾充婢役，我虽一贫家女，将来或得幸遇，也未可知。"踌躇一会儿，忽猛省道，是了，是了，一位是吕后雉，一位是武后曌，所以旁坐的丽人称她为天子母，操生杀权。其余就是西子、飞燕一流人物。想她们都是上界仙姝，偶遭尘谪，殁世以后，仍返原座，所以一班儿地住着。但我得与她相会，蒙她以客礼相待，莫非我前生亦与她有缘？揭破宗旨，乃从兰儿口中叙出，文笔仍不直率。想至此，不觉转悲为喜。远远听得更鼓频催，细数鼓声，已是五下。转自讶道："为什么未敲四鼓，先敲五鼓呢？"心中怀着鬼胎，连四更都未听见，是所谓心不在焉，听而不闻。然亦亏著书人描摹。

寻闻鸡声已唱，料是时候不早，将要天明。便吹灭了灯，上了炕，把一切思虑暂行搁起，就也安安稳稳地睡去。睡到红日三竿，方才醒来，起床盥栉，不消细说。只从是日开始，病体一天好一天，饭量且比前加倍，不到数旬，娇小的身躯居然壮盛起来。她的母亲惠太太，也视为奇异，只口中未曾说明。她日间做些针线，夜间看点诗书，朝夕不疲，且愈觉丰颐广额，焕采生姿，而且性情也改了好些，就使家内外的人待她有委屈处，她都付之一笑，绝不似当年愁眉泪眼的情形。确是一位有福有寿的女子。旁人见了，也都纳罕，统说她病了一场，容体越丰美了，情态越温柔了。谁知她恰别寓厚望呢。看官记着，这时候兰儿已十四岁了。点醒年龄，后文可就此计算。

是年道光帝已是晏驾，咸丰帝奕詝嗣位。相传是一个少年天子，文采风流，京都各官吏起了他一个美号，叫作小尧舜。要引出英皇来了。翌年改元，自春至冬，也没有什么奇闻。只广西金田村的洪秀全，已于去年起事，渐渐猖獗起来。好在京师偏居东北，广西僻处西南，路隔一二万里，任他如何紧急，与京师全不相干。辇毂以下，歌颂升平，毫不见有慌乱景象。独兰儿伏处寒门，静待佳报，竟不闻有什么好消息。转瞬间，又是新年，兰儿正十六岁了。二八佳人已生得纤秾合度，修短得中。元旦起来，免不得装饰一番，拜过天地，谒过祖先，再到邻家贺喜。邻家看她这般丽质，交口称赞，都说："这位好姑娘，将来不知哪一个郎君有福消受。"兰儿听了，粉脸上不禁臊得绯红，心中恰忐忑不定。是夕即在灯前暗暗卜祝。蓦见灯光晕成五色，结成一个大蕊，似为兰儿预报喜事。隐伏下文。兰儿看了这个灯花，也不禁惊喜交集。她家本住在京城里面，地名锡拉胡同，上文点兰儿年龄，此处点兰儿住址，总为不肯直叙起见。若经俗手，必在前文一概叙出，便不见文中筋节。距大内不过数里。兰儿因这喜兆，便时常托人探听朝事。有时节省余钱，买几张宫门钞，留心细阅。惠太太常对她道："你父在日，曾说现今时代，没有女博学鸿词，回应首回。你把正经事情做了便是，何苦白费铜钱，去买这等纸张呢？"兰儿全然不睬，任她母亲嘱咐再三，她总照旧行事。

一日过一日，春光渐老，红雨纷飞，兰儿睹景生情，免不得一番叹息。不止怀春。到了孟夏时间，忽由宫中传出消息：咸丰帝将选立皇后。自是兰儿格外注意。看官阅此，恐又未免动疑：咸丰帝登位的时光，差不多有二十岁上下，寻常小康人家，十七八岁的儿子，便要授室，难道皇帝家内的太子，年当弱冠，尚没有正室吗？正室已定，就是现成的皇后。不过太子嗣位后，稍稍费点册立的手续，便可了事。何用那兰儿费心？如此说来，看官岂不要动疑么？故作疑问，令人刮目。哪里晓得兰儿的思想，恰是别有原因。原来道光二十八年，曾赐皇四子奕詝大婚，立妃萨克达氏。到二十九年冬季，萨克达氏病逝。越年正月，道光帝又复宾天。皇四子虽已嗣位，究在居丧时候，不能违制续婚，因此改元两载，中宫尚虚。至咸丰二年夏月，丧服已阕，选后事自应赶办。清制：凡四品以上的满蒙官儿所有女子，年在十四以上，二十以下，统可选作宫娥。就中有才色较优的、福气较好的，得了皇上宠幸，便好升作妃嫔；或乘此得做皇后，也是习见的事情。熟于掌故，故言之了了。兰儿的父亲，本是一个道员，例得与选。且自觉才貌不群，又经那幻游的梦兆、灯花的喜信，自然暗中盼望，希图幸遇，并不是无端妄想。解释明了。等到五月内，宫门钞上，竟登出立妃的谕旨，乃是"晋封贞嫔钮祜禄氏为贞贵妃"十二字。兰儿瞧着，料得皇后的位置，定然是这位贞贵妃，万万轮不到自身了。一急。隔了数日，又是一道上谕，关系立后大典，载入宫门钞中。兰儿忙取读道：

朕惟易著咸恒，首重人伦之本；诗歌雍肃，用端风化之原。绥万福以咸宜，统六宫而作则。或稽令典，乃举隆仪。贞贵妃钮祜禄氏……”

兰儿看到“钮祜禄氏”四字，禁不住心头乱跳。再急。后接读道：

质本柔嘉，行符律度，自天作合，聿征文定之祥，应地无疆，斯叶顺承之吉。惟克懋（mào）修夫内治，允宜正位乎中宫，其立为皇后，以宣壸（kǔn）教。所有应行典礼，着该部察例具奏。

读毕，将宫门钞掷案道：“这遭完了，我早料着这钮祜禄氏要正位中宫了。只是我……”说到“我”字，竟咽住了喉，扑簌簌垂下泪来。至此是三急了。但兰儿尚未入宫，便已觊觎后位，也太觉性急了些。又默念道：“时来神默佑，运退鬼揶揄。像我这样穷命，哪里来的贵显！前年的幻梦，明明是着了鬼迷。咳，兰儿，兰儿！今生今世休再作痴想了！”正沉吟着，忽见她妹子趋入道：“皇帝要选秀女了，阿姐可晓得么？”兰儿道：“你又来瞎说了。”她妹子道：“什么瞎说，我母亲正与一个来人说话哩。”兰儿知是真情，便移步出房。闻她母亲哝哝唧唧，方说个不休。仔细一听，乃是推说女儿年轻，尚难与选等语。她不觉心下一忙，竟三脚两步地走了出去。只见一个部吏模样，立在门右，巧与自己打个照面。他竟嚷道：“这……这不是你家闺女么？不但年龄及格，就是这般美貌，也是寡二少双，看来定中圣意。他日得着荣封，咱们还要叨赏哩！”惠太太尚未答说，兰儿即向前道：“尊驾说的什么？”来人道：“圣上要册立皇后，另须选秀女数十人，作为差遣。这数十人内，但教福命生得好，怕不是排着妃嫔。没有官职的人家，有了女儿，一生世都想不着，你家老太太，遭此际遇，偏要左推右诿，真正不解！”兰儿道：“圣旨已颁下么？”来人道：“已颁下两日了。”说至此，便在怀中取出一纸，递与兰儿。兰儿见纸上录着谕旨，略谓：凡满洲秀女，至当选之年，容貌端正者，着内务府报名候选。此外不过普通话头。阅毕，将字条递还。并问道：“既然圣上要选秀女，我就去。”成竹在胸。惠太太听了一怔，扯着兰儿衣，向她耳旁密谈了好几句。兰儿摇头道：“母亲亦太多虑，儿自有处置。”面向来人道：“尊驾想是内务府承值，请少坐赐教。”来人应声称“是”，便在炕上坐定。兰儿道：“要去应选，是否先要报名？”来人道：“这个自然，现请书就，交我便是。只籍贯、名字、三代、住址、年龄，统须开列，不可缺一。”兰儿答了“是”字，便转身进房，一一写就，复出去交与来人。来人细阅一遍，起身告别道：“日后恭喜，再来领赏。”言毕径去。

惠太太却沉着脸道：“兰儿，这是你自家情愿的，将来不要怨我。”兰儿道：“母亲何出此言？”惠太太道：“你年纪尚轻，全不晓得秀女入宫的苦处。你父亲在日，我是听他说过的。秀女选入宫中，永远不能出来，连父母都成永诀。所以我们旗员遇着点选秀女的日子，有钱的出钱买免，没钱的也要设法隐瞒。你为什么大胆出来，敢去报名，自投死路！”从惠太太口中叙述原因，方将上文的寓意说明。兰儿笑道：“福兮祸所倚，祸兮福所伏。人家看得这般困苦，我偏要亲去一行。若照母亲说来，是本朝点选秀女，简直是没人应命呢，恐怕没有此事。”惠太太道：“那是没法儿的人，只好拼着一个女儿，令她应选。”兰儿道：“我家穷苦得很，正是没法儿的时候，儿愿拼生出去，不愁中选，但愁不中选。中选了，或尚可寻条出路，他日弟妹两人也好从中援手。不中选了，那便一生不出头呢！”人弃我取，这正是冒险精神。惠太太听了，倒觉有理，就也不与计较。

兰儿略略办些衣饰，准备入宫。已有把握。转瞬间，选期已到，内务府的差人先来报知。届期这一日，兰儿凌晨起床，加意梳洗，轻匀粉靥，淡扫蛾眉。妆罢后，添着了几件新衣，复对着镜子，整理了一会儿，然后缓步出房。这时惠太太已起，在堂前焚香爇（ruò）烛，令兰儿拜别祖先。兰儿恭恭敬敬地行了全礼，转身向母亲跪将下去。惠太太含着泪道："此去若不中选，不必说了；若中了选，得蒙恩宠，休要忘了我。""我"字未曾说明，那喉咙已哽咽不住，眼泪亦垂将下来。兰儿看这情形，也是心中一酸，偏强颜为笑道："养育深恩，宁敢忘怀？得蒙中选，好歹要出来省视，请母亲勿忧。"说得到，做得到，预为下文埋伏。惠太太点了头，令她起立。但闻一声娇呼道："阿姐少待，我与你同去。"兰儿视之，乃是幼弟桂祥，偕妹子携手同来，当即握着桂祥手道："我不到别处去。"桂祥瞧着兰儿道："姐今日着了新衣，妆扮得这般齐整，莫非去见皇帝不成？"活肖童话。兰儿道："你倒有点聪明，我去皇帝殿上，取个顶戴给你可好么？"踌躇满志之言。桂祥道："好，好！"兰儿复语妹道："妹子，你今年也十多岁了。我去后，今日若不回家，须要住在宫内。上奉老母，下顾弱弟，全靠你一人了，愚姐倒要重托。"言罢，即向她一揖。慌得她妹子还礼不迭，忙道："阿姐今日敢是在家演戏，怎么拜起妹子来？"兰儿正色道："我是真话，愿你无忘。若能得志，我也决不忘你。"都为后文伏案。她妹子见她认真，不禁泪随声下，道："妹无才能，恐不胜所托。但愿姐姐此去，遇着顺风，遥为照顾方好。"此女吐属也是大方，将来不愧为福晋。言未已，听舆声已辘辘到来。复有人在门外嚷道："舆已到了，请姑娘即刻上舆，免误时刻。"惠太太听着，忙取出饽饽，令兰儿吃着。兰儿勉勉强强地吃了数枚，就向母亲告辞，复与弟妹话别。两下里不免有点酸楚，还是兰儿忍着泪道："我去了！"一声河满子！匆匆出门，上舆径去。惠太太进出门外，直至舆已不见，方转身而入。这时桂祥被舆夫一嚷，好似钳住了口，呆如木鸡一般。惠太太又淌了无数眼泪。

闲文少表。单说兰儿自上舆后，由舆夫趱程前往，不到数刻，已达紫禁城，绕墙而行，至东华门，舆夫停住。由前导的部吏，令兰儿下舆，引入门内。两旁有卫兵站列，都执着亮晃晃的宝刀，门侧设有公案，案右坐着一位蓝顶的官儿，旁立衙役数人。有几个进去的官员，统在案前验照。那时部吏也取出一纸，由守门官验毕，即递向兰儿道："这是一张出入的凭据，你须好好携着，休要失去。"兰儿点头会意。部吏又引入二门，内有宫监接着，由部吏报明兰儿姓名，即转身自去，兰儿随了宫监走入紫禁城。城内有一条甬道，用白石砌成，很是平坦。前行有几个官员，想是去上朝的，又有几个旗女，也有宫监带着，想是去应选的。沿途有石凳好几座，南北各有阶级。拾级而上，又随级而下，行了好一程，又过了几重禁门，才见有宫殿在前，建筑壮丽，气象巍峨。著书人定必到过禁城，所以叙述周到。宫监停住了脚，兰儿也随他站住，左顾右眺，已立着好几十名旗女，多是脂粉盈盈，未能免俗，天然美丽的不过数人。兰儿暗想道："我的姿色难道不及她们么！"正思念间，前面来了一员总监，叫各秀女站立两旁，一一点验执照。验毕，教她御前仪注。待诸女各已领会，方从一殿旁导入。经过好几条复道，始到宫门。兰儿举目仰望，门额有"寿康宫"三字，满汉合璧。大众齐到门前排班候驾。约过了两小时，驾尚未至，各旗女都不免有些困倦，懊丧声、愁怨声，杂沓并作，惹得总监怒目道："圣驾将到，不得叹息！"于是诸女皆屏息不敢出声。俄顷间，有一簇侍卫，拥着一乘黄缎绣龙的御辇，四平八稳地抬将过来。总监命诸女俯伏两旁，自己亦俯伏在地，候御辇过去，已入宫门，方才起立，令诸女亦一律立起，鱼贯而入，静候阶下。俄听里面传出姓名，一个一个地召入。兰儿排在后列，又待了好多时置兰儿于后列，也是总监的私弊，谁知她竟后来居上呢。才听得一语传宣，令她见驾。兰儿镇摄心神，款款轻轻地走将进去。在下有诗咏兰儿道：

敛笑低鬟上玉墀，九重春色正迟迟。

牝鸡莫道长雌伏，振采尧阶比凤仪。

未知兰儿中选与否？待到下回说明。

此回为承上起下之文。以兰儿为主，以惠太太及桂祥诸人为宾，信手写来，都成妙谛。兰儿近于痴，非真痴也。惠太太近于呆，非真呆也。若兰儿之弟妹，亦自有过人处。作者处处顾着上下文，手挥五弦，目送飞鸿，故有含蓄不尽之妙。若第曰当时口吻，固应尔尔，则犹一皮相之见也。

第四回
列宫眷供直坤闱　近天颜仰承帝泽

却说兰儿移步上阶，趋入禁中，见地上铺着红毡，料是拜跪的地方，当即遵着总监的谆嘱，恭恭敬敬地跪下，口称兰儿叩见，并照例叩了几个头。但闻上面谕，着令她抬起头来。她遵了旨，偷眼一瞧，见上面坐着一位老年旗妇，和颜悦色，仿佛如西池王母一般，料想定是皇太后。稍差了些。再从右首旁瞩，巧与咸丰帝的龙目觑个正着。咸丰帝目不转睛地注视着她。她不禁又惊又喜，暗忖这少年天子，莫非已看中了么？情肠一转，羞态横生，又不好垂头，只好微掩秋波，由他谛视。谁知她梨颊娇姿，越形妩媚，红中带白，白里含红，又经那两鬓乌云笼住春色，酒不醉人人自醉，色不迷人人自迷，弄得咸丰帝越看越爱，好一歇没有声响。旁立的宫监们、侍女们，也觉纳罕得很，若非宫禁森严，几乎要喝起彩来。极力摹写。那上座的旗妇道："此女颇有福相。"这一句话，传到咸丰帝耳中，方回视道："慈鉴定然不错！"遂握着朱笔，把名单上圈了两圈，遂谕贴身宫监，令他引去。未几罢选。后来由兰儿探听，方知这番点选秀女，报名的共六十人，中选的只二十八名，有三十二人不中选，一律送回。上座的乃是皇太妃博尔济吉特氏，咸丰元年，尊封为康慈皇贵太妃，至五年间，始上尊号为康慈皇太后。原来咸丰帝系孝全成皇后所生，道光二十年春月，孝全成皇后崩逝，咸丰帝尚在童年，全赖这位皇太妃抚育，所以咸丰帝非常感激。道光帝续立孝和睿皇后，至道光二十九年间，睿皇后又复谢世。因此咸丰改元，只剩这位皇太妃，算是宫闱里面的领袖。咸丰帝先奉她居永春室，复移居寿康宫，问安视膳，习以为常，差不多与亲生母一般。此次拣选秀女，特地到寿康宫，也是尊重皇太妃的意思。原原本本，不稍模糊。这且休表。

且说兰儿中选后，由宫监领入别宫，当由总监奉了上命，派往坤宁宫当差。这坤宁宫系皇后所居，自孝和睿皇后梓宫奉移昌陵后，坤宁宫民已阒寂二年。这时预备立后，又要热闹起来，一切布置，随处需人，所以此番中选的秀女，多派往坤宁宫承值。兰儿也得了这差，自晨至晚，奉职维勤，暇时与各选女晤谈琐事，倒也不嫌寂寞。且兰儿足智多才，又用出一番温和手段对待别人，大众都与她亲近，没一个挟怨生嫌。因此，兰儿在宫充役，尚觉惬意。但久别思亲，人情同然，兰儿自入宫后，把家中消息隔断，一些儿没有闻知，未免心中悬念。老母是否平安，弱妹幼弟是否驯扰，饥饱若何，寒暖若何，都一一挂肚牵肠。更有一种说不出的心事，在下也不能不模拟出来。体贴入微。奉诏应选时，承蒙咸丰帝格外端详，垂着青眼，满拟一入宫中，即邀宠幸。谁知过了数旬，杳无喜信。皇上又镇日不来，就使来了一两次，也是足迹不停，无从见面。若长此过去，哪里有出头日子，恐怕要应那母亲的前言，如何是好？转又自解自劝道："吃得苦中苦，方为人上人，我入宫不到数月，何能骤沐皇恩。只好静俟机缘，再作计较。目下立后的吉期，日近一日，皇后一到，皇上必时常临幸。我在这地当差，不怕不觐见天颜，那时凭我这般才色，对着皇上总有机会可乘。"就此一想，万种幽愁，不知不觉地消了一半。

看官，上文说的兰儿见驾，咸丰帝很是爱她，如何中选多日，并未召幸，难道真贵人善忘么？这正是一大疑团，看官试一猜之。说来又是话长，在下又不能不叙。

当咸丰帝挑选秀女时，他因旗女的颜色，多是平常，曾想选几个汉女人侍宫闱，作为妃嫔。可奈神武门内，悬有厉禁。在昔，顺治初年奉皇太后懿旨，有以缠足女子入宫者，斩。祖训煌煌，不能违背，未免愁烦得很。谁料那先意承旨的宫监，探得咸丰帝口风，竟向外省民间采了绝色汉女好几名，送入圆明园中。逢君之恶，统由若辈。这圆明园是清室第一个灵囿，由雍正时开手建筑，至乾隆朝方才告成。宏敞壮丽，旷古无两，连园门都有十八座，就中龙楼凤阁，桂殿兰宫，瑶草琼葩，珍禽异兽，实是数不胜数，赏不胜赏。就使左思的《三都赋》，司马相如的《上林赋》，摛藻扬华，尚不能仿佛二三。是夸张语，亦是讽刺语。雍乾以后的嗣君，每值朝政余闲，在园中游幸，作为消遣。此次汉女入值，乃是破题儿第一遭。汉女的装束比旗女秀媚得多，旗女是天足圆趺，纵有三分姿色，终未能婀娜动人。汉女素来缠足，于体育上原是有碍，于姿态上实属增娇，裙下双弯，真个销魂。作者殆亦喜缠足女子耶，一笑！而且咸丰帝生长禁中，从小儿跟旗女厮混，定然数见不鲜，骤遇汉女入园，哪得不刮目相看。当下天颜大悦，厚赏宫监，赞他变通古制，易宫至园，无违祖训，克慰朕心，真是敏干得很！遂派各汉女分居亭馆，自己做个花国蜂王，任情恣采，今夕是这个当御，明夕是那个侍寝。得宠最甚的，计有四人，都各赐她芳名，叫作牡丹春、海棠春、杏花春、武陵春。四春佳丽闻名天下。看官试想，这咸丰帝恋着四春，已是应接不暇，还有什么心肠，忆着兰儿！所以兰儿入宫，竟落得长门寂寂的样子。原来如此。

转瞬是小春时光，立后的佳期已到。咸丰帝先遣官祭告天地、宗庙、社稷，随后命大学士裕诚为正使，礼部尚书奕湘为副使，持节赍册，立贵妃钮祜禄氏为皇后。乾德当阳，坤仪正位，这是极大的典礼，宫里面忙碌得很。咸丰帝出御乾清宫，受皇后礼；皇后入御坤宁宫，受妃嫔以下各人的朝贺。兰儿也列入末班，一同拜谒。礼成后，宫内外供差的人，都沐恩赐，连兰儿也得了厚赉。自是兰儿手头颇有些宽绰起来。起初入宫，因家况艰难，只置了几件布衣粗服，至此蒙恩受赏，把衣饰尽行掉换，越显得玉质金相。俗语说得好，佛要金装，人要衣装，确是阅历有得的话头。打扮得身子儿乍，准备着神女会襄王。

自皇后册定后，坤宁宫内，御驾颇常往来。只皇后的品貌虽也齐整，性情儿却很是幽娴，一切行动举止，统是大大方方，半点儿不露轻狂。这番由妃升后，暗中是康慈皇太妃主张，咸丰帝奉命而行，面上颇还相敬，心中不甚加爱。这兰儿聆音察理，鉴貌辨色，已觉得窥透三分。本想搭渡过桥，先从皇后身上用些揣摩迎合的功夫，令皇后欢喜了她，随时入侍，好借此亲近天颜。怎奈皇后秉性诚朴，不喜逢迎，任你如何巴结，她总淡淡儿地对付。惯作顿挫之笔。兰儿无从入手，颇觉忧烦。

过了一月有余，御驾且不甚临幸。皇后还未曾注意，兰儿却很是萦愁。她从各宫监处探问底细。宫监因与她莫逆，稍稍得着外面的风声，就私自报闻，什么海棠牡丹的名号，说得天花乱坠。那兰儿不听犹可，听了这种消息，耐不住心头撞鹿。统是对头。外面虽强作欢笑，意中是着实焦劳。有几个狡黠的宫监，从她一颦一笑中，觑着愁肠，也猜不透有什么心事。各选女或与她同情，暗自希望，总不及兰儿的着急。只选女中有一位钮祜禄氏，乃是皇后的妹子，承恩侯穆扬阿次女。穆扬阿得陇望蜀，又把次女应选，选入后，也在坤宁宫承值。皇后谊笃同胞，自然另眼相待，朝夕不离。兰儿背地里常叫她作西宫娘娘，及见了面，恰是备极谦和，异常亲昵。她道兰儿是真心要好，因在皇后前代为揄扬。皇后本没有成见，闻妹子时常说项，也便惦记在胸，略略优待。本是一个大对头，恰成一条大引线。兰儿得步进步，就向皇后寝室间时去侍奉。

无巧不成话，这日，皇后正赴寿康宫请皇太妃早安，许久不回，偏偏圣驾趋至。各侍女统随皇后出去，只有兰儿一人独自接驾。机缘到了。咸丰帝一入寝门，兰儿即款步上前，折腰屈膝，俯伏地下，口称："婢子兰儿谒见万岁爷。"这九个字本是寻常例语，偏经那兰儿口中道出，恰似呖呖莺声，清脆得了不得。咸丰帝听这娇喉，已是可爱，又闻着兰儿两字，不由得兜上心来，便道："你且起来，皇后到哪里去了？"兰儿谢过恩，禀过皇后请安的事情，方亭亭起立，站着一旁。咸丰帝留心一瞧，但见她丰容盛鬋，皓齿明眸，身量苗条，肌肤莹洁，濯濯如春月杨柳，滟滟似出水芙蓉。写得极艳。不禁暗忖道："这个俏面庞，我曾在哪里瞧过，只今日比着往时，又觉得娇艳多了。"左思右想，一时记忆不出，上林春色迷离甚，莫怪东皇记不清。便拣一座儿坐下，问兰儿道："你到此有多少日子了？"兰儿又要跪禀，经咸丰帝赐她特恩，令她立对。兰儿此时独运慧心，轻启绣口，道："沐恩承值已阅半年。"咸丰帝道："照你说来，敢是本年入宫么？"兰儿道："本年五月内，奉诏应选。"咸丰帝不待说毕，就爽然道："不错，不错。你是从秀女选进来的，我因政务匆忙，竟至失记。"朝政耶？园政耶？我却想替兰儿一问。兰儿听了，恰微带笑容，别具一种嫣然态度。好做作。咸丰帝又问道："你今年有若干岁数？"兰儿道："已一十六岁了。"咸丰帝道："你的父母尚在么？兰儿道："婢子的父亲，去世已经三年，家中只一老母，及弟妹两人。"咸丰帝道："你父亲名什么？"兰儿道："名叫惠徵，曾蒙先皇帝特恩，赏给道员，分发安徽。"咸丰帝道："想你也随任有年？"兰儿答一"是"字。咸丰帝道："怪不得你有南音，连身材儿都像南人。"兰儿闻这两语，摸不着头脑，不识这位圣天子是褒她，抑是贬她。俄听咸丰帝自语道："北地胭脂不及南朝金粉，无怪这莫愁天子哩。"这数语恰有来历，圆明园中的四春，多从南方采入，得了圣眷，咸丰帝借彼例此，因此脱口而出。兰儿本熟谙史事，料是咸丰帝有意称扬，自然化愁为喜。又听得咸丰帝道："兰儿你拿杯茶来！"兰儿得着这旨，喜得心花怒放，忙取着玉杯，就御炉上面的壶中，倒了一杯香茗，双手持奉，殷勤中带着三分羞怯。咸丰帝一面接茶，一面觑着她粉脸，娇滴滴越显红白，愈觉撩人。但因尊为天子，不好妄为，只得暂时忍住。兰儿觉着，不由得把头一低。待咸丰帝喝过了茶，去接玉杯，这双天生的柔荑，映入咸丰帝目中，丰若有余，柔若无骨，咸丰帝竟按不住情肠，突伸手捻她玉腕。那兰儿猝不及防，险些儿把玉杯掷下，亏得神明保佑，还是捧住。只面上的红云，更一阵一阵地添晕起来。好似一出游龙戏凤。

忽闻寝门外面，蹴舄传声，佩环递响，她料得皇后返宫，未免有些惊惶。幸皇帝也颇知趣，已将御手缩回，兰儿才得持了玉杯，搁置一旁。说时迟，那时快，皇后已踱入寝宫。见皇帝上坐，即向前行礼，并声明接驾过迟的缘由。咸丰帝只是点头，不加详问。随后与皇后闲谈数语，便起身出门。临行时兰儿尚在旁站着，御目又将她一瞧。兰儿为避嫌起见，不敢抬头，秋波中恰已映着。那咸丰帝已龙骧虎步地走了出去。兰儿怀着鬼胎，恐被皇后察觉，向她盘诘。好在皇后度量宽洪，并没有一点醋意，只问了一声道："御驾何时到来？"兰儿答是不过片刻，轻轻地掩过前情。此后待了半日，皇后不曾再问，兰儿方觉放怀。此外的侍女、宫监，与兰儿向无嫌隙，自然不去干涉。

冬日昼短，倏忽天昏。晚膳毕后，收拾明白，就没有什么事情。等到更鼓初催，也不见御跸（bì）前来。又过了一时，各侍女奉皇后命，陆续退归安歇。兰儿也返了寝处，正在挑灯展衾，默忆那日间幸事。猛见一宫监跑入道："圣旨到，召你前去。"天外飞来。兰儿还疑他是戏言，粲然道："休来取笑。"宫监道："哪里说来。现有别宫的干役，待在门外，乃是圣上的心腹人叫你，快快遵旨，随他过去。"兰儿还抿着嘴道："可真么？"宫监顿足道："自然真的，圣旨岂容捏造！"兰儿才信为实事，即就镜匣等，草草地把鬓发一拢，花容一整，已被宫监催逼得慌，当即转身随他出门。及到门外，果有两人执灯候着。见兰儿出来，一导一送地推挽前行。出了坤宁宫，就向间壁的宫中拥将进去。这宫比坤宁宫似觉较小，倒也精雅绝伦。兰儿由两宫监引入耳室，便把召幸的故例，与她密谈了几句，再把一件氅衣，交与兰儿，然后退出门外。这时的兰儿，也顾不得什么，只好遵着密嘱，卸去了妆，复将内外衣裳一律脱去，赤条条一丝不挂，然后把氅衣穿上。结束停当，方口称

“领旨”二字。宫监闻声进来，竟将兰儿负在肩上，匆匆驰入。看官，你可晓得这个故事么？相传雍正帝临终，是被一侠女所刺。后来的嗣皇帝，格外加防，每日召幸妃嫔，必命宫监传知，令妃嫔尽弛衵（yī）衣，免得怀挟匕首，临时送上氅衣，暂畀裹束。当由宫监负入御寝，再将氅衣卸去，方入御衾，以便当夕。兰儿由宫监负入后，自然照办，脱去氅衣，光着身子，战战兢兢地钻入御衾中。这一夜的风情，非笔墨所能尽宣，真个是万种缠绵、千般恩爱。直到次日辰刻，日上三竿，咸丰帝才起身视朝。朝上的大臣，还道是皇帝眷恋皇后哩。不到几天，就有一道恩旨，颁入宫来，封选女钮祜禄氏为嫔，那拉氏为贵人。后人有宫词一首，咏那拉贵人道：

纳兰一部首歼除，婚媾仇雠（chóu）箠脱弧。
二百年来成倚伏，两朝妃后侄从姑。

这回结束，已说到那拉贵人初承恩泽了。欲知后事，且看下回。

此回所述，仍述那拉氏乎？曰唯唯，否否。那拉氏入宫，其心目中之所注者，惟咸丰帝。彼固挟一希望而来，无足怪也。设令咸丰帝远色亲贤，虽百那拉亦何伤？况钮祜禄氏正位中宫，德性贞静，固明明一贤内助也！否则四春争宠，正兆祸胎，即神武门祖训昭垂，不能入宫专政，而蛊惑人主之心志，已属有余。蛾眉伐性，哲妇倾城，古训煌煌，云胡不戒？咸丰帝于此不察，嬖四春，兼宠那拉，咎有攸归，于那拉何尤焉！项庄舞剑，意在沛公，吾于此回亦云。

第五回
沐慈恩贵人升位　侍御寝皇子怀胎

却说兰儿受封贵人，心中很是感激。但尚有一些不满意的地方：皇后妹子钮祜禄氏，也蒙皇上宠幸，竟得受封为嫔。清制：皇后以下，一贵妃，二妃，三嫔，四贵人。兰儿虽沐贵人封号，与皇后妹子相较，究竟尚差一层。天下哪有知足的人，得了这般，又想那般，因此还生觖望。暗想：钮祜禄氏，系椒房贵戚，自己如何赶得上她！现在别无希望，只望将来得生一子，更增帝宠。或者依次升位，与她并驾齐驱，不负所望才好。自是遇咸丰帝召幸时候，百般献媚，百般效劳。床榻之间，鞠躬尽瘁，把一个咸丰帝笼络得绵绵帖帖。后宫佳丽三千人，三千宠爱在一身，差不多有这般情况。引用白乐天《长恨歌》，语中带刺。

一声爆竹，又是新年。咸丰帝谒过太妃，再御太和殿，受朝作乐，宣表如仪。礼成后，入御乾清宫，赐近支亲藩等筵宴。宴罢回宫，皇后钮祜禄氏，带领妃嫔以下一班宫眷，已早自寿康宫行礼回来，接着御驾，排班觐贺。这位那拉贵人，打扮得齐齐整整，随班叩谒。咸丰帝瞧将过去，觉得她的姿色比众不同，眉不画而黛，唇不染而朱，发不涂而黑，面不饰而白，别有一种丰韵，默默赏鉴了一回。情人眼里出西施。随令皇后先起身旁坐，然后谕大众一齐起来。各妃嫔等又向皇后行过了礼，当由咸丰帝特沛恩纶，一一赐坐，未几开宴，琼筵坐花，羽觞醉月，乐得咸丰帝目眩神迷，大有愿老温柔的思想。可惜四春娘娘不能入宫，总未免有些缺憾。酒半酣，咸丰帝左右顾盼，看到末座的那拉贵人醉颜半晕，秀色可餐，一双剪水秋波，微微荡漾，似觑非觑，尤足令人油然生爱。等到酒阑席散，大众都谢了恩，奉旨还宫。是夕，咸丰帝宿在皇后宫中。他是循例的规矩，且不必说。

到了次夕，圣驾即召幸那拉贵人。春风一度，暗结珠胎。不到数日，那拉贵人即怀酸作呕，患起病来，咸丰帝命太医诊视。奏称熊罴叶梦，龙凤呈祥。这时候咸丰帝尚无冢嗣，闻到这语，喜得什么相似，向那拉贵人道："如果生一皇子，朕定封你为妃。"那拉贵人忙跪地谢恩。煞是灵警。咸丰帝笑道："现尚未封，如何谢恩。朕没有见过这样性急的人！"那拉贵人跪奏道："天子无戏言，桐叶分封，乃是古时的佳话。像万岁爷这般圣明，难道不及周成王。所以婢子便好谢恩了。"咸丰帝道："看你不出，你胸中颇有些学问，好算得才貌兼全。但你怎么晓得定生皇子？"那拉贵人含羞道："万岁爷龙马精神，自然麟趾振振，怕不是产下皇子吗？"真善应对。咸丰帝喜甚，从此越加宠眷。看官记着，自这回起，在下把兰儿二字的芳名只好搁起，改称那拉贵人。此后加一级，易一名，无非是随时论时呢。那拉氏屡易名号，所以特地提出，下文仿此。

且说那拉贵人满望产儿，好博个皇妃位置，眼睁睁地过了十月，尚是不曾分娩。待到十月满足，腹中始觉震动。宫中早预备托生的稳婆，闻贵人将要临盆，预来伺候。不多时产期已届，那拉贵人腹痛几阵，便产下一个婴儿。急问稳婆：是男？是女？待了半晌，未见回答，又催问了一声。方听了稳婆道："恭喜！一位公主。"那拉贵人听说，不禁说出"啊哟"两字。文笔又要顿挫。当下心灰意懒，又卧病了好几日，方渐渐回转心来。愁肠一释，病体自痊。只瞧着这个女婴，尚是把她埋怨。有时虽由侍女抱着，她还要大声指斥，吓得这女婴啼哭不已。不到一月，竟尔玉殒香消，回到鬼门关去了。仿佛是武后心思。那拉贵人也没什么伤心，但愁着自己命蹇（jiǎn），无从加封。

帝眷虽尚未衰，究不能天长地久，绵绵无尽。有时且望断羊车，整月间不来召幸。重门寂寂，孤帐沉沉，任你如何惆怅，哪个前来慰问！她到无可奈何的时候，穷思极想，又被她想出一个妙法来。她想前日应选，由康慈皇太妃赞了一语，方得中彀。这位皇太妃系咸丰帝养母，平时很是孝敬，若得她从中提拔，加封也容易得紧。只虑着寿康宫中，无故不能进谒，纵有这条线索，也是枉费心思。想了又想，毕竟灵敏过人，比不得什么笨伯。她自己不好擅去，她偏从宫婢宫监上着想。踌躇一会儿，就先调查本宫。凑巧有一个侍婢，与寿康宫的总监，有点亲戚关系。她不觉喜上眉梢，便叫那侍婢进去，与她密谈多时，令她到该总监处，暗地关照，代为运动。天下无难事，总教现银子。那拉贵人有此重委，自然不惜金银。那侍婢既受了密嘱，复赍了银两，即到该总监处传达主命。该总监早探悉那拉贵人深得帝宠，乐得卖个情面，把银两现成收用。只嘱宫婢复禀，请贵人不要心焦，当留心机会，替她进言。那拉贵人遂耐住了心，静候消息。

是年京师内外，风霾屡作，日色无光，钦天监等屡报天变。咸丰帝下诏罪己，并屡诣天坛祀天，祈福禳灾。天何言哉，天何言哉！可奈天未悔祸，警信迭闻。东南一班的红巾，猖獗得了不得，自粤西冲出湖南，越洞庭，掠武汉，顺江而下，势如破竹，一座龙盘虎踞的南京城，不消几日，被红巾长毛[①]攻陷，江督陆建瀛[②]等自尽。那长毛头儿洪秀全，居然自称天王，悬起太平天国的大旗，与清朝南北对峙。洪秀全在永平县中已自称天王，僭号太平天国。本回随笔带叙，故不另述年、月、时、地，且是书以那拉氏为主，详内略外，阅者当勿苛求。闹得这位咸丰帝，神色仓皇，日日在军机处，与各王大臣筹划机宜，调遣将帅，抚恤

① 长毛是清统治者对太平天国军队的蔑称。因太平军反抗清政府剃发留辫的规定，一律蓄发，故称。

② 陆建瀛，湖北沔阳人，清朝道光二年进士。道光二十九年四月任两江总督，太平军进军江宁（今南京），咸丰三年二月初十江宁城破时被杀。

殉难的官吏，几乎食不甘，寝不安，还有什么工夫临幸宫闱，寻那云雨高唐的好梦！那拉贵人还疑是椒房雨露不到蓬莱，一面饬宫监密往坤宁宫，侦伺圣驾；一面嘱宫婢密往寿康宫，探听慈音。旋闻得红巾骚扰，朝政纷纭，一位绮年玉貌的天子，忙到憔悴不堪，又恨不得亲去劝慰。

一日一日地蹉跎，又是长至节到了。一阳应律，六琯飞灰，闻咸丰帝偶患腿疾，把南郊大祀的典礼，都遣恭亲王奕䜣恭代，正是焦急异常。叫你少去引诱，皇上腿疾也自少减了。到十二月间，复探得明年元旦，有停止朝贺的上谕，益觉惊惶不定。眼巴巴地等到新年，外廷的朝贺虽遵旨停止，宫阃（kǔn）中总还是照常。元旦天明，皇后妃嫔等人，照例至寿康宫行礼，那拉贵人自然相随，叩过了康慈皇太妃，但觉和蔼的慈颜，瞧着自己面目，格外注意的样子。有心人遇着有心人，乃尔乖觉，不足为外人道也。迨出了寿康宫，转至坤宁宫，等了一歇，咸丰帝驾到，免不得站班迎驾。当下瞻仰御容，似乎清减了许多。这日礼毕，咸丰帝没甚情绪，与皇后略谈数语，便令各妃嫔等退去。自在坤宁宫静卧一天，次日便晨起临朝，批阅章奏去了。

转瞬间又值元宵，金吾不禁，皓魄初圆。那拉贵人正倚栏观月，忽由宫监前来，宣旨特召。那拉贵人默念道：今夕何夕，见此良人。便移动娇躯，随至御寝。是夕进御，那拉贵人却装出一种半推半就的模样。又要作怪了。咸丰帝怪着道："朕为这长发贼，闹得心慌，多日不来召幸，累你寒衾冷落，辜负良宵。你莫非有些怨朕么？"那拉贵人道："婢子怎敢！惟婢子恰有几句话儿，不好不奏，又不好直奏，还求万岁爷恕罪，方敢奏明。"咸丰帝道："你尽管讲来，朕不罪你。"那拉贵人道："自去年起，闻长发贼盗弄潢池，致圣躬忧劳宵旰。一日万机，都要万岁爷一人办理，就使有什么精力，到了休息的时光，也须加意珍摄。万岁爷的龙体上承列皇，下系万民，何等郑重，但能格外保卫，婢子比永夜承恩，还要快慰哩。"欲取姑与，绝妙好辞。咸丰帝笑道："你甘居寂寞，不愿欢娱么？"那拉贵人道："欢娱事小，国家事大。就是别宫妃嫔，也应知圣躬近日加倍焦劳，不好因一夕欢娱，有碍圣体。婢子愚昧，所以竭诚奏闻，总教万岁爷俯鉴愚忱，康强逢吉，婢子还有何说。”咸丰帝听罢，不由得偎她娇脸道：“瞧你这样说话，真是一个贤德女子，朕心亦为感动。怪不得康慈皇太妃也说你贤淑哩。”暗应上文。那拉贵人至此，才晓得运动有效，非常欣慰。这一夕间，芳情脉脉，软语喁喁，惹得咸丰帝格外怜爱，拥着这娇娇滴滴的玉体，倍施雨露，因此那拉贵人又受了一个怀孕。咸丰帝知她有孕，就立降纶音，封那拉贵人为懿嫔。在下又要把她易名作那拉懿嫔了。

那拉懿嫔有了孕，总道此番得采，定产麟儿。谁知天不作美，偏偏到了十月间，变雄为雌，又产下一位公主。这正叫作谋事在人，成事在天呢！那位懿嫔两次失败，懊丧得了不得。自此强抑痴情，把前时的聪明才智暂且搁起，只听那自己的命运随便过去。闲着时，令宫监到朝房内索了几张月钞，披阅一周，觉得长江一带，乱得一团糟，不免也有些担忧。闲中着笔，隐伏下文。

一日，忽有一宫监奔入道：“娘娘不好了！不好了！”那拉懿嫔愕然道：“你为什么事有这般大惊小怪？”宫监道：“今日从朝上传来，有无数长毛攻入京中来了！”那拉懿嫔道：“你不要瞎说，我曾见月钞上载明京内外军报：江南提督向荣，江北钦差琦善，两下扎住大营，围攻南京，颇获胜仗。就是北犯的长毛头儿，有叫作林凤祥，有叫作李开芳，也闻由惠亲王绵愉、科尔沁郡王僧格林沁、钦差大臣胜保等，迎头截击，想也不致有危急情事。”叙入此段以见那拉氏之留心外政。宫监道：“难道是谣言么？今日圣上颁谕，严责僧王爷，斥他剿匪不力。什么深州，什么献县，什么杨柳青、独流镇，都被长毛陷入。现着僧王爷克日恢复，迅扫贼氛，将功赎罪哩。”那拉懿嫔道：“我恰未信。京城原戒严多日，近已略略放松，哪里有这般紧急？你去取张宫门钞来，定有上谕录着，待我瞧着便知。”宫监领命去讫。过了一二时，将宫门钞取呈，那拉懿嫔看毕，便向宫监道：“我说不致有意外情事。申饬僧王爷的上谕，原是有的。但深州、献县等地方，早已克复，只有独流镇的长毛，现窜连州，僧王爷围攻多日，未曾荡平。所以圣上动怒，责他养痈贻患，若有疏虞，致扰京畿，要惟该王爷是问哩。”十八岁的妇女，便有这般见解，真是天生尤物。说得宫监哑口无言。那拉懿嫔道：“你此后来报消息，须先探听明白，休要这般张皇。我不来罪你，你去罢！”宫监且愧且感，称谢而退。

是冬天冷，宫闱里面，大都围炉度岁，无事可述，到咸丰五年元旦，筵宴仍照前停止。惟各处军务，颇还得手：长江上游，侍郎曾国藩屡报胜仗；长江下游，江浙巡抚吉尔杭阿克复上海。到正月十九日，僧郡王复红旗报捷，生擒伪丞相林凤祥。咸丰帝转忧为喜，忙至寿康宫，向皇太妃前谒贺。宫内后妃人等，没一个不乘势趋承，俟御驾至坤宁宫时，都各来前贺喜，那拉懿嫔自然不落人后。只当时仰邀天宠的宫眷，除那拉氏外，还有丽嫔他他拉氏、婉嫔索绰罗氏，于上年残腊受封，叩贺时正与那拉氏同班。那拉氏瞧着了她，心中很不自在，外貌不得不强作欢容，敷衍一番。返宫后，怏怏了好几日，且不必说。褊心总还未化。

一瞬数月，春去夏来，僧郡王又来捷报，把长毛头目李开芳也生生擒住，所有党羽，一并扫荡，河北肃清。咸丰帝览奏，异常欣慰，饬即凯旋。五月间，僧王凯撤回京，由咸丰帝御养心殿，与僧王行抱见礼。越数日，复御乾清宫，行凯撤典礼。饮至策赏，喜气盈廷，连宫中也热闹数天。江南的向军门荣、湖南的曾侍郎国藩、荆州的官将军文，又陆续报称得手。咸丰帝越觉欢欣。

到六月间，拟尊康慈皇太妃为皇太后，令惠亲王绵愉，饬宗人府及礼部预备盛典，择日举行。届期这一日，自寿康宫以下，统铺设得辉煌灿烂、光怪陆离，说不尽的繁华，写不完的精巧。辰刻，请康慈皇太后升座，先由皇帝率王公大臣等，行叩贺礼，继由皇后率妃嫔贵人等，行朝参礼。礼成后，大开筵宴。爱日承欢，长春集祜，仙乐悠扬之夕，瑶觞醉舞之辰，确是清宫中一大盛典。人逢喜事精神爽，从黎明闹到初更，足足一镇日，这位咸丰帝还是兴致勃勃，全然不觉疲乏。外而王公，内而后妃，已统是谢宴退归，独咸丰帝尚徘徊月下，趁着一番余兴，竟踱到那拉懿嫔处来。特开创例。

这位那拉懿嫔，正返宫卸妆，整备安寝。忽有宫监来报，圣驾到了，弄得那拉懿嫔莫明其妙，只得仓促迎驾，伏地跪接。咸丰帝亲手扶起，偕入寝室。从前召幸的时候，都是皇帝睡着，由宫监掖入玉体，立就御衾，鸾凤常隐帐中，云雨只施暗地，在上文已经交代明白。此次御驾亲临，适遇着那拉懿嫔晚妆才卸，星眼微饧（xíng），乌云似的芳发，远山似的秀眉，又因那天气未凉，只穿着一件妃色罗衫，越显得玉骨玲珑、柔躯娇嫩。越是本色美人，越是好看。当下咸丰帝入座，由那拉懿嫔奉上香茗，咸丰帝就她手里喝了两口，却目不转睛地打量着她。良久，方道："你今朝觉得劳乏么？"那拉懿嫔奏对道："叨圣母及圣天子洪福，只觉酣畅毫不疲倦。"咸丰帝笑道："朕也这般，今宵同你作长夜欢何如？"那拉懿嫔脉脉含羞，尚未及答，已被咸丰帝拥入床中。这一夕的倒凤颠鸾，比往时倍加欢娱。帝德乾坤大，皇恩雨露深，这遭要天赐怀胎，产育麟儿了。无心插柳柳成荫。

谁知祸福相倚，悲乐相因，那拉氏初结珠胎，皇太后竟缠病榻，不到数日，遽尔大渐，临危时恰有两语嘱咐咸丰帝：一语是优待恭亲王奕䜣，一语是善视那拉懿嫔。后来两人倚为臂助，就是从这里埋根。在下恰有一绝句，道：

产麟已足保天恩，况复慈闱有密言。
他日热河成大计，好从此处溯渊源。

欲知后事如何，且看下回分解。

本回就宫廷内外事情，拉杂写来，命意仍是一贯。叙内事时，层层不离那拉氏；叙外事时，亦处处不脱那拉氏。如贯钱然，无论大钱小钱，概贯以绳钱，虽多而目不乱。文法亦犹是也。惟内事易于关照，外事颇难销纳，作者或顺叙，或旁叙，俱为绾合起见。至借那拉氏口中，叙出南北军事，尤为妙笔。既有以证那拉氏之慧心，尤有以见那拉氏之大志，确是双管齐下之文。若详宫闱，而略变乱，则已具见细评，故不赘及云。

第六回
咸丰帝喜产佳儿　曾侍郎独邀慧鉴

却说康慈皇太后临终，把两件大事，嘱咐咸丰帝，咸丰帝自唯唯遵谕。不一日，太后即驾返瑶池，大行去了。当下由咸丰帝奉着灵驾，至慈宁宫。随即剪发成服，号哭擗踊了一回。皇后以下，亦都成服。那拉懿嫔因回忆旧日慈眷，格外悲戚，哭得一佛升天、二佛出世，几乎有痛不欲生的形状。咸丰帝瞧着，暗想道：看不出她有这般孝心，怪不得太后病剧，有嘱我善视的遗言。可见前次乃是密谕。只她现方怀妊，倘或哭坏身体，有碍胎气，如何是好？想了一会儿，便密嘱总监，叫他传谕那拉懿嫔，不必过伤，须保养身子为要。那拉懿嫔得了密谕，收着泪，暗暗感激天恩。咸丰帝又命惠亲王绵愉、恭亲王奕䜣、怡亲王载垣，及大学士裕诚，尚书麟魁、全庆等，恭理丧仪。一切礼节，概从旧典。到了十月间，奉移太后梓宫，葬慕东陵。返葬以后，复令恭亲王奕䜣恭捧太后神牌，升祔奉先殿，并上尊谥，称为孝静康慈弼天抚圣皇后。在下叙述至此，又不能不补叙一笔：恭亲王奕䜣，乃是道光帝生前最是钟爱的皇子，只因排行第六，弟不先兄，第一第二第三的皇子，统早年殇逝，要算是四子奕詝居长，所以遗旨立奕詝为嗣，不立奕䜣。康慈太后推爱施仁，病到大渐，犹留遗嘱。咸丰帝令他协力理丧、捧牌、升祔，好算是曲体慈心。只那拉懿嫔，也得与亲王同蒙慈眷。若非她平时结宠，哪里能得此盛遇呢？补释明晰，笔无渗漏。这且不必细表。

且说丧葬事毕，宫中又没甚大事，倏忽间就是咸丰六年。是年春月，内外还统是无恙，一到暮春，那拉懿嫔产期又届。咸丰帝每夕祷天，默祈眷佑，早赐麟儿。果然至诚感神，竟送下一位金童，轮回转世，在那拉懿嫔腹中产出，呱呱的一声破寂，不问而知，是麟儿了。这场喜事，在那拉懿嫔原是愉快得很，至咸丰帝闻报，更乐得不可言喻。原来咸丰帝嗣位六年，已到二十六岁，宫内的后妃人等，虽也产过几次，无奈统是女孩，不得一男。独那拉懿嫔，这一遭竟产一子。觉罗绵祚，英物挺生，自然有一番庆贺。惹得阖宫内外，又忙碌了好几天，就是有争权夺宠的妃嫔，怀着满怀妒意，怎奈自己的肚皮生得不争气，也只好忍着性子，前去贺喜。咸丰帝喜不自胜，即于次日传谕内阁，晋封那拉懿嫔为懿妃。天子毕竟无戏言。鸿毛遇顺，连级上升，要算是有志竟成，天从人愿了。

接连又是弥月，筵开汤饼，褥设芙蓉，咸丰帝预命各宫妃嫔，都到育麟宫中，饮麟儿宴。又下特旨，令各妃嫔团座欢饮，不必拘牵礼节。此旨下后，除皇后外，六院、三宫、妃嫔、贵人不敢不至。御驾亦朝罢到来。大家接过了驾，统要玩这小皇儿。见他头角峥嵘，状貌魁梧，都交口称羡。恐是随声附和，未必众志咸孚。当下各取出金珠宝贝，持赠皇儿，五光六色地堆了一大床，由那拉懿妃代为道谢。入席时，首座是咸丰帝，不消说得。只那拉懿妃，究是本宫主人，应退居末座，她本熟谙礼节，早就主位相陪。其余奉旨序座。酒初上斟，各妃嫔先敬至尊，继贺懿妃，挨次软流，各献一卮。咸丰帝随喝随语，以目视懿妃道："朕与你今日要醉倒了。"懿妃道："圣天子且普及隆恩，婢子怎敢不领受客情？"咸丰帝道："朕自有生以来，今日算是极乐。尽情一醉，也属无妨。皇太妃尊位太后时，想还无此乐趣。但乐极生悲，盛筵不再，此后宫中不获重逢了，满意语，亦谶兆语。但各妃嫔，亦须各饮一觞，何如？"大家都称"领旨"，于是你一杯，我一杯，各各告干。然后浅斟低酌，慢慢儿地畅饮。这一席自午前饮起，直至黄昏，方才兴阑席散。咸丰帝便宿在懿妃宫。看官，前称懿嫔，今称懿妃，上文已说过，随时论时，所以称谓又殊。不漏一笔。

只这皇子自弥月以后，由咸丰帝亲赐嘉名，叫作载淳。载字是从排行上命名。乾隆时皇六子永瑢，绘岁朝图，进呈孝圣皇后，由乾隆帝御笔亲题，有“永绵奕载奉慈娱”一句，嗣后遂取“永绵奕载”四字，作为宗室命名的排行。咸丰帝是“奕”字辈，咸丰帝的儿子，自然轮到“载”字了。下一字命一“淳”字，乃是化行俗美的意义，已隐隐含有立储思想。懿妃心领神会，早已猜透三分，暗地里异常欢喜。又因咸丰帝顾视载淳，时常临幸，越发提足精神，卖弄材艺，所有朝纲国政，居然效力赞襄。妇人预政的风气，从此开了。夹叙夹议，竟是一段煌煌大文。

一日，咸丰帝退朝，入懿妃宫，由懿妃接着，献上茶来。默窥御容，很有些忧虑样子，便探问外边消息。咸丰帝道：“更闹得不堪，连江南大营都溃散了。”懿妃道：“江南大营的统帅，乃是提督向荣。闻他素来忠勇，围攻南京长毛已三年有余，为什么一旦溃散呢？”咸丰帝道：“据他的奏报，说是分兵四出，援应各地，被长毛贼伺虚袭营，寡不敌众，遂致溃散，现在退保丹阳。恐怕这南京长毛，要越加猖獗了。”懿妃道：“江北也立着一个大营，何故坐视不救？”咸丰帝愤愤道：“你不要说起江北大营，朕前时派琦善督师专攻扬州，一年内只得一个空城。朕把他革职留营，他竟死了。换了一个托明阿，越不中用，反失扬州。再调一个德兴阿，算把扬州夺还。长发贼分窜镇江，江苏抚臣吉尔杭阿率兵驰救，战败身死。向荣闻了这耗，忙差部下张国樑赴援，国梁方在江北得了胜仗，谁知向营已被击溃。这都是江北的将士没有一个效力，反带累江南大营。你平日也侍阅章奏，难道不曾瞧着么？”江南大营溃散，是一大军警，所以随笔带出。懿妃道：“长江上游，怎么样了？”咸丰帝道：“长江一带，派去将官已是很多。闻他们畏贼如虎，只有官文、骆秉章、曾国藩、胡林翼诸人，还算靠得住。怎奈上年丧了塔齐布，曾营中失一员猛将。近日罗泽南去攻武昌，又因伤殒命。泽南也是曾营中人，他部下还有几个敢死的将吏，此外多是没用哩！”

懿妃道：“万岁爷天亶聪明，何不将有用的将帅，畀他重权，专心剿贼。总教得了几个人才，不患长毛不灭，免得宸衷烦闷，岂不是好？”咸丰帝道：“朕也这般想，但急切求不出人才，奈何！”懿妃道：“万岁爷阅过的章奏，有许多搁在这里，婢子暇时也去展览。内中倒有个大才，好请万岁爷重用哩。”咸丰帝问道：“是谁？”懿妃道：“就是侍郎曾国藩。”独具慧鉴。咸丰帝道：“你从何处看出？”懿妃道：“像他一个在籍人员，能创办水师，锐意经营，自三年间起，大小数百战，虽是胜负不常，他总始终未懈。且所上章奏，有语皆真，无言不切。遇着紧要关头，也有一篇大大的筹划。不像这班庸臣猾吏，专说几句圆滑话儿，探试上意。想万岁爷总也知道的。”叙曾帅之才，即见懿妃之识。咸丰帝微笑道：“爱妃所见，倒是与朕相同。可怪这班汉大臣，有几个同他反对，令朕不解。”懿妃问何人。咸丰帝道：“曾国藩初发衡州，大学士祁寯藻，已说他白面书生，不知军事，恐是靠不住的。”懿妃道：“北宋的张齐贤、南宋的虞允文，不是个书生么，何以能建大功？祁寯藻官至大学士，怕不读过宋史吗？”见笑妇人。咸丰帝道：“还不止一次哩。去年武汉告捷，朕在朝上，赞了国藩几句，那祁寯藻又来多嘴，说他是在籍侍郎，差不多是个匹夫，匹夫在闾里，一呼得万余人，恐非朝廷的福气。还有侍郎彭蕴章，与祁寯藻同样见识，也奏称湘军太多，将来要尾大不掉。煞是可怪。”懿妃闻言，不觉柳眉微竖道：“祁寯藻、彭蕴章这班人，既说曾国藩如此可虑，他何不别举人才？”咸丰帝道：“你不要这么性急，朕不愿听他胡言。”懿妃道：“婢子与国藩绝不相识，何必硬要帮他。但详察章奏，惟这人可付重任。贼气早一日扫平，国家早一日安靖，万岁爷亦早一日舒泰。所以婢子奏陈过激，求万岁爷宽宥。”娓娓动听，我亦爱之。咸丰帝道：“朕怪你什么，似你这般留心国事，注意人才，恐宫中没有第二人。”懿妃忙跪谢道：“天语褒奖，婢子怎当得起！”又要用笼络手段了。

咸丰帝即将她掖起道："不要多礼，寝室里面何拘礼节。朕非无端誉你，那大学士文庆、尚书肃顺，也称曾国藩精忠纯正，可保无他。连你，要算是第三人了。"懿妃即随口谢恩，站将起来。咸丰帝复记念皇儿，令她抱至，抚弄一番。皇儿恰也聪明，一声儿不啼哭，只是嬉笑。引得咸丰帝笑逐颜开，渐渐地把忧怀放下。点染有致。少顷，令懿妃抱去，交与保姆。然后与懿妃一同就寝。在下若再加艳语，乃是味同嚼蜡，因此不敢赘述了。艳语必有为而作，若不顾事情，只砌艳词，非特重床架屋，抑且诲淫导奸，吾知作者必不出此。

翌日，咸丰帝视朝如故。军报亦杂沓而至，没有什么胜仗。又过数天，由德兴阿奏报，向荣在营病故。忙与王大臣商定，调江南提督和春，驰赴丹阳，接办军务。寻闻南京各贼，自相残杀，杨秀清要想篡位，洪秀全密召韦昌辉，计杀秀清，秀清的余党，又把昌辉杀死。同室操戈，无心出扰，因此江南北的清帅，都还支撑得住。洪氏致败之由，亦就此叙入，可为后人殷鉴。接连报到楚军大捷，官文、胡林翼等，克复武昌、汉阳城。还有曾国藩的旧部，李续宾、杨载福各军，沿江东下，夹攻九江，曾国藩亲去劳师，奏称九江指日可复。咸丰帝又略略放心。

午后无事，咸丰帝又踱至懿妃宫中，与懿妃谈了一回，颇有兴会。懿妃忽然触起心事，要想趁这机缘，奏闻驾前。看官，道是何事？原来道光帝第七子奕譞，尚未得偶。年龄正与懿妃的妹子相当，她想从中撮合，把妹子指配奕譞，做个王爷的福晋。满人称王妃为福晋。恰是亲上加亲，越加显耀。筹划已定，便谈起皇室情事。凑巧道光帝的七公主，与副都统熙拉布子瑞林指婚，九公主与诚勇公裕恒子德徽指婚，皇室正喜事重重。懿妃便婉问吉期，咸丰帝便答道："八公主的吉期将到？九公主还迨吉哩。"懿妃道："闻得七王爷亦将指婚，曾否由圣衷择定？"从公主转到亲王，也是移花接木之法。咸丰帝道："尚未。"懿妃道："婢子有一愚诚，早思奏闻，只是不敢率渎。"咸丰帝道："这又何妨！"懿妃复嗫嚅道："婢子上沐天恩，已是非分的荣幸，此外再思邀泽，恐怕得陇望蜀，要受万岁爷斥责哩！”故作一扬。咸丰帝着急道：“有事尽管直讲，如何专作此态。朕若可从，没有不照准的。”心许久矣。懿妃道：“婢子有一妹子，颇还伶俐。现在年将及笄，正是择配的时候。若蒙圣上推恩，许为撮合，婢子不胜感幸了！”咸丰帝道：“是否要配与七王爷？朕与你做主如何？”懿妃又扑翻娇躯，叩谢圣恩。咸丰帝道：“你又这般多礼，快快起来。”懿妃遵旨起立。

听咸丰帝又启口问道：“你入宫将四载了，朕对你母家情形还未熟悉，也是朕的误处。多半因军务倥偬，不遑顾及。你不要多心哩！”懿妃连称不敢。咸丰帝道：“你前说过上有老母，下有弟妹，现与你相别四年，你曾否着人探视？”懿妃道：“宫禁森严，婢子何敢违例！”咸丰帝道：“你难道不记挂么？”懿妃闻言，不觉眼圈一红，竟低下头去。虽是人情应尔，恰未免三分做作。咸丰帝瞧这形容，不禁垂怜起来。便叹道：“你在宫中做了妃子，也好算作士女班头。奈宫闱里面，比不得寻常人家，一别四年，竟连母家消息一些儿不通风，也是可怜。朕倒要开一特例呢。”懿妃便接口道：“万岁爷肯特沛宏恩，令婢子得见母面，宠荣奚似。”说至此，又要屈膝下去，被咸丰帝御手拦住，道：“朕便准你省亲，你现在不必行礼，等到省亲后谢恩未迟。”懿妃才遵旨称谢，将身立定。看官到此，还道懿妃入宫四年，真个是与家隔绝。其实她受封贵人后，便已密嘱宫监们，暗通音问，私馈金钱。否则惠太太已一贫如洗，恐怕禁不过四年呢。是极。咸丰帝在懿妃宫中一宿，次日临朝，便颁特旨，准懿妃回家省亲。

正是：

宸衷宠眷恩无限，旷典昭垂世少闻。

欲知省亲时如何情状，待至下回说明。

那拉氏邀宠之隆，于本回尽述之。那拉氏揽权之渐，于本回始及之。咸丰帝未曾得嗣，有那拉氏特产麟儿，物以稀为贵，况皇子乎！宜其宠眷特隆，晋封赐宴也。惟国家大事，得由那拉氏参赞，实开妇人预政之风。虽劝咸丰帝重任曾侍郎，卒平粤寇，不为无功，然骄恣之习，因此而开，履霜坚冰，其象兆矣。《礼》曰："外言不入于梱，内言不出于梱。"有以哉！

第七回
邀旷典贵妃归省　预邦交哲妇失谋

上回说到咸丰帝特旨，准懿妃回家省亲。这正是清史上第一旷典。只省亲日期，上回未曾表明，在下要从本回叙出。咸丰帝恩准省亲，已是咸丰六年的冬季。懿妃因残腊将尽，不如到新正时节，奉旨归宁，一来是冠冕堂皇地省亲，二来是乘便贺年，恰是一举两得的美名。当下奏定日期，咸丰帝自然照准。到了七年正月，元旦已过，庆贺事毕，又降下一道谕旨，晋封那拉懿妃为懿贵妃。贵妃与皇后，只隔一级，差不多与皇后相似。清宫内受封贵妃，每代不过两三人。这是咸丰帝因懿妃归省，特地将她加封，令她格外尊荣，方不虚此一行。懿妃得邀省亲的旷典，已是欣幸得很，不意咸丰帝替她着想，比她自己还要周到，真是喜出望外。当下谢了天恩，即准备归省的事情，密令宫监赍送金银，叫母家预为打叠。

这惠太太自闻知特旨，早拟把锡拉胡同的住宅，酌量扩充。左右邻家，闻她女儿叠邀恩宠，逐级晋封，贵显得什么相似，已艳羡得了不得。这番恩准归省，锦上添花，哪个不前来趋奉。炎凉世态，如是如是。因惠太太住宅狭小，各愿将自己住室，迁让与她。惠太太也过意不去，一时不便应允。那邻家恰先自移徙，不由得惠太太不从。只得估给银钱，作为津贴。当下赶紧加筑，自有一班巴结的亲朋出来帮忙。不到两月，居然把一椽矮屋，改换作前堂后厅，深院重檐。屋右且添置一园，栽花种竹，堆山凿池，构亭筑榭，编篱围垣。惟中间列着一座客厅，以备游宴。虽然仓促告成，也觉玲珑剔透。由冬至春，足足忙了几十天，已将室中一切，布置妥当，然后安心涤虑，专等凤舆到来。在下因懿妃已升贵妃，自然照着前例，加称一“贵”字。百忙中插此闲笔，文法可谓周到。

懿贵妃临行时，辞过皇帝，别了皇后，带着宫娥宫监等，乘舆出宫。早有小太监至惠太太家，报知某时驾到。这时惠太太的亲戚故旧统已到齐，把行礼、入座、退省、开宴、更衣、盥洗的场所，筹备得一丝不漏，一面设垫、铺毡、焚香、爇麝，堂开百福，室迓（yà）千祥，静悄悄地待着。闹中带静。外面已有工部官员并五城兵马司，清尘洒道，辟除行人。只有锡拉胡同内，人山人海，拥挤得不堪言状，就使有吏役出来拦阻，兀自禁止不住。俄听有一片鼓乐声，隐隐前来，料是凤舆将至，惠太太率家属亲族等出门迎接。等了半歇，方见有十来个太监，导着一个总管，骑马而来。到了门首，由总管下马，至惠太太前问安。小太监立将马牵过一旁，随了总管，面西站立。少时便来了全副仪仗，一对对的龙旌凤翣，一排排的羽扇宫灯，御炉飘百和之香，宝盖障三霄之日，又有彩亭数座，内陈备赐诸物，白玉如意一柄，沉香拐杖一枝，彩缎百端，白银千两。随后方是八个太监，抬着一乘黄缎绣凤的銮舆，缓缓行来。两边的侍卫群从、宫娥彩女，不计其数。贱日岂殊众，贵来方悟稀。惠太太方思跪接，早有宫监过来，扶住了她，令她免礼。并传谕亲族尊长，概免跪迎。仙乐过处，凤舆已抬入大门。惠太太等随至院落，当由太监停下凤舆，宫娥卷起杏黄缎帘，才见一位珠围翠绕、玉质金相的贵人，降舆出来。回忆携筐卖物时，真如隔世。各女侍簇拥上堂，升了座，两阶乐起，惠太太又带着家族，排班谒见。总管即行传谕，仍不免“尊长免礼”四字。惠太太及亲族长辈，乃退就左侧，其余皆叩头行礼。

礼毕，茶三献，乐止，贵妃降座，退入侧室更衣。然后至内厅，行归省礼。是时惠太太等已在内厅候着，见了贵妃，就与她握手。贵妃欲以母女礼相见，惠太太自然不从。两下里别了五年，心中似含着无数说话，及到见面，反一句儿说不出。呆看了好一歇，方由懿贵妃开口道：“五年不见母亲，系念无似。”说了这两语，不禁哽咽起来。惠太太已忍不住泪，只把手去拭眼眶，还有贵妃的妹子也在旁陪泪，贵妃转忍悲为笑道：“难得今日奉旨省亲，得仰慈颜，实为万幸。今反触动慈母悲怀，转滋不孝的罪戾了。”惠太太才收泪，答道：“苦尽回甘，得邀旷典，正要大家庆贺，不知为什么触动离情，大约是喜极转悲的缘故。快请坐下，好便谈叙。”贵妃一面就座，一面顾着亲属，令他们一一归坐。坐定，顾着妹子道：“数年不见你的姿容，比前时秀润得多了。为姊的不忘前言，已请过圣恩，替你得一佳偶，将来好时常相见哩。”那妹子闻了此言，不觉又喜又羞，垂下头去。贵妃道：“女大须嫁，人情一例。但你近日曾否读书？为姊的很是挂念。”惠太太从旁细问，贵妃即将指婚事，述了一遍。并说：“要做福晋，必须有些才学。女儿得有今日，统是书籍所赐。愿妹子留意才好。”随又顾幼弟桂祥道：“你也长了好些，不要像从前这么傻，念书识字也是要紧。”说毕，复与亲族人等，亦略略谈了数语。

是时筵宴已备，设在园中。当由执事人进报。请贵妃临园入席。贵妃起身，命桂祥导引，偕诸人徐步至园。过了曲榭，绕遍游栏，但见翠柏迎春，红梅舒艳，池光映碧，幻石萦青，点染时景，且回应上文。倒也有一番雅景。从贵妃眼中叙出。闲览一周，方转入客厅。外面排着一字儿花墙，向南辟门，门内有砖砌甬道，甬道旁，也栽着数株花木，微微含着春意。至甬道尽处，便是层阶。贵妃拾级而上，步入厅中，见所有陈设，繁华中寓着雅净，颇觉宜人。上面横着一匾，中书“鸣凤朝阳”四字，四字典丽。贵妃点头称善。便问妹子道：“这是何人所撰？”那妹子道：“是小妹胡诌成文。”贵妃笑道：“‘鸣’字何不改作‘双’字！”为指婚醇亲王着笔。那妹子又红晕两腮。贵妃道：“这是戏言，‘鸣’字恰好哩。但正屋内的正厅，何故没有匾额？”那妹子轻轻答道：“不敢僭拟，当求赐名。”贵妃道：“竟是‘承恩堂’三字吧。”

为后文桂祥袭封伏笔。未几入席，由贵妃上坐，惠太太等皆在下相陪。席间，谈些宫闱琐事，及惠太太家中情况。欢叙时仍不免有感慨意。归省只此一次，自应言下生感。贵妃恐又生伤感，忙环顾亲族，讲论别事。有说有笑，不伐不矜，各亲族被她融化，渐渐脱略形迹，因得尽兴。

宴毕，天色将晚，复出园入宅。随命宫监拿来赐物：如意拐杖，送与惠太太，彩缎等分赐亲族，白银等分赏役夫，又有两函文房四宝、两对黄金锞（kè）子，分给弟妹。至众人谢赐毕，时已暮色沉沉，阖室都悬灯火。总管太监入启道："已交酉牌，请驾回宫。"贵妃不由得垂下泪来，相见时犹只哽咽，临别时至垂下泪来，是作者善于体贴处。却又勉强笑着，握了惠太太的手道："当日入宫时候，已是拼着生离。好容易得邀恩旨，归宁一次，不意春昼又这般短，霎时即暮，未便多聚。这是地位使然，无可如何。但望圣恩高厚，再许归省，自然重见有期。即或宫闱特例不许再开，那时亦当相机奏闻，准吾母入宫相见，千万不要伤心。"惠太太虽是应着，泪珠儿已不知滴了多少。越是老年，越会伤心。贵妃又回视弟妹道："我的说话，你两人休要忘记。"弟妹唯唯遵命。复另嘱妹子道："今日姊妹，他日妯娌。彼此相聚一生，总算你我的幸遇。你须赶紧读书，转眼间即要成婚哩。"说毕，还是依依不舍，总管又来催逼，方与惠太太释手道："皇家规例，不宜稍违，只好去了。"与前日赴选话别，情状又是不同。当由众人送出大门，恭请贵妃登舆。宫灯如炬，侍从如飞。前文列入"宫灯"二字，几疑白昼之间，何需及此？至此方知为紧要字眼。片刻间已去得净尽，不留一人，看客亦顿时尽散。惠太太尚痴立门外，经亲族劝回家中，尚是呜咽不已。亲族都赞着贵妃道："量大福大，这是一定的道理。如贵妃入宫数年，叠沐皇恩，毫无骄倨气象，见了咱们亲族，依然谈笑如常，这不是量大福大么！"并非大量，实是大材。大众评赞了一回，有留着的，有告别的，这且按下不提。

单说贵妃回宫，次日见驾谢恩，并回奏归省情状。龙颜甚悦，并赐惠太太一品诰封，兼发内帑、彩缎、金银等物，令内监赍去作为赏品。那时惠太太家又高搭彩棚，接旨谢赏，忙个不得了。亏得亲族众多，协力相助，免得临事张皇。贵为椒戚，自然人人趋附。嗣又招集亲朋，大开筵宴，庆贺数天。随后又蒙特旨，准惠太太入宫省视。正是帝德如天，有求必遂。这都是后话。

只懿贵妃得了这么天恩，自然格外尽力，把咸丰帝的一举一动时常注意。遇喜则谀，遇忧则劝，咸丰帝视为第一个内助。竟当她如太姒重生、邑姜复出，一日都不能少她。某日视朝，接到湖南巡抚骆秉章奏报，乃是兵部侍郎曾国藩，适丁父忧，请准他奔丧回籍等情。咸丰帝不觉惊惶，忙问各王大臣如何定夺。王大臣等奏议纷纷，莫衷一是。有说是江西军务正在吃紧，只可另简大员接办；有说是国藩领兵多年，长江一带亏他支持，现在不宜另易生手，只好给假数天，仍令夺情任事。咸丰帝道："另简大员，确是不容易的。只是要曾国藩夺情任事，他精研理学，恐怕不肯遵谕。如何是好？"王大臣奏复道："圣上有旨，哪敢稍违！"这语恰是专制国的恒情。但咸丰帝重视国藩，便是为他理学功夫，墨守君父大义，不致有意外变端。此次若命他夺情，未免于理不当。心中这般想，口中恰不便说明。朝罢回宫，便来与懿贵妃熟商。懿贵妃道："承平之世宜守经，多难之时宜从权。古人墨经从戎，史册上亦多见过。万岁爷这么下谕，乃是情理兼到，不但该侍郎无可答辩，就是千秋万世，也称圣谕是至理名言呢！"正大光明之论，我亦佩服。这番话提醒咸丰帝尽释疑窦，即提起朱笔，照本誊录。后文方写入给假三个月，赏银四百两，俾经理丧事。所带湘勇，着暂交伊弟曾国华统带，俟国藩销假，再令国华回籍。次日即将朱谕颁发出去。谁知王大臣却是不服，复奏称曾国华职分较卑，恐不能悉协舆情。于是咸丰帝又旨派提督衔杨载福，就近统带，道员彭玉麟，协同调度。并饬曾国藩于假满后，迅赴江西督办军务，云云。

旨下后，不意两广总督叶名琛，又有奏报到来，开列英国交涉事情，请旨办理。这件事说来甚长，追原祸根，乃起自道光十九年鸦片之役。鸦片由英国商人，从印度运来，贩与华民，流毒甚盛。道光十九年，粤督林则徐迫英商缴出鸦片二万多箱，尽行烧毁。英政府兴师来华，图粤不遂，改犯江浙，连陷海疆。适权相穆彰阿，素嫉则徐，遂奏陈则徐开衅，请即褫（chǐ）职。道光帝居然照准，把则徐革职充戍，别遣琦善、耆英、伊里布等人妥行交涉。这一班饭桶，有什么好计策，只有见了洋人唯唯听命的法子。江宁订约，英人说一条，耆英、伊里布依他一条，英人说十条，耆英、伊里布依他十条，偿烟价，赔兵费，还商欠，割香港，又将广州、福州、厦门、宁波、上海五口准他通商，并设领事，方才了结。是为辱国损威之始。到道光二十六年，英人援约入城，被粤东绅民集团拦阻，英领事遂贻书诘责。凑巧，这和事佬耆英，驻节粤东，与法美两国公使互订通商条约。那时接到英领事照会，无法可施，不得已，设词延宕，期以两年。两年过后，耆英内用，署督是徐广缙，署抚乃是叶名琛。香港英总督文翰，要求履约，各乡团勇十余万坚执不允，几乎又要开战。亏得徐广缙单舸前往，告以众怒难犯，文翰始稍稍夺气，不敢入城。

至洪、杨变起，广缙移督湖广，便将名琛升任。名琛素性顽固，尤好大言，向来轻视洋人。洋人有照会到来，时常搁置不复，因此洋人与他结怨。是年，适平东莞县党匪，咸丰帝念他有功，加他大学士衔，留任粤督。名琛越趾高气扬，目空一切。致败之由。谁知党首关钜、梁楫等人尚在漏网，遁居海岛，投入英籍，怂恿英领事巴夏礼，请攻粤东。冤冤相凑，海外来了洋船一艘，悬着英国旗帜，闯入粤河。巡河兵弁疑是汉奸伪托，拔去英旗，并将舟子十三人一概拿住，械系入省。巴夏礼即致书诘问，名琛乃释放舟子，送还英领事衙门。偏偏巴夏礼不肯收受，要名琛先去谢罪。看官，你想这大言不惭的叶中堂，肯甘心依他么？谢罪原有关体面，但平时办事亦须和慎，方可无虞。巴夏礼闻名琛不允，遂率英舰攻黄埔炮台。名琛莫明其妙，饬蒋知府音印去见巴夏礼，询明缘由。复禀：巴夏礼要入城面详，名琛不答。巴夏礼又照会名琛：如不便入城面议，请至城外相见。名琛仍然照着老法儿谢绝来使，无一复语。恼得巴夏礼性起，令洋兵入攻省城，炮声隆隆，火光烛天，名琛只令军士阖城固守，自己却静坐署中，念念有词，不知说些什么。奇极。嗣由卫役传出，方知名琛专信吕祖，所念的就是《吕祖宝训》。我道是退兵咒，原来是《吕祖宝训》。当下洋兵攻了两日，竟敛旗退去。想是《吕祖宝训》的功效。粤民素来好动，也道是洋兵无能，竟放起火来，不论英、法、美各国的洋行，统行焚毁。名琛毫不在意，反奏称：英船退出省河，经官军连日接剿，迭次焚烧，该夷知难而退，闻将另派妥人来粤定议等语。尚是大言。

咸丰帝因粤事尚宽，未开会议，只入宫时，与懿贵妃恰也谈起。懿贵妃道："去年恭贺大喜，是否即该督叶名琛？"咸丰帝道："便是他。皇儿载淳生后，他曾恭上一篇骈文，对仗很是工整，连贵妃亦称颂在内。"善拍马屁。懿贵妃道："万岁爷有此洪福，奴才恐消受不起。"看似谦抑，实是欣幸。咸丰帝笑道："你后福正长哩。"懿贵妃道："这却全仗皇上福庇。只该督办理交涉能否使洋人就绪，尚未可知！"咸丰帝道："洋人居心叵测，恰是难料。"懿贵妃道："我朝驭外过宽，所以得步进步。此后对待洋人，还须强硬一点，方免轻视。"咸丰帝道："先皇帝时为了鸦片事情，弄得丧师失地，又偿他无数银两，说来正是可恨。"懿贵妃道："当日议和的大臣，多是庸弱得很，至今还是受人唾骂。现在粤东又起交涉，总要该督善于镇定，遇着英使到来，看他好讲情理，然后以礼相待，不要似前此的畏缩，自失体面方好。""体面"两字误尽中朝。咸丰帝点头称是。谁知这一席话，有分教：

妖雾陡从天外降，寇氛竟逼禁中来。

后文的变故很多，且至下回再叙。

省亲系第一旷典，故叙述较详。然著书人恰寓有深意。为贵妃故，特开前代未有之旷典，则祖制可以不遵，而后文之垂帘听政亦不妨特创矣。且惟其邀此帝眷，而种种预政之渐，亦自此益进。内政可预，外交亦可预，重任曾侍郎可也，重任叶制军不可也。不宁惟是，那拉氏自尊自大之心因之酿成。日后酿成拳匪之祸，未始不于此开之。故本回亦有匣剑帷灯之妙。

第八回
用内言严旨赐帛　开外衅挈眷蒙尘

却说咸丰帝闻贵妃言，就依样葫芦，拟定旨意，寄与叶名琛。名琛奉谕后，格外意得心安。除寻常办公外，镇日里在署诵经。到九月间，忽接到一角照会，乃是英国伯爵额尔金，诘责粤民焚毁洋行，要名琛赔价损失，另立约章。名琛见他出言无礼，搁置不理。嗣接法、美领事照会，也来要索赔款。只后文却有英使额尔金伯爵，已决计攻城，愿居间排解等语，名琛仍旧不理。忽忽间又过两月，额尔金调到英兵，竟致名琛哀的美敦书，“哀的美敦”四字译音，即是宣战。限四十八小时答复偿款、换约二事，否则攻城。名琛稍觉着急，至吕祖像间扶乩。乩语是：十五日听消息，事已定，毋着急。乩语未尝不灵，看后便知。名琛屈指一算，只有四五天便没事，遂遵着咸丰帝谕旨，从容坐镇，毫不筹备。这是懿贵妃害他。将军穆克德讷、巡抚柏贵，都来请令定夺。名琛反责他畏葸，一味冷笑，将军、巡抚等懊丧而去。英兵即占据海珠炮台，乘势攻城。越日，法兵亦到，炮弹齐发，射入城中，把总督衙门也击得七洞八穿。名琛才要保命，捏了吕祖像，逃入抚辕。又越日，千总邓安邦血战身亡。柏抚知事不妙，忙遣绅士伍崇曜议和，名琛还咬定洋人不得入城。倔强可笑。崇曜方奉命前去，洋兵已破城追来，拥入各署，把将军、巡抚等，都劫至观音山，迫他们出示安民，并要与英法诸官一同列衔。此时的将军、巡抚，还有什么主意，只好事事依着，方得脱回。只有这个叶名琛，竟被他拥出城外，拉赴英船，押解到印度去了。这日正是咸丰七年十一月十五日。应了乩语，可惜名琛不解。名琛不久即死，由英人用铁棺松椁，把他殓入，送回粤东。还亏吕祖保护。

粤东几成为清、英、法三国公共地。英人尚不肯干休，牵诱法、美、俄三国鼓轮北行。先至上海，继逼天津。咸丰帝既遘内忧，后遭外患，免不得日夕忧闷。那足智多谋的懿贵妃，也只好从旁解劝，无术分忧。亏得皇帝贴身的太监，导帝游幸圆明园，苦中作乐。园内的四春娘娘正是望断羊车、紧蹙蛾眉的时候，一闻驾至，都打扮得天仙相似，前来恭迓。这一个艳影凌波，那一个纤腰抱月，这一个柔情似水，那一个罗袜生云，惹得咸丰帝眼花缭乱，只觉得无人不俏，无貌不媚。当下左拥右抱，暮乐朝欢，把一副忧国心肠都抛至九霄云外。自咸丰七年冬月，至八年春季，简直是在宫时少，在园时多。每遇辍朝，即带宫监入园，有时且一住数日。天子无愁，佳人倾国，一缕情丝绾缚得异常牢固。那四春娘娘，还疑是上天雨露，未必均沾，醋雾酸风，闹个不了。近之则不逊。

谁知鲸波骇浪卷海而来，英、法、俄、美四国军舰云集白河口，驰书直督谭廷襄，要清首相裕诚前去与他讲和。裕诚哪里肯去。适值咸丰帝幸圆明园，他即入园谒见，请旨发落。咸丰帝茫然道："该怎么办，你去办吧！"裕诚急急回朝，派了户部侍郎崇纶、内阁学士乌尔焜泰，驰赴天津，会同直督，照会各国使臣，约期开议。不意英、法两使复称：崇、乌两人非中国首相，不便议和，严词拒绝。崇、乌两人只好怏怏回来。英、法使臣，煞是厉害，竟从白河口驶入小轮，悬起红旗，开炮击大沽炮台。守台的将弁，吃粮不管事，一闻炮响，茫无头绪。三十六着，走为上着，霎时间，逃得精光。眼见得大沽炮台，被英、法两军占去。强盗已到门首，主人漫无防备，一任毁门而入，正是可笑。

警报飞达圆明园，那时咸丰帝只好回宫，特命亲王僧格林沁，率兵赴天津防守，又命惠亲王绵愉，总管京师团防事务，严行巡逻。僧王抵津后，奏称“俄、美使臣，愿作调人，只乞改派相臣议款”等语。咸丰帝不得已，命大学士桂良、尚书花沙纳，再赴天津议和。惠亲王绵愉、尚书端华、大学士彭蕴章等，关心和议，记起这位和事佬耆大臣来，说他熟悉夷情，联衔保奏。此时耆英已因罪被谴，由咸丰帝赏他侍郎衔，即命陛见。耆英造膝密陈，似乎有绝大经济，不由得咸丰帝不信，立委重任，令他自由交涉，毋庸事事会同桂良等办理。那时耆钦差欢跃得很，夤夜去讫。要断送老命了。咸丰帝略略安心，过了两天，忽接到桂良飞折，奏称：耆英为英、法所拒，请饬回京。弄得咸丰帝愕然不解，竟提起朱笔，写着：耆英系原定和约之人，外情素所熟悉，所以朕弃瑕录用，畀以钦差重任，何以忽有代奏回京之请？且耆英并未列衔，是何意见，着即明白复奏。其实这场祸根，开自广州，耆英曾有二年入城的预约，后来他运动内用，撒了一堆烂屎，贻与后任，致开外衅。这时洋人已嚣张得很，哪里还肯接见耆英。去了两次，都被他闭门谢客，撞了一鼻子灰。只好请桂良代奏，他竟一溜风跑回京中。快去快来，确是干练。廷寄朝发，耆英夕至，惠亲王得知消息，恐坐保举失察罪，立刻奏闻。咸丰帝见了此折，命将惠亲王议处，并饬僧亲王速解耆英听审。

此旨下后，咸丰帝怏怏入内，踱至懿贵妃宫中。懿贵妃因咸丰帝多日不至，已密令宫监探听确音。正在妒忌得很，暗伏后文。一闻御驾到来，外貌仍佯若无事，接驾入座。咸丰帝与她谈论外交情事，懿贵妃微笑道：“外交易与：内蠹难除。”暗指四春。咸丰帝道：“你哪里知道，朕因内乱未定，不得不注重邦交，已派桂良、花沙纳两人前去议和。嗣因惠亲王等保举耆英，说他熟悉夷情，朕即破格重用。谁知他去了一趟，毫不办理，擅自回京。耆英原是混账，洋人想也厉害哩。”懿贵妃道：“万岁爷为何专信庸才，闻他已革职还乡，冷落多时，何故今日又去重用？他是专知蛊惑，不顾圣恩的。万岁爷，若长此纵容，恐怕他们越加玩法，后事恰不易处置呢。”语带双敲。咸丰帝道：“依你说来，要狠狠地办他一下么？”懿贵妃勃然道：“将他正法便了！”决绝得很，与从前奏对时，已大相径庭。咸丰帝道："这也罪不至此。"懿贵妃道："圣上原是宽洪。然姑息适足养奸，杀一儆百，他人方不敢蒙蔽圣聪。"以之处四春何如。咸丰帝踌躇不答。懿贵妃道："就使皇上加恩，免他正法，亦应赐他自尽。这班狐媚子，留一日，坏一日，有什么好处。"居然说他狐媚子，情愈可见。咸丰帝点了点头。于是这位和事佬，要就此收拾了。

次日升朝，适值耆英解到，即饬恭亲王奕䜣等严讯。奕䜣等曲承意旨，拟为绞监候。咸丰帝尚以为未足，竟饬令自尽，立派左宗正仁筹、左宗人绵勋、刑部尚书麟魁监视，于宗人府空室内送他归天。还说是饬纪加恩的至意。谋及妇人，宜其死也。

可奈耆英虽死，寇氛愈紧。桂良、花沙纳仍仿着耆英的秘诀，英人要约五十六条，法人要约四十二条，都一一照奏。最关紧要的计有数条：第一是各派公使驻京；第二是准洋人持照至内地游历通商；第三是增开牛庄、登州、台湾、潮州、琼州等处为商埠；第四是偿英国商耗银二百万两，军费亦二百万两，法国减半。这奏一上，廷臣鼓噪，都主张驳斥。还是咸丰帝了明大局，料知无人能战，无地可守，不得已忍痛许和。俄、美使臣亦思利益均沾，要求订约，由桂良等再行奏请。咸丰帝便批了"准奏钦此"四字。这叫作"天津和约"。各国舰队方次第退出天津，一番战事暂作烟消。京师里面又是粉饰承平，铺张盛事。

咸丰九年正月朔，颁下一道上谕，内称：翌年乃朕三旬万寿期，宜特开庆榜，嘉惠士林。着于本年八月内，举行恩科乡试，明年三月，举行恩科会试，以副朕简拔人才至意。各省士子见了此诏，都异常欣幸，期夺锦标。这且搁过不提。还想偃武修文，歌功颂德，正是痴心。

且说东南军事，于咸丰七八年间，互有胜负。和春、张国梁自丹阳合兵进攻，屡克江宁属县，再复镇江，又到江宁城下，江南大营复振。德兴阿在江北，亦进拔瓜洲。两军把南京围住。九江由李续宾攻入，长毛悍酋林启荣战死。杨载福等又进捣安徽，拔舒城、桐城各县，直逼安庆。长毛愤激得很，四处乱扑，忽入皖，忽赴赣，忽窜江浙，牵掣官军。且勾结一班捻匪，作为声援。捻匪详后。那时官军疲于奔命，顾了这边，失掉那边。江南的六合县，死守六年，被长毛攻破，死了道员温绍原。安徽的庐州府，又被长毛陷入，死了总兵萧开甲、知府武成功。还有，李续宾转战而前，兵锋甚锐，无人可挡。谁知到了三河镇，被长毛头目陈玉成、李世贤等，带领党羽十多万，将他围住。续宾兵只有四五千，哪怕三头六臂，也是不能脱免，眼见得是力竭捐躯了。咸丰帝照例优恤，且加他总督衔，并有忠灵不昧，还望再生等谕，言下甚是慨然。

但因外人已退，忧愁已消了一半。在宫中过了新年，一到元宵，便至圆明园寻乐去了。从此车驾常驻园中，竟把这圆明园作了宫殿。王大臣等上朝启事，都要移入园内。皇后素性恬淡，就是一年不见皇帝，也没有什么介意。只这位懿贵妃，很是懊恨，料知咸丰帝耽恋四春，暗地里骂个不住，恨不将四春娘娘一个个拿到面前，把她撕作几段。入宫见嫉，蛾眉不肯让人。咸丰帝管不得许多，索性图个尽欢，镇日取乐。岂亦自知不永年耶？

忽由军机处呈上江南军报。取过一阅，乃是和春所奏，弹劾都统德兴阿屯兵江北，迁延观望等情。随即批谕德兴阿着革职来京，所有江北军营，统归和春节制。为江南大营再溃张本。批毕，即交与军机。并嘱此后奏报到来，着军机先行拟旨，一并呈入，免朕事事动笔，休得忘记。下文懿贵妃拟旨，已兆于此。军机领旨去讫。未几，前署安徽抚事李孟群殉难庐州，淮阳道郭沛霖死事定远，一切抚恤事宜，都由军机处拟定，咸丰帝略略一瞧，便令照行。

一入初夏，突闻英、法各国又遣来兵舰四艘，竟到大沽口要与中国开战。看官，上文说过，《天津和约》已经双方允妥，各国舰队统已退去，为何此时又来，且要开战呢？原来去年定约，因要钤用国宝，彼此须费手续，定期翌年互换。此次正来换约，适值大沽设防，由僧亲王遣人拦阻，令各国船只卸去军械，改由北塘驶入。各使臣多半听命，独英舰长卜鲁士抗不遵行，竟驶入大沽，毁去防具，立刻竖起红旗来。僧王也下令戒严，炮台上一律筹备。俄闻炮声突发，料是英船开炮，即饬炮台还击。扑通扑通的一阵响，把英舰轰伤了两艘，余船逸去。只美使华若翰改道行走，才得换约。这一场的小胜，宫廷上下争相庆贺。丑态如绘。咸丰帝忙下谕旨，格外褒奖。并准于捐输项下，提银五千两，分别赏赉。嗣是龙心快慰，总道洋人败退不敢再来，连《天津和约》都可废去，便安安稳稳地在园度冬。想是交桃花运。看看残腊将尽，方才还宫。

十年元旦，临朝受贺。因是年三旬万寿，颁诏天下，特封赏各亲王、贝子有差。转瞬春暮，万寿节届。咸丰帝御正大光明殿，一班王大臣及蒙古王、贝勒、贝子、公等，齐集殿前，行祝嘏（gǔ）礼。只外省督抚、将军、提镇等，已预发谕旨，令他注重军事，不必来京。因此热闹之中尚带三分寂静。祝嘏礼毕，至同乐园赐食。大众醉酒饱德，不消细叙。宫中亦照例庆贺，一律赐宴。懿贵妃与宴后，满拟咸丰帝到来，眼睁睁地候着，许久不闻影响，只由总监缴到一纸，乃是咸丰帝亲笔，上写着：明日上午，自贵妃以下，统至圆明园领宴。懿贵妃不觉大愤，顿时怒形于色。忽又嗤然一笑，道："圣上弘慈，不问满汉，一体相待。奈我没福消受怎好？"读此言已见才具，不似寻常妇女，一味乱骂。想了一会儿，便令宫女展寝而睡。

次日，咸丰帝一早到园，由四春娘娘迎入，叩贺圣寿。不多时，见宫中妃嫔，统似花枝招展翩翩前来，谒过圣驾，并与四春见礼。满汉同席，内外一堂，乃是旷古罕逢，真个皇恩普遍。只有懿贵妃那拉氏待久不至。等到午牌，方有宫监来报：懿贵妃略染小恙，不能遵旨领宴。咸丰帝听着，便道：由她吧！当下肆筵设席，列坐开樽，酒落欢肠，目迷春色。这一边是北部胭脂，那一边是南朝粉黛，花为四壁香为国，锦作屏风玉作堆。到了兴酣席散，妃嫔等才谢宴回宫。独咸丰帝留住园中，与四春娘娘作长夜欢。宝帐春深，鸾帏露重，几乎把这个咸丰帝融化在安乐窝中。色上有刀，其能久乎？

可奈乐极则悲，泰极则否。霓裳之舞未终，鼙（pí）鼓之声又起。英使额尔金、法使噶罗，又率舰队来犯天津。咸丰帝狃于前胜，不以为虑。只饬令僧格林沁加意严防，自己仍在园中享受温柔滋味。要享完了，奈何！过了数日，忽接僧王加紧军报：大沽口北岸炮台已被英法各军占去，提督乐善阵亡。咸丰帝尚不甚着急，只郑奈王端华、尚书肃顺，入园谒帝，力主抚议。咸丰帝道："议抚也好。"端华、肃顺又请召回僧郡王，免延战祸。咸丰帝复准了他奏。僧王一退，英法军即入陷天津。军报一日紧一日，咸丰帝也焦急起来。一面派大学士桂良赴津议和，一面令大学士瑞麟统京旗兵九千出防。谁知议和无效，筹防不足，英法联军竟从天津入犯，扰及河西务。僧、瑞两营连战失利。咸丰帝再遣怡亲王载垣与桂良协商和议，复飞召南军入京勤王。副都统胜保，奉旨驰到，与洋兵战了一仗，又遭败衄。于是北狩之议遂起。懿贵妃在宫，闻这消息，密令恭亲王奕䜣率领满朝文武，到圆明园中吁请咸丰帝还宫，坚守京师。咸丰帝只是不从，待奕䜣出园后，暗令四春娘娘整顿行装，准备北狩。另派端华入宫，密接后妃等出来，至圆明园会齐。箭在弦上，不得不发，任你那拉贵妃如何能耐，也只好挈着皇子，随了端华，一同赴园。到园后，见车辆马匹已预备停当，料知无可挽回，遂陪着乘舆，仓皇出狩去了。懿贵妃亏得随扈，否则从此休了。这时怡亲王因和议不成，先日驰回，随扈北去。还有端华、肃顺，及军机大臣穆荫、景寿、匡源、焦祐瀛、杜翰等八九人相率扈从。在下有诗叹道：

翠华北狩出京城，宫眷廷臣一例行。
回首御园何处是，四春从此别蓬瀛。

欲知北狩以后如何情形，且至下回再阅。

女无美恶，入宫见妒，不特一那拉氏为然，无足怪也。惟那拉氏柔中寓刚，刚中寓柔，例以寻常妇女断不可与同日语。阅者于本回中求之，蛛丝马迹，显然可见。故是回虽纯是过渡文字，而旁敲侧击，左萦右拂，仍不离那拉氏身上，与喧宾夺主者不同。

第九回
惨遭纵火淀园被焚　望断回銮热河驰讣

却说咸丰帝挈眷启程，顾不得途次狼狈，匆匆北走，至百里外才停住御跸，留宿行宫。至是懿贵妃始得进言，劝帝不必远行。大旨言：皇上北狩，宗庙无主，恐遭夷人践毁。从前周室东迁，一蹶不振，可为殷鉴。还望圣衷俯纳等语。言似有理，然试问后日拳乱，何以仓皇出走？请那拉氏语我来。咸丰帝此时，已觉疲惫得很，默不一答，只令总监取出纸笔，即潦草写着：着恭亲王奕䜣留守，仍督僧、瑞二军，驻师海淀。钦此！写毕，就饬总监交与怡亲王，着人飞速赍去。

忽由京中递到奏折。咸丰帝大略一瞧，便掷置案上，倚枕躺着。懿贵妃取折细阅，署名乃是副都统胜保，便向咸丰帝道："看这奏折未始非是，圣意以为何如？"咸丰帝道："且到明日再说。"懿贵妃道："据胜保奏，系促南兵入援。火速催趱，尚恐南北道远，缓不济急，哪里还好延迟？"咸丰帝道："既如此，可饬载垣等拟旨进来。"懿贵妃道："这也不必，奴才虽是女流，也能模拟一二。"技已痒乎？咸丰帝道："你且拟来，待我瞧过。"于是懿贵妃遂蘸墨舒毫，立就数百言。其文道：

据胜保奏称"用兵之道，全贵以长击短。洋人专以火器见长，若我军能奋身扑进，兵刃相接，敌之枪炮，近无可施，必能大捷。蒙古京旗兵丁，不能奋身击刺。惟川楚健勇，能俯身猱进，与敌相搏，洋人必受惩创。请饬下袁甲三等，于川楚勇中，挑选得力若干名，派员管带，即日起程赴京，以解危急”等语。洋人犯顺，夺我大沽炮台，占据天津。抚议未成，现已带兵至通州以西，距京咫尺。僧格林沁等兵屡失利，都城情形，万分危急。现在外军营，川楚各勇均甚得力，着曾国藩、袁甲三各挑川楚精勇二三千名，即令鲍超、张得胜管带；并着庆廉于新募彝男及各川楚勇中，挑选得力数千名，即派副将黄得魁、游击赵喜义管带；安徽苗练向称勇敢，着翁同书、傅振邦饬令苗沛霖遴选练丁数千名，派委妥员管带；均着兼程前进，克日赴京，交胜保调遣。勿得藉词延宕，坐视君国之急。惟有殷盼大兵云集，迅扫逆氛，同膺懋赏，是为至要。将此由六百里加紧，各谕令知之。钦此！

写讫，便捧呈御览。咸丰帝瞧毕，不由得嘉奖道：“很好，就照此颁发吧。”诚如皇言，可惜政由内出。懿贵妃忙颁将出去，任你怡、郑各王如何权大，究竟不敢阻挠。便由六百里驰驿分递。怡、郑两王之危机，已兆于此。次日御驾又饬启行，懿贵妃谏阻不住，仍随驾前往。临行时，咸丰帝复亲颁朱谕，着恭亲王奕䜣为全权大臣。自己却带领扈从人等，即向滦阳进发。

这时京城里面扰乱得很，文官主和，武官还要主战。僧格林沁因英参赞巴夏礼出言不逊，竟将他诱缚解京。英人越发猖狂，摇旗放炮，节节进攻。清兵的器械，不及洋兵的快利，遇着弹子飞来，统跑得不知去向。那洋兵如入无人之境，竟驰到京师，把禁城三面围住。恭王急极，与大学士周祖培、尚书陈孚恩等商议，统是面面相觑，不发一言。至接奉全权大臣的谕旨，方决计主和。嗣又闻行在飞召南军，又弄得疑惑不定。忽由桂良交来照会一角，乃是索还巴夏礼，否则开炮轰城。恭王见照会上有三日期限，还略略放心。挨一日过一日，等到三日期满，尚是犹豫不决。

胜保等要杀巴夏礼，桂良等要放巴夏礼，两下正在相持。忽报英兵绕出城西，攻打海淀。海淀就是圆明园。上文已有明谕，令恭王督着僧、瑞二军，驻守该地。恭王得了此警，忙至海淀督防。甫入园，内务府大臣文丰，已慌忙驰至，报称僧、瑞两军不战先溃，洋兵要杀进园里来了。这句话吓得恭王回头就跑，一口气跑至长辛店方才停足。大学士瑞麟、军机大臣文祥等亦陆续奔到，大家会议了一回，只有释放巴夏礼或可转圜。忽擒忽纵，好似儿戏。这边照会尚未发出，那留守京师的王大臣已将巴夏礼开释，派海关监督恒祺送往英营。恭王闻这消息，总道外愤渐平，慢慢儿可以议抚，一心一意地候着。不料过了两天，军探报称圆明园被焚，火尚未熄。恭王嗟叹不已。又过两日，闻报圆明园全座毁去，都是英参赞巴夏礼主张，一直烧了三日三夜。恭王不禁顿足道："百年心力，一旦成灰，何以对列祖列宗于地下？"你也晓得对不住祖宗么？

言未已，门上送进公文，乃是从京中发来。拆开瞧时，乃是法使噶罗，愿居间排解，只请王爷入城议约。恭王还是畏怯，复示称：抚议定当即进城。留京王大臣得复，料知恭王尚有戒心，遂与洋人自行交涉，开城接商。巴夏礼带百余人入城，法使噶罗亦入，先索恤款五十万两。王大臣搜括御库，如数付给。然后两下议款。磋磨许久，才拟定于八年原约外，更辟天津为商埠，增派领事驻中国，偿英国银一千二百万两、法国银六百万两。议定，再报知恭王。恭王除照允外，没有别法。到九月十一日，在京城礼部衙门换约，恭王奕䜣方率同属官，带着护卫入城，到礼部大堂伺候。等了一歇，英使额尔金、参赞巴夏礼，也到署中。左右列座，安排筵宴。席间就换了和约，两造尽欢而散。次日又与法使照样换约。

只俄使圆滑得很，此次未曾与战，反在旁代作调人。后来与恭王另订《北洋条约》，除通商纳税，统照英法办理外，又把乌苏里河东岸地圈划了去，算来是他最占便宜呢。

话分两头。上文一段不得不叙，好教阅者接洽时事。且说咸丰帝驾幸滦阳，直至热河。热河在京师东北，旧属承德府管辖。向设围场，为历代清帝秋狝之所。地名木兰，筑有避暑山庄。自道光以后，此制久废。这次咸丰帝避难至此，清史上称作北狩。其实是蒙尘出走，托名盖羞。这也是有史以来，遇着天子出奔，往往是这般说法的。解释明晰。咸丰帝既到热河，就借避暑山庄作为行在，章奏仍陆续往来。起初接着各种军报，还是一一瞧阅。所有批谕，简单的都是亲笔，此外由军机拟旨，亦必亲自过目，酌量增损。及闻海淀被焚，不觉吃一大惊，弄得目瞪口呆，险些儿将身晕倒。四春休了，文宗休了。独有那拉贵妃反易忧为喜，和颜悦色地在旁劝慰。咸丰帝虽勉强答应，目中已瞧透三分。自此心灰意懒，渐渐地染起病来。

等到和议告成，在京各王大臣联衔奏请回銮。咸丰帝只下一道谕旨：饬南军不必北来。至于回銮事情，简直搁起。嗣经在京王大臣一再遥奏，才颁出上谕道：

本年天气渐届严寒，朕拟暂缓回京。俟明春再降谕旨。钦此！

在京的王大臣，接奉上谕后，议论纷纷，多说京中不可无主，回銮最是要紧，总须设法奏准才好。于是联合直省各疆吏，恭请即日回跸。那拉贵妃也日日怂恿，惹得咸丰帝懊恼，检出南中奏折一大叠，掷与贵妃道："你瞧你瞧，朕在京时，已闻得江南大营又复溃陷，和春、张国樑统已阵亡。嗣后苏常一带，相继失守。近日徽州又报被陷，还有捻匪窜扰山东，这般时势还要回京什么？"东南军事借咸丰帝口中叙入，免与上文重复。看官，这懿贵妃自邀宠以来，从不见有这样御容，此番碰了一个大钉子，不知她心中如何难过。她却不露声色，婉言答道："日前两江总督，已着曾国藩补授。山东的捻匪，昨已见过谕旨，命僧格林沁往剿。他两人统老成得很，将来必能告捷，万岁爷何庸过虑。惟京中无主，未免可忧，还请回銮为是！”咸丰帝并不回言，竟歪在炕上，好似睡着去了。懿贵妃不便再劝，只好随着御驾在热河过年。

是年冬季，咸丰帝已精神恍惚，坐卧不宁，咯血、梦遗诸症，次第发作。到十一年元旦，勉强起床，御澹泊诚敬殿受贺。转至勤政殿，赐近支亲藩筵宴。六宫妃嫔，也遵着京中旧例，庆赏一天。只咸丰帝终怏怏不乐，午牌后便入内高卧，咨嗟不已。京内外各大臣统着人赴行在上表，贺喜以外，并请回銮吉期。咸丰帝尚想延挨，经懿贵妃联合皇后彼此互劝，乃谕于二月十三日回銮。扈从各员，因回銮期近，各自预备。独怡亲王载垣、郑亲王端华，及宗室尚书肃顺，一些儿没有举动。大众怀疑得很，私下去问肃顺。我亦欲问之。肃顺笑道：“据我看来，回銮的日子恐没有这般迅速。”大众道：“谕旨煌煌，哪里还可更变！”肃顺道：“诸公不信，到期自知。”大众不便续问，只一日一日地待着。

到了二月初旬，并没有安排銮驾的消息，大众才觉惊疑。至二月十一日，颁发上谕：改期二月二十五日。过了十天，由怡亲王载垣，奉旨宣召各大臣会议。大众应召毕集，由怡王迎入。行过了礼，怡王才启口道：“今晨奉到面谕，乃系圣躬违和，未便启程。因令各王大臣从长计较，究应回銮与否，详实奏闻。”大众听说，各钳住了口，不赞一辞。忽见肃顺开言道：“圣上意思，是不愿回銮。但皇言不便反汗，所以令群下会议。现在只可曲体圣衷，联衔复奏，缓日回銮吧！”怡亲王道：“我亦这么想。”当下此唱彼和，无不赞成。一班马屁鬼。遂由怡王领衔，谏阻回銮。奉批：着照所请。竟将前时颁下的成命化作乌有了。大众服肃顺先见，相晤时很是赞扬。肃顺道：“诸公但知其一，未知其二。试想圣上在京时，镇日住在圆明园，现在成为焦土，回銮后见了故址，宁不伤心？况皇上所宠的四春娘娘，遵着祖制不能入宫，将来当安插何处？目下圣体违和，也是为着这事忧劳所致。咱们不能为皇上分忧，已自抱愧，难道还要皇上添忧么？”一口道破，确是明见，奈不逮一哲妇何。大众才各自了然。

这番话传入宫中，懿贵妃很是不悦。即密遣心腹宫监安德海，夤夜入京，叫恭王奕䜣前来。奕䜣胆小，不敢遽允，只会同军机大臣文祥，酌缮奏折，愿赴行在祇问起居。安德海回至行在，奏折亦即赍到。咸丰帝阅奏毕，即召载垣入，拟定旨意，叫他不必前来。谕云：

> 朕与恭亲王奕䜣，自去秋别后，倏经半载有余。时思握手而谈，稍慰廑（jǐn）念。惟朕近日身体违和，咳嗽未止，红痰尚有时而见，总宜静摄，庶期火不上炎。朕与尔棣萼情联，见面时回思往事，岂能无感于怀！实于病体未宜。况诸事妥协，尚无面谕之处。统俟今岁回銮后，再行详细面陈。着不必赴行在，文祥亦不必前来。特谕。

这谕发出，懿贵妃的计策全然无效，一腔热愤都喷在载垣、端华、肃顺身上，专待机会到来，把三人立刻处死。可怜怡、郑两亲王尚蒙在鼓里，未曾防着。死了。只肃顺有些乖觉，尝密语怡、郑两王，叫他先事预防，毋堕彼手。怡、郑二王威尊势盛，哪里放在心上。可巧侍卫荣禄与懿贵妃有亲戚关系，贵妃与他暗中联络，作为外援。这事被肃顺闻知，遂至怡、郑二王处，令他密奏帝前，废去贵妃。怡、郑二王还疑肃顺多事，但心中恰也记着。

是年夏季，天气酷暑，热河一带也是炎热得很。咸丰帝病体加剧，日夕卧着，有时记着四春娘娘，令她入侍。偏这懿贵妃从中阻挠，不许近前。就使见了一面，也是不便多谈。因此咸丰帝怀恨贵妃。怡、郑二王，微窥上意，问疾时，请屏去左右，密陈贵妃、荣禄内外勾结事。木朽虫生。咸丰帝半信半疑。拟俟病体少痊，调查确证。无如心越烦闷，病越沉重。到六月初九日诞辰，扈从各王大臣统至福寿园朝贺。咸丰帝尚勉力支撑，莅园受礼，并即赐宴。欢宴未终，咸丰帝已挣扎不住，令两太监扶掖还寝。妃嫔人等，还待着行礼，由宫监宣诏赐免。自是咸丰帝终日卧着，不能临御如常了。

看官听着，这咸丰帝即位初年，颇思振作有为，干一番旋乾转坤的事业。可奈内有发捻，外有英、法等国，哗乱不休，扰得心尽力疲，仍归无效，反丧失了许多土地、许多金钱。郁极思解，忙里偷闲，就把那绝色女子选了几个，作为消遣的玩物。谁知女色蛊人，容易伐性，以一御十，不耗亦枵。又况仓皇出狩，饱历风霜，怅皇路之多艰，痛名园之不复。又复谗间交作，谣诼多端，任你如何强壮，也要变成痨瘵。一挨两挨，竟致不起。总束数行，可作当头棒喝。

皇后、贵妃急得什么相似，日日到京中催趱御医。来了几个岐黄妙手，能医病不能医命。至七月中壬寅这一日，病已大渐。咸丰帝密嘱皇后，取出一张遗旨，交付了她，叫她不要遗失。皇后瞧了一瞧，便藏在怀中。暗伏下文。凑巧懿贵妃也踱将进来。还道是交代御宝，忙向皇后婉问。咸丰帝已闻着，道："御宝么……"就从枕边检出交与皇后。随命召载垣、端华、肃顺、景寿、穆荫、匡源、杜翰、焦祐瀛等八人，入草遗诏：立皇长子载淳为皇太子。又嘱咐了数语，无非是托孤寄命的话头。八人退出，又阅一宵，到癸卯日寅刻，咸丰帝竟崩逝去了，享寿三十一岁，庙号文宗。载垣、端华、肃顺等，入内哭临。

至大殓后，即扶出六岁的皇太子，在枢前即皇帝位。越日，尊皇后钮祜禄氏及皇太子生母皇贵妃那拉氏，均为皇太后。并后匹嫡，乱之本也。旋复上皇太后徽号曰慈安，上生母皇太后徽号曰慈禧。并拟定新皇帝年号，是"祺祥"二字。新皇帝年只六岁，所有一切政务，自然由载垣、端华等独断独行。且因咸丰帝遗命有赞襄一语，他八人遂自称赞襄政务王大臣。先颁喜诏，复颁哀诏。

过了数天，即接到恭王奕䜣等来折，请准至热河奔丧。载垣、端华、肃顺等私议道："奕䜣此来，不怀好意，须阻住他方好。"当下由肃顺拟旨，略说京师重地，留守要紧，毋庸来此奔丧等语。

这道旨才颁发出去，忽由两宫太后发下御史董元醇一折。载垣取来瞧着，不禁连声叱道："混账，放屁！"正是：

贵胄挟权方蓄意，台官拜折忽翻新。

毕竟折内有何言语，待小子下回表明。

那拉贵妃之始阻出狩，继劝回銮，名正言顺。一若关心大计，毫无私见者。然迨文宗弥留，第一着即索御玺，揽权之私心已见。厥后生杀予夺，为所欲为，先后判若两人。人皆疑之，吾谓无庸疑也。小忠小信，正所以固结主意，笼络人心耳。他人不敢阻，而彼独阻之；他人不敢劝，而彼独劝之。惟其敢也，所以成后此种种之辣手。明眼人阅到此回，尤见著书人深心。

第十回
定密谋启程返跸　戮辅臣创制垂帘

却说董御史所陈奏折，由怡亲王载垣取阅，顿时痛詈不休。端华、肃顺从旁瞧着。端华道："我朝祖制，从来没有见过。哪个胆大的御史敢倡此议？"肃顺道："这是明明有人主使，咱们须要力争哩！"正说着，忽有懿旨下来，立召赞襄王大臣入议。载垣等便即趋入。见两太后东西分坐，当即行礼。礼毕，先开口的是西太后，就是咸丰帝在日的懿贵妃。在下又要改称了。特补一笔。西太后谕道："御史董元醇，奏请两宫垂帘听政，这件事果可照行么？"奏中要旨从此叙出。载垣道："这是祖制所没有的，请两宫太后明察。"西太后道："祖制虽是未有，且也不曾禁止。况如原奏所言，应派近支亲王一二人辅政，内外相维，很觉妥当。看来可以照办。"端华就接口道："祖制究不可违。祖制所有，不好妄废；祖制所无，亦不好妄作。奴才等只知谨守祖训的。"西太后面有愠色，东太后恰恰然道："这是重大的题目，你等须静心参酌才是。"西太后道："他们的意思，简直是不肯奉旨哩。"一句紧一句。肃顺至此，忍耐不住，竟直说道："奴才等赞襄皇上，不能听命太后。况是有违祖制，教奴才如何奉诏？"西太后陡睁凤目，怒视肃顺。大有扑杀此獠之态。东太后瞧这形容，便道："且从缓议。教他们暂退吧！"亏她解围。载垣等便碰头而退。肃顺出外，复语载垣道："董元醇那张奏折，倒要严加驳斥，免得他人希旨承颜，再来效尤。"料事颇明，奈偏不从汝愿，奈何！载垣、端华连声称"善"。随叫军机拟旨，抬出“祖制”两字，把董御史严斥一番，方觉安然。

过了数日，忽报恭王奕䜣已到行在。载垣等很是惊疑。正拟遣人探问，恭王已投刺请见。载垣等只好迎入。相见毕，便问奕䜣来意。奕䜣道：“此来不过是叩谒梓宫，慰问太后便了。”载垣道：“六王爷未曾奉召，竟自离京，京内何人负责？”奕䜣道：“在京王大臣，多得很呢！况目下安靖如常，没甚可虑。俟谒过梓宫，并请过两宫太后安，即拟返京。此间政务，有诸公在，自问年轻望浅，不敢预闻。”肃顺笑道：“梓宫可谒，惟两宫太后处不应入觐。”奕䜣问是何故。忽从肃顺背后转出一人，朗声道：“两宫太后与六王爷有嫂叔之嫌，古礼嫂叔不通问，所以不应入觐。”孝庄后且下嫁摄政王，祖制如斯，何故失记，反要援引古礼呢？奕䜣视之，乃是军机大臣杜翰，刚思辩驳，听载垣等已同声附和，料知口众我寡，不便争执，反婉词答道：“有这嫌疑，只好托诸位代为请安了。”随即起身辞出，回到寓所，心下很是踌躇。巧值太监安德海到来，便与密商许久，想出一个离奇的法子，安太监方才别去。

这日晚间，灯光黯淡，月色朦胧，避暑山庄门外有一男一女联翩趋入。侍卫忙去检视，当先的乃是安太监德海，随后的好像宫娥模样。便不加盘诘，由他入内。翌日黎明，侍卫尚未上班，安太监已将宫娥导引出去。看官，你道这宫娥是谁？就是皇叔恭亲王奕䜣。郑重言之。原来恭王此来，实奉西太后密召，商议秘谋，偏偏被八个赞襄大臣从旁拦阻，不许入宫请安。那时由安太监想一妙法，令恭王乔扮宫娥，混入行宫，密密切切地谈了一夜，商量妥帖，清晨即辞。侍卫等不知就里，总道是宫眷出入，没甚关系。哪里晓得已暗度陈仓，中了他嫂叔密商的妙计。说明就里，令人醒目。

恭王出宫后，即赴梓宫前哭临。是夕，即至载垣、端华等处辞行，翌晨就启程回京。忽来忽去，明眼人便要动疑，载垣等茫乎若迷，安得不死？载垣、端华、肃顺等还道恭王索然而返，料无他虞。不意懿旨又下，着行在人员，预备车驾，恭奉大行皇帝梓宫回京。载垣不觉惊讶道：“有这么迅速，正是出人意外！”当下与端华、肃顺等入见两宫太后，请少从缓办。西太后沉着脸道：“大行皇帝在日，时思回銮，只因圣躬抱恙，未便登程。不幸赍志崩逝，在天有灵，早一日回京，即早一日告慰。如何还好缓办！”载垣碰头道：“恐怕京中未安，所以恳请展缓。”西太后道：“京中早已平静了。你等是赞襄嗣皇的大臣，应该导嗣皇勉尽孝思，趁此天气未寒，沿途安静，正好奉丧回去。仰可以安先灵，俯可以慰物望。这才叫作赞襄尽职哩！”这番话说得载垣哑然无言，就是能言善辩的肃顺，也变作反舌无声。没奈何只好遵着旨，退出宫门。第一着失败了。载垣还怨着端华、肃顺道：“你们这两人今日为何半句不说？”肃顺道：“西后最恨的是我，我还要说什么？且至住所再商。”

数人徐步回来，同至怡王住所。肃顺才献计道：“回銮时候，咱们八人分作两起走吧！”载垣道：“这是何意？”肃顺道：“扈驾的扈驾，护送梓宫的护送梓宫。”载垣尚莫明其妙，肃顺附载垣耳道：“我不害人，人将害我。为今日计，莫如由王爷带着侍卫兵丁，扈送两宫，由间道先回。途次如可下手，便好除掉那拉氏，以免后患。”计太毒了。载垣不由得伸舌道：“这……这事可使得么？”肃顺道：“此计不行，死在目前了。”载垣道：“你与我同去否？”肃顺道：“我在后护送梓宫，接应王爷。先后声援，不怕他们谋我。”叫别人去使毒计，自己恰安居后面，真是良策。载垣还有些胆怯，再与端华商量，请他同去做一帮手。端华应允。议既定，即奏拟回銮日期，并请两宫太后及嗣皇帝，于恭送梓宫登舆后，先行启跸回京，以节劳勚（yì）。又将赞襄王大臣派定，某某扈驾，某某护送梓宫等语奏明。西太后得了此奏，很中下怀，她正想先日到京，好与恭王密商一切，计除三人。当即下谕“准于九月二十三日恭送梓宫登舆，先从间道返跸，祇候梓宫到京，在德胜门外恭迓。着王大臣敬谨将事，毋稍陨越”云云。启行前一日，西太后先密召侍卫荣禄，叮嘱再三，方命退出。强中更有强中手，怡王奈何？肃顺奈何？

次日天明，两宫太后挈着幼主，并六宫妃嫔等，以及扈从文武各大员，出丽正门，跪送梓宫登舆。然后把随从分作两路。太后、皇帝、妃嫔等人，由怡、郑两王拥护，从间道进发。途次遇着大雨，道路泥泞，很是难行。西太后下旨：着随从等催趱前进，毋惮勤劳，到京自有重赏。于是冒雨登程，除夜间驻跸外，片刻不停。行到古北口，四面都是旷野，猿啼鹤啸，凄寂异常。怡、郑两王正思动手，猛见侍卫荣禄带兵一队从后赶来，怡王觉得有异，急忙启问。荣禄答称奉两宫太后密旨，特来保护。怡王还思阻拦，不意荣禄不再理睬，直至两太后辇旁请过了安。自此晨夕不离，就是途中供奉，也由荣禄严密检查，一些儿没有遗漏。怡、郑两王不敢发难，只好瞪着两眼由他前去。第二着又失败了。九月二十九日，两宫以下安抵都门。留京王大臣等，由恭王带领出城排班跪迓。两宫太后宣旨平身。大众谢恩起来，站立两旁。这冠冕堂皇的銮驾，竟由侍卫、宫监等安安稳稳抬入京城。想从怡、郑两王眼中看出。迎送各员统同随入。怡、郑两王一时也没有摆布，暂回原邸安息。

越宿，即由大学士贾桢领衔会集朝臣，奏恳两宫太后垂帘听政。一折甫上，两折又来，乃是钦差大臣副都统胜保奏请皇太后亲理大政，并另简近支亲王辅政。两宫太后瞧过后，把垂帘事交议，即授恭亲王奕䜣为议政王。十月初二日，梓宫到京。两宫太后又挈着嗣皇，及各王大臣等孝服出迎，怡、郑两王也随班行礼。但见两宫左右统是禁军拥卫，此外又有大营驻扎。料是恭王奕䜣所使，又惊又恨。惊固不必，恨亦无益。及梓宫入城奉安，即颁下一道谕旨：令载垣、端华、肃顺着即解任，景寿、穆荫、匡源、杜翰、焦祐瀛退出军机。迅雷来了。

载垣等闻这上谕，已知祸事临头。只因肃顺尚留次密云，未曾到京，眼前少了一位智多星，正是焦急万分。这个智多星徒知趋避，也不中用。忽由恭王奕䜣，大学士桂良、周祖培，军机大臣户部左侍郎文祥，率领侍卫数十人，不待通报，竟大着步走入门来。载垣愕然道："诸位到此有何公干？"奕䜣道："有旨饬王爷解任。"载垣笑道："我已早闻知了。解任乃是小事，为何烦劳诸位同来？”奕䜣道：“还有旨。”载垣道：“你们大惊小怪，都是糊涂得很。你想，我等是赞襄大臣，面受先皇顾命，无论大小政务，统由我辈裁决。我辈未入，旨从何来？”奕䜣笑道：“你敢不遵旨么？”正争论间，郑亲王端华也昂然直入。他闻恭王等到怡邸中，未识何因，故此前来探问。自来送死。奕䜣见他进来，便道：“郑王爷也来了，巧得很，好与咱们同行。”端华道：“到哪里去？”奕䜣道：“到宗人府去！”端华尚未回答，载垣忙向端华道：“你不要听他，他们是假传圣旨哩！”奕䜣厉声道：“圣旨岂可假传？你不肯接旨，咱们也顾不得什么了。”便喝令侍卫动手。侍卫等便一齐上前，狐假虎威，不由两人分说，将他们捆缚定当，像扛猪般扛了出去。妙语解颐。扛到宗人府，交给宗令看管，随即入宫复奏。

载垣、端华两人方才拿下，那诡计多端的肃顺，也由睿亲王仁寿、醇郡王奕譞押解前来。原来西太后最恨肃顺，亦最忌肃顺，闻他留次密云，先密令仁寿、奕譞二人带了禁旅，夤夜去拿问肃顺。肃顺因密谋失败，正恐着了道儿，故意地逗留不进。这夕正闭门高卧，忽闻兽环大震，正思起床出问，不意豁喇一声，门已大开。一班如虎似狼的卫队导着两位红顶花翎的大员飞速入内，把他揿住床上，套入脚镣、手铐，似凤阳女子牵猢狲，随手扯去。上文说像扛猪，此处说似牵猢狲，绝妙映照。肃顺瞧那钦差，认得是仁寿、奕譞，便问何罪被逮。仁寿只答称“奉旨拿问”四字。肃顺道：“未曾革职，先要拿问，恰是奇闻！”奕譞笑道：“既要拿问，自然革职，你不必多言，且至宗人府再说。”肃顺无可奈何，只得由他牵住，跟同入京。一到宗人府，见载垣、端华两人先已被囚，不由得叹息道：“那拉氏真好辣手！我辈没命也罢，只灭清朝者叶赫，那话儿也应验了。”

次日，即在宗人府听审。坐堂的大员，除宗正外，无非是大学士贾桢、桂良等一班人物。审讯的事件也无非是营私舞弊、罔上揽权等几条案子。载垣、端华还要答辩，肃顺道：“辩什么，那拉氏总要葬死我们的。但我恰要问明一声，新皇未曾登基，革职拿问的谕旨，何人钤印？”宗正道：“是两宫太后钤印，所用的乃是先皇遗宝。”肃顺道：“可是同道堂印么？”宗正答一“是”字。肃顺道：“罢罢，好一位西太后，你们趋奉着她，总是吃着不尽！”又顾载垣、端华道：“不听吾言，致有今日。”原来肃顺当日曾要载垣、端华预索御宝，载垣落了人后，故有此语。宗正还要索供，肃顺道：“随你如何定谳，我总承认。”宗正即递与一纸，令他签字。肃顺立即签就。宗正又令载垣、端华两人照签，两人尚是狐疑，肃顺道：“承认也死，不承认也死。武曌重生，顾命大臣还想逃死么？”两人亦即签讫。仍牵禁暗室。当由听审诸大员谳定罪名，当日奏闻。次日即颁谕道：

宗人府会同大学士九卿翰詹科道等，定拟载垣等罪名，请将载垣、端华、肃顺照大逆律，凌迟处死一折。载垣、端华、肃顺于七月十七日皇考升遐，即以赞襄政务王大臣自居。实则我皇考弥留之际，但面谕载垣等立朕为皇太子，并无令其赞襄政务之语。载垣等乃造作赞襄名目，诸事并不请旨，擅自主持。即两宫皇太后面谕之事，亦敢违阻不行。御史董元醇条奏皇太后垂帘事宜，载垣等独擅改谕旨，并于召对时，有伊等系赞襄朕躬，不能听命于皇太后之语。当面咆哮，目无君上。且每言亲王等不可召见，意存离间。此载垣、端华、肃顺之罪状也。肃顺擅坐御位，于进内廷当差时，出入自由，目无法纪，擅用行宫内御用器物；于传取应用物件，抗违不遵；并自请分见两宫皇太后，于召对时，词气之间，互有抑扬，意在构衅。此又肃顺之罪状也。一切罪状，均经母后皇太后、圣母皇太后，面谕议政王军机大臣，逐款开列，传知会议王大臣等知悉。兹据该王大臣等按律拟罪：请将载垣、端华、肃顺凌迟处死。当即召见议政王、军机大臣等，面询以载垣等罪名，有无一线可原。据该王大臣等，佥称载垣、端华、肃顺跋扈不臣，均属罪大恶极，于国法无可宽宥。朕念载垣等均属宗人，遽以身罹重罪，悉应弃市，能无泪下！惟载垣等前后一切专擅跋扈情形，实属谋危社稷，是皆列祖列宗之罪人，非独欺凌朕躬为有罪也。在载垣等，未尝不自恃为顾命大臣，纵使作恶多端，定邀宽宥。岂知赞襄政务，皇考并无此谕，若不重治其罪，何以仰副皇考付托之重？亦何以饬法纪而示万世？即照该王大臣所拟，均即凌迟处死，实属情真罪当！惟国家本有议亲议贵之条，尚可量从末减，姑于万无可贷之中，免其肆市。载垣、端华均着加恩，赐令自尽。肃顺悖逆狂谬，较载垣等尤甚，本应凌迟处死，现着加恩改为斩立决。至景寿身为国戚，缄默不言，穆荫、匡源、杜翰、焦祐瀛于载垣等窃夺政柄，不能力争，均属辜恩溺职。穆荫在军机大臣上行走最久，班次在前，情节尤重。该王大臣等拟请将景寿、穆荫、匡源、杜翰、焦祐瀛革职，发往新疆，效力赎罪，均属咎有应得。惟以载垣等凶焰方张，受其钳制，均有难于争衡之势。其不能振作，尚有可原。御前大臣景寿着即革职，加恩仍留公爵并额驸品级，免其发遣；兵部尚书穆荫，着即革职，加恩改为发往军台效力赎罪；吏部左侍郎匡源、署礼部右侍郎杜翰、太仆寺卿焦祐瀛，均着即行革职，加恩免其发遣。钦此！

谕下后，即派肃亲王华丰、刑部尚书绵森，往宗人府逼令载垣、端华自尽。又派睿亲王仁寿、刑部右侍郎载龄，监斩肃顺。

三人已死，一班王大臣已知西太后手段，哪个敢去虎头上搔痒！垂帘听政的局面当即大定。十月初九日，皇太子载淳即位于太和殿，以明年为同治元年。“同治”两字，含有两宫同治的意思。本由载垣等拟定“祺祥”，嗣因载垣等犯法，遂易号“同治”。这是大学士贾桢揣摩迎合想出来的。十一月朔日，帝奉两宫皇太后御养心殿，垂帘听政，批发谕旨，统盖“同道堂”印。后人有诗咏道：

北狩经年跸路长，鼎湖弓剑望滦阳。

两宫夜半披书事，玉玺亲钤同道堂。

未知垂帘后如何情形，且待下回分解。

西太后一耳，载垣、端华、肃顺则有三焉，益以景寿、穆荫、匡源、杜翰、焦祐瀛，且合而为八矣。以一服八，谁曰不难？乃西太后出之以秘密，行之以沉静，成之以果毅，卒玩八人于股掌之上，或杀或逐，任所欲为，方诸吕、武，不是过也。本回纯为西太后着笔。举西太后之心术、之手段，备揭无遗。于此可以见妇人之足畏，于此可以见清室之无人。

第十一回
平粤酋特颁懋赏　谴亲王隐饬朝纲

却说两宫皇太后垂帘听政，所有国家政务，东太后素性沉静，不愿多言，那时西太后仗着才能，凡召对臣工取决万几，统是由她做主。东太后拱手受成而已。西太后既除了载垣、端华、肃顺三人，复将他平日党羽罢黜治罪。然后下一懿旨，略谓“首恶已除，余党概免株连。尔大小臣工，此后宜争自濯磨，守正不阿，毋得再蹈恶习，自取罪戾”云云。欲要守正不阿，除非请两宫撤帘。于是王大臣及侍御等又交颂西后仁慈，不为已甚。其实与西后反对的人物，已是一扫而空了。

西太后又想起圆明园四春当日争宠，早拟除灭了她。只因回銮训政，忙个不了，一时无暇下手。此时三凶已去，朝右肃清，便抬出“祖制”二字说“宫内不准容留汉女”，把四春一一驱逐。又密嘱宠监安德海，叫他即日发落。安太监狐假虎威，立刻到四春娘娘处宣旨撵出，并不准她携带物件。四春娘娘还想哀求，怎禁得安太监的凶悍，一声吆喝，手下宫监一齐动手，把四春娘娘穿着的宫衣、戴着的宫妆，尽行脱卸，牵扯出宫。可怜这四春娘娘花容狼藉，涕泗横流，首似飞蓬，面如黄蜡。比前时圆明争宠情景何如？令人有无限沧桑之感。出宫时尚有宫人瞧着，代为欷歔，后来竟不知下落。或说是被鸩死，或说是由杖毙。当时守着秘密，不好妄测。遇着这位狠心辣手的西太后，就使杀几个王大臣，也是没甚纳罕，何况那无权无势的四春娘娘，到这地步还有什么不死！不过较汉朝人彘、唐室醉妪，稍差一点，便算是西太后的仁德。人彘醉躯，贻痛千古，独四春身后未闻如何死法。吾知西太后手段，且比吕、武为优。

只是西太后恰也英明，处置宫禁原是一丝不漏，对付外省也觉井井有条。听政后，即命两江总督曾国藩，统辖江苏、安徽、江西三省，并及浙江全省军务。所有四省巡抚、提镇以下，概归节制。旋复加协办大学士衔。又拔沈葆桢为江西巡抚，李鸿章为江苏巡抚，左宗棠为浙江巡抚。东南一带，长毛以次荡平，悍酋四处纵逸，复被各省大吏搜杀擒戮，无一漏网。如太平英王陈玉成，被苗沛霖擒送胜保军营，枭首河南；太平翼王石达开，被川边土司擒解骆秉章军营，正法成都；还有亲王僧格林沁擒斩捻首张乐行；云南藩司岑毓英擒斩回匪马荣[①]。随处告捷，懋赏有差。到同治三年六月，曾国藩弟国荃攻克南京，闭城搜杀三日夜，尸横遍地，血流成渠。太平酋目三千及兵十余万皆被戮，生擒洪仁达、李秀成等。天王洪秀全已服毒自尽，由官军发掘，挫骨扬灰。积年巨寇，一旦扫除。只秀全子福瑱，突围出走，尚在逃中。捷报到京，朝廷动色相庆。两宫太后更欢慰得了不得，当用同治帝名义，下一谕旨，道：

本日据官文，曾国藩由六百里加紧红旗告捷，克复江宁省城，逆首自焚，贼党悉数殄灭，并生擒李秀成、洪仁达等一折，览奏之余，实与天下臣民同深喜悦，发逆洪秀全，自道光三十年倡乱以来，由广西窜两湖、三江，并分股扰及直隶、山东等省，逆踪几遍天下。咸丰三年，占踞江宁省城，僭称伪号。东南百姓遭其荼毒，惨不忍言。我皇考文宗显皇帝赫然震怒，恭行天讨，特命两湖总督官文为钦差大臣，与前任湖北巡抚胡林翼，肃清楚北上游。胡林翼驻扎宿松一带，筹办东征事务。复特授曾国藩为两江总督，并命为钦差大臣，东征江皖贼匪。号令既专，

① 马荣，为云南回民起义的领袖之一，“回匪”是清廷对回民起义的蔑称。

功绩日著。十一年七月，我皇考龙驭上宾。其时江浙郡县，半就沦陷，遣诏谆切，以未能迅殄逆氛为憾。朕以冲幼寅绍丕基，祗承先烈，恭奉两宫皇太后垂帘听政，指示机宜。授曾国藩协办大学士，节制四省军务，以一事权。该大臣受任以来，即建议由上游分路剿办。饬彭玉麟、杨岳斌、曾国荃等水陆并进，迭克沿江城邑百余处，斩馘外援逆匪十余万人，合围江宁，断其接济。兹据官文、曾国藩奏克复江宁详细情形等语，此皆仰赖昊苍眷佑，列圣垂庥，两宫皇太后孜孜求治，识拔人才，用能内外一心，将士用命，成此大功。上慰皇考在天之灵，下孚薄海民臣之望，自维藐躬凉德，何以堪此！追思先皇未竟之志，不克亲见成功，悲怆之怀，何能自已！此次洪逆倡乱粤西，于今十有五年，窃踞江宁亦十二年，蹂躏十数省，沦陷数百城，卒能次第荡平，殄除元恶，该领兵大臣等栉风沐雨，艰苦备尝，允宜特沛殊恩，用酬劳勩。钦差大臣协办大学士两江总督曾国藩，筹策无遗，谋勇兼备，知人善任，调度得宜，着加恩赏加太子太保衔，锡封一等侯爵，世袭罔替，并赏戴双眼花翎。浙江巡抚曾国荃，坚忍耐劳，公忠体国，着赏加太子少保衔，袭封一等伯爵，并赏戴双眼花翎。钦此！

随又下旨锡封有功诸臣，并颁发银牌四百面，赏给曾营将士。一面令各路官军搜剿长毛余孽。长毛嗣主洪福瑱，随着堵王黄文金出逃。先至浙江湖州府，被官军截回，继至安徽宁国府，又遇着官军，没奈何再窜至浙江淳安县地方。巧值浙将黄少春，率兵截住，杀了一阵，黄文金陨命，洪福瑱拼命逃去。随带酋目已寥寥无几，潜至江西，偏被清吏席宝田闻知，发兵掩袭。可怜这日暮途穷的洪幼主，逃入石城附近的荒谷中，总道山僻人稀，或可苟延残喘，谁知席军厉害得很，穷山入谷地搜寻，不到数日，已将洪福瑱生生获住，解到南昌，由巡抚沈葆桢飞章奏闻，奉谕就地正法。长毛穷凶极恶，宜乎无后，不足为洪氏惜。太平天国遂成为过去的历史，剪灭无遗了。

只有捻首张乐行虽已受擒，他的从子张总愚还是猖獗得很，纠合党羽任柱、赖文光，东驰西突，蔓延为患。捻者捏也，亡命各徒，聚捏成队，四出劫掠，故谓之捻，俗语叫他捻子。道、咸以前，就有这种捻匪，至洪、杨乱起，捻匪趁势横行。先由给事中袁甲三等带兵往剿，日久无功。后命亲王僧格林沁继剿，方将捻首张乐行擒住，攻破他雉河集的老巢。随即追袭捻众，从安徽至河南，从河南入山东，沿途屡中敌伏，丧失将士颇多。僧王大愤，恨不得灭此朝食，自率亲兵数千，先大军行。遇着捻匪，不管什么得失，只有追杀一法。捻匪张总愚、赖文光等，勾集党羽数万众，窜迹曹州，用了四面埋伏的计策，专等僧军到来。僧军昼夜穷追，赶到曹西，已是人困马乏，军士俱望休息，偏偏僧王不肯，催趱前进。到了日暮，已入伏中，一声炮响，前山后岭，左泽右陂，杀出无数捻匪，把僧王困在垓心，凭你僧王勇悍过人，也是冲突不出。可见徒勇无益。被围半夜，降卒复叛，捻匪乘时杀入，霎时间全军覆没。僧格林沁及总兵何建鳌、内阁学士全顺皆战死。恶耗到京，两宫太后统是震悼得很，降旨议恤予谥，自不消说。

只继任讨捻的人，朝中无一良帅，仍由西太后主张，命曾国藩督办直隶、河南、山东三省军务，专力讨捻。两江总督的职任，改委了李鸿章。这位老成持重的曾国藩，与僧王性情大不相同。他却图个万全计策，想出一个圈地制捻的法子来。奏称“捻匪已成流寇，官兵不能与之俱流，现惟分设四镇重兵，防剿兼施。安徽以临淮为老营，山东以济宁为老营，河南以周家口为老营，江苏以徐州为老营。一处有急，三处往援，首尾相应，方可以拙补迟，徐图功效”等语。两宫太后览奏也不好驳他，只得批了“准照所请”四字，由他缓缓地布置。

惟西太后听政四年，所有夙仇报复殆尽，又把那同胞的妹子配与醇王，已经成婚，正是夙愿尽偿，非常欣慰。一日临朝，部臣呈上交议案件，乃是两广总督毛鸿宾降级调用。西太后览毕，便向东太后道："毛鸿宾照例降级，两广总督的缺分，不如着吴棠去吧。"东太后尚未答言，左边站立的一位亲王已先跪奏道："吴棠现职不过是个漕督，资格上似乎太浅呢！"西太后微睁凤目，见是恭亲王奕䜣，便沉着脸道："叫他署理也属无妨。"恭王道："署理与实授，相去不多。"西太后不待言毕，便道："从前粤匪扰乱，所有立功的大臣，多是不次超迁，才得他感恩知奋，成此巨绩。难道这漕督吴棠独不便升任粤督么？"恭王道："粤督系重要职任，吴棠资望太轻，恐怕不能服众。奴才并非与吴棠有隙，不过蒙慈恩宠眷，曾许议政，所以不得不参一末议呢！"西太后道："谁不知你是议政王？只用人大权究不是操在你手。我要简任一个吴棠，你便硬要与我争执，过此以往，凡事都可由你专擅，还要用我等垂帘听政做什么？"一语紧一语，西太后确是狠辣。恭王闻到这语，不由得勃然怒发，竟昂头道："奴才自知无才，所以请两宫太后垂帘听政。太后既知奴才庸驽，还请赐恩撤去各差，俾奴才做个盛世散人，不胜感激！"说毕，就竖起左足，做欲立状。这一着乃是恭王大失着。清制：遇臣工召对，不许无故起立，所以防变未然。此次恭王骤欲起立，偏被这灵心慧眼的西太后瞧入目中，立叱侍卫纠仪。

侍卫奉旨入内，即将恭王引下，西太后便语东太后道："奕䜣自恃懿亲，敢违祖制。若非立加惩戒，将来臣下效尤，还成什么体统！"东太后徐答道："惩戒他一次，也是应该的事情。"西太后即唤军机大臣上前，随命道："奕䜣侵朝廷大权，滥举妄动，应褫去议政王职任，并撤去一切要差，以示惩儆。你等可拟旨下颁吧！"军机大臣唯唯听命。两宫太后当即退朝。是日即颁出上谕，略如西太后言，又加上"辜恩溺职"四字。次日，即命吴棠署理两广总督。原来吴棠系西太后恩人，小子曾于二回中表明。咸丰时已由西太后暗中保荐，历级上升。至垂帘听政后，吴棠官至漕督。西太后尚以为未足，因乘粤督开缺，即将吴棠调补。恭亲王未识缘由，偏偏要循资任用，遂碰了一个大钉子。叙出原因，令阅者醒目。但恭亲王是当时第一位勋戚，忽然罢职，未免人人自危。惇亲王奕誴等先后陈请，统把议亲议功的典例，援引入告，恳两宫太后开恩起复。给事中广诚，上了一折，尤说得痛彻异常，大致谓“庙堂之上，先启猜嫌，根本之间未能和协，骇中外之观听，增宵旰之勤劳”云云。广诚颇有胆量。东太后览到此折，心中有所感动，就与西太后商量，意欲把恭王开复原职。西太后未以为是，因碍于面子，不得已将惇王等折，发交王大臣复议。过了两日，由礼亲王世铎领衔，复奏“奕䜣咎由自取，惟系懿亲重臣，尚可酌量录用”等语。西太后至此，不能尽违众议，因与东太后联名下旨，冠以上谕，道：

朕奉慈安皇太后、慈禧皇太后懿旨，恭亲王谊属懿亲，职兼辅弼，在诸王中倚任最隆，恩眷最渥。特因其信任亲戚，不能破除情面，平时于内廷召对，多有不检之处。朝廷杜渐防微，若复隐忍含容，恐因小节之不慎，致误军国重事，所关实非浅鲜。且历观史册所载，往往亲贵重臣有因遇事优容，不加责备，率至骄盈矜夸，鲜克有终者，可为前鉴。日前将恭亲王过失严旨宣示，原冀其经此次惩儆之后，自必痛自敛抑，不至再蹈愆尤。此正小惩大戒，曲为保全之意。如果稍有猜嫌，则惇亲王等折均可留中，又何必交廷臣会议耶！兹览王公大学士等所奏，佥以恭亲王咎虽自取，尚可录用，与朝廷之意正相吻合。既明白宣示，恭亲王着即加恩，仍在内廷行走，并仍管理总理各国事务。此后惟当益矢慎勤，力图报称，用副训诲成全至意。钦此！

这旨一下，恭亲王奕䜣免不得入朝谢恩。各亲王等又劝恭亲王卑以自牧，不应倚老卖老。恭亲王也觉自悔。在人檐下过，不敢不低头。无非热中而已。既奉了谕旨，当即于次日入朝，伏地痛哭，深自引咎。这副急泪从何处得来！两宫太后许其自新，便命退朝。复颁一上谕，道：

朕奉慈安皇太后、慈禧皇太后懿旨，本日恭亲王因谢恩召见，伏地痛哭，无以自容。当经面加训诫，该王深自引咎，颇知愧悔。衷怀良用恻然。自垂帘以来，恭亲王在军机处议政已历数年，受恩既渥，委任亦专，其与朝廷休戚相关，非在廷诸臣可比。特因位高速谤，稍不自检，即蹈愆尤。所期望于该王者甚厚，斯责备该王者不得不严。今恭亲王既能领悟此意，改过自新，朝廷于内外臣工，用舍进退，本皆廓然大公，毫无成见，况恭亲王为亲信重臣，才堪佐理，朝廷相待，岂肯初终易辙，转令其自耽安逸耶！恭亲王着仍在军机大臣上行走，毋庸复议政名目，以示裁抑。其勿忘此日愧悔之心，益矢靖共，力图报称。仍不得意存疑畏，稍涉推诿，以副厚望。钦此！

恭亲王经此挫折，遂不敢与西太后反抗。办理一切政务，自然奉命惟谨。一个謇（jiǎn）謇谔（è）谔的王公，化作唯唯诺诺的奴才了。也被西太后扳倒。是年秋间，举行文宗葬礼，以孝德皇后从葬。孝德皇后就是文宗的元妃萨克达氏。文宗未即位时，元妃已薨，此次同葬定陵。所有典礼均由恭王奕䜣承办。且因军务浩繁，筹款维艰，由恭王发起捐俸助集葬费。凡内务府及各部官员，无不孝敬捐纳，遂得凑成巨款。临葬时，辒辌首辙，辇辂盈途。两宫太后及幼帝以下，一律从行。至定陵，礼官读祝，喇嘛唪经。然后将皇棺告窆，置金圭、玉笏、珠串等于棺上，其余一切珍宝陈设，一一安置陵内，乃封门。既返，复由两宫太后下谕，嘉奖恭王，说他尽敬尽诚，有条有理。从前谴责的谕旨，着毋庸编入起居注，以示眷念勋劳，保全令名至意。于是恭王复渐得宠眷，所失权柄依次恢复。为下文谋去安得海伏线。这是后话慢提。

转瞬间已是同治五年。元旦庆贺，循行大典，连接数日筵宴。正是醉赏升平，一派中兴气象。句中有刺。西太后最爱听戏，饬安总监德海，传入有名戏子，在宫中演了好几天。戏装不甚华美，竟将库中所存的贡缎裁作戏衣。

每演一日，赏费至千金。这个消息传入御史耳中，免不得有几个忠臣硬来出头，奏折中不敢指斥太后，只好参劾太监。西太后以帝名批答，略说：所奏甚是。本朝从不许太监预政，并不许其乘间进言。二百余年，纲纪明肃。自两宫皇太后垂帘听政以来，恪遵家法，从不许太监稍有干政之端。如太监中有肆其狐媚之术，巧为尝试者，须立即惩治不贷。批语似甚详切，其实统是纸上画刀，无关痛痒。

安太监的权势日盛一日。宫中称他小安子。除两宫太后外，要算小安子说话最灵，没一个敢违背他。西太后因他侍奉有功，更兼人物漂亮，异常宠幸。有时竟把御用的龙衣及玉如意赏给与他。龙衣可赐，如意可给，西太后之情不言而喻。小子曾有俚句一首，道：

到底中官是祸胎，兴衰莫谓数应该。

慈禧虽是英明甚，炀蔽都从嗜好来。

欲知后事如何，且至下回再叙。

粤寇之平，全赖曾国藩。西太后特别重任，不可谓非慧鉴。厥后肃清捻众，虽非曾氏所手定，然其圈地制捻之策，实足制捻众之死命。李鸿章遵其遗算，卒以平捻，故谓其功由曾氏，未始不可。即谓曾氏之功，由西太后造成之，亦无不可也。至于恭王被谴，因升迁吴棠而致。西太后为酬恩故，不惜去一勋戚，来免以私害公。不知此正所以见西太后之才，玩一亲王于股掌之上：谴责之，以示威；开复之，以示恩。能使王公大臣以下敬畏有加，何其善于操纵也。且升任吴棠以报德，亦无非西太后厚处，不足为病。至宠幸小安子，而骄侈之心始渐萌矣！阅者于夹缝中求之，自有分晓。

第十二回
奉密旨权阉出都　惊耗问慈闱肇衅

却说西太后重任曾国藩，令他督师剿捻。自同治四年夏季起，至五年秋季，相距一年有余，捻众驰突如故。国藩沿运河筑墙，为圈捻计。捻酋张总愚、任柱、赖文光等，分路冲突，竟把防墙毁去，由山东窜河南。台官以国藩师久无功，交章弹劾。国藩本是个忧谗畏讥的人物，遂上疏告病。自称精力已衰，不堪任重，愿即降为散员，留营效力。两宫太后先尚慰留，经国藩再三固请，乃令他推贤自代。想都是西太后主张。国藩遂疏荐李鸿章视师徐州，并荐他胞弟曾国荃由湖北巡抚任内，移驻襄阳。奉旨准奏，惟仍令国藩回督两江，筹济饷械。国藩固辞不获，方返至江宁，与李鸿章替换职任。

鸿章接着办捻。萧规曹随，仍用曾国藩的老法儿，随堵随剿，捻酋任柱、赖文光窜逐东方，叫作东捻；张总愚拥众西行，叫作西捻。鸿章督师河南，先将东捻驱至山东，圈入胶州、莱州间，四面聚攻。任、赖二酋恰也狡猾得很，竟被兔脱。只是势焰已衰，部众零落。任柱走至日照县，被官军大杀一阵，身中枪伤，其下潘贵升，生了异心，刺杀任柱，函首乞降。赖文光南走扬州，也被官军前后夹攻，束手成擒。眼见得东捻告平，红旗报捷了。李鸿章以下诸将，俱受厚赉；连曾国藩也升任体仁阁大学士，赏加一等云骑尉世职。大众无不喜悦，争颂两太后鸿恩。西太后实居大半。

独西捻张总愚，甚是猖獗。既窜入陕西，复自陕西入山西、直隶，直逼畿南。是时陕甘总督左宗棠，正尾追西捻，入直隶境。朝旨遂命他总统直隶诸军；又命李鸿章驰军会剿；京畿一带由恭亲王奕䜣，会同神机营王大臣设防。恭王奏饬诸帅一月平捻。期满，捻尚未平，左、李俱受谴。李鸿章复建蹙捻海东之计，迫张总愚于茌平，圈入黄河、运河间。总愚进退无路，投水死，西捻又平，免不得又有一番懋赏。恭亲王奕䜣，暨文祥、宝鋆、沈桂芬诸军机大臣，均因赞赏出力，得邀特赏；李鸿章升任协办大学士；左宗棠亦得加赏世职。自两宫太后训政以来，至此七年，把连年扰乱的发捻一并荡平。东太后固是喜慰，西太后尤觉愉快。内外诸臣工，统晓得朝廷行政全由西太后主持，越发歌颂不止了。好算得福如东海。

只陕甘尚有回匪蠢动，未尽告靖[①]。左宗棠乘便入觐，召对时，由西太后殷殷垂询，左宗棠奏称限期五年，定可报绩。西太后商诸东太后，命他即日去陕。左宗棠受命，风驰电掣而去。是冬，左宗棠即收服回匪董福祥。越年春，又大破回酋白彦虎，逐出陕境，进军甘肃，露布日驰。

西太后因诸事顺手，朝政清闲，免不得居安思逸，因乐寻欢。这个小安子希旨承颜，素知西太后最爱戏剧，索性就西苑中造了一座戏园，招集梨园子弟，整日演戏。西太后看到出神，有时也扮着戏装，闲游消遣。徐娘半老，丰韵犹存，仿佛是月里素娥、图中大士。寓贬于褒。小安子日夕随着，寸步不离。岂亦张昌宗、张易之之流亚耶？语中用“日夕”二字，得毋唐突西施！此时同治帝年已成童，颇喜冶游。虽有倭仁、徐桐、李鸿藻等，在弘德殿授读，究竟教授皇帝不比那民间私塾，可以任情威吓，鞭詈交施，所以这位同治帝每日读书听讲，不过两三时间。除此以外，常与那亲王子弟击球蹴鞠，或令随身太监导游都市，微服往来。小安子常密报西太后。西太后爱子情深，总不免多言劝导。同治帝听得不耐烦，当面不好违忤母后，暗中恰深恨小安子。平时

① 这里指的是陕甘回民起义，1862 年至 1873 年（清同治元年至十二年）陕西、甘肃回民联合当地各族掀起的反清起义。

尝取一泥人，用小刀斫断首级，并怒指道："你还敢摇唇鼓舌，播弄是非么？"皇帝固不宜微行，只小安子何不当面谏阻？偏要密报西太后。这便是大奸似忠，大诈似信。旁侍的小太监尚未明同治帝的意思。只恭王儿子载澂，与同治帝最是莫逆，因此传将出来，方晓得他怀恨在心，乃有这般举动。

偏这小安子巴结宫闱，尝语西太后道："皇帝圣龄渐长，聪明得了不得。现闻性爱微行，都城中有花有酒，易动圣心，不如赶办大婚，防微杜渐为是。"西太后道："我也这般想，但急切无此淑女，颇费踌躇。"小安子道："员外郎凤秀有一女儿，听说德容俱备，若选立中宫，定能母仪天下。"想是暗得贿托。西太后道："年龄如何？"小安子道："比皇上约差一二岁。"西太后道："且与东太后商议，再作计较。"小安子道："民间婚嫁也须先时筹备，况皇上大婚，理应于数年前筹办起来。如督制龙衣、采织缎匹等事，均应提早赶办。"西太后道："近来苏杭两处的织造，统是照例敷衍，所进呈的衣服，并没有什么出色。"厌故喜新。小安子忙接口道："闻得粤东绣工异常精致，何不派人采办？"西太后道："派谁去？"正要你说此语。小安子道："总要派一个精细的人去干这事，方能配合身材，适中程度。不但皇上大婚的龙衣要格外仔细，就是太后平日服用，亦须精办几件方好。"西太后素爱时装，听着这语，愈觉中意，便道："派别人去，恐没一人像你精细，派你去又是不便。奈何！"要西太后自己道出，小安子真乖刁。小安子道："奴才虽是粗鲁，此事还能办得。未知何故不便？"西太后道："你不闻本朝祖制么？祖制是宫监不得离都。"小安子道："太后便是老祖宗，要怎么办便怎么办。若事事受着牵制，还办得什么事情？"这句话若从别人道出，定要受西太后严斥，独小安子说一是一，说二是二。西太后偏与他有缘，竟慨然俯允说："你要去，也是不妨，惟须秘密才是，休得沿途啰唆。"这是受激而来，不要看作俯允。小安子忙跪倒谢恩。西太后又嘱咐他快去快来，小安子连声遵旨。拜辞太后，即日整装出宫。

都门里面尚守着西太后的密谕，不敢声扬，一出都便是天高皇帝远，由他作福作威。他乘着两艘太平船，船上悬着大旗，中绘一日，日中又绘着三足乌。何不绘独角兽！两旁列着许多旗帜，不是画龙，就是画凤，船内随从多人，一半是妙年的妖童，一半是绝色的少女。既是太监，需此何为？调丝品竹，音韵悠扬，所过地方，两岸观者如堵。地方官差人探问，答称奉旨南下，督织龙衣。看官，你想这位声势煊赫的安钦差，哪个不前来趋奉呢？小安子不待勒索，已是金帛满前，腰缠十万。好一个美差。自直隶至山东，正是新秋时候，天高气爽，水净山明。小安子骋目舒怀，格外高兴。到了七月二十一日，适值小安子生日，在船中大开筵宴。上座设着西太后所赐的龙衣，阖舟男女依次拜祝。要拜死了。拜毕，小安子高踞上座，左男右女侍坐承欢，玉软香温，纸醉金迷，足足地乐了一镇日，方才撤肴。

一帆风顺，又隔数天，这日到了泰安县地方。夕阳在山，方拟停泊，忽后面来了好几只快船，船头立着一个军装打扮的武官，高声喝道："前面是否安钦差的坐船？"这边水手即叱道："不是安大人坐船，是哪一个？你们大惊小怪做什么？"语未毕，但听武官答道："既是安钦差，有事要见。"水手不知他是什么来头，还想呵叱，乃船内小安子，已经听见，便道："外面何故喧哗？"当由侍从查明，据实回报。小安子暗想道："难道此处地方官送赆仪来么？"休再妄想。便道："船且少住，容他进来。"不一时，那武官带领兵弁数十名入舱，向着小安子拱手道："你就是安钦差么？"小安子不禁发怒道："何物武夫，毫不知礼！"武官道："我是山东总兵王正廷，奉抚宪命邀你同去。"小安子益怒道："什么抚宪不抚宪，就是当今皇上也不好得罪咱们。你去回报你混账的抚宪，要老子去，除非奉皇太后的特旨！"王正廷正色道："正是奉旨到此！"小安子道："放屁，咱们奉懿旨南下，与你抚宪何涉？"王正廷道："你到了抚宪处，自能分晓。"小安子道："咱们不去，你敢如何？"王正廷道："你不去，休怪得罪。"便命兵弁将安监侍从拿下。小安子道："你拿咱们船内人一个，将来拿你们一百个！"兵弁听他大言，一时恰不敢动手。恼得王正廷双眉倒竖，怒目圆睁，厉声道："抚宪奉有密旨，你等畏惧何为！"兵弁见总兵动恼，方仗着胆，将安监侍从反剪起来。舟中人虽不少，究竟文不敌武，除若干歌女外，统被捆缚停当。大约这位王总兵亦好女色耳，不然何以另眼相待耶！随喝令水手们，向济南进发。

水手仰着军威，自然不敢违拗。倏硬倏软，便见炎凉世态。不到几日，便至济南。小安子在途中还是乱吵乱骂，王正廷绝不理他。等到舟已泊岸，令兵弁牵率男女人等，一齐登陆。然后向小安子道："安大人安钦差，你也闹得够了，我与你同见抚宪去。"说时迟，那时快，已一手将小安子扯出舱外，登了岸，踉踉跄跄地走到抚辕。即令兵弁管着，飞步而入。小安子被他扯得头脑发昏，才定了一回神，见王正廷又出来，带他上堂。

小安子身不由主，只得随他进去。一入仪门便见两旁列着许多官吏，又有雄赳赳的一班兵队，上面坐着一位冠冕堂皇、铁面无私的山东抚台丁宝桢。出丁抚台名，格外郑重。小安子毫不在意，慢腾腾地走至案前，朗声道："丁抚台你何故劳动咱们？"丁宝桢喝道："你是太监安德海，为什么擅自出都？"小安子听到"擅"字，便冷笑道："你说咱们擅自出都，你为何擅做抚台，你莫非做梦不成！"丁宝桢说："胡说！太监不准出都，乃本朝列祖列宗的成制，你敢违背么？"小安子嗤鼻道："你去问皇太后来。"丁宝桢道："我早已奏闻朝廷了，朝旨令将你就地正法！"小安子闻言，也不觉股栗起来，便道："你敢是弄错了？"丁宝桢道："我不与你多争，你且跪听圣旨！"言罢，随即离座，令巡捕官向北设案，自己踱至案旁，饬小安子跪听圣旨。小安子不得已跪下，然后由丁抚宣诏道：

安太监擅自远出，并有种种不法情事。若不从严惩办，何以肃宫禁而儆效尤！着东南各省督抚，迅速派委干员，于所属地方，将六品蓝翎安姓太监严密查拿，令随从人等指证确实。不准任其狡饰。毋庸审讯，即行就地正法。倘有疏纵，惟该督抚等是问！其随从人等，有迹近匪类者，并着严拿，分别惩办，毋庸再行请旨。将此由六百里，各密谕知之。钦此！

读毕，便嘱王命司及巡捕官捆缚钦犯，推出正法。这时候的小安子，方才着急，泪下两行，吁求丁抚道："这是皇上旨意，并不是皇太后旨意。皇上与安某原是死对头，现请你老人家飞奏太后。太后如不赦，安某愿受死罪。"丁宝桢道："朝命毋庸审讯，即行就地正法，还要复奏何为？"小安子还是"丁抚台，丁大人"地哀求，迟了。怎奈丁宝桢毫不徇情，立命绑出。辕门号炮一声，小安子的吃饭家伙已应刃而落。其余一干人犯，暂羁狱中，候再奏请定夺。

看官，这小安子是受西太后差遣南下办公，所以有这般烜赫，为何山东巡抚丁宝桢敢令王总兵拿捕，一到抚辕即请出王命，把他枭首呢？说来话长，小子不得不略叙原委。原来小安子南下，东太后及同治帝并未与闻。首先奏报的，就是东抚丁宝桢。巧值西太后小疾，只东太后一人临朝。览了奏，便递与恭亲王奕䜣。奕䜣瞧罢，即奏道："安姓太监是哪一个？莫非就是安德海？"此时同治帝正在宝座，就随口答道："想总是安德海，朕有好几日不见他了。"奕䜣道："安德海何故南下？"东太后答称未知，同治帝也这般说。奕䜣迟疑一会儿，想亦有些瞧科。随奏道："安德海擅自出都，显系违背祖制。应该严惩。又要与西太后反对。同治帝道："严惩还是不够，可饬东抚就地正法。"也是借公济私。奕䜣当即赞成。东太后道："此事还须通知慈禧太后。"同治帝道："母后违和，不必禀报。安监违背祖制，咎有应得，立杀无赦。皇叔就饬军机拟旨吧！"言毕退朝，奕䜣遵旨而出，就命军机处拟定上谕，火速颁发。丁宝桢果断有为，即照旨施行。到了安监伏法，复旨到京，西太后尚睡在梦里。又由东太后及同治帝做主，令将随从太监陈玉麟、李平安等，一并绞决，余犯分别惩办。丁抚复如命定罪，除陈、李等处绞外，男犯多半充戍，女犯多半释放。又是女子有幸。这案已了，又下一道严饬宫监的谕旨，其文云：

> 本月初三日，丁宝桢奏，据德州知州赵新禀称“有安姓太监乘坐大船，捏称钦差，织办龙衣。船旁插有龙凤旗帜，携带男女多人，沿途招摇煽惑，居民惊骇”等情。当经谕令直隶、山东、江苏各督抚派员查拿，即行正法。兹据丁宝桢奏，已于泰安县地方将该犯安德海拿获，遵旨正法。其随从人等，亦已谕令丁宝桢，分别严行惩办。我朝家法相承，整饬宦寺，有犯必惩，纲纪至严。每遇有在外招摇生事者，无不立治其罪。乃该太监安德海，竟敢如此胆大妄为，种种不法，实属罪有应得。经此次严惩后，各太监自当益知儆惧。仍着总管内务府大臣，严饬总管太监等，嗣后务将所管太监，严加约束，俾各勤慎当差。如有不安本分，出处滋事者，除将本犯照例治罪外，定将该管太监一并惩办。并通饬直省各督抚，严饬所属，遇有太监冒称奉差等事，无论已未犯法，立即锁拿，奏明惩治，毋稍宽纵。钦此！

为这一诏，又惹出一个小安子第二来。看官道是谁人？就是后来赫赫有名的李莲英。死了一个，又出一个，清宫可谓有人。莲英自十六岁入宫，人极秀媚，态度不亚小安子，宫中号他皮硝李。西太后亦甚爱宠。不过小安子资格较高一筹，因此安为总管，李居散列。安太监被杀，莲英亦已闻知，心中恰极喜慰。暗想总管一缺，小安子外，舍我其谁！瑜、亮原不能并生。只恐西太后多心，若闻风即报，转疑是从旁欣幸，所以隐忍不言。及上谕严饬宫监，未免动了一片兔死狐悲的念头，随即报知西太后。

西太后病正告痊，陡闻此耗，不觉花容惨淡，含泪盈眶。所为何来？便问莲英道：“这事是何人主张？”莲英道：“想总是东太后的意思。”西太后道：

“东太后素性和平，断不出此。必是有人从中播弄。”莲英道：“这也难料。”西太后突然起立道：“随我来。”莲英遵着随去。出门数步，便至东太后宫中，不待太监报闻，就大着步进去。东太后蓦见西太后到来，忙起身相迎，叙过寒暄，两下分坐。东太后贺她病痊，西太后道：“仰托洪福，只今日得一新闻，不知真否，特来请教！”东太后忙问何事。西太后道：“便是安德海南下，闻被东抚丁宝桢拿斩，这事可确么？”东太后道：“事是有的。”西太后蹙着眉道：“如何我全未得知？”东太后道：“正因贵体违和，所以不及商议。”西太后道：“安监出都，未始无罪。但立即斩决，也未免处罚太重了？”东太后道：“恭王奕䜣说是显背祖训，不便轻恕，所以命东抚就地正法。”全推在恭王身上，可见东太后畏事。西太后柳眉直竖，道：“奕䜣嘛，他又来干预赏罚，太没臣节。难道国家大政都好由他专擅么？”东太后道：“皇儿也说是可杀呢。”又推到同治帝身上去，东太后何其支吾。西太后道：“童稚无知，奈何信他？”东太后默然不答。还是李莲英从旁解围道：“安总管也太招摇，闻他出都南下，旌旗耀日，男女盈舟，沿途盛索供张，因此惹人瞩目，闹出这桩案情。”西太后瞧了莲英一瞧，便悻悻告别。

既回宫，叱莲英道：“你们统是一鼻孔出气。”莲英忙跪下道：“奴才并不与安总管有隙，只安总管敢违慈训，亦觉不情。外人未明底细，或疑是慈躬纵庇，反累圣德，岂不是红日掩明么？”西太后冷笑道：“你算为我分谤么？”莲英连忙磕头。好一种做作。西太后道：“起来。”莲英方谢恩而起。

西太后命召同治帝。同治帝方在乾清宫唱戏，形容得意。见莲英奉旨宣召，随即至西太后处。请过慈安，西太后怒目道：“你瞒得我好！”同治帝摸不着头脑，便答道：“臣儿并没有什么隐瞒，何事触动慈怒？”西太后道：“你为何擅杀安德海？”同治帝笑吟吟道：“安德海是东抚杀的，不是臣儿杀的。”倒也会辩。西太后道：“东抚何敢擅自杀人。你不分皂白，竟传命出去，叫他杀却。你既有这般能耐，何庸我等垂帘听政！”同治帝仍嬉笑道：“宫监甚多，死了一个安德海，也没甚要紧。”语带双敲，看似稚语，与西太后颇有关系。西太后益怒道：“你是读过四子书的，你不闻‘杀一不辜，而得天下，圣者不为’么？”同治帝又道：“安德海违背祖制，僭拟无度，明明有辜，杀之正当，圣母何必怜惜？”西太后道：“你何故瞒我？”同治帝道：“适因圣母染恙，恐致触怒，所以不敢禀白。”西太后以手指同治帝道：“数日不教训你，你敢同我斗嘴。捶你数下方好哩！”无语可说，只得摆出母后架子。同治帝急忙倒退，莲英又从旁婉劝，且对着同治帝，以目视地。同治帝喻意谢罪。面面顾到，正会趋承。西太后道：“滚出去吧！”同治帝如逢恩赦，转身急走，掉臂游行去了。莲英复替西太后捶背，西太后尚恨恨不绝。次日升殿，严责恭亲王奕䜣，并有“如此专擅，应革职黜爵”等语。奕䜣又吓了一身冷汗，退朝回邸，忙与大公主商量。有分教：

懿旨重申几落职，佳人一语竟回天。

未知大公主为谁，容待下回说明。

孰杀安太监？西太后杀之也。西太后为嬖幸故，竟从安太监之请，密令出都。试思安太监之有此请者胡为？其有不沿途招摇，任情勒索乎？一遇刚正无私之丁宝桢，有磨刀一试而已。故吾谓杀安太监者，非他，西太后也。虽然，此其间亦有天焉。天嫉阉寺之弄权，偏使丁抚举发在西太后小病之时。否则西太后必特旨恩赦，有虽欲杀之而不能者。天假手于丁抚，令杀安太监，而又借以儆西太后。西太后不悟，徒衔恨他人，又用李莲英以代之，于是天怒速，而清祚将倾矣。本回寓意，是叙西太后明昧之转关，至贬刺安监，褒扬丁抚处，犹为衬笔。

第十三回
册立中宫大婚成礼　诏谕亲政母后撤帘

却说恭亲王回邸，与大公主密商。这大公主乃是恭王的女儿。为何得称公主？因她系咸丰帝所钟爱，至咸丰帝崩，西太后竟认为义女，封她为荣寿公主，宫中遂以大公主称之。大公主颇得西太后欢心，所以恭王令她入宫，挽回慈眷。大公主奉了父命，即于是日谒见西太后。恭王眼巴巴地等待回音，至晚方见大公主回来。忙问西太后旨意如何。大公主答言不妨，已经吁恩宽免了。于大公主入宫乞恩处，恰从虚写，以免重复。恭王才把一日的忧虑，到此放宽。

话分两头，且说西太后失了小安子，懊怅了好几日。幸亏李莲英秀慧过人，好作小安子替身。小安子会干的事情，李莲英无一不能，且有特别技艺，高出小安子。遂益蒙慈眷，擢为总管。这位置想到手了。看官，你道莲英有何妙技？他有两种手术。一种是善能抚摩，西太后平居稍有不适，经莲英捶敲一番，便觉身体安泰，魂梦俱恬。一种是独工梳妆。西太后丰容盛鬋，天生成一头美发，黰黑可鉴，如乌云相似。平时饬宫女梳髻，尝牵掣致痛，有时或掠断数茎，独经莲英手，毫无此患。且髻中梳髻，平分两把，谓之叉子头。垂后的余发，叫作燕尾。莲英为西太后梳成新式，较往时髻样尤高，髻云上拥，鬓凤低垂，越显出几分妩媚。因此，西太后越加垂爱，所有言谈多半听信。不脱女流习惯，遂令狡竖复乘。僵桃代李，情过景迁，把记念小安子的思想渐渐撇在脑后。

嗣时左宗棠进讨甘回，岑毓英穷剿滇回，次第得手，陆续奏闻。只天津百姓，闹了一场教案，殴毙法国领事丰大业。并有好几个天主教堂亦被毁去。法人鼓轮到津，声势汹汹，硬要府县官抵命，险些儿又开战衅。亏得曾国藩、李鸿章等一面设防，一面议款，费了无数周折，总算把教案了结。究竟是中国官民晦气，杀了一个法领事，偿抵他民命十五条，知府张光藻、知县刘杰也革职充戍。还要给他抚恤银若干两，法人始满欲而退。曾、李两大员，因外国日强，中国日弱，早已奏请创办新政，练习洋务。两宫太后颇也采用几条。北京立同文馆，江南设制造局，福建置船政局，遣同知容闳出洋采办机器，派钦差大臣志刚、孙家穀偕美人蒲安臣赴美，商订互派领事，优待游历等约，又命直隶、江宁两总督分充北洋、南洋大臣。看似新机勃发，政局昌明，其实是徒袭皮毛，未得精髓，羊质虎形，济什么事？中国至今犹且如此，无怪当年。况且大学士倭仁、御史张盛藻等，统是顽固老朽，平时守着用夏变夷的古训，把新政新学批驳得一钱不值。彼要奏阻，此要撤销，暗中作梗，谣诼纷腾，就使有锐意求新的大人物，也惹得心灰意懒。西太后虽然刚断，意中恰也狐疑。只因曾、李是中兴名臣，也只好勉从一二，粉饰局面。否则后来拳匪何至扰乱？

悠悠忽忽又是一两年，同治帝已是十七岁了。西太后想起大婚典礼筹备有年，乘此时光，正应赶紧举行。随与东太后商议，并提起凤秀的女儿。先入为主。东太后道："凤女也好。但闻得崇绮有个女儿，贤明婉淑，颇与皇儿相配。且崇绮曾中状元，乃是本朝罕有的盛事。国初时候，满、汉分榜，只有旗人麻勒吉，得赐状头。至满、汉同榜后，崇绮算是第一个发迹。若选他女儿为后，岂不是格外喜庆么？"西太后踌躇半晌，方说道："恐怕年龄太大些，闻崇女现年已十九了。"原来你亦知道了。东太后道："比皇儿只差两岁，也不算什么年长。凤女的年龄是否与皇儿相当？"西太后道："论起年纪来，凤女尚只十四，但德行恰是很好哩。此外还有前任都统赛尚阿的女儿，旧任知府崇龄的女儿，才貌统是过得去，前已各派宫眷验视过了。”又见西太后早有成心。东太后道：“且去召皇儿进来，令他参酌何如？”西太后道：“这也不妨。”便饬宫监召皇上入见。不一时，同治帝已到。谒过两太后。西太后道：“我两人与你择后，你喜欢年轻的，抑年长的？”同治帝不禁腼腆起来，呆立一旁。东太后道：“得一贤后，也是要紧，但说何妨！”同治帝道：“这凭圣母定夺。”西太后就把上文所叙的四女，略述一遍，并说凤女年纪虽轻，恰是贤慧得很。东太后又插口道：“我是主张年长的。年长的女子，究竟多些阅历。”同治帝即答道：“崇女年纪最长，应较合选。”东太后便笑道：“你倒也这般说么！”西太后暗暗纳闷，面上隐露不悦状。东太后瞧着道：“且与恭王奕䜣商议，再作计较。”到了恭王入见，也以立长为是。西太后不便违众，只得选立崇女为后。已伏嘉顺不终案。命钦天监拣择吉期，定于同治十一年九月举行大婚典礼。

即于同治十一年春间，预降懿旨“选翰林院侍讲崇绮女阿鲁特氏为后。所有纳采大征，及一切事宜，着派恭亲王奕䜣、户部尚书宝鋆，会同各该衙门详核典章，敬谨办理”等语。诏甫下，两江总督曾国藩由江宁藩司奏报出缺。两宫太后很是痛悼，辍朝三日，赐恤特优。转眼间，暑往寒来，大婚期迩。先期备行六礼，加恩封崇绮为三等承恩公，崇妻瓜尔佳氏为一品夫人。至九月十二日，遣官祭告天地宗庙。越日，同治帝御太和殿，遣惇亲王奕諒为正使、贝勒奕劻为副使，特奉皇后册宝，诣承恩公崇绮第，册封崇女阿鲁特氏为皇后。又因西太后属意凤女，由恭王奕䜣先日调停，册封为妃。另命大学士文祥，及礼部尚书灵桂，赍册印至员外郎凤秀第，封凤女富察氏为慧妃。是夕，即命惇亲王奕諒，及贝子载容，行奉迎皇后礼。前导的是太和殿侍卫，后随的是坤宁宫彩娥，还有无数宫监，拥着一乘全顶金黄蟠龙绣凤的宝舆，所有仪仗，目不胜睹，笔不胜述。与第七回贵妃归省叙笔不同，前文详叙仪仗，本文详述侍从，以免重复。一片笙箫鼓乐的声音，环绕皇城，真个是世上罕闻、人间少有。偏偏天公不作美，疾风凄雨，彻夜飘零，把这般普天同庆的大喜事，未免减色三分。预兆不祥。奕、载两使，既至承恩公第，遵着仪注，恭迎凤驾。承恩公崇绮，先令女儿拜辞祖庙，然后导引登舆。仙乐三宣，香烟四袅，但见这位花团锦簇、珠围翠绕的皇后娘娘，由宫女等拥入舆中，随即启行。

不多时已入宫门，至玉阶降舆，这时候百官鹄立，群从雁排，数位懿亲勋戚，奉着这位富贵风流、蕴藉秀逸的少年天子出来，为同治帝写照，恰合身份。登了宝座，宣皇后入殿，面北而立。那时阖廷王大臣都潜窥皇后芳容：面如满月，眉似春山，凤目轻盈，龙准圆润，珠光映鬓，黑白愈明，梨颊娇姿，丹青难绘；增之则太长，减之则太短，娉婷绝俗，举止大方；仿佛是天女下凡，嫦娥再世。各人都暗暗喝彩。正凝视间，但听礼部尚书灵桂手捧金册，朗读册文，由皇后俯伏帝前，静听玉旨。至册文读毕，方娇滴滴微露清声，说是臣妾阿鲁特氏谢恩。礼部复宣诏令起，恭奉皇后印绶，交与坤宁宫总管，再由总管授与宫眷，佩着皇后身上。皇后再跪地谢恩毕，同治帝退入坤宁宫，皇后亦徐徐随至。顿时钟鼓齐鸣，瑟琴迭奏，宫中行起合卺礼来。皇后奉觞，皇帝赐盏，醉劝醍醐之酒，春融琥珀之杯。既而帝卸龙袍，后弛象服，金缸影里，浅逗双蛾，绛蜡台前，斜倾四目。撤龙凤帐，展翡翠衾，安乐窝回避闲人，温柔乡试尝滋味，一宵恩爱，莫可言喻。次日黎明，帝后俱早起，帝率后诣寿皇殿行礼，又至两宫皇太后前行礼。礼毕，帝复御乾清宫。适慧妃亦已送至，由后带领朝贺。贺讫，帝临朝受王大臣朝贺。后返坤宁宫。慧妃以下亦请后正位，向后朝贺。越三日慧妃当夕，又是一番佳趣，说不尽的绸缪。此处不多填艳词，恰是详略得宜。

惟这皇后德行贞淑，人品端庄，在两宫太后前，盥馈醴飨，一切如仪。东太后颇爱她端方，西太后偏嫌她率直。两姑之间难为妇。况这西太后预有成心，偏憎偏爱，就使皇后如何承顺，总不能邀她欢愉。处处为下文伏笔。只面上强作喜容，宫中一切料理，多由西太后专主。足足忙了十多天，于是恭上两宫皇太后徽号，东太后加了“端裕”二字，西太后加了“端佑”二字。喜气重重，宫廷内外，无不欢跃称庆。西太后踵事增华，多多益善，索性将赛尚阿女阿鲁特氏、崇龄女赫舍里氏，也替同治帝纳入宫中。赛女受封珣嫔，崇女受封瑜嫔。想都是孤鸾命。女三成粲，合后为四，那时少年天子，花朝拥、月夜偎，占尽人间艳福，真个是帝德乾坤大，皇恩雨露深。这两语，用在此处范围最合。

西太后暗里调查，将同治帝待遇后妃情形，常令宫监密报。煞是多事。过了数月，闻同治帝的恩爱多眷注在皇后身上，其他妃嫔三人，虽然不甚冷落，总觉厚薄悬殊。西太后大为不悦。遇同治帝请安时，面谕道：“中宫不应过恋，我看她礼节疏略，福气淡薄，不如慧妃诸人，较为婉淑哩！”“福气淡薄”四字品评，恰是不错。同治帝勉强应命，暗想母后如何令我疏淡中宫，真正不解。嗣后辗转思维，方悟道：“是了，是了！偏不明说，语有含蓄。母后未免多心，我恰偏越要加爱哩。”自此与皇后益增缱绻。枕边衾里免不得漏泄慈言，惹得皇后珠泪双垂，哽咽不已。同治帝颇解温存，极力劝慰，皇后又感又恨，感着的是同治帝，恨着的是西太后。伉俪之情益笃，姑妇之隙愈深。

东太后莫名其妙，偏又生了归政的念头，与西太后熟商。西太后道：“恐怕皇帝年轻，未能亲政，如何？”东太后道：“人的智识也要从磨炼得来，有经验乃有识见。若长令置身闲散，恐一年一年地蹉跎过去，到了壮岁，还同傀儡相似。这也不可不防。”恰是至言。西太后道：“经验原不可少的。但国家政务，上关宗社，下系民生，倘被他年少无知，闯出什么祸乱来，如何是好？”东太后道：“皇帝虽尚少年，究竟不是什么小孩子。寻常人家为儿授室，做翁姑的也要把家事交代。何况我皇帝家呢！俗语说得好，家有长子，国有大臣，要咱们垂帘听政，不过是个从权办法。屈指已是十二年，正好乘此交卸，你我安居宫内，优游岁月，免得日日操心。岂不是好么？”西太后沉吟良久，方道：“既这般说，不妨撤帘，让皇帝自去主持。但必须托付几个重臣，叫他匡过格非，免得贻误国家，方可无虞。”东太后道：“恭王奕䜣，是皇室勋亲，想总靠得住的。倭相已是去世，还有徐、李诸大臣，向曾教读皇帝，位居师保，应也不致溺职。咱们归政时，重托他们一番，谅他们具有天良，必肯竭忠效力哩。”语语持正，不由西太后不从。西太后道：“但愿如此，我等方得享清闲幸福了。”议既定，遂授意内阁，命拟宣谕旨道：

钦奉慈安端裕皇太后、慈禧端佑皇太后懿旨，前因皇帝冲龄践阼，时事多艰，诸王大臣等不能无所禀承，姑允廷臣垂帘之请，权宜办理。皇帝典学有成，当春秋鼎盛之时，正宜亲统万几，与中外大臣共求治理，宏济艰难，以仰副文宗显皇帝付托之重。着钦天监于明年正月内选择吉期，举行皇帝亲政典礼。一切应行事宜，及应复旧制之处，着军机大臣大学士会同六部九卿，敬谨妥议具奏。特谕。

钦天监奉到此谕，监正、监副等自然格外小心。避凶趋吉，诹（zōu）定一个良辰，乃是同治十二年正月二十六日。随即奏闻。一班王公大臣，因吉日已定，不便迁延，遂援古斟今，酌定若干条文，作为亲政典礼。这是中国官员善干的事件。奏入报可，礼部衙门遂即筹备起来。

凑巧日本遣使副岛种臣前来议约，与各国使臣联络入觐，微示要求。原来英、法、俄、美四国立约通商以后，外洋各国如德意志，如奥斯马加，如意大利，如荷兰，如丹麦，如瑞典、挪威等，俱援请互市，陆续订约。东洋日本由国王睦仁嗣统，尊王覆幕，变法维新，国势日盛一日。于同治十年间，曾命使臣柳原前光至天津，与李鸿章议定草约，未得清廷批准交换。至是复遣使到京。清廷把立约利害却看似无足重轻，不加研究，只将觐见礼节饬恭王奕䜣详谕日使。徒摆一空架子，于国事何益，中国之败实由于此。日使不肯遵行拜跪礼。略称中国皇帝与敝国皇帝相等，敝国自明治维新，废去拜跪旧制。

今来觐见中国皇帝，也应彼此从同。恭王答以上国礼仪，理应如是，不得变更。日使又谓西国使臣，也行鞠躬礼，如何独歧视我国。恭王又说是中西体制，向来不同，未便援例。两下争论数日，由各国使臣调停，议定行三揖礼。于明年皇帝亲政后，方许觐见。惟中日商约，准于月内互换，争案才寝。是谓不揣其本，而齐其末。

会滇中又来捷音，云南巡抚岑毓英攻克大理，斩积年回酋杜文秀，坑死叛回数万人，滇边一律肃清。疆臣叙绩，朝旨赏功，又是一场大庆幸。转眼间腊尽春来，新年易过，渐近撤帘，内阁复颁下朱谕道：

> 顷奉两宫皇太后谕旨，皇帝寅绍丕基，于今十有二载，春秋鼎盛，典学有成。兹于本月二十六日，躬亲大政。欣慰之余，倍深兢惕。因念我朝列圣相承，无不以敬天法祖之心，为勤政爱民之治。况数年来东南各省，虽经底定，民生尚未乂（yì）安，滇陇边境及西北路军用未蒇（chǎn），国用不足，时事方艰。皇帝日理万机，敬念惟天惟祖宗所以托付一人者，至重且巨。祗承家法，夕惕朝乾，于一切用人行政，孳孳讲求，不可稍涉怠忽。视朝之暇，仍当讨论经史，深求古今治乱之源，克俭克勤，励精图治。此则垂帘听政之初心，所夙夜跂望而不能或释者也！在廷王大臣等，允宜公忠共矢，勿避怨嫌。本日召见时，业已谆谆面谕。其余中外大小臣工，亦当恪恭尽职，痛戒因循，弘济艰难，弼成上理。有厚望焉。钦此！

届期，两宫太后撤帘，同治帝亲政。典制崇隆，仪制繁重，无庸细表。且至下回，再述撤帘以后的情形。

本回为两宫皇太后合传。册后之时，慈安主年长，慈禧主年幼。一持正道，一具私心，两太后之心术于此可见。至慈安倡议撤帘，慈禧尚有迟疑之意，亦一正而一私耳。或谓慈安所言，卒得照行，慈禧虽怀私意，终不能独违正议，是慈安未尝无权，慈禧亦未尝自专，何以都下人士犹多颂慈安，而訾慈禧耶？吾谓此正所以见慈安之长，慈禧之短。慈安于小事不计较，一任慈禧所为。惟册后、亲政两大端，所关重大，不得不以全力争之。至于同治不永、嘉顺不终，乃命数使然，非人力所能主。子舆所谓“顺受其正”者，慈安有焉。读此回，而两太后之品谊分矣。

第十四回
同治帝微行纵乐　圆明园谏阻兴工

却说同治帝亲政后，复加上两宫皇太后徽号。东太后加号康庆，西太后加号康颐。两太后颐养深宫，比前日垂帘听政时，劳逸似乎不同。东太后很是畅适。独西太后尚有雄心，仍不免侦察朝政，监督嗣皇。所以同治帝往来两宫，于嫡母前尝依依不舍，于本生母前，恰是阳奉阴违。西太后察言观色，料知同治帝隐衷，时常衔恨。好在风调雨顺，国泰民安。陕甘总督左宗棠复奏报“关陇大定，甘回叛酋马化龙受擒，陕西叛酋白彦虎虽仍被逃脱，也不过残喘苟延，现正进军西域，设法缉拿”等语。朝旨一一俞允，并论功行赏有差。西太后以时局升平，也暂把懊恼心肠搁过一边，镇日里，在宫中寻乐，借诗酒以陶情，借声歌以寄兴，有时或挥毫作书，有时或临池学画，倒也清闲自在，不愁不烦。

只同治帝旷达性成，不喜羁绊。临朝以外，虽有后妃等作伴，无奈每日相见，不过尔尔。

多情还是无情好，真花不及野花香。因此乐极生厌，不免有些憎烦怕腻起来。随从有近侍两人，最为狡黠，一名文喜，一名桂宝，私下窥透圣意，怂恿同治帝微行。同治帝道：“微行原是有趣，朕所最喜欢的。但从前朕尚童稚，两宫太后及满朝王大臣待朕尚宽，所以朕好微行。现在朕已亲政，比不得从前时候了。”文喜道：“万岁爷的圣旨，奴才恰是不解。据奴才愚见，越是亲政，越好微行。”同治帝愕然道：“你怎么说？”文喜道：“亲政二字，便是万岁爷独揽大权的意思。万岁爷要怎么行，旁人不能说句不得行，这乃叫作亲政。”亏他解释。同治帝道：“政是政治的政，微行不好算政治。”桂宝道：“从前唐太宗、宋太祖等，统是旷代明君，也是时常微行。本朝圣祖、高宗南巡、西狩，何尝不是微行的变相！就是世宗睿皇帝，最称明察，也是从微行得来。万岁爷缵承祖武，为什么不好微行呢？”同治帝道：“你的说话恰也有理。今夕便出去逛一会子，也好散一散闷。你等须紧紧随着，不得有误。”同治帝尚有一隙之明，偏被若辈朦词诳蔽，可见小人是万不可近的。文喜、桂宝齐声道：“谨遵圣旨。”

这夕月色微明，宫中混出三个人物来。前后两人统是戴着瓜皮帽，穿着黑背心，没甚装潢，就是文喜、桂宝。当中这一位，衣帽与两人差不多，只帽上缀着一粒绝大的明珠，光芒闪闪。背心独是玄色，有精致的龙团，就贡缎中织出，鲜明无匹，便是统一江山的同治帝。三人迤逦前行，到了东华门，有门官守着。由文喜与他附耳数语，即放令出去。信步间已入市中。转弯抹角，走进一条胡同，恰有几处娼寮妓馆。文喜道：“万岁爷要进去一逛否？”同治帝道：“此处不要照旧称呼，须隐姓埋名方可。”文喜便恭请特旨，同治帝道：“你等呼我为少爷，我便叫你作阿喜，桂宝易名阿宝，可好么？”两人唯唯应命。

文喜拣了一个清静的妓寮，导同治帝踱入门中。即有鸨奴等欢迎，引进出厅。献茗后，文喜向鸨奴道：“咱们大少爷来此闲逛你家，所有姑娘儿不妨一概出来。”鸨奴应声出去，霎时间有妙妓三四人，打扮得粉白黛绿，联翩趋入。见了同治帝，俱屈膝请安。同治帝叫她们免礼，诸妓站立两旁，任同治帝默默品评。同治帝瞧了这一个，又瞧那一个，统是从头至足地审视，面庞儿有方的，有圆的，有长的，与宫中妃嫔相比，倒也相去不多。独有一副汉装打扮，迥乎不同，厌故喜新，人情同然。妖艳之中另具一副袅娜态度。还有一对对的小小金莲，掩映石榴裙下，瞧将过去统不过三寸左右，这乃是诸妓特色。惹得那少年天子目荡神迷。文喜等料知皇上中意，便嘱鸨奴设席，所来妓女，俱令侍宴。绿酒红灯之夕，眉挑目语之辰，软语绵绵，柔情脉脉，迨至酒意半酣，歌声继起，幽韵如娇莺啭谷，清声如雏燕寻巢，杂以铜琶铁板，按节合音。几疑是身入广寒，神游仙府。已而歌场寂寂，玉漏迟迟，陈王留洛浦之踪，神女叶高唐之梦。莲钩半握，觉控送之皆宜，脂泽微醺，触芬芳而欲醉，一夜的倒鸾颠凤，曲尽欢娱，似乎宫中妃嫔没一个如她柔媚，没一回有此风流。写尽色荒。只恨良宵乍短，曙色忽明，同治帝略睡片刻，便由文喜、桂宝催他回踪。没奈何辞却香巢，返归帝阙。蒙蒙眬眬地临了一回朝，即至别宫小睡。

到了傍晚，又去寻那文喜、桂宝两人，追述昨晚乐趣。文喜道："这种粉头，尚是颜色平常，不足为奇。万岁爷若令人采选，西子、太真，可重致哩。"同治帝道："宫中不能采纳汉女。从前先考崩逝，梓宫回京，什么牡丹春、海棠春，都被母后撵逐。朕若再要采选，那活祖宗肯准我么？"也是回顾之笔。文喜想了一会儿，随道："先皇帝在日，曾因祖制难违，想了一个变通法子，把四春娘娘住居圆明园内。可惜园已被焚，否则仍好照办哩。"桂宝道："目今四海承平，八方无事，这园子不好重建么？"同治帝只是摇头。文喜道："万岁爷尚有何疑？"一鼓一吹煞是好看。同治帝道："无端兴起土木，无论母后不允，就是王大臣等，也要谏阻。"文喜道："这且不妨。"便与同治帝附耳道：如此如此，这般这般。乐得同治帝心花怒开，便赞道："亏你想得周到，朕明日下旨便了。"

次日即谕饬总管内务府大臣，重筑圆明园。略称"两宫皇太后保祐朕躬，亲裁大政，十有余年，尚无休憩游息之所，以承慈欢，朕心实为悚仄。着总管内务府大臣设法捐修圆明园，以备圣慈燕憩，用资颐养"等语。这旨下后，内阁御史沈淮，仗着赤胆忠心，就来奏阻。无非说是帑藏支绌，请暂展缓等因。同治帝未曾细览，便提笔批斥，抬出“尊亲养亲”四字，当头一驳，题目恰是正大。即刻发出。台官等因沈淮被斥，不敢续奏，只得去劳动恭王奕䜣，要他出场谏阻。奕䜣道：“这事不知是太后主见，抑是皇上主见？待我探听的确，以便进言。”台官等闻了此语，自然散去。

同治帝既下谕修园，恨不得即日造成，作为藏娇的金屋。可奈内务府筹无的款，一时不好兴工。恼得同治帝每日呵叱，痛詈内务府大臣，限他克日兴办，约期告蕆。内务府大臣被他骂昏，巧妇难为无米炊，只得寻出一条路子，托西太后的心腹李莲英，面奏西太后，从中展缓。莲英所喜欢的是金钱，徒将口嘴请托，就使舌上生莲也是没效。况且西太后最爱游玩，平时常提起圆明园，被洋人烧掉，饮恨不休。此番重行建造，西太后也暗地赞成，如何转好拦阻？因此内务府托了几回，他只有密奏一次，还算承情。由西太后嘱咐皇上，叫他一切从俭，不得过费，亦不必过急。同治帝无可如何，只得遵嘱下谕，先将供奉列代圣容的安佑宫，暨两宫太后驻跸的殿宇，并自己办事住居的宫室，提早修葺，此外姑从缓办，以昭节俭云云。内务府不得已，才东移西凑地腾出款项，估工兴筑。同治帝常去监视，基址虽是现成，垣墙都要重造，里面的建筑更是工程浩大，才知非一时所能构成。缓不济急，只好与文喜、桂宝等人再出微行，借作消遣，厌厌夜饮，无不醉归。甚至日上三竿，军机大臣等统在朝房候久，才见圣驾临朝。

会日本使臣副岛种臣，遵约来觐。恭王奕䜣恐同治帝又误时刻，只得先日密陈，请同治帝格外注意，休使外臣轻渎。于是同治帝方休息数日，静养精神，准备受觐。届期这一日，亲御紫光阁，觐见日使。副岛种臣登殿三揖，赍送国书，同治帝慰劳如仪。回应上回，故载入之。又有俄使倭良夏里、美使镂斐迪、英使威妥玛、法使热福理、荷使费果荪，皆于是日入觐，鞠躬致敬，济济跄跄，总算中外一堂，周旋中节。

自此恭王奕䜣，随时进谏。常说要如何勤，如何俭，如何本身作则，如何率履无愆（qiān）。堂皇正大的奏议，送入同治帝耳中，反觉得言言迂腐、语语唠叨。忠言逆耳。会贝勒载澂进来，见同治帝有愠色，便问道："皇上何故不乐？"同治帝道："都是你家老头子长篇大套地常来絮聒，惹人懊恼！"载澂道："老朽迂谈，理他什么。"虎父生犬子，奈何！同治帝转愠为喜道："你可谓干父之蛊，不枉与朕同学一番。"奇语，难道徐、李诸师傅叫他狎邪么？原来载澂即恭王长子，曾在弘德殿伴读，从小相狎，脾气很是相同。当下谈笑尽欢。至讲到冶游情况，载澂的见识远过同治帝。同治帝道："楚馆秦楼你到过多少，可为朕一述否？"载澂屈指计算，差不多有数十处。同治帝又问道："何处最佳？"载澂道："要算南城最佳了。奴才曾物色了好几个。"同治帝道："可导朕一逛否？"载澂笑道："皇上屈驾旁求，奴才敢不汲引！"不愧荐贤。

是夕，同治帝遂命载澂易服同游。连文喜、桂宝都不带了。到了南城，各娼寮中统晓得载澂是著名公子，与他同来的人物定是差不多的爵位，自然格外巴结。嗣见载澂还要趋奉那人，料得那人位置还在载澂以上，越发献媚承欢。更兼同治帝面白唇红，颧平额广，生得漂亮异常。月里嫦娥爱少年，况这水性杨花的姊儿，哪有不爱俏的道理！数宵欢会，把同治帝的贪花癖几乎融成一片。同治帝愉快异常，感念载澂不止。到了冬月，因越年为西太后四旬大庆，加恩近支宗亲，预颁赏赉，自恭亲王以下，均从优给。载澂亦得列在内，竟蒙加郡王衔，并给头品顶戴。何不封他花王！这是同治帝特别酬庸，借公报私的至意。

翌年元旦节，恰停止筵宴。小省大用，终属无益。春季无事，只祈谷、朝日、祭祀社稷等典礼，照例举行。一入夏季，台湾生番，把日本避风船内的难民杀了几名。日本派中将西乡从道率兵登岸，进攻番社。嗣由福建船政大臣沈葆桢及藩司潘霨，往台查办，逐渐设防。日本见台防渐固，遂又遣大久保利通到京，与总理各国事务衙门交涉，索得偿款五十万两，方将台湾兵撤回。同治帝因中日修和，太平依旧，龙心为之欣慰。只圆明园修造一年，并没有什么造好，又不觉焦躁起来。当下宣召内务府总管，训斥一顿，限他年内告成，否则严惩不贷。看官，你想这座圆明园阔大得很，从前经雍、乾两朝逐年增筑，才得成功，哪里有一两年工夫便好完工呢？总管大臣当面不好违拗，只好遵旨退下。外面忙运动台官，设法谏诤。各御史道："前时曾托恭王爷奏阻，如何不见成效？想是贵人善忘哩，我等不如再见恭王吧！"当下至恭邸探问情由。恭王答道："我亦曾谏过数次，怎奈上头固执成见，不肯停办，如何是好？"各御史道："这件事总要仗王爷挽回，别个哪里能够呢！"恭王被大众逼着，只得毅然自任，又去进见同治帝，不到三言两语，已碰着钉子，被斥出来。随即通知各御史。

各御史多面面相觑，只有一位姚御史百川，颇有智识，想出一个移花接木的法子，拟把三海去抵圆明园。三海就是西苑，为明朝郭守敬所浚，有南北中三水通流，故号三海。主见已定，便向恭王道："三海风景倒也很佳，若将圆明园工程移至三海，岂不是事半功倍么？"恭王道："三海未曾被毁，稍稍修葺，便复壮观。若与圆明园相较，所省工程相去约数十倍，何止一半。只恐上头不从呢！"百川道："皇上的旨意，无非为颐养太后起见，总教太后通融这事，就可办得。看来仍须王爷出力，入见两宫，恳请移办呢。"恭王道："慈安太后无可无不可，慈禧太后处恐怕不易进词。"百川微笑道："有李总管在，托他先容，事无不成。"李莲英势力，此时已见一斑。恭王眉头一皱，便道："李总管莲英嘛……"百川不待说完，已是会意，即接口道："内务府总管焦急得了不得，叫他先着叠若干银子，做运动费，也是很愿的。"恭王道："既如此，做我勿着，且再去办一下吧！"百川等才作揖告别。过了数日，竟颁谕内阁，道：

> 前降旨谕令总管内务府大臣，将圆明园工程择要兴工，原以备两宫皇太后燕憩，用资颐养，而遂孝思。本年开工后，朕亲往阅看数次，见

工程浩大，非克期所能蒇工。现在物力艰难，经费支绌，军务未甚平安，各省时有偏灾。朕仰体慈怀，甚不欲以土木之工，重劳民力。所有圆明园一切工程，均着即行停止。俟将来库款充裕，再行兴修。因念三海近在宫掖，殿宇完固，量加修理，工作不致过繁。着该管大臣查勘三海地方，酌度情形，将如何修葺之处，奏请办理。钦此！

越日，内阁又奉朱谕，道：

朕自去岁正月二十六日亲政以来，每逢召对恭亲王时，语言之间诸多失仪。着革去亲王世袭罔替，降为郡王。仍在军机大臣上行走。并载澂革去贝勒郡王衔，以示儆惩，特谕！

又越日，复谕内阁，道：

朕奉两宫皇太后懿旨，皇帝昨经降旨，将恭亲王革去亲王世袭罔替，降为郡王，并载澂革去贝勒郡王衔。在恭亲王于召对时，言语失仪，原属咎有应得。惟念该亲王自辅政以来，不无劳勚足录，着加恩赏还亲王世袭罔替。载澂贝勒郡王衔，一并赏还。该亲王当仰体朝廷训诫之意，嗣后益加勤慎，宏济艰难，用副委任。钦此！

这三道谕旨，联翩而下。盈廷王大臣俱错愕不知所为，嗣经探听确凿，方晓得此中原委。第一道谕旨，乃是恭王从姚百川言贿托李莲英先容，然后入宫而请，果得西太后照允。即命恭王拟旨，硬要同治帝盖玺。同治帝迫于母命，无奈强从，心中却暗恨恭王。足足地气了一夜，翌晨即亲书朱谕，将恭亲王降为郡王，并及其子载澂，也把他贝勒郡王衔革去。所以有第二道谕旨，至第三道谕旨，分明是恭王受谴入诉两宫，由西太后立命赏还，即饬军机缮旨颁下。同治帝虽然亲政，究竟拗不过太后，只得忍气吞声敷衍过去。仿佛以卵敌石。

但郁极思通，闷极思动，索性连日微行，图个尽情的快乐。内务府中有个旗员，名叫桂庆，操守纯正，闻同治帝一意寻花，竟有些耐不下去，就切切实实地上了一个奏折，内称“皇上少年好色，恐不永年。请将蛊惑的内监一律驱逐，其有情罪重大者，应立加诛戮，杀一儆百。两宫皇太后亦须保护圣躬，俾慎起居，以免沉溺”等语。同治帝瞧了此奏，头脑都痛将起来，不觉愤愤道：“混账王八，敢诅咒朕躬么？不严办他一下子，还当了得！”正是：

忠言不用如充耳，苦口难医已死心。

毕竟桂庆曾否受谴，且至下回说明。

是回纯叙同治帝，暗中恰刺西太后。同治帝系西太后所生，教养之责，惟西太后是赖。西太后既留意时政，宁于同治帝微行独不闻之？斥蛊主之内竖，进格君之正人，则同治帝尚在少年，不难潜移默化。此而不行，任其冶游无忌，是明明纵子以不肖也！至圆明园之议筑，尤为无益有损之举。国帑空虚，时局未定，筑园奚为者？同治帝为藏娇而筑园，西太后为娱老而筑园，其寻欢取乐之心，二而一，一而二也。文喜、桂宝及李莲英等，皆误国小人，母子俱嬖幸之，是可见母子之惑，相去殆无几耳。桂庆之奏，实中肯綮。是回作为结尾，亦含有深意。阅者不得以寻常叙述文目之。

第十五回
染疮毒穆宗宾天　绝粒食毅后殉节

却说同治帝阅桂庆奏折，正拟下旨严谴。忽由长春宫太监奉太后命，来取此奏。长春宫系西太后所居。同治帝见他奉命前来，只好将原奏交给。乘着怒意，掷与宫监。宫监即赍呈西太后。西太后仔细展览，前半篇是指陈衮阙，倒也不甚介意，后半篇乃严惩内监，责成慈闱，未免心中怏怏，便道："这也太言过其实呢！"袒己耶？抑袒李莲英耶？遂留中不发。桂庆于呈奏时料知同治帝不从，曾暗通内线，要西太后过目。隔了数天，并无批答，才识西太后也不见用，竟辞职而去。自桂庆去后，王大臣们统做了仗马寒蝉，他总教禄位稳固，官爵保全，便算侥幸，管什么天子风流、国家兴替！庸奴如绘。

是年五月，钦天监奏彗星见。天象告警。西太后及同治帝，全不在意。略去东太后，为贤者讳。一个是预备万寿典礼，忙碌得很，一个是常到南城寻欢冶游要紧。光阴如箭，倏忽孟冬，西太后的万寿期已渐近了。一切礼仪，遵照乾隆六年皇太后万寿成例，办理妥当。盛衰已是不同，仪制恐还较备。即加赏八旗年老官民，及京内外实任一二品大员老亲。锡类推仁，鸿恩广被，也好算作一朝盛事。语中带讽。先期三日，同治帝率近支亲藩，恭迎慈禧端佑康颐皇太后，御慈宁宫，上文说西太后住长春宫，便为此处注脚。升座侍宴。帝奉觞上寿，并效老莱子舞彩状，恭承色笑。亏他支撑。亲王、郡王、贝勒、贝子、公等，依次进舞，欢忭有加。礼成，又至钟粹宫迎东太后。东太后住处，亦随笔带叙。与西太后同幸漱芳斋。同治帝旁坐侍膳，近支亲藩等皆蒙赐食。次日，复奉两太后幸宁寿宫，侍膳赐食如昨例。又越日亦如之。及期，慈禧端佑康颐皇太后御慈宁宫，受庆祝礼。两称西太后徽号，含有微意。内如六宫九院，外如王公、世职、大学士、六部、九卿，及蒙古外藩等，统依次晋祝，分班磕头。开八荒之寿域，率土皆春；听万众之欢呼，同声称庆。祝嘏毕，大开筵宴，盛沐慈恩。是晚广选名优，入宫酣舞，演几出西池王母，唱几阕萱室长春，慈颜为之尽欢，臣心无不称颂。书中独叙西太后万寿，不及东太后，顾本旨也。

只同治帝趋跄奔走，时觉蹒跚难行，暗地皱眉，偷闲呼痛。旁人还道他是疲乏，谁知他乐极悲生，有一种说不出的苦楚。哑子吃黄连。看官你道为何？乃是染了淫毒，下身生着杨梅疮。起初不过稍觉痛痒，尚无大碍。到西太后万寿期内，已发现疮毒，不便行走。只因礼节难违，没奈何撑着双足，来往宫中，周旋了好几日，把娘肚皮里气力，统已用尽，遂奄奄一息，卧倒龙床。后妃等问他病源，总说是逐日劳苦，以致疲惫。及两宫太后亲来探问，越发不好明言，只得讳莫如深地过去。就是御医诊视，也总不料他是淫毒缠身。模糊拟方，无非是银花、夏枯草等类，饮了下去，如饮水一般，有什么功效！挨到十一月间，龙准两旁也居然现出斑点来。得毋所谓睟然现面耶！已而毒水溃流，浸淫满面，一位丰姿潇洒的英主，弄得像混世魔王。自两宫太后以下，都不晓得是什么病症。详问御医，竟称是天花之喜。瞎话。这时候的内外章奏，已命军机大臣李鸿藻代为批答。西太后恐大权旁落，遂召集近支亲王会商，酌定政见。先由醇亲王奕譞领衔奏请，继乃颁谕内阁，道：

朕于本月遇有天花之喜，经醇亲王等合词吁恳，静心调摄。朕思万几至重，何敢稍耽安逸。惟朕躬现在尚难耐劳，自应俯从所请。但恐诸臣无所禀承，深虑贻误，再三吁恳两宫皇太后，俯念朕躬正资调养，所有内外各衙门陈奏事件，呈情披览裁定。仰荷慈怀曲体，俯允权宜办理。

朕心实深欣感。兹此通谕中外知之。钦此！

翌日又由同治帝名义，降一谕旨。说是奉两宫太后懿旨，封慧妃为皇贵妃，瑜嫔为瑜妃，珣嫔为珣妃。这谕下来，阖廷臣工，又是摸不着头脑。都说皇上方在不豫，医治尚恐不及，如何记念妃嫔加封起来。这正是咄咄怪事！一天过一天，到了十二月五日，由内廷传出懿旨，立召惇亲王奕琮、恭亲王奕䜣、醇亲王奕譞、孚郡王奕譓、惠郡王奕详，贝勒载治、载澂，一等公奕谟，御前大臣伯彦讷谟祜，军机大臣宝鋆、沈桂芬、李鸿藻，总管内务府大臣英桂、崇纶、魁龄、荣禄、明善、贵宝、文锡，弘德殿行走徐桐、翁同龢、王庆祺，南书房行走黄钰、潘祖荫、孙贻经、徐郙、张家骧等，入见养心殿。各王大臣等陆续趋至。但见宫中一带，统是宫监排列。所有各重门禁都驻着赳赳武夫，大概是荣禄手下的旗兵。此处复两现荣禄。王大臣等不知何故，但既奉召前来，只好屏着气，垂着手，齐集殿门。

殿外已有宫监立着，见大众到齐，即宣旨召入，直进西暖阁内。两宫太后分席列坐，面上都带着惨容。众人觐见毕，西太后先开口道："皇上疾已大渐，将来继统问题，须预先议定为是。"众人听了这语，都惊得目瞪口呆，不发一言。西太后又道："这是眼前要政，你等何须惊疑。"众人又不敢遽答，眼光都注到恭王身上。恭王此时不便缄默，乃跪奏道："皇上年力方强，即有不豫，亦不致有意外之变呢！"西太后不待奏毕，便摇首道："不济事了。你是皇室懿亲，此后嗣承大统的应该是谁？"恭王嗫嚅道："闻得皇后……"说到"后"字，好似有骨鲠在喉，不说下去。西太后已知其意，便道："皇后怀胎的消息也是靠不住的，就使有胎，亦不知何日诞生，生了亦未必是男。国不可一日无君，理应先日议定。"恭王道："皇后既已有娠，这是最好的了。现在大小事件统恳两太后裁定，一经皇后分娩，是男是女再行定夺。"西太后旁瞧汉员道："这话太悬宕了。现在西南尚未大定，如知朝廷无主，难道不要生变么？”西南或不致如此，倒是你要生变。军机大臣沈桂芬、李鸿藻，弘德殿行走徐桐，同跪下道：“圣慈明烛千里，臣等莫名钦佩。”大拍马屁。东太后至此，也耐不住，便道：“据我意见，恭王的儿子，恰可入承大统。”恭王忙磕头道：“奴才不敢！如果要立皇嗣，也应轮着溥伦。”西太后道：“溥伦是宣宗成皇帝的继长孙，血统太远，不应嗣立。”说至此，复顾东太后道：“倒不如立了醇王子载湉，时候已迟，应即决定。”醇王奕譞忙叩头固辞。恭王又磕头道：“事尚从宽，且至明日再议。”西太后声凄而厉道：“实告你，皇上已大行了！”这声懿旨，仿佛如霹雳一般，王大臣的泪珠儿，好似雨随雷下，点滴不住。这副急泪，也亏王大臣预备。

当下把储议暂搁，都请至御寝哭临。西太后道：“且慢，皇嗣一层，我意已决定载湉了。”诸王大臣也无暇争论，有说是遵旨的，有说是请慈衷裁定的。支吾了一会儿，即由西太后命，令内监导王大臣等至东暖阁。东暖阁就是御寝所在，与西暖阁相距无几。王大臣等甫至阁门，但听里面有一片号啕声，哭得非常凄惨，众人都不知不觉地流下泪来。这恰是真泪。须臾，已鱼贯入阁，见龙床上面直挺挺地卧着帝尸，身上亦罩着龙袍，预备入殓。旁侍后妃人等，统是悲泣，独皇后已晕过几次，还是抚尸大恸。大众陪哭一场，天色已是黄昏。恭王见皇后恸哭不已，正思出言劝慰，适西太后徐步进来，众人又上前请安。皇后越发号啕。西太后戟指道：“你这狐媚子，媚死你的皇上，还装出这副形容。迟了，迟了！”姑恶，姑恶。复对众王大臣道：“你等须安排嗣皇即位，不必在此侍着。”王大臣遵旨而退。恭王亦抽身欲出，西太后道：“你且在此。”不是留他，实是禁他。恭王不好违慢，只得在东暖阁中静悄悄地候着。西太后独返入东暖阁，围炉休息去了。时已起更，灯昏尘黯，外面风声刮耳，差不多似天崩地塌，海啸山号，皇帝大行应有此景。恭王身着狐裘，尚是暗中发抖。

挨过了两三小时，才见有数人搴帷而入。第一位仍是西太后，第二位系醇王奕譞的福晋，乃是西太后的同胞妹子。随后有乳媪数人，抱着一个三岁有奇的小孩子，尚是蒙眬睡着。看官不必细猜，便应晓得是嗣皇帝载湉。大书特书。当下与恭王相见。除西太后外，还是行着家礼。西太后语恭王道："嗣皇已到，应先在御寝旁行即位礼，以便明日颁诏。"恭王闻言，心中很不愿赞成，但木已成舟，无可挽回，不得已唯唯听命。于是复宣召众王大臣，入养心殿，两旁序立，静候幼主登基。这幼主尚睡在梦里，被那本生母唤醒，恼了性子，乱啼乱叫。西太后过去抚摩，温词诱导，偏这幼主不肯顺从，越加啼叫不休。为后来母子不和之兆。嗣经醇王奕𫍽进去保抱，哄骗了好一歇，方有些转悲为喜，如此立主，真同儿戏。乃命向大行皇帝前磕了头，然后抱出殿中，扶登御座。王大臣等序班朝见，跪叩如仪。那幼主因少见多怪，几乎吓倒御座，又哇哇地啼哭起来。都是预伏后文之笔。仓促礼成，草草了事，恭王方得脱然回邸，诸王大臣等亦各归息。翌晨，复入宫承值。午后，大行皇帝大殓，十有九龄的天子至此永终。真所谓一棺附身，万事都已了。昔日风流，而今安在？

是日即颁遗诏，略称"本年十一月适出天花，以致弥留不起。第念统绪至重，亟宜传付得人。兹钦奉两宫皇太后懿旨，醇亲王子载湉，着承继文宗显皇帝为子，入承大统，为嗣皇帝。嗣皇帝仁孝聪明，必能钦承付托"等语。四岁小孩聪明或有之，仁孝何能预料，明是欺人之谈！同治皇后闻到此诏，暗想：大行皇帝临终时，哪有这等遗言！分明是捏词粉饰，满盘播弄。更兼嗣皇载湉入继文宗，置大行皇帝于何地！自己更不必说了。想到此处，毫无生人之趣，只自祈死而已！可悯。诸王大臣明知此举无名，难为皇后，只因西太后独揽政权，不好违忤，没奈何拟了"嘉顺"二字，作为同治皇帝的封号。总算蒙西太后俞允。又尊谥同治帝为穆宗，改元光绪，即以翌年为光绪元年。光绪帝年幼无知，自然援着老例，重请两宫皇太后临朝，再行垂帘训政。不到数日，又下了一道懿旨，谓：俟皇帝生有皇子，即承继大行皇帝为嗣。相传这道懿旨还是东太后及恭王奕䜣商议出来，西太后勉强赞同，未知确否。忍于子妇，他事可知。转瞬新年，光绪帝登极受朝。还算欢欢喜喜地坐了一歇。有三十四年的挂名，总有一点福泽。各王大臣等排班跪叩，毋庸细表。独醇亲王奕譞，先朝告病辞职，由懿旨批准，开去各项差使，凡朝贺等典礼，概免参与，遇太后万寿，在便殿行礼，不随众朝贺。所有亲王爵秩，准其世袭罔替。因此新皇登极，醇王不与朝贺，这也是父不拜子的礼仪。

过了元日，宫中筵宴，虽较前略减，总不能一例蠲（juān）除。西太后听戏饮酒，依然如故。内阁侍读学士广安，得了这种信息，不觉懊恼道："先皇帝的梓宫尚未奉安，善后事宜亦未办妥，难道好乐以忘忧么？我倒要批鳞一奏了。"遂拟定奏稿，缮好奏折，立即赍呈。其文道：

窃维立继之大权操之君王，非臣下所得妄预。若事已完善，而理当稍为变通者，又非臣下所可缄默也。大行皇帝冲龄御极，蒙两宫皇太后垂帘励治，十有三年，天下底定，海内臣民，方将享太平之福。讵意大行皇帝，皇嗣未举，一旦龙驭上宾。凡食毛践土者，莫不吁天呼地。幸赖两宫太后，坤维正位，择继咸宜，以我皇上承继文宗显皇帝为子。并钦奉懿旨，俟皇帝生有皇子，即承继大行皇帝为嗣。仰见两宫皇太后宸衷经营，承家原为承国，圣算悠远，立子即是立孙。不惟大行皇帝得有皇子，即大行皇帝统绪，亦得相承勿替，计之万全，无过于此。惟是奴才尝读宋史，不能无感焉。宋太祖遵杜太后之命，传弟而不传子。厥后太宗偶因赵普一言，传子竟未传侄，是废母后成命，遂起无穷斥驳。使当日后有诏命，铸成铁券，如九鼎泰山，万无转移之理，赵普安得一言间之？然则立继大计，成于一时，尤贵定于一代。况我朝仁让开基，家风未远，圣圣相承，夫复何虑？我皇上将来生有皇子，自必承继大行皇帝为嗣，接承统绪。第恐事久年湮，或有以普言引用，岂不负两宫太后贻厥孙谋之至意！奴才受恩深重，不敢不言。请饬下王公大学士六部九卿会议，颁立铁券，用作奕世良谟。伏乞两宫太后暨皇上圣鉴！谨奏。

奏入，于翌日即颁下懿旨道：

前降旨俟嗣皇帝生有皇子，即承继大行皇帝为嗣，业经明白宣示，中外咸知。兹据内阁侍读学士广安，奏请饬廷臣会议，颁立铁券等语，冒昧渎陈，殊堪诧异。广安着传旨申饬。钦此！

懿旨下后，小惩大诫，竟没有第二人续上奏折。宫廷内外，依然是幸遇清时，朝无阙事了。

谁知到了二月，嘉顺皇后的噩耗，又自宫中传出，都说是缘绝食而崩。忆前此欢谐凤卜，未及三秋；痛此时攀及龙髯，不过百日。后人有诗咏嘉顺皇后道：

开国科名几状头，璇闺女诫近无俦。
昭阳自古谁身殉？彤史应居第一流！

欲知嘉顺皇后死状，且看下回分解。

同治以前，清未有兄终弟及之制。始之者，为光绪帝。光绪帝之母，西太后之妹也。光绪帝即为西太后之甥，亦即西太后之侄，侄且兼甥。西太后意中以为有两重关系，他日当惟言是从；且可因幼主登极，仍得垂帘训政，手握大权，其自为计固得矣。如家法何？如祖制何？夫家法与祖制固不足以怵西太后之心！但同治帝本所自出，犹且未尽听命，岂光绪帝长成后，必将顺无违耶？人谓西太后智，吾谓西太后亦智而愚者。

至嘉顺皇后之殉节，无非为西太后偏憎而起。嘉顺未册封时，已有明德和熹之誉，乃受制于姑恶，竟致绝粒而死，忍心害理之讥，不得为西太后讳焉。或谓慈安尚在，何以未申一词？不知杀安太监，立嘉顺后，皆慈安所为。西太后嫉之已深，防之益密，至同治帝崩，不令慈安干涉，盖已处心积虑，布满网罗。今日之事我为政，非他人所得与闻。恭王可羁住东暖阁，慈安不亦可羁住西暖阁耶！是回与上文第十回可以参看，益识西太后之手腕矣。

第十六回
上遗疏痛陈继统　改俄约幸得使才

却说嘉顺皇后，因同治帝驾崩脉，本已恸极。嗣复立湉为帝，连继子都没有着落。西太后又视她如眼中钉，每日痛詈，不假词色。广安上奏复被申饬。遂断绝各种希望，并腹中怀妊，亦置诸不顾，竟自行绝食。饿到腹枯肠竭，竟尔逝世。临崩时，眼眶犹含泪两行，面色恰如生人一般。内监禀报钟粹宫，东太后尚亲自过视，哭了一场。至禀报长春宫，西太后恰悍然道："死得好，死得好，早死一年，我的皇儿也不致短命了！"冤哉枉也！当下令内务府治丧。呈上礼节，被西太后抹去好几条，草草塞责。王大臣拟了一个"孝哲毅皇后"的谥号，还幸不遭驳斥。有一个不识趣的御史姓潘名敦俨，竟奏请表扬先后，借光潜德。宫中便严驳下来，谕称"孝哲毅皇后已加谥号，岂可轻议更张。该御史率行奏请，已属糊涂，并敢以无据之辞，登诸奏牍，尤为谬妄，着交部严议"等语。潘敦俨撞了一鼻子灰，同寅中还说他自寻苦恼，真正懊悔不迭。何苦！这且接下不提。

单说两宫皇太后二次垂帘，寰宇澄清，万民乐业。西太后又振刷精神，创行了几条新政。一是派遣外使：出使英国，派了郭嵩焘；出使日本，派了许钤身；出使德国，派了刘锡鸣。一是准借洋款：陕甘总督左宗棠，出关剿回，因军饷无着，准借洋款一千万两。一是赎回铁路：从前英人擅筑铁路于上海直达吴淞口，适沈葆桢调督两江，照会英领事阻止，不获允；嗣由李鸿章与英使威妥玛熟商，以银二十八万五千两买收。后来未成的路线，原是停工。已成的铁路，亦一律毁去。一是选派学生出洋游学：从闽厂前后学堂，选派学生三十名，分赴英、法两国学习制造驾驶，由道员李凤苞、洋员日意格为监督。这都是下请上行的政策，好算西太后刻意求治了。侧重西太后，语有分寸。

会云南腾越厅蛮允地方，戕杀英翻译官马嘉理，英人指为署督岑毓英主使，要挟多端。朝旨特派李鸿章赴滇查办。复奏“马嘉理由缅入滇，未曾知照地方官，以致匪徒劫杀，并无督署指使情事。总理衙门，照复英使威妥玛，威妥玛犹坚执前议。及鸿章北还，至烟台，与英使会议，相持不下。俄、德、美、法四国公使适俱在烟台，亦以英使为非，乃得磋磨就绪，订定《烟台条约》。无非是昭雪滇案，偿银抚恤，还有中外官员往来礼节，及中外商人互市条件，另附专款，乃是次年英人拟赴西藏，请给护照”等语。这种交涉，在英人视作极有关系，在清廷恰以为无足轻重，得过且过，全然不放在心上。左宗棠进军新疆，又一路顺风，略定天山北路，进剿天山南路，杀得白彦虎南奔西窜，遁入俄境。还有安集延酋阿古柏，正入踞新疆，僭号毕调勒特汗，也被左公麾下将弁几仗杀败，进退无路，仰药而亡。这捷报传达清廷，两宫太后喜欢得了不得，立封左宗棠为二等侯，随征将士统邀特赏。时已光绪四年二月了。点醒年月，可知是部小说除褒贬外，实可作一部编年史读。

五年，葬同治帝、后于惠陵，又有一番热闹。两宫皇太后也亲往视葬。宫眷廷臣等更不必说。既告窆（biǎn），送葬等人一律言旋。正在休息，忽由吏部尚书呈上一折，乃是吏部主事吴可读遗疏，由堂官代奏，洋洋洒洒差不多有一二千字。两宫太后瞧毕，由西太后发言道：“数年前，广安曾有奏折，也是为着此事。今吴可读遗疏，又说要明降懿旨，预定将来大统之归。难道我等苦心，臣下尚难共喻么？”你全是私心，有什么苦心。东太后道：“他自称罪臣，愿效尸谏，倒也是一片忠心呢！”西太后道：“究不知他是什么死法，还要问明吏部再行定夺。”当下召见吏部尚书，便垂询吴可读死状。当由吏部复奏道：“吴可读实服毒自尽的。他本奉陵工差使，卸事后，即在蓟州马神桥三义庙内自尽。有庙内周道士做证，州臣亦确查无误。所以可读遗疏，奴才不敢不代奏。”吴侍御死状由吏部口中叙明。东太后道：“他不是奏参乌鲁木齐提督成禄么？”西太后道：“就是他。他是个书呆子，稍有所闻，便不管真伪，一味乱奏，所以前时曾将他降职的。”东太后又问吏部道：“他是何处人氏，从前做过何官？”吏部奏称：“可读籍贯系甘肃皋兰县，前时职任御史。”东太后道：“关陇之间，有此烈士，也算是难得了。”莫谓秦无人。复顾西太后道：“这应如何办法？”西太后道：“且命廷臣妥议具奏，再行裁定。”随命军机拟旨，将吴可读原折发交王大臣议奏。

王大臣们会议了好几日，想不出什么善法来。看官，你道这种议奏，如何有这般难处？自从康熙帝建储不定，把太子允礽废了又立，立了又废，后来终被雍正帝夺去。雍正帝惩前毖后，立密建皇储法——潜书储君名字，置匣缄封，藏诸乾清宫正大光明殿匾额后面，至新旧交替时，方将缄匣取下，启视密旨，乃得定嗣。自雍正至咸丰朝，一律遵行。及同治、光绪两帝承袭大统，虽没有什么密旨，然同治帝是随驾热河，当咸丰帝大渐时方命嗣立。光绪帝乃是西太后主张，入宫即位，已在同治帝大行之后。从没有先正青宫，后践帝位。若照吴可读原折，是嗣皇帝生有皇子，过继同治帝，就应立为皇太子，岂不是迹类建储，有违祖训么？祖制不行久矣，多方顾忌何为。因此王大臣等不敢定议，只模糊影响地复奏上去。独有学识优长的张之洞，职居洗马，独奏称“继嗣即是继统，惟将来皇子众多，不必遽指定何人承继，待至继统得人，即承继穆宗为嗣，庶几情法两尽”等语。王大臣等会议数日，连此意都未想到，正是一班饭桶。两宫太后览到此奏，很是嘉许，便照张之洞奏折，令军机拟就懿旨，颁发出去。大旨说是：吴可读所请，实与本朝家法不合。皇帝受穆宗毅皇帝付托之重，将来诞生皇子，自能慎选元良，缵承统绪。其继大统者，即为穆宗毅皇帝嗣子。守祖宗之成宪，示天下以无私，皇帝必能善体此意。

所有吴可读原奏，及王大臣等会议折，并张之洞等奏折，暨前后关于继嗣的谕旨，均着另录一份，存毓庆宫。吴可读以死建言，孤忠可悯，着交部照五品官例议恤。这旨一下，才算是铁案铸成，群喙屏息，吴侍御可读死也瞑目了。

越数日，总理各国事务衙门得着一个琉球国被灭消息。琉球国系东洋大岛，在日本西南，道光前曾入贡清廷，后竟废止。清廷因国家多难，不遑诘责。至此被日本并吞，夷为冲绳县。总署方与日使交涉，日使置诸不理。正拟再发照会，忽由西域寄到紧急奏章，乃是陕甘总督左宗棠署名，欲与俄罗斯国开战。总署诸公闻得“开战”二字，都吓了一大跳，忙把原奏呈入。为此一吓，把琉球国事情竟置诸高阁了。银样镴枪头。越日，有上谕下来，命侍郎崇厚充出使俄国大臣，索还伊犁。这伊犁地方，便是天山北路的疆域。前时回匪扰乱陕甘、关陇一带，几乎陆沉，还有什么工夫去管西域？所以安集延酋阿古柏得乘间而入，俄罗斯也思染指，便发兵南下把伊犁占去，阳称为中国防守，阴实怀一久假不归的意思。至左宗棠进兵西域，逐去了白彦虎，困死了阿古柏，天山南北两路一律平定。只有伊犁一带被俄人所占，向索不理。顺风顺势的左爵帅，哪里就肯罢手，因此要与俄人宣战。左文襄好大喜功，笔下亦随带出。

两宫太后因饷需支绌，征剿回匪的兵费，正是从外国挪借而来，此次不便轻举妄动。只好令一位崇侍郎出使俄国，和平交涉。满望他折冲樽俎，使着三寸不烂的舌头，把伊犁好好索回。谁知这崇侍郎胆小如鼠，到了俄国，被俄外部数语恫吓，弄得低首下心，毫无威势。他想是奉了朝命来索伊犁，总教伊犁索还，别样权利，都可拱让。俄人要索偿银五百万卢布，崇厚照允；俄人要索伊犁西境的霍尔果斯河左岸，及南境帖克斯河上流地，崇厚亦照允；俄人要在嘉峪关及吐鲁番等地方添设领事，蒙古各地及天山两路通商，概许免税；还有行轮运货、勘界立碑等条件，统是益彼损我，崇厚无不照允。共约十有八条。崇老可谓慷慨！

这条约咨报总署，就是麻木不仁的王大臣，也要惊骇起来。其时，有一班清流党，如李端棻、张之洞、张佩纶、宝廷、王仁堪、盛昱等人，或居台院，或列词林，统是纸上谈兵，直言敢谏。抑扬得妙。闻了这次约章，人人气愤，个个眉扬。大家都仗着这个管城子，做成几篇好奏折，呈将上去。内容的词意，无非是立诛崇使，硬抗俄人。词源倒流三峡水，笔阵横扫千人军，把两位垂帘听政的皇太后，也有些跃跃欲动的情形。当下将崇厚革职逮问，并遥询左宗棠和战事宜。左公本是主战，一篇复奏约有数千言，驳得十八条约款十七条都不可许，只有第一条归还伊犁，乃是应分的事情，不加一语。惟结末有先申议后决战两语，比内臣较为慎重。因此两太后依议将崇厚逮还，换了一个曾袭侯纪泽。

纪泽系曾国藩长子，官居大理寺步卿，曾出使英、法两国，专对称长，不辱君命。这是名实足副的考语。此次奉使改约，实是一个极难题目。看官试想，已成条约，还想翻他转来，难不难呢？况俄人得步进步，正是蚕食鲸吞的时候，若要他虚心下气，来从中国，除非中国有几个伟人，能压倒俄国君臣，方能达到目的。曾袭侯已仰承帝简，不好推辞，只得勉为其难，跋涉烟波，赴俄都圣彼得堡去了。清廷主战的奏折还是纷至沓来。独恭亲王老成持重，奏明两宫，把各员奏折，暂且留中，俟曾袭侯到俄理论后，或战或和，才好定夺。两宫太后颇从谏如流。只俄国闻得逮回崇厚，改任使臣，不待曾袭侯到俄，便派遣军舰来华游弋，并令占踞伊犁的俄人，戒严以待。于是清廷又防个不了，急令北洋大臣李鸿章筹备舰队，完固海防，巡阅长江水师彭玉麟操练水军，整顿江防，山西巡抚曾国荃调守辽东，三品卿衔吴大澂赴吉林督防，并命刘锦棠帮办西域军务，与左宗棠相机而行。

两下里正在相持，曾袭侯到俄，与俄外部开议。适值原议俄使布策简放来华，总理衙门防他来京饶舌，飞电令曾袭侯截回布策，在俄定议，免得一番纠缠。人为其难，己为其易，都是好良心。曾袭侯接电后，忙往俄外部商议，令其追回布策。俄署外部尚书热梅尼，遇事圆触，允将布策追回。辩论了好几日，布策不从，险些儿双方决裂。左宗棠却要舁榇以行，与俄国决一死战。俄国闻到此信，却也有些胆怯。俄皇自黑海还都，谕令外部略从退让，另派大臣吉尔斯，与曾袭侯妥商。吉尔斯貌似和平，胸中颇有成竹，虽允让数端，大旨仍不肯放松。亏得皇天有眼，看曾袭侯一片苦心，要成全他一生的令名。偌大的俄国皇帝被虚无党刺伤，竟尔长逝，俄国几酿成内乱。到了新皇嗣统，国事暂定，曾袭侯乘机续议，方才有些眉目，将崇厚所定之前约，改换了好几条：伊犁南境，悉还中国；西北界务，不据崇厚所定之界；俄国领事，仅在吐鲁番添设一员，天山南北路互市，改均不纳税为暂不纳税；余如行轮勘界等件，亦各有变更。议定奏闻，盈廷大悦。丑语。电发谕旨，有“该大臣握要力争，顾全大体，深为不负委任，即着照此定约、画押”等语。曾袭侯依旨奉行。易玉帛为冠裳，化疆场为坛坫，依旧是承平岁月，浩荡乾坤。

到了光绪十年改新疆为行省。二十二省中，又增了一省，臣下歌功颂德，都说是两宫太后的洪福。只曾袭侯思深虑远，于签约时申奏清廷，大要谓“俄为强国，今遣一介使，驰一纸书，取已成条约，多半更改，将来看作寻常，以为中西交涉，无难了事，后必有承敝的一日。臣意为兵端将开复息，有关气数，气数不可预知；条约已定复更，应视邦交，邦交不可常恃。所以臣到俄以来，将办事艰难情状，先后直陈，不敢稍隐。此后应请旨密饬海疆暨边界诸臣，慎重交际”等语。朝野叹为至论。确是名言，中国能奉为箴铭，何至一败涂地。无如中国的人情，多是虎头蛇尾，临急时似乎要立刻整顿，到了事后，仍然因循玩愒，毫不见一点精神。外人谓我国人热心，只有五分钟，乃是的确公评。我国人听着！

话休叙烦。且说西域交涉，正要蒇事。京内外臣民，都额手相庆，不料宫中颁降谕旨，竟将步军统领荣禄革职，驱逐回籍。廷臣大半惊疑，统说荣禄是西太后幸臣，从前由热河扈跸回京，全仗他保护慈躬，途中得以无事。至穆宗驾崩，入宫定策，他亦与闻，应上文。如何今日遭此重谴？后来细细探问，方知他事涉秽亵，触怒西太后，因有此不测的罪名。

原来荣禄得宠以后，兼管内务，得随时出入宫廷。宫中所有妃嫔，统是青年守孀，春宵寂寂，良夜迢迢，未免有些耐不住的情况。这荣统领器宇深沉，英姿飒爽，在宫中往来，又是一团和气，日久面熟，不顾嫌疑，遂有些不尴不尬的蜚议，传到西太后耳中。西太后亲自调查，果见荣禄与某妃有送寒偷暖的事情，不由得心中大怒，立命将他撵出。荣禄去后，西太后失一臂助，又不免日后思念，只因他犯罪太重，不好骤行起复，以致荣禄沉沦原籍，落魄了六七年。大约先交桃花运，继交墓库运。

是年祭文宗陵，两宫太后都亲去拜奠。东太后以文宗曾有元妃，虚左以处，自己列于右次，令西太后随立下首。西太后艴然不乐。东太后见她色变，便道："礼应如此。"旁人还惊愕不解，究竟西太后心性聪明，料知东太后意见，无非因文宗在日，与东太后尚有后妃之别，所以不容并列。当下忍着气，耐着性，不与争论，匆匆祭毕，即行还宫。后来越想越恨。还有这个刁钻阴狡的李莲英，从旁媒孽，离间两宫，反说荣禄被谴，也是由东太后设法陷害，阴折西太后的右臂。莲英想自居左臂矣。西太后怒上加怒，复忆起小安子一案，统由东太后主持。新旧生嫌，百感交集，遂与李莲英定计，要报仇雪恨了。俗语说得好，明枪容易躲，暗箭最难防。好好一位贤太后，要收拾在她手中哩！俗语有云：

画虎画龙难画骨，知人知面不知心。

毕竟东太后后来如何，看小子下回交代。

本回叙吴可读尸谏，及曾纪泽改约事，似与西太后无关，实则皆自西太后致之。西太后不立光绪帝，则承穆宗后者，必为穆宗之犹子，继嗣即继统，何容拟议！吴侍御自不必轻生矣。至若曾袭侯之赴俄改约，实由崇厚辱命所致。当时国家政令，多由西太后主张，遣使时早为审慎，则后来之种种手续，亦可无庸，吾故曰此皆西太后致之也。世有以吾言为周内者，请寻绎本回自知。

第十七回
东太后中计暴崩　恭亲王遭谗去职

却说东太后秉性坦白，素无城府，遇事又退让居多，争执甚少，所以与西太后训政数年，形式上似尚联络。因安德海被戮，李莲英构谗，方成嫌隙。其实西太后暗中生心，东太后仍毫无成见，所以全不预防。谁知这西太后实是厉害，怀恨愈深，韬晦益甚，外面阳作欢容，与东太后格外亲昵。会东太后罹小疾，宣御医入宫诊治，服药数剂，并无效验。西太后恰常往问视，曲示殷勤。又拣了上好人参两支，为东太后亲自煎汁，服后少愈。

越宿，东太后起床梳洗。时方八句余钟，由宫监入报，长春宫太后来了，东太后忙起身要迎。只见西太后已经进来，笑吟吟道："今日慈躬可痊愈否？"东太后道："今日已好了不少。累承顾视，深抱不安！"西太后道："这有什么要紧。但愿慈躬早日复原，朝政一切，也可共同商决。"东太后道："今日退朝为什么这般早？"西太后道："今日没有什么要政。因为惦念慈躬，所以立命退朝。"正说话间，东太后梳洗已毕。两下里奉茗递烟。西太后微露左臂，恰有寸帛缠住，映入东太后眼帘。便问她："何故缠帛？"西太后忙把衣袖垂下，似恐东太后窥见，做出一副遮遮掩掩的情形，口中又故作嗫嚅状。好计策。偏偏动了东太后疑心，越要详问底细。中她计了。西太后又说道："此刻不便明告，且待慈躬康健，再当渎陈。"东太后发急道："我已没有什么病患，今日与我说明，我心越加爽快，病体越加安适了！"西太后闻言，故意地把凤目一睃，复将左右一瞧。东太后会意，便命宫侍退出，迫令西太后详告。西太后道："昨日参汁中，曾割臂肉一片同煎。"东太后听到"臂肉"二字，不禁起立道："臂肉可割么？"西太后道："平时读史，尝见有刲（kuī）股疗亲事。仿着一行，果蒙上苍鉴悯，安及慈躬，总算不虚此割了。"东太后道："我病渐瘳，你臂忍痛，我心如何放得下！"说至此，便去携西太后左腕。西太后连忙让开，微颦道："不妨，不妨！我已用良药敷上，昨晚已止痛呢！"说得很像。东太后不觉感极而泣，且道："如此存心，先皇帝尚有疑虑，真是好人难做了！"言已，即转身向卧室中去了。好一歇，又出来相见，手中执着一笺，递与西太后。西太后接过瞧毕，手腕都颤动起来。想是左腕觉痛之故！看官，你道是何笺？乃是文宗显皇帝亲书的朱谕，内写着："那拉贵妃如恃子为蛮，骄纵不法，可按祖宗家法治之，毋得宽贷。特此留谕。"西太后往时，曾闻东太后口风，有这密旨，所以时常留意，处处防着。此次诈言割臂，实是为此而来。及见了这道密旨，愈觉惊心，默念神明庇佑，秘计得行。意欲将密旨取去，奈东太后未曾允给，不好擅取。沉吟少顷，竟交还东太后，面上仍不动声色，只眼睁睁地望着。但见东太后取了此纸，放入炉中，霎时间，被火所爇，化作白灰。西太后到此，只觉由顶至踵，没一处不畅快，便向东太后敛衽鸣谢。东太后慌忙答礼，转申谢悃。续谈数语，西太后便欢天喜地地去了。

过了数日，东太后病已痊愈，与西太后一同视朝。朝罢，各自回宫。午膳后，东太后带着宫监，静悄悄至长春宫，拟去道谢盛意。冤冤相凑，宫监们多去午餐，只有一小太监站立门首，见东太后到来，请安毕，欲入内禀报。东太后已扬长入内，搴帷进去。见西太后与李莲英并坐，西太后跻着左足，置莲英膝上，莲英用手搦着，两人唧唧哝哝，不知说着什么。春色撩人。忽闻帷钩声响，珠玉玐琤，方觉有人进来。瞧将过去，乃是东太后。西太后缩足不迭，待至放下，东太后已走近身前，连忙起身相迎。李莲英也吓了一大跳，起立一旁，把请安的礼节，竟致失记。东太后本怀着敬意，竭诚而来，瞧着这般情形，不觉变了懊恼。竟向李莲英道："你也太不成体统了。为什么与太后并坐？"莲英尚未答言，西太后便代答道："我近日双足见痛，所以叫他捶着。他立捶不便，因此从权给坐。"东太后道："我朝定制，防范中宫，很是严密。为恐中宫擅权，要蹈前明覆辙，近之不逊，远之则怨。这是不便轻纵的！"西太后想出言辩驳，一时又无词可说，只得怒向莲英道："承值的宫监到何处去了？你是本宫总管，为什么不去查问？"莲英唯唯趋出。东太后又语西太后道："李监权势太大，宫监们都称他九千岁，这也不可不防。"此言实是好意。西太后默然不答。东太后见她不悦，就匆匆告辞，连初意都未声明，一直回宫去了。

次日，西太后竟不视朝，只称有疾。自光绪六年冬季，直至七年仲春，简直是杜门不出，终日深居。亏她忍耐。就是元旦、元宵，宫中这么热闹，她也推说有病，未曾出来。东太后常去探望，只说是腰足酸痛，不能行动。何不说是左臂痛。御医日日进诊，吃了许多杜仲、牛膝，毫不见效。未知她曾饮下否？光绪七年二月，诏各省督抚进良医。直隶总督李鸿章、两江总督刘坤一、湖广总督李瀚章，皆奉诏征医，给资入都。各名医入宫诊脉，也不识是何病源，开了几个不痛不痒的方子，呈将进去。也不知西太后服了谁方。

东太后独自视朝，已经数月。到了三月初十日辰刻，召见军机大臣。恭亲王奕䜣、大学士左宗棠、尚书王文韶、协办大学士李鸿藻等，联翩入见，东太后垂询数语，慈颜和怡。恭王以下，据事奏明，即行退朝。到了午后，忽内廷有旨传出，立召枢府诸人速进。各王大臣等不知何因，急忙趋入。至朝房，方有太监传说，东太后驾崩了。恭王惊讶道："退值不过五小时，为何有此暴变？"此时左宗棠亦奉命驰至，闻恭王言，便道："辰刻觐见太后慈容，并无疾色，不过两颊微赤，难道数小时间就致大行么？况向例太后不豫，必传御医，医方药剂悉命军机检视，为什么全然未闻？"恭王道："且至宫中看明，自然知道。”于是鱼贯而入。

到了钟粹宫，见西太后坐矮凳上，形容并未憔悴，态度不见仓皇。明系假病。各王大臣向她行过了礼，分立两旁。但闻西太后道：“东太后向无大病，日来也不闻动静。忽然遭此变故，真是令人难测！”各王大臣相率顿首，统把虚言劝慰。只恭王奏请道：“东太后大行，想尚未曾小殓，例应传她戚属，入宫瞻视。”西太后道：“已小殓了，你等可去瞻视一番。”恭王奉命率各大臣进内寝，只见东太后面色如土，目未全瞑。穗帐凄清，孤帏惨淡。各王大臣睹这情形，不知不觉地流下泪来。当下举哀齐哭，寝侧妃嫔人等亦一律号啕。约数刻，西太后也进来道：“已死不能复生，哭亦无益。你等不如出议丧礼，教办理周到一点，便算对得住东太后了。”语带蹊跷。左宗棠满腔不悦，只是不便开口，没奈何随着大众怏怏出宫。到了军机办事处，还思与恭王追究病源。恭王道：“也不必说了，现拟遗诏要紧。”便由李鸿藻起草，拟定数行，恭王等统共瞧过，随着宫监进呈西太后。有顷，宫监复捧遗诏出来，约已易过数字，当即抄发出去。其文道：

予以薄德，祗承文宗显皇帝册命，备位宫壸。追穆宗毅皇帝寅绍丕基，孝思纯笃，承欢奉养，必敬必诚。今皇帝入缵大统，视膳问安，秉性诚孝。且自御极以来，典学维勤，克懋敬德。予心弥深欣慰！虽当时事多艰，旰宵勤政，然幸气体素深强健，或冀克享遐龄，得资颐养。本月初九日，偶染微疴。皇帝侍药问安，祈予速痊。不意初十日病势陡重，延至戌时，神思渐散，遂至弥留。年四十有五。母仪尊养，垂二十年。屡逢庆典，迭晋徽称，夫复何憾！第念皇帝遭兹大故，自极哀伤。惟人主一身，关系天下，务当勉节哀思，一以国事为重，以仰慰慈禧端佑康颐昭豫庄诚皇太后教育之心。中外文武恪供厥职，共襄郅（zhì）治。予灵爽实与嘉之，其丧服酌遵旧典：皇帝持服二十七日而除。大祀固不可疏，群祀亦不可辍。再予向以俭约朴素为宫闱先，一切事关典礼，固不容矫从抑损。至于饰终遗物，有可稍从俭约者，务惜物力，即所以副予之素愿也。故兹诏谕，其各遵行。

这道遗诏经西太后窜改过的，也不知是哪几个字眼，小子无从证实，不敢妄谈。只西太后徽号，上文叙过的尚只六字，此诏内加入四字，小子前未叙明，不得不于此补入。“昭豫”二字，乃四十万寿时加添的；“庄诚”二字，乃光绪帝即位时加添的。东太后崩后，谥法拟定“孝贞”二字，西太后并不持服。或说是西太后密令进鸩，或说是暗嘱御医用药不对病的方剂，药死东太后。小子不好妄断，只人云亦云罢了。叙述清楚。

丧葬既毕，西太后处置国政独断独行，可以任所欲为。只嫌左宗棠自仗老成，常多建白，竟命他出督两江，把刘坤一暂且投闲。越年，直隶总督李鸿章丁母忧，命张树声署理督篆。适值朝鲜内乱，张署督闻风调将，遣提督吴长庆、丁汝昌等，赴朝鲜。原来朝鲜国王李熙，以支派入承大统，本生父大院君李昰应素揽大权。后来国王娶了一个闵妃，才貌超群，国王很是爱她。一人有福，带着千人上屋，因此闵氏子弟陆续登用，把大院君的权势，渐渐夺去。大院君原是怀恨，大院君的党羽尤为失望。巧值兵士索饷致变，乱兵怨吏，集作一堆，举大院君为主，攻进京城，扬言入清君测，逢人即剁。不管什么闵不闵，统赏他一刀两段，就是香肌玉骨的闵妃，也被砍作肉泥，并将国王禁入密室。当下杀得兴起，又四出焚掠，毁坏日本使馆，杀了日本人数名。

日本发兵到朝鲜，偏被清将走了先着——将大院君诱入营内，执送天津，并将他党人杀掉一百多个。至日兵入朝京，京内已烟消雾解。那时日人不好妄动，只要朝鲜赔偿人命，筑还使馆。清将掳了大院君，已是喜出望外，管什么朝日交涉！朝鲜自与日本讲和，偿金开埠，定约而去。朝鲜为我属国，如何令它自由立约。大院君解到天津，张树声着人飞奏，请旨发落。朝议纷纷不一。独西太后恩威并用，特沛纶音，命将李昰应安置保定，好生看待。又令提督吴长庆，暂时驻兵朝鲜。日本闻清兵驻扎，哪里还肯放手，自然也遣兵代戍，与清兵势成掎角，两不相下，免不得日后生事了。预伏下文。

中外承平，万机无阙。台官等没有事情，只探听贪官污吏消息，讦（jié）奏了好几本：户部堂官景廉、王文韶，均以失察被谴。侍郎宝廷典试福建，路过江心，巧碰着一个民女——芙蓉为面，杨柳为腰，他竟恋恋不舍，仗着自己财势，买为侧室。名为清流，实同浊流。御史风闻此事，又上一本弹章。宝廷忙自请处分，已是下旨革职。其时慷慨敢言、笔锋犀利的人物，要算清流党魁张佩纶。西太后嘉他忠直，立擢为都察院左副都御史。劾人不劾己，乐得做点好名声。佩纶上疏固辞，优旨不许。为中法开战张本。辇毂以下，又家诵口祝，说什么主圣臣直，国泰民安。西太后闻这颂辞，欣慰得了不得，竟把张佩纶作为盛朝柱石、圣世良臣，格外青眼看待。

会越南事起，法人攻越，杀得越人大败亏输，丧师失地。不得已与法定约，认为法人保护国。又是朝鲜之续。清廷以越南为我藩属，法人不得擅夺，遂由总理衙门出面与法使交涉。适李鸿章起复原职，保奏张佩纶具外交才，不妨重任。西太后览奏合意，遂命佩纶在总理衙门行走，准备着唇枪舌剑，吓倒法人。谁意法人仗着实力，一些儿不去怕他，任你笔舌交乘，简直是我行我素，毫不理会。景廷广十万横磨剑，有何用处？一日又一日，已是光绪十年。是年冬季，为西太后五旬寿辰。元旦降旨，已命礼部衙门，敬谨筹备庆祝事宜。过了数日，左宗棠因病开缺，朝旨调曾国荃署督两江。又命彭玉麟往粤，会同云南巡抚唐炯、广西巡抚徐延旭，办理海防，筹划越南事务。军机处与总理衙门，因中法交涉日棘，议和议战，正在仓皇的时候，忽降谕内阁道：

朕奉慈禧端佑康颐昭豫庄诚皇太后懿旨，现值国家元气未充，时艰犹巨，政多丛脞，民未敉安，内外事务，必须得人而理。而军机处实为内外用人行政之枢纽。恭亲王奕䜣，始尚小心匡弼，继则委蛇保荣。近年爵禄日崇，因循日甚，每于朝廷振作求治之意，谬执成见，不肯实力奉行。屡经言者论列，或目为壅蔽，或劾其委靡，或谓簠簋不饬，或谓昧于知人。本朝家法綦严，若谓其如前代之窃权乱政，不惟居心所不敢，亦实法律所不容。只以上数端，贻误已非浅鲜，若仍不改图，专务姑息，何以仰副列圣之伟业贻谋！将来皇上亲政，又安能臻诸上理。言念及此，良用恻然。恭亲王奕䜣、大学士宝鋆，入直最久，责备宜严。姑念一系多病，一系年老，兹特录其前劳，全其末路。奕䜣着加恩仍留世袭罔替亲王，赏食亲王全俸，开去一切差使，并撤去恩加双俸，家居养疾；宝鋆着原品休致。协办大学士吏部尚书李鸿藻，内廷当差有年，只为囿于才识，遂致办事竭蹶；兵部尚书景廉，只能循分供职，经济非其所长，均着开去一切差使，降二级调用。工部尚书翁同龢，甫直枢廷，适当多事，惟既别无建白，亦有应得之咎，着加恩革职留任，仍在毓庆宫行走，以示区别。朝廷于该王大臣之居心行事，默察已久，知其决难振作，诚恐贻误愈重，是以曲示矜全，从轻予谴。初不因寻常一眚（shěng）之微，小臣一疏之劾，遽将亲藩大臣投闲降级也！嗣后内外臣工，务当痛戒因循，各抒忠悃。建言者秉公献替，务期远大，朝廷但察其心，不责无迹。苟于国事有补，无不虚衷嘉纳。倘有门户之弊，标榜之风，假公济私，倾轧攻讦，甚至品行卑鄙，为人驱使，就中受贿，必当立抉其隐，按法惩治不贷。将此通谕知之。钦此！

王大臣等瞧着此谕，无不惊讶。都说现在外交吃紧、国务倥偬，如何有此特旨？别人革职降级，还是没甚要紧，如恭王爷谙练老成，如何令他退闲？况恭王并未多病，谕旨从何处得来，这真出人意外。有几个与恭王莫逆的大臣，赴恭邸慰问。恭王微笑道："我早知有今日了。东太后崩后，我已防有此着。忽忽间已隔三年，还算慈恩高厚。谕旨责我委蛇保荣，我也承认。我若不是这般做法，恐怕阅三月就要发作，哪里能延到三年哩！唯近今时事多艰，交涉日亟，还望诸位竭忠报国。我虽退闲，也很感激呢！"语有含蓄，然忠心恰还未泯。诸人俱称遵命，又慰藉了数语，告别去了。恭王遂退出政界，反乐得优游卒岁，遵养晦时。小子恰有一诗道：

> 自古功高易受嫌，何如归去效陶潜！
> 懿亲且尔遑他问，为嘱群臣口早钳。

恭王退职，朝政如何处置，容俟下回交代。

东太后与恭亲王，西太后之所深嫉也。诈称割臂，密嘱进鸩，舆议几同一律，并非作者无端臆造。观此可知西太后为人阴险实甚。世间最毒妇人心，岂虚语哉。东太后崩，西太后摔去恭王，易如反掌。其所以隐忍不发者，一则自顾怀惭，既死东宫，不应遽斥亲王，以致反唇相讥；一则国际清时，无词可借，姑待变故发生，方可论罪予谴也。至中法之交涉起，借力图振作为名，可以罢斥恭王，并其党而尽去之。其处心积虑，可谓深矣。春秋以诛心为主，是书亦取法春秋也。

第十八回
奉慈命爵帅主和议　随醇王总监阅兵操

却说西太后既罢斥恭王，并将宝鋆、李鸿藻等亦降罚有差。随命礼亲王世铎，户部尚书额勒和布、阎敬铭，刑部尚书张之万，入直军机。工部侍郎孙毓汶，在军机大臣上学习行走。并命有紧要事件，与醇亲王奕譞商办。奕譞本是个拘执不化的人，闻了此旨，即入宫见西太后，磕了无数的头，坚请收回成命。西太后道："你以为迹涉嫌疑，不便与闻国政么？须知皇上尚未亲政，诸事由我做主，你不妨会议要事。等到皇上亲政，自当再降懿旨。你去好好儿办吧！"奕譞不便力辞，只得唯唯趋出。越日，即有左庶子盛昱、右庶子锡钧、御史赵尔巽奏折，次第呈入。奏中所说，三人一律。无非说是"醇王入直内廷，皇上容有未安，若令枢臣就邸会商，国体亦有未协"等语。盛昱且引嘉庆帝谕旨，有"本朝自设立军机以来，向无诸王在军机处行走。良以亲王爵秩较崇，功无可赏，过不便罚，因有此谕。近如恭亲王参赞军机，不过暂时权宜，醇王又非恭王可比，伏恳收回成命"云云。西太后不允，降谕如下：

本日据盛昱、锡钧、赵尔巽等奏陈醇亲王不宜参预军机事务各一折，并据盛昱奏称仁宗睿皇帝圣训，有诸王向无在军机行走等因。圣谟深远，允宜永遵。惟自垂帘以来，揆度时势，不能不用亲藩，进参机务。此不得已之深衷，当为在廷诸臣所共谅。本月十四日，谕令醇亲王奕𫍽与诸军机会商事件，本为军机处办理紧要事件而言。并非寻常诸事，概令与闻，亦断不能另派差遣。醇亲王奕𫍽，再四推辞，碰头恳请，当经曲加奖励，并谕俟皇帝亲政，再降懿旨，始暂时奉命。此中委曲，尔诸臣岂能尽知耶？至军机处政事，委任枢臣，不准推诿，希图卸肩，以专责成。经此次剀切晓谕，在廷诸臣，自当仰体上意，毋得多渎。盛昱等所奏，应毋庸议。钦此！

自这谕下后，廷臣知慈意已定，不便多讲。又弄得哑口无言。西太后复选出一个懿亲来，叫他管理总理各国事务衙门事务。看官道是谁人？就是将来权势熏灼，与清俱亡的庆亲王奕劻。下笔起劲，不特著外交失败之始，并且示清社覆灭之机。并命许庚身、阎敬铭均在总署行走。

西太后总道任用得人，好将法越交涉容易了结。不料中法交界的镇南关外，已与法人开战，连战连败，徐延旭、唐炯等均退入关来。小子前回于法越交涉，尚未交代明白，至此只好补叙。越南亦称安南，乾隆时国王阮光平入觐，受清册封。传子光缵，为广南王阮福映所灭，仍认中国为宗主国，照常入贡。福映得国时，尝借法人帮助，约割地为谢，且许法人自由通商。后来越南不尽如约，法国屡次进攻。越南情愿践盟，法人反不肯允，得步进步，要求无厌。弄得越南无法可施。和不肯和，战无可战，国王阮福时及阮福昇先后愤死。立了一个幼主福膺，年仅十二，有何能力？只得听法人调排，愿认为法人保护国，并割让好几处疆域。等到清廷闻知，木已成舟，挽回无及。徐延旭、唐炯奉命出关，俱被败退。

西太后把他两人革职拿问，另命湖南巡抚潘鼎新接办。适有粤海关司美人德璀琳，愿任调停。乃派直督李鸿章，与法国水师总兵福禄诺，开议和约，由德璀琳作居间人。议订五款，大略为不侵犯中国南界，撤还北圻各防营；不索赔兵费，不妨碍中国体面。越南已归法保护，还有什么体面？鸿章奏闻，西太后本恶劳喜逸，总教面子过得去，不妨将就承认，遂令鸿章画押。只福禄诺临行时，与鸿章说明，要派队巡查越境。鸿章模棱两可，法人就认作默许，自由行动。中国外交之失败，往往由此。被台官得了消息，奏劾鸿章匿不上闻，有欺君误国的大罪。西太后虽下旨申饬，暗中恰着实袒护。时潘鼎新出驻谅山，与法兵相遇，两下龃龉。法兵以遵约巡边为名，偏偏鼎新要阻他自由，说不明白，自然动起蛮来。打了一仗，法兵败北。法遂遣巴德诺到上海责清廷背约，并请续议。诏授江督曾国荃为全权大臣，与巴德诺会商。国荃议给抚恤银五十万两，又被言官攻斥，和议无效。法提督孤拔，竟率兵舰东来。驻京法使谢满禄，下旗出京。于是清廷不得已下旨宣战，命曾国荃督办江防，内阁学士陈宝琛为会办；起左宗棠为钦差大臣，赴福建督办海防，翰林院侍读学士张佩纶为会办；饬云贵总督岑毓英，督同巡抚潘鼎新，准备前敌；又特赏刘永福提督衔，令他冲锋效力。

这刘永福本是太平天国余党，以黑旗为标识，时人叫他黑旗长毛。他因太平天国灭亡，窜入越境。越南王见他膂力过人，封为三宣副都督，令他防堵法人。至法兵入境，越南没人敢当，只刘永福率着死士与法兵连战，几次杀死几员法将。清廷也闻他威名，因此逾格加赏，邀作臂助。复恐各师出关，粤中空虚，特授彭玉麟为兵部尚书，给钦差大臣关防，驰驿防粤，并因台湾孤悬海外，首当敌冲，立赏刘铭传巡抚衔，督防台湾军务，嗣复授为闽抚，暂驻台南。一班中兴名臣及后起将士，逐队南下。受牙璋以起众，誓扫妖氛；挥猛士以图功，期铭铜柱。笔大如椽。不意左宗棠方才到闽，张佩纶业已丧师，马江兵舰被法将孤拔几烧得一只不留。可见空言不足御敌。法兵乘势扰台湾，等到刘铭传至台，基隆已失守了。越年正月，谅山又陷，提督杨玉科阵亡，潘鼎新退入镇南关。警报陆续到京，西太后不禁大怒，把张佩纶革职充戍，潘鼎新亦坐罪夺官，别遣提督苏元春督办广西军务，冯子材为帮办。

正在黜陟并行的时候，忽报朝鲜又乱。忙饬直督李鸿章注意朝事，令北洋会办吴大澂赴朝查办。寇深矣，可奈何？朝鲜自前次乱后，曾遣大使朴咏孝，及副使洪英植、金玉均至日本谢罪。三人见日本维新，归谋变法，组成东学党，兢劝朝鲜国王取法东瀛。奈有守旧党人闵泳骏，系椒房贵戚。前时侥幸漏网，至此又执政权，与东学党反对。日本以有机可乘，联结东学党，嗾他独立。东学党信以为真，遂仗日本作靠山，变法固可，恃人则不可。召日兵入宫杀死闵泳骏，胁迫国王更新，组织新内阁。朴咏孝做了总理，金玉均做左相，洪英植做右相，用日兵严守宫阙。是谓养虎自卫。

此时清提督吴长庆，已调回辽东督防。继任的提督乃是吴兆有，照会驻朝日使竹添进一郎，请协力镇乱，日使不理，兆有正无计可施，巧有一位足智多能的营务帮办代他画策：分兵三路，去袭朝宫。得机得势，杀了洪英植，逐去朴咏孝、金玉均，又将日本兵一概驱出。日使竹添进一郎料知不是对手，将使馆自行焚去，潜避至仁川的济物浦去了。看官欲问帮办营务的姓名，就是后来民国大总统袁世凯。与奕劻遥遥相应，笔不嫌复。朝王李熙，被这一吓，又遁至北门关帝庙中蒲伏存身。孱王可怜。后被清兵觅着，由袁世凯护送入宫。正在替他料理，钦使吴大澂方到。世凯回营，迎接钦使，免不得置酒欢宴。忽闻日本遣使井上馨，与朝鲜直接开议，要朝王偿金谢罪。吴大澂忙去探问，井上馨尚说条约未定。谁知暗度陈仓，竟与朝王自行订约。气得袁世凯火星透顶，忙请大澂出去力争，双方相抗，几致决裂。

突接北洋大臣李鸿章来电，略说“日本已遣使伊藤博文、西乡从道，渡海东来，当与开议，不必在朝鲜相持”等语。于是吴、袁两人方才罢手。寻天津订约，分为三款：第一条是中日仍归和好；第二条是把中日驻朝鲜兵各尽撤归；第三条是将来两国派兵朝鲜，须互先行文咨照。条约既定，吴兆有等撤兵归国。朝王李熙赔偿日本损失银洋十一万元，算作了案。自毁使馆，也要朝鲜认赔，真正晦气。自是朝鲜国的宗主权已一半失去。西太后因朝日一案了结得这般迅速，颇悔前此中法交战的失策。暗中示意李鸿章仍要劳他三寸舌，与法人议和息战。为合肥分谤。

朝旨方有意息争，清兵恰异常愤激。苏元春、冯子材等仗着一股勇气，战胜法兵，夺回谅山；岑毓英亦亲督大军，鼓行前进，攻克临洮，进捣河内。法将孤拔，虽攻陷澎湖，嗣闻越南败耗，潜袭浙海，被浙江提督欧阳利侦悉，遣兵严守海口。孤拔一到，由守兵连开大炮，扑通扑通几声响，把法舰击伤。孤拔连忙起碇，已是受伤毙命。这边各处战将正兴高采烈，拟乘胜规复全越。谁料到直督李鸿章已与法使巴特纳，在天津讲和，飞檄停战。作者谓为西太后授意，并非锻炼之词，不然李亦中兴名臣，胡一馁至此！

众将士统是不服，钦差大臣彭玉麟尤愤愤不平，痛词奏阻，说有五不可和。驻英使臣曾纪泽，又电奏：法国内阁迭更，宗旨未定，若与他议和，定要还我越南宗主权。偏偏朝旨严下，如期撤兵，不得违误。秦缪丑（桧）主和定议，岳少保（飞）奉诏班师，差不多有这般景象。中法和议告成，结果是：中国承认《法越条约》，法兵不得过北圻与中国边界，中国亦不派兵至北圻，所有留据基隆、澎湖的法兵，一律撤退；中国允于云南边徼开商埠二处，与法人互市。这一番交涉，中国虽不偿一金、不割一地，然越南终为法有了。李肃毅伯鸿章负了卖国求和的恶名，连一向交好的彭、左诸公，也未免退有后言。其实统是西太后授意，上文已经叙过。但西太后素好体面，如何可战不战？这却也有一段原因。前回说过光绪十年，乃是西太后五旬万寿期，西太后本要铺张扬厉，比四旬万寿还想夸张数倍。事不凑巧，偏值法、日两国统来开衅，草草地行了庆祝礼，慈衷很觉懊恼。所以决意主和，但求境内无事，便好安安稳稳地颐养过去。为缴足前回“万寿”二字，所以有此补笔。

无如中国退一步，外人进一步。法得越南，英人遂进图缅甸。缅甸当乾隆年间，国王孟云亦尝受过清廷册封。至道光时，英并印度，与缅境相接，就乘势蚕食，先把它南境的秘古地方占夺了去。至此乘中国多事，竟发兵直入缅京，废去缅王，设官监辖。至滇督岑毓英奏闻，方命驻英使臣曾纪泽，与英外部会商。初思索还缅甸，英人不允。继议立君存祀，英又不允。争到唇焦舌敝，才允替缅入贡。这四字也是有名无实，总算顾着曾使面上，方有此说。

当时李鸿章因外势日渐，奏请大治水师，增拓船厂。西太后勉从所请。一面命鸿章赶紧筹划，一面命醇王奕譞总理海军事务，并饬奕劻、善庆、曾纪泽会同办理，随设海军衙门于京师。看官，你想奕譞生长天潢，深居简出，连海上都未曾经历，识什么海军不海军？奕劻、善庆与奕譞差不多。只有曾袭侯纪泽航海出使，有些见闻，然是个专对才，不是个专阃才。就中筹备海军的人物，还要算是老成练达的李鸿章。当下公同商酌，先从北洋开手，择定奉天省的旅顺口，山东省的威海卫，作为军港；向外洋定造了几艘军舰；招募兵勇，拣选将弁督练，作为第一支海军。天下事非钱不行，况这一番创办的军政，最少也要好几百万两银子。鸿章请拨巨款，西太后常留中不发。迨至奏请再三，才由户部勉强筹拨。鸿章要十万两，户部只拨三四万两；鸿章要二十万两，户部只拨六七万两。鸿章诘问户部，无非说是“国帑支绌，力不从心”等语。自光绪十一年办起，至十二年春季，勉勉强强地凑集几艘军舰。西太后忽令醇王奕譞赴津巡阅，并嘱李总管莲英随往。要他去何意？诸君试掩卷一猜。

鸿章得此消息，暗想李监随来，定有缘故。便札委干员，准备行辕；并谆嘱：行辕里面，须布置两个房间，一个房是住醇王爷，一个房是住李总管。醇王爷的房间，但教规模阔大，装潢好看一点便可了事，李总管的房间须要格外精雅，宁密毋疏。干员遵命去办，约数日办妥，回禀督辕。李鸿章自去检点，到醇王所住的房，不过大略一瞧，转入李总管住处，恰一样一样地挑剔，着干员立即撤换。干员也莫明其妙，只好奉令而行。待至安排妥当，方派干员静待码头，专等醇王等到来。

约数日，醇王、李监一同来津，鸿章忙率属员，亲去迎迓，请过圣安，谒过醇王，再与李总管握手谈心，殷勤道问。极写莲英声势。既入行辕，鸿章与醇王谈了一回，无非说是整备海军的现象。谈毕，复至李总管住房，面询宫闱情形。李总管道，太后有密旨，要咱们传谕伯爷，伯爷须要遵照办理。鸿章会意，屏去侍从，与李总管密谈良久，方才辞出。看官，你道是什么密旨？乃是西太后有意归政，要把清漪园旧址建筑一园，作为娱老场所，苦于经费无出，想把办理海军的经费腾挪一半，移去造园。这时李鸿章闻到此旨，明知掩耳盗铃，实非良策，且此事定系莲英怂恿出来——阉人误国，一至于此！奈西太后既已深信，势不能不照办，只得唯命是从。逢迎之咎，李伯爷亦无可辞？

翌日，醇王即校阅海军，由鸿章下令会操。把所有的舰队纵横分合演了一番，惹得醇王眼花缭乱，也不知是好是歹，只谬奖了数语。确是谬奖。李莲英随着醇王，心中只想着金钱，连兵舰也不辨几艘。混账。又越日，鸿章复导着醇王，巡视北洋海口，何处可设炮台，何处可泊军舰，统由鸿章详告。醇王不置可否，仿佛是皮里阳秋。事毕回京，空费了许多银两。李总管不肯虚行，总要沾点利益，统共在海军里报销。嗣是鸿章有所陈请，无不准行。并令各省疆吏岁拨定款，不得短少，但十成中挪移五六成，去筑清漪园。顿时大兴土木，限期完工，把“清漪”二字易作“颐和”。是年顺直水灾，有个昏头磕脑的御史，奏请“遇灾修省，并以李监随醇王巡阅，恐蹈唐代监军覆辙”等语。恼了西太后性子，降旨呵斥，并将他降补主事。正是：

多言毕竟遭时忌，落职还应感主恩。

欲知此人是谁，容待下回叙明。

中法之役，清廷犹可一战。老成尚在，宿将来凋，因此战事骤开，先败后胜。李鸿章独主和议，卒使越南轻丧，缅甸随亡。岂中外大臣诸荩（jìn）言，果不敌李爵帅之权力耶？著书人归咎西太后，信是独具只眼。至于海军创设，以醇王奕譞为总办，实属用非其人。前此参赞军机，廷臣已议其不便，况兵戎大事耶！迨奉旨巡闻，乃令阉人同往，暗示秘旨，为一己娱养之图。误清之咎犹小，误中国之害实大。鸿章逢迎为悦，亦失大臣以道事君之义。书法不隐，可作后起董狐。

第十九回
幸名园嘉谕权阉　拟归政指婚懿戚

却说西太后怒及直言，把忠谏的言官，降为主事。其人乃是御史朱一新。一新落职，李莲英越发宠荣。当下募工筑建颐和园，由莲英监督工程，自不消说。是时光绪帝年已十六，西太后意欲归政，娱养园中。遂谕自本年冬至大祀圜丘为始，皇帝亲诣行礼，并于明年正月，举行亲政大典。这谕一下，醇亲王奕譞、礼亲王世铎，率领满汉王公大臣，均奏请皇帝亲政后，太后再行训政数年。当蒙西太后俞允。想是园未筑成。光绪十三年正月，举行皇帝亲政典礼。适值雨雪潇潇，各王大臣等上殿朝贺，统是拖泥带水的一班人物。天意如此，人事可知。筵宴了好几天，总算亲政礼成。临朝时，光绪帝虽居正座，恰与傀儡相似，一切主张仍惟西太后是命。嗣是办津沽铁路，开漠河金矿，颁行出洋游历章程，把新政又创行几条。只西太后深思熟虑，默念皇帝亲政，他日未免系念本生。父以子贵，容易揽权。倘成第二个大院君，不但朝政可虑，就是自己退闲后，恐皇上也间断孝思，不能享这清闲岁月。因此，对着醇王等人，常有些郁郁不乐的情状。醇王暗暗揣摩，料知西太后阴蓄疑团，索性乞病告假。西太后还疑他是假病，借视疾为名，挈着皇上亲至醇邸问疾。雄猜之意可见。醇王恰也有些小恙，遇西太后驾至时，只着福晋迎迓，自己只在寝门外候驾，拜跪之余，不免做喘吁状。西太后慰劳备至，然心中还是未释，托词问病，至再至三。

越年二月，颐和园工程告竣。由李总管复旨，西太后嘉他迅速。谕于四月内临幸。日月如梭，倏已孟夏。光绪帝恭奉西太后，幸颐和园。是日天气晴明，惠风和畅，銮仪卫排着銮驾，扈跸出城，各王大臣等一律拥护。既入园，但见琼楼玉宇，复道琳宫，金碧辉煌，青葱掩护，阿房不足比其丽，骊宫不足肖其宏。正是聚天下之大观，极人间之胜境。总叙数语，已是富丽无比。

西太后与光绪帝先至外殿小憩。殿额名曰仁寿，金蟠龙篆，彩焕螭头，结构谨严，经营缜密。李总管随着西太后，便跪奏道："这是将来召见王公大臣的外殿。"西太后点着头，且道："现在尚是临幸，你有奏陈，不妨立禀，加恩免礼。"李总管碰头谢恩。起立后，侍西太后出殿，向东数步，又是一座殿宇，规模比仁寿殿略为逼狭，形式恰也壮丽。入殿门仰视匾额，颜曰"玉澜堂"。李总管又启奏道："是处拟为万岁爷驻跸之所。"西太后道："也好！"复从殿左穿入旁门，恰有深院七间，垂帘绕砌，萦砌盘阶，别有一种幽雅气象。西太后道："这数间似一院落，曾拟名否？"李莲英对道："前奉懿旨，着奴才与翰苑诸公谨拟殿阁楼台名目，奴才复旨时，已呈绘园中各处形景，并所有拟名，仰蒙慈鉴，此处拟名'宜芸馆'，拟为将来皇后住室。"补入数语，园中所拟各名，方有着落。且因太后自殿左穿出来，及睹门外匾额，故借问对中叙明。西太后欢颜道："亏休想得周到。但只有七间，恐不敷用呢？"李总管道："外面尚有东西二殿，以便将来皇后受觐。"西太后闻言出来，果见东西两旁，分列数楹。东殿匾额有四字，乃是"藻绘呈瑞"，西殿匾额亦有四字，乃是"恩风扇长"。西太后又道："玉澜堂有无西殿？"李莲英道："有。"西太后就令李监引还，仍从玉澜堂左门趋入，至玉澜堂西殿。殿外有沼，波光涵翠，隐露荷钱。西太后仰瞭殿额，名"藕香榭"，随道："将来藕花盛开，定饶香气，好算名副其实呢！"

再从殿后穿出，行过复道数条，只见崇阁巍峨，层楼高耸，白玉饰梁，黄金镂槛，规制异常，弘敞雕刻，很是玲珑。两阶列着长春草、不老林，从葱茏蓊蔚中，筑着这座殿宇，华而不俗，显而寓幽。殿额上龙翔凤翥，中含着“乐寿堂”三字。西太后徐步上阶，历过数十级，方由阶入殿。殿中所有陈设，已整备得停停当当，与别处大不相同。西太后道：“这处想是我的住所了！”李总管对道：“正是圣母颐养的正殿。”西太后复自外至内，细细查阅。到了殿后，有一所阔大的院落，泉石拥翠，林木郁茂。正中摆着一块玲珑剔透的巨石，高可逾丈，厚约数尺，石上刻有“青芝岫”三字，四围都摹名人诗字，雕刻极精。西太后走近石旁，摩挲谛视了一回，便向李总管道：“这石由来已久，闻由高宗纯皇帝南巡时，出猎得此。确是世间罕有的奇石。”李总管应声称“是”。西太后道：“当时纯庙爱着此石，由某巨家愿任载运，报效国家。石至中道，某家财产已罄，嗣经地方官拨款续运，方得到京。这石的运费却是很大哩！”李总管只连称“是”字。说着，已随步出院。又行数步，望见一亭，翼然有致，名曰“含新”。左右统围着芳草，靡芜成绿，苔藓涵青。西太后入亭小坐，向西眺望，即见层峦映翠，飞阁流丹，差不多如仙山相似。猛然忆起幼年梦景，不觉目眙神驰。应第二回。李总管瞧着慈颜，料知别有会意，只一时猜测不着。你也有猜不着的时候。便奏道：“万寿山上还有许多点缀，只日将晌午，请圣母回幸殿中，用过午膳，再行登山未迟。”西太后被他一奏，方觉得身在亭中。就襟上瞧着金表，已是十一句钟有奇。随道：“我们且回殿吧。”既返乐寿堂，自鸣钟上尚是十一点二刻。西太后乐而忘疲，便问李总管道：“戏台造在何处？”念兹在兹。李总管对道：“在颐乐殿，便在这殿右侧。”西太后道：“你且随我来。午膳尚未，我先去逛一会子。”

于是复出乐寿堂，到了颐乐殿。殿左有一圆门，颜曰“德和”，入了门，就见一个极高极大的戏台，分上中下三层，造得异样精致。上层题额，系“庆演昌辰”四字，中层题额系“承平豫泰”四字，下层题额系“欢胪荣曝”四字。西太后喜慰道："这个戏台，比宫中的戏台高大得多，四面又是红墙回护，若叫谭鑫培、汪桂芬等名优，从此处唱起戏来，定可悦耳的了。"说罢，便至颐乐殿。这殿外低内高，亦作三层筑造，与戏台恰恰相对。太后瞧了，很是合意，且语李总管道："归政后，我与你在园中终夕听戏，何如？"李总管忙称："圣母鸿恩，奴才感谢不尽。"西太后又逛了一周，方回乐寿堂午膳。

膳后小憩片时，即从殿后登万寿山。这山在京城西偏，亦名西山，向为燕都胜景。西太后率着大众，从含新亭历级上去，李总管请乘辇，西太后偏愿步行。约过了一个小坡，便见有一大旷地，筑着清厦十余间。中为"养云轩"，左为"随香殿"，右为"含绿殿"。丛林成障，秀石堆阶，不落富丽俗套。轩后有厅，额署"意迟云在"四字。西太后道："好一个'意迟云在'，颇合此间情景。"出了厅，行过了钟式门，门上有石刻篆文。仔细辨认，乃是"川泳云飞"。西太后回首俯瞩下面，正是昆明湖。湖中亦有许多建筑，就波光潆带中，映出雕甍朱槛、雀舫虹桥。便语李总管道："这湖名是乾隆年间改定，从前叫作瓮山湖。得此点染，湖山生色了。"西太后留心掌故，从此处写出。又上行数十步，复见一轩，轩名为"无尽意"三字。东有"瞰碧台"，巍然高耸；南有"圆朗斋"，雅静宜人。西太后略一逛视，又盘上石磴。两旁统有曲折栏杆，扶栏而上，有亭曰"寻云"，有轩曰"写秋"，均别饶风致。再上为"排云殿"，青松拂檐，绿槐绕砌，与山下各殿宇气象不同。西院有"介寿堂"。西太后步入堂中，李总管奏道："此间可以少安，请圣母暂憩。"西太后道："不必，且至山顶休息。"慈躬强健，于此可见。随即出堂，寻径再登。仰望有一牌楼，南面书"众香界"，北面书"祇树林"。从牌楼越将过去，老树参天，浓荫蔽日，中露一座佛香阁，四檐飞筑，上矗云霄。西太后行入阁内，觅梯登楼。楼上供白玉如来佛三尊，宝光夺目。当由西太后瞻谒毕，即向疏棂外，恣意眺览。远望则全京形势了如指掌，近瞩则满园景色尽在目前。山顶有一水泓然，清可鉴影，绕阁旁流成一大涧，仿佛与湖相似。西太后问李总管道："这水可曾拟名否？"李总管对道："已拟名'智慧海'。"西太后点头称善。复伫望了一会儿，方才下楼。那时侍从已呈进御点等物，由西太后拣着可口的吃了数色，又命皇上也食了数枚，其余赐与李总管等。各王大臣等另有便点，毋庸细表。随饮茗毕，便道："我们下去逛湖吧！"

李总管领旨，随着出了阁，过了牌楼，另从西路下来，即有敞厅在前，颜曰"湖山真意"，西太后不遑入玩，自厅旁行过，下了数级，从日光斜映处透出一殿，梁瓦窗户均用铜制，金光闪闪炫人眼目，匾上突现"宝云阁"三大黑字。铜殿照着日光，确有此景。殿下复有数十阶级。循阶下去，旁有一谷，垣墙门壁，天然生成，薜蔓牵丝，松萝成幄，顿时触动西太后奇癖，入谷游览，幽雅无匹。返观谷口，石上凿有三字，曰"松云巢"。西太后喜道："巢居穴处，好作葛天无怀氏了。"既而过借秋楼、绿畦亭，到了邵窝。小屋三椽，筑在山坳里面，尘氛不到，风味独饶。再下越秋水亭、寄澜亭，已至山麓。迤东有"听鹂馆"。馆中亦筑戏台，虽不及颐乐殿的华美，倒也旷敞异常。又过了对鸥舫、鱼藻轩，便是昆明湖畔。筑有船坞，叠石而成，高三层，名曰"石舫"，亦名"宝莲航"。坞中泊有灯船数只。李总管拣选了最大的一艘，请西太后及光绪帝坐着，余外由大众分乘。这时候已是夕阳将下，清风徐来，画舫轻扬，绿波微动。西太后道："可惜天色已将晚了。这湖颇觉广阔，今日料不能遍游，只好拣着最清雅处，略逛一逛，便好回宫。"李总管道："荇桥、玉带桥两处最擅胜景，先请临幸便是。"西太后道："先至荇桥，后至玉带桥。"

李总管传旨出去，舟子奉命前往。好一歇，尚未见到，西太后不觉焦急起来，便道："这种船实属笨滞，须改换轮船方好。"李总管忙称"遵旨"。一面催舟子速驶。舟子奋力驶去，又历半小时，方到荇桥。李总管扶西太后登岸。岸下有东西两牌楼。东牌楼东面题"蔚翠"两字，西面题"霏香"两字。西牌楼东面曰"烟屿"，西面曰"云岩"。正中为穿堂殿。西太后上了殿阶，环望一周，四围皆湖水环抱，有小荷微露水面，嫩翠生姿。西太后道：“这与藕香榭相似，到荷花盛开时，方得佳趣。随笔映带。现已暮色凝烟，不应久恋，我们下船到玉带桥去吧！”李总管即随着下船。立传启碇，不一时，已至玉带桥。红霞相映，仿佛如一道长虹，桥有十七孔，无不高敞。西太后道：“这桥很是高大，将来若用轮船，倒也来往自如。”李总管道：“两岸有好几处佛殿，慈驾欲临幸否？”西太后道：“日已下山，转瞬昏暮，不如归去，将来总常好来逛哩。”于是返棹回来，直至乐寿堂登岸。园中一带已是灯火齐明，荧荧烨烨。西太后道：“这灯尚未尽明亮，若改用电灯，才与白昼相似了。”有灯船要用轮船，有悬灯要用电灯，极写西太后奢侈。李总管道：“奴才已想到这层，拟于园内东南隅，设一电气房，专管园中电灯。现正与洋人商办，大约下月就可告成了。”西太后辴（chǎn）然道：“从前筑造圆明园，差不多要数十年。现在这园兴筑不过年余，虽然规模阔大，不逮圆明，也要算一个胜境。非你监督工程，哪里有这般迅速哩！”李总管立跪地谢奖。西太后传谕起立，复侍西太后在堂中晚膳。膳毕，始启銮回宫。从逛园至此，成一大段落，极言建筑闳丽，为西太后好奢写照。且太后目中只有李莲英一人，问对时不参旁议，可见李监之专宠。书法不曰莲英，恰称总管，非誉之也，实以扬为抑耳。

西太后很觉畅快，便一心一意地归政皇上，自己好去园中驻跸。复命李莲英督办园中陈设，择日驻园。李莲英自然效力，采集古玩珍品，陈列整齐，饬船政局制造轮舟二艘，运泊船坞，命电工师装好电灯，派人专管。布置井井，秩然不紊，真不愧为慈闱宠眷，灵囿功臣。

是时西太后的胞弟桂祥，荐任至副都统，生下一女，年龄与光绪帝相当。西太后暗想：同治皇后本不欲立这崇女，嗣因东太后与恭王奕䜣主张册立，不得已从了她意，后来终成恶果。此番嗣皇立后，好由自己做主，旁人不得干涉。最好是亲上加亲，把胞弟的女儿配了皇帝，姑侄作为婆媳，定然不似那不孝的崇女。顾虑也算周到。主见已定，便宣召副都统桂祥，说明婚约。看官，你想桂祥是个庸庸碌碌的人物，为了椒房贵戚，平白地做到副都统，位居极品，又是同、光两朝的帝舅，何等荣耀！此时西太后复与女儿指婚，选为国母，并得做了现成国丈，锦上添花，重重喜气，还有什么不欢跃呢？当下奉旨谢恩，出宫回邸，述与妻女闻知，阖家欣悦。他女儿更不消说得——国风迨吉，方期琴瑟之谐；天语传音，竟冠笄珈之选。一片芳心，其乐陶陶了。谁知后来竟不终局。

到了六月，西太后特降懿旨，略谓“前时皇帝甫经亲政，决疑定策，不能不遇事提撕。勉允臣工之请，训政两年。近来皇帝几余典学，益臻精进，于军国大小事务，均能随时剖决，措置合宜，深宫甚为欣慰。明年正月大婚礼后，应即亲裁大政，以慰天下臣民之望”云云。王大臣等闻到这谕，既要筹办大婚吉礼，又要谨备归政大典，真是忙个不了。独西太后已移驻园中，所有大小政务，统在园中裁夺施行。内阁军机处以下各机关，也都迁入园内办理，与一班梨园子弟，混迹同居。直把官场作戏场。转瞬间已是小春，由颐和园传出懿旨：以副都统桂祥女叶赫那拉氏为皇后，侍郎长叙女他他拉氏为瑾嫔，次女为珍嫔，于翌年正月举行。小子于首回中，曾叙过碑文谶语，有“灭建州者叶赫”六字。西太后系叶赫后裔，光绪皇后，又是叶赫那拉氏，一之为甚，乃至于再。近人曾有宫词道：

纳兰一部首歼诛，婚媾仇雠笙脱弧。
二百年来成倚伏，两朝妃后侄从姑。

欲知光绪帝大婚情事，且至下回再表。

筑圆明园，至数十年而成，筑颐和园不过一二载，李莲英之督办工程，信所谓迅速矣！然亦思雍、乾两朝，国势全盛，必限期告蒇，亦岂难事？其所由迟迟告成者，度其时，雍、乾二主犹惜物力，不忍以娱乐之场，迫之立就也。西太后劳民伤财，顾私误国，反以经营之速，嘉谕莲英，蛊惑实甚！本回逐叙园中情景，及一切问答，穷形尽相，已见细评。至于册后一节，不脱私见，文中亦已表明，不赘述焉。

第二十回
神机营赴园供校阅　祈年殿失火酿奇灾

却说光绪十五年正月，光绪帝大婚，册立叶赫那拉氏为皇后。一切典礼，与同治帝立后相同，独西太后加倍喜欢。副都统桂祥，照例封承恩公，诸王大臣以下文武各官，亦赏赉有差，又各国驻京使臣、封疆将帅诸臣、前办军务诸臣、亲贵诸臣、大婚执事诸臣、蒙古诸王公、内廷行走执事诸臣，俱蒙特赏，并赐祭已故诸臣，及从前满汉殉难阵亡诸臣。皇恩浩荡，偏及寰区。叙光绪帝大婚，与上文十三回不同，又是一种叙法。大礼告成，即上西太后徽号，加入“寿恭”二字，又册立瑾、珍二嫔。瑾嫔年十六，珍嫔年十四，娥英毓秀，并入深宫，也是一番盛遇。

且两嫔幼时，皆读书家中，聘江西文廷式为师。廷式学问优长，有江左才子之誉。名师手下出高徒，所以瑾、珍二嫔均通文史。珍嫔姿禀尤聪，貌甚秀美，入宫后即得专宠。其师廷式，即于是年四月殿试，以第二人及第。其后大考翰詹，所有与试各卷，呈入御览。光绪帝瞧到廷式卷子，见他写作俱佳，很是嘉许，立授阅卷大臣，拔置第一，擢侍读学士，充日讲官。都下人士统称江左才子，应邀知遇，其实也由珍嫔暗中关说，因此得蒙主眷。有才亦须有势。这且慢题。

单说西太后因大婚礼毕，即于二月间归政。自然又有一番典礼，较诸前次撤帘，尤加隆重，并增上“钦献”二字徽号，是为“慈禧端佑康颐昭豫庄诚寿恭钦献皇太后”。既归政，即日赴颐和园，并命帝、后随至园中。临行前一日，忽降一道懿旨，命王公大臣率神机营赴园会操。是时醇亲王病愈销假，与礼亲王世铎，接到此旨，都是惊诧起来。只因慈命难违，即饬神机营整顿军械，于西太后启跸后，带领营兵到园听令。约一小时，便见这位雍容华美的圣母，亲御仁寿殿，旁坐的为光绪帝，也是戎服打扮，冠冕堂皇。诸王大臣等人殿行礼，叩头毕，站立两阶。当由西太后下旨，饬掌管神机营亲王，传宣军令。霎时间，步队、马队、长枪队、短刀队、强弩队、藤牌队，还有新设的洋枪队，依次序立，从殿下起一直排列，差不多要接至园门。军士向上行过军礼，嵩祝三呼，随后吹起画角，逐队分操。旌旗灿烂，甲仗鲜明，纵横排荡，无不从心，坐作进退，亦皆有法。阅操耶？看戏耶？我谓实一戏耳！乐得西太后心花怒开，怡颜嘉奖。既而，陆操竣事，复命至昆明湖水操。各队军士卷云而去。

西太后与光绪帝退殿少憩。未几，复率帝至昆明湖畔。闻轮舟上的汽笛，已呜呜有声，及见辇驾将临，即命停吹。西太后降舆乘轮，才开放汽笛，轮叶随飞。片刻间即到穿堂殿。西太后道：“到底是轮船快便，前时乘着灯船，令人闷极了！”后来为何反对洋人？光绪帝应声称“是”。此时李莲英何故不答？轮舟泊岸，西太后登陆入殿，皇帝以下尽行随入。既御座，王大臣等行礼如初。旋命水操。各军士都乘着湖船，飞驶过来。樯上统悬着龙旗，舟内都排着武器。一班雄赳赳气昂昂的武夫，都是耀武扬威，异常奋力。一声钲鼓，万棹争趋，或分或合，或止或行。映入西太后眼帘，只觉得错综变化，如火如荼。西太后虽号聪明，究竟武事不比文艺。文艺可索书，而得武事非经验不办。张佩纶犹不堪一战，何怪西太后！

阅操已毕，又问醇王奕譞道：“海军办到怎么样了？”醇王奏道：“北洋海军已算告成，早饬丁汝昌认真训练了。”西太后道：“共有多少战船？”醇王道：“第一次向德国船厂购来镇远、定远两铁甲，济远一快船；第二次又从英、德两国船厂购到致远、靖远、经远、来远，及超勇、扬威六艘快船。总计有铁甲轮船两艘、快船七只了。”西太后道：“已够么？”兵备多多益善，无如经费已移筑颐和园，奈何！醇王道：“铁甲快船已足充数。现由督臣李鸿章再向英国购制鱼雷快船，拟于铁甲快船相辅而行。想不日就可到来。”西太后道：“丁汝昌曾留学外洋，前已授为北洋海军提督，究系有军事知识否？”请问太后有无军事知识？如何要阅水陆军操！醇王道：“丁汝昌颇知武备，且有林泰曾、刘步蟾两总兵为辅，想总还靠得住的。”恐怕未必。西太后道：“还有一个英国水师兵官，叫作什么名字？我一时失记了。”醇王道：“叫作琅威理，现由他作总教习。”西太后道：“非我族类，其心必异，恐终是靠不住哩！”后文袒拳排外，即本此意酿成。醇王道：“现在创办海军，一时尚无人才。俟将来海军学生练习有效，就可不用外人了。”西太后点头，随命犒赏兵士，令退出颐和园。兵士俱谢恩退去。自率光绪帝及王大臣等，出殿下轮，回到乐寿堂，舍舟入殿。令王大臣等各去退息，挈帝进内去了。叙入海军一段，既补前文之未备，且为下回伏线。

次日，忽由河道总督吴大澂，赍呈奏折，由军机处转达光绪帝，乃是请饬议尊崇醇亲王典礼。光绪帝瞧了又瞧，不好率行批答，遂入奏西太后，并将原折呈上。西太后览毕，便道：“醇王前日已有豫杜妄论的奏折，今吴大澂果有此请，探试上意，此后更不得了呢！”立宣军机大臣入内，令他拟旨申斥，即日颁发。其文云：

> 本日据吴大澂奏请饬议尊崇醇亲王典礼一折。皇帝入继文宗显皇帝，寅承大统。醇亲王奕譞，谦卑谨慎，翼翼小心，十余年来，深宫派办事宜，靡不殚竭心力，恪恭尽职。每遇优加异数，皆再四涕泣恳辞。前赏杏黄轿，至今不敢乘坐。其秉心忠赤，严畏殊常，非徒深宫知之最深，实天下臣民所共谅。自光绪元年正月初八日，醇亲王即有豫杜妄论一称。

内称："历代继统之君，推崇本生父母者，以宋孝宗不改子称秀王之封为至当。虑皇帝亲政后，佥壬幸进，援引治平、嘉靖之说，肆其奸邪，豫具封章。请俟亲政时，宣示天下，俾千秋万岁，勿再更张。"其披沥之忱，自古纯臣居心，何以过此！此深宫不能不嘉许感叹，勉从所请者也！兹当归政伊始，吴大澂果有此奏，若不将醇亲王原奏，及时宣示，则后此邪说竞进，妄希议礼梯荣，其患何堪设想！用特明白晓谕。并将醇亲王原奏发抄，俾中外臣民，咸知我朝隆轨超越古今，即贤王心事亦从此可以共白。嗣后阚名希宠之徒，更何所容其觊觎乎？将此通谕中外知之。钦此！

自此旨下后，醇王奕譞越加惶惧，仍然用了老计策，乞病请假。西太后知他胆怯，竟允所请，索性由他安养邸中。

只西太后素性喜动，虽然退居颐和园，仍是留心朝政。光绪帝由园返宫，每日视朝，遇着军国重事，亦即禀报慈闱。是时如左宗棠、岑毓英等，先后谢世。云贵总督简了王文韶，湖广总督任了张之洞，两广总督用了李瀚章。还幸内外无事。惟张之洞创议，自北京卢沟桥起，经河南至湖北，达汉口镇，筑造铁路，以便交通。奏入，光绪帝以事关重要，往禀西太后。西太后命海军衙门详细复奏。铁路与海军无涉，如何令他复奏！海军衙门复称应办。乃派直督李鸿章、鄂督张之洞，会同海军衙门妥筹开筑。中国大干路实始于此。

流光易驶，又过中秋。西太后因秋高气爽，每日晨起，必登佛香阁游览，借拓心胸。到八月二十四日，天色甫明，正拟起床梳洗，忽闻霹雳一声，自东而西。西太后向来胆壮，也出一大惊。忙披衣起床，唤李莲英道："怪得很，雷声如何有这般响？你去开轩四视，怕有物击坏哩。"莲英时已起来，奉西太后旨，到外边检察一周，回奏道："园内没有动静，只闻有一股火药气味。"西太后道："恐怕雷殛（jí）不远哩。"说着，侍女已捧进香汤。莲英侍太后盥漱毕，即替西太后梳髻。俄听雨声滴沥，响彻梧桐，西太后道："秋已深了，这雨声很是萧瑟哩！"国运亦作如是观。随又语莲英道："我今年已五十五岁了，鬓发幸还未白。亏你得了一个大何首乌，俾我蒸服，有此效果。但人生终如朝露，转瞬年已周甲，总不免要归尘土呢！"李莲英道："圣母福如东海，寿似南山，将来总在百龄以上。"西太后微笑道："偌大的何首乌，未必有此奇效。昨日偶阅药书，须要千年何首乌，九蒸九晒服之，乃可延年。前服何首乌时，蒸制不如法，融化类粥糜，我并汁啜饮。倘令我早见此书，便知服法，算来还是可惜呢！"李莲英道："他日再有此物，可以照服了。"莲英献何首乌事，也从此处叙入。西太后道："这是稀世之物，不容易得的。"说着，发已梳成。

外面有宫监进来，奏称祈年殿额被雷击坏了。西太后道："祈年殿在天坛，何故为雷所击？"言下有觫然状。少顷由宫女呈进御点，西太后略略拣食，便命撤去，随向李莲英道："今日天大雷雨，佛香阁不去了，不如写字消遣为是。"李莲英遵旨，便呈进笔墨，摊纸桌上。西太后握笔蘸墨，运动灵腕，书就了好几幅，或一"龙"字，或一"虎"字，或"松鹤"两字。随后用一幅库腊笺，横书"大圆宝镜"四字，墨沉淋漓，颇臻神妙。西太后自觉得意，便道："这好作殿内的匾额。"李莲英奉了旨。待墨迹已干，即折叠收藏。

休息一时，便进午膳。膳毕，忽报东方有红光烛天。西太后忙出殿遥望，只见光焰飞腾，忽升忽降，恍似赤虹一条。不禁惊异道："祝融氏又肆威了，现在天气少霁，可上千步廊凭眺，便可瞭明失火的地方。"原来这千步廊在佛香阁下，直达玉澜堂，廊尽便是万寿山冈。补前回未述之阙。西太后蹑廊登山，李莲英自后随着。到了山上，向东回顾，火光熊熊，势若燎原。西太后惊道："失火处又是天坛上面，不然何以有这般猛烈呢？"言至此，火势愈烈，连爆烈的声音都传递过来，西太后益惊叹不已。俄见有一宫监飞步上来，奏报道："祈年殿又失火了。"西太后道："我说是天坛上面，为什么晨遭雷击，刻遇火灾，一日之间，两遘奇变？”李莲英道：“上年万岁爷祀天，奴才亦尝随去。曾见祈年殿高约十丈，共八十一楹，建筑很是坚固，上盖金顶，瓦均蓝色琉璃，并没什么引火等物。就使偶然失慎，也容易扑灭哩！”西太后道：“去年腊月贞度门、太和门均不戒于火，几乎延烧库房，经大臣们带着侍卫，竭力救熄。那时尚没有这般火光。天有不测风云，人有旦夕祸福，便是此意。”连年被灾，何为不自修省？言已，仍眼睁睁望着。火势越烧越猛，还有凉飙助威，直至天晚未熄。李莲英道：“慈躬不应过劳，还是下山休养罢！”西太后闻言，方循廊下来。至晚膳后，殿东檐角尚映着一片红光，西太后还抱着忧虑。坐至夜半，瞭见火势少衰，方才归寝。

翌晨起床，即见李莲英入奏：祈年殿毁去一半，火已早熄了。莲英所言，无非迎合。西太后稍觉放心。巳牌将近，由礼亲王世铎，入奏祈年殿被灾详情，西太后道：“这殿系太常寺典守，为何失火延烧许多时候？”礼王奏道：“据太常寺奏称，未尝失慎。”西太后不待说毕，便道：“难道是天灾么？”礼王复道：“典守者亦不能辞责。”西太后又道：“天坛是宽旷的地方，就使失慎，也应立刻扑灭哩！”礼王道：“昨日风助火威，各员统去扑救，无奈火盛难熄，亏得五城救火水会绅董，一齐赴援，方于黎明扑灭了。”可见李莲英早熄之言，未尽确凿。西太后道：“你去与皇上说，叫他寅畏天灾，君臣交儆。所有应惩应奖，一任酌定便是。”君臣统应交儆，自己恰不必儆惧，想是与天同寿的。礼王唯唯趋出。越日，即颁诏惩太常寺各官，及坛户有典守之责者；嘉奖五城救火水会绅董；并以寅畏天灾，君臣交儆之意，宣示内外。这也不在话下。

且说光绪十六年，为皇帝二旬万寿。即于十五年冬季，饬礼部筹备典礼。届期，光绪帝先至颐和园，朝贺西太后。俟返跸，方御殿受庆祝礼。礼成赐宴，并加恩奖叙懿亲及中外大臣有差。越二月，户部右侍郎曾纪泽卒。又越月，前兵部尚书彭玉麟卒。又越五月，前陕甘总督杨岳斌卒。又越二月，两江总督曾国荃复卒。想是同时下凡，因此同时去世。朝廷历赐祭葬，并皆予谥。

曾谥惠敏，彭谥刚直，杨谥勇悫，江督曾则谥忠襄。西太后系念功臣，恰也未免悲切。转思祈年殿被灾，或即应在此数人身上，亦未可知。只勋旧凋零，继起乏材，很觉可惜。

正叹息间，忽报醇亲王奕譞病笃。亟传懿旨，命皇帝视疾。光绪帝依旨遵行，自不必说。过了数日，醇亲王竟尔病终。太后闻知，堕了几点珠泪。自叹道："今年迭丧功臣，又亡懿戚，国运要算不幸了！"免你怀疑，何必强颜。遂令光绪帝速诣醇邸，成服行礼，且降懿旨，极称醇王管理水陆军，恪恭尽职。丧葬一切，格外从优。并着王大臣等，会议醇王称号及谥法，并皇帝服制，嗣子承袭等事。嗣经复奏，定醇王称号曰皇帝本生考，谥曰贤。皇帝持服期年。醇王子载沣袭承王爵，载洵晋封不入八分镇国公；载涛晋封不入八分辅国公。西太后一一照允。醇王奕譞，不可谓非生荣死哀了。

自十六年至十九年，国势承平，中外恬静。只热河教匪、贵州苗民、云南倮夷、台湾生番、粤东三合会，稍稍滋事，统是未久即平。至若国际交涉，不过两三件。一件是英藏交涉。英人踞西藏南藩哲孟雄部，藏境大震。达赖、班禅以下屡思规复，至哲部隆吐地方，设立卡房。英人恃强得很，把卡房毁去，且进占藏南要隘。清廷忙令驻藏大臣升泰，与英国总理印度大臣兰士丹，会议了好几次，定《藏印条约》八款，承认哲为英属，英兵退出藏境，开藏南的亚东地为商埠等，才得和平了结。还有葱岭以西的帕米尔高原，英、俄两国都思染指。中国本有卡伦建设，卒为所逐。经出使大臣洪钧、许竹筠先后会议，结果是英、俄得了便宜，中国只以葱岭为界，葱岭以外，尽行弃去。清廷以地属荒徼，无关得失，毫不在意。都是此念所误。至光绪十年冬季，颁发上谕，命筹办甲午年皇太后六旬万寿典礼，任礼亲王世铎为总办，会同各部办理。相距二年即命筹办，好侈可知，无怪皇天不容！正是：

慈寿周龄逢大庆，隆仪预备仗皇亲。

欲知万寿庆典如何举办，且看下回分解。

西太后于垂帘时，未闻亲自阅操。至归政后反于颐和园中，率帝校阅神机营。是明示以大权犹在，非皇上所得专也。御殿以著慈威，颁赏以固军心，他日之推翻新政，禁帝瀛台，束缚驰骤，如犬马然，何莫非预伏于此？若吴大澂之请崇醇王典礼，立加申饬，无非本此心之所推暨耳！贞度门、太和门灾，祈年殿又灾，天象示警，虽非尽可凭，然第使君臣交儆，而于己若无与！增筑颐和园，筹备六旬万寿期，唯恐不尽，曾亦闻炎炎者灭，隆隆者绝乎？况功臣凋谢，懿戚沦亡，此而不自修省，日以逸豫夸张为务，无惑乎清室之中衰也！故此回实为西太后忧乐之关键，亦即为清室衰微之朕兆。

第二十一回

祝慈嘏先期备盛典　闻败报降旨罢隆仪

却说西太后六旬万寿，乃是光绪二十年十月十日。当光绪十九年冬季，已奉旨筹备典礼。一过新年，即加恩封赏宗室外藩王公，及中外文武大臣。至宫内妃嫔人等，亦一律晋封。瑾嫔晋封瑾妃，珍嫔晋封珍妃，此外照例递升，毋庸细说。又命各省将军督抚，酌派二三员来京，庆祝太后万寿，着于十月初一日以前到京。各省陆续复旨，共计四十一人。只西安将军荣禄愿亲自来京祝嘏，奉旨俞允，并令即日起程。小子于前文中，曾叙过荣禄受谴，驱逐回籍，如何此刻却外授西安将军？原来荣禄本西太后功臣，西太后把他撵出，也是一时愤怒，不便姑息。嗣因与东太后有嫌，疑他无辜受害，统见第十六回。遂于东太后崩逝后，起任西安将军。荣禄感恩图报，奉到派员祝嘏的谕旨，即自请入都庆祝，西太后记念前功，立即宣召。

至荣禄到京，适值内务府筹集经费，因库款支绌，授意内外各员捐俸效诚。各大臣正在集议，或拟提出十分之一，或拟提出十分之二。荣禄一到，请增至十分之三。各员虽有意巴结，无如一年俸银，十成中骤去三成，未免有些顾惜，不能一律应允。嗣经大众公酌，定了百分之二十五。荣禄尚嫌未足，只因不好违众，于捐俸二成五之外，更费了好几万银子，购得许多金银珍宝，先行奉献，赴园谒西太后时，即将礼单呈奉。西太后慈颜大悦，即命赏收，吾闻有毁家纾难者，未闻有毁家祝寿也。且饬复步军统领原职。小往大来。

过了数日，荣禄奉懿旨赴热河。看官你道何故？原来颐和园告成后，经李莲英督办供奉，陈设整齐。西太后因万寿期近，还想格外铺张，回忆热河行宫宝藏甚多，特命荣禄前去检选，运载入京。荣禄星夜前往，不到一月，已将宝藏载到，统计一百八十巨车，珍奇古玩共二万数千具。小子未尝亲睹，只据宫眷相传说，有几种品物乃是罕世奇珍：有一碧桃高逾丈，根柯统用宝石，叶皆翠玉，枝上百余桃累累下垂，尽红霞色，每桃约重四五两；又有玉制的《明皇坠马图》，大越数尺，须发袍靴俱备，形容毕肖，而且袍角掀起，丹里略露，仿佛斜坠状；还有一件春宫秘戏，人物统用玉琢成，暗藏机械，用手按之，肢体自动，眉目如生。这真是巧夺天工的玩具。宫中需此何为？当下将各种珍品，匀设各殿，顿时五光六色，炫目夺神。又传内务府督领工役，从颐和园至紫禁城，相距数十里间，统要搭盖灯棚，建设经坛，并预制各色花灯，务期玲珑精巧，华采矞皇。再令乐工演习灯舞，以熟能生巧为佳。向例元宵及万寿节，令乐工衣五色衣，各执五色灯，分行成字，凡数十变，有“太平万岁”“万寿无疆”等字。此次预饬练习，精益求精。还要在颐和园内建一所极大的牌楼，作为圣母万寿纪念。更饬喇嘛僧带领僧众，于十月朔日起，虔诚赴坛，捧诵寿生真经。内而宫禁，外而颐和园，长幼、男女、贵贱、主仆，统令报明衣服尺寸，叫织造府赶制新衣。种种忙乱，笔难尽述。极写奢华，反衬下文。

西太后恰无所事事，凭着心思灵巧，增订一幅《列仙庆寿图》，预为万寿期间的玩意儿。什么叫作“列仙庆寿图”？把列仙传人物，选出几个，先用骰子掷点，某点为某仙，由入局者分认，大意与《升官图》相同。从前乾隆年间，高宗纯皇帝创制此图，每当新年庆贺期内，与后妃人等，掷骰消闲。图中有贝阙、瀛洲、蓬岛、瑶池诸类，不一而足。西太后易以实名，将中国地图作为标记，以颐和园为万寿宫，从各省起马，先到万寿宫者，列席大贺。下手之法：用牙签作筹，对径约寸半，厚约二分半，上镌仙名。每人各执一筹，掷骰认点，点多者进行最捷，点少者逗留不得前。逗留数次，例须流配，出局注销。入局的人越多越佳，最少用八人，即以八仙为记号。居然自命为王母。若不得已只有四人，则每人执两筹，当作八人之数。西太后改制既成，便与宫眷试博，颇觉便利。

这时候，最得慈宠的宫眷，一个系荣寿公主，就是恭亲王的女儿。见第十三回。她从前曾嫁额驸志端。志端早卒，只有一子麟光，承袭先代世爵。公主青年守孀，本为太后养女，至是越加怜惜，令她侍直园中。较前尤详。一个系醇王福晋，便是西太后的亲妹子。自光绪帝嗣立，醇王福晋，尝出入宫禁，西太后赐坐杏黄桥，她却秉性谦冲，仍不敢用。受教醇王久矣。西太后退养颐和园，福晋也常去问安，所以时依左右。一个系步军统领荣禄的妻室。荣禄入京，重得慈眷，其妻亦奉召入园，随时承值。一个系将来大阿哥溥儁（jùn）之母，即端郡王载漪的福晋。她本是阿拉善王的女儿，雅善词令，能伺西太后意旨，太后至佛香阁拜佛，她尝亲为扶舆。为后文伏笔。一个系李总监莲英的妹子，芳年二八，姿色可人，因莲英得宠，乘机随入，聪明狡黠，不亚乃兄，以此得太后欢心，尝呼为大姑娘而不名。自有这数人希旨承颜，乐得西太后意恬神适。西太后遂自加徽号，令承直人等统称她作老佛爷，或称她作老祖宗。这也不在话下。

只是西太后性好繁华，满拟万寿届期，做一场旷古未有的盛事。从新年起，筹备到四五月间，已是大致楚楚。四境倒也帖然。独英人得缅甸后，侵入云南西徼，占去边境数百里。亏得驻英使臣薛福成，夙娴应对，向英外部抗议数回，争回滇边龙川江中的大洲，及蛮募土司与野人山的昔马地；又收还孟连、江洪两土司的上邦权，立滇缅条约二十款。还算是亡羊补牢的良策。不没薛使。随后驻美使臣杨儒，因美人限制华工，与美政府订约六条。在美之华工，不得虐待，未至美之华工，自行禁止，也算和平了结。此外如湖南会匪邓世恩等，窜入江西，永北厅匪丁洪溃等，滋扰川滇边境，都是幺麽小丑，不值一战。当由江西巡抚德馨、云贵总督王文韶，调遣官兵数千名，一鼓荡平，先后奏捷。直隶总督李鸿章，又奏称校阅海军，业已蒇事，技艺如何纯熟，行阵如何整齐，炮台船坞各工如何坚固，说得洋洋洒洒，简直是威若虓虎，巩如金汤。处处为下文反照。西太后在颐和园，闻了这种佳音，自然欣慰。暗想五旬寿辰，为了越南交涉，与法宣战，弄得内外慌乱，无心祝嘏，草草成礼，便算了事。今已太平了八九年，净洗甲兵长不用，安排典礼庆无疆，想再不至有什么意外了。慢着。谁料世变无常，安危俄顷，一刹那间，东海波涛，突然卷到直隶湾内，把一场万寿盛举，化作烟消雾散。中外人士反说遇着西太后寿期，定要闹出极大的战衅来。气得这位老佛爷满腹懊恼，无处可诉。这也是造化小儿巧于播弄了。谐中寓庄。

说来话长，看小子撮要叙明。自李鸿章与日使订约天津，中日各兵，都退出朝鲜，朝鲜算数年无事。应十八回。大院君亦蒙释回国。光绪二十年五月，朝鲜全罗道古阜县，忽有东学党作乱。党首叫作崔时亨，就是从前金玉均、洪英植的余党。不过崔时亨的宗旨，比金、洪二人尤为下乘。他是剽窃佛老余说，自称能呼风唤雨，驱神役鬼，借着妖言惑众的伎俩，胁从数万，平白地揭起竿来。为拳匪写影。朝鲜国王李熙，忙授洪启勋为招讨使率兵征剿。到了全州，与东学党开了几仗，起初侥幸获胜，后被党人诱入山中，四面围住，把洪启勋手下将士，杀得七零八落，等到溃围而出，已丧亡了一大半，洪启勋连忙逃归。党人遂陷全州，声言将直捣朝京。朝鲜大震。李熙急得没法，忙与中国驻朝委员商量，乞飞电求救。这驻朝委员，不是别人，便是前日帮办营务的袁世凯。当下为朝王发了急电，乞援北洋。北洋大臣直隶总督李鸿章，奏派提督叶志超、总兵聂士成等，率兵三营东援，屯驻牙山。一面电告驻日钦使汪凤藻，令他援照《天津条约》，通知日本政府。略说“朝鲜系中国藩属，现因被乱乞援，不得已派兵代剿”等语。日本外部陆奥宗光复书前来，不认朝鲜为中国藩服，且派大岛圭介率着重兵，陆续至朝鲜。既称朝鲜为中国藩属，则中国有宗主权，遣撤各兵，我可自由。何以《天津条约》有两国咨照之文，真是瞎闹。

东学党闻中日两国，派兵压境，自思螳臂当车，成什么事？惊得四散奔逸。清军拟即撤回，约日本同时撤兵。偏日使大岛圭介要改革朝鲜内政，不肯即返。袁钦使世凯连电京师，略称“倭兵万人已入朝鲜，分守汉城四路要害，居心难测。现在叶军虽驻牙山，恐兵单不足御倭，请速派兵接济”等语。总理各国事务衙门接电后，还是慢腾腾地延挨。等到大岛圭介率兵入朝鲜宫，幽禁朝王，代理国政，宣告朝鲜自主，方咨照驻华日使小村寿太郎，请和平办理。小村仍说朝鲜系自主国，累次扰乱，不得不代为改革。若中国不肯照允，是无意息事，嗣后倘有不测，日本政府不任其责。语意甚为决绝。那时总署只好电商李鸿章，令筹战备，鸿章老成持重，明知北洋海军，只可虚壮观瞻，若要实行开战，恐不济事。当下电复总署，仍然主和。无奈日人已占先着，把朝鲜各处要隘统守得密密层层，连华侨出入也要由他搜索。因此华民大骇，纷纷内渡。

袁使又电北洋，请即回国，决与日本开战。袁公亦以为海军可恃耶。李鸿章还想与日人磋议，日人索偿军费三百万两，再议和平条约。于是鸿章不便擅允。盈廷王大臣等，十人中九人主战，统说区区日本，怕他何为？光绪帝少年好胜，也道是大可敌小，催促李鸿章调兵东援，并召袁世凯归国。鸿章无可奈何，才令济远、威远、广乙三兵舰，及爱仁、飞鲸两商轮，运兵东渡。又租英商高升轮船，续载兵械，随赴朝鲜。不料日人煞是厉害，料知清舰东来，定要驶过丰岛，他早安排炮舰预先等着，遥望清舰果到，便测准炮线，轰轰隆隆地放将过来。清舰猝不及防，被它一阵乱击，广乙舰受伤先逃；济远舰铁甲较坚，尚未被伤，管带方伯谦很是胆小，一闻炮声，吓得魂飞魄散，忙向铁甲最厚处躲将进去，各兵见管带恇怯，哪个还敢对敌，自然转轮逃回。猛听到扑喇一响，舵遭毁裂，方管带索性乱抖，忙叫军士道：“快……快……

快悬白旗。”军士奉命，亟将白旗高悬，方得逃回威海卫。出手就献丑。各舰见济远已逃，自然分头四逸。独高升船触着鱼雷，竟致沉没，船内的兵械，统被龙王收去。方伯谦既庆生还，反捏造虚词，禀报督署，只说途遇日舰，广乙伤，高升沉，经卑职舍命炮击，才却退日兵，把各舰救回。李鸿章信为真话，转电京师。王大臣以日本伤我运船，其曲在彼，遂请明诏宣战。光绪帝立即颁谕，宣示中外。谕甫下，牙山的败报又至。

先是叶志超屯兵牙山，因战衅未开，毫不防备。至是海道已梗，孤露无援，日人步步进逼，乃用聂士成言，自率兵把守公州，令聂士成守成欢驿。士成至成欢，日兵已至，两下开仗，不分胜负。忽日兵漫山遍野而来，势不可当。士成不得已，弃了成欢，收兵徐退。回至公州，无一清兵。不觉叹息道：“公州背山面江，可以固守，如何叶军门弃此而去？”正怅怅间，有探马来报：叶军门已回平壤去了。士成道：“公州不能守，平壤难道可守么？”探马道：“平壤已有四路大兵会集驻守，所以叶军门到那边去的。”士成道：“有四路大兵到平壤么？”探马道：“盛京副都统丰伸阿，高州镇总兵左宝贵，各统奉军从奉天出发；提督马玉崑统毅军，从旅顺出发；大同镇总兵卫汝贵统盛军，从天津出发，四路兵齐到平壤，差不多有数十营哩。”士成道：“我军只有五营，看来此处不能长驻，只好也退平壤去了。”当时各将弁中还算聂士成，所以笔下有恕词。

遂传令本部人马向僻径行走。迂回曲折，数日方达。志超接着问起接战情形，士成约略说明。志超即奏称“成欢战争，杀敌过当，因虑孤军无援，所以退至平壤”等语。清廷还道他老成胜算，论功行赏，命志超为各路兵马总统，所有驻韩各军，统归节制。志超奉此恩命，置酒高会，把出兵打仗的要事，撇在脑后。且顾眼前。一过数日，军探报称日兵来了，志超方有些着急，严戒诸军，为守城计：命马玉崑率所部毅军四营驻守大同江东岸，卫汝贵、丰伸阿二军十八营驻守平壤城西南隅，左宝贵六营守城北山顶及玄武门，别命总兵聂桂林策应东南两营，自己居中调度，高坐城中静听消息。起初两三日，各军来报，互有杀伤。至中秋这一夕，志超还凭城望月，态度徘徊。越日黎明，但闻西面炮声隆隆，不禁魂胆飞扬，忙遣军探四侦战状。

约到巳牌，有军探来报：倭兵猛攻大同江军营，马军门拒战甚力，卫镇台渡江协御，鏖战多时，倭兵已败退了。志超道："还好，还好！"未几午餐。餐毕撤肴，又有军探来报：城北山顶被倭兵占去，左镇台退守玄武门。志超惊道："倭兵已败，为何又来？"军探道："他是四路进兵。那边虽已败去，这边恰被攻入。"志超正没法摆布，忽有军弁跑入，乃系左宝贵遣来乞援。由志超问明，方说道："各兵俱已调出，只我手下一营亲兵，如何援他？实是老命要紧。不……不如叫他回城再作计较。"军弁奉令驰去，不一时军探飞报：左镇台中炮阵亡。志超道："怎么好？怎么好？四好字互应成趣。快与我召回马、卫各军。"军探去讫。俄报：倭兵炮击玄武门。志超惊得了不得，忙传大令：速悬白旗。方伯谦流亚。顿时白旗满布城上，日兵瞧见，果然停炮不攻。适值马、卫各军回城，见城上白旗四张，亟来谒见志超。志超语诸将道："左总兵已经阵亡，眼见此城难守，三十六着，走为上着，我等不若回去吧！"众人听了帅令，统是垂头丧气。只马玉崑还有些志气，愿即背城一战。志超不允。遂于是夜潜遁。途次遇伏，又伤亡了三千余人，方得挣命走脱。

陆军已败，海战又逼。李鸿章自知海军难恃，主守不主战，只命提督丁汝昌，巡弋洋面，虚示声威。不意日本军舰十二艘，冲波逐浪，竟来窥伺辽东。此时清舰尚运兵赴平壤，至大东沟，正与日舰相值。日舰上悬旗开炮，先声夺人，汝昌被逼不过，只得分战舰为五队，列着犄角鱼贯阵，准备迎敌。战舰共十二艘，镇远、定远两铁甲为第一队，致远、靖远为第二队，经远、来远为第三队，济远、广甲为第四队，超勇、扬威为第五队，汝昌自坐定远船督战。遥望日舰作一字阵扑来，恐它直攻中坚，令改犄角鱼贯阵为犄角雁行阵。阵尚未整，敌舰麇至。扬威、超勇两舰相继中弹。未几，超勇沉没。

致远、经远、济远三舰被敌舰冲断，抛出圈外。致远管带邓世昌，与日舰吉野对轰。药弹殆尽，船亦受伤。世昌拼着性命开足汽机，拟撞沉吉野，与之俱尽。吉野驶避，致远奋追，突然触着鱼雷，遂致炸沉。经远管带林永升，炮击日本赤城舰，赤城受伤遁去，永升饬令追袭，也被鱼雷炸没，邓、林两管带同时死绥。济远管带方伯谦，忙饬舵工飞逸，不意与扬威相撞。他也不管什么，自行逃去，扬威竟被撞沉。广甲亦逃，搁浅沉没。靖远、来远诸舰，又受重伤，突围出走。只定远、镇远两铁甲，还与日舰奋击，轰沉日本西京丸一艘，并击伤日本松岛舰。奈因众寡不敌，定远又中着五六炮，只得冲出战线，逃回旅顺。眼见得海军又败绩了。奈何，奈何！

警报飞达清廷，光绪帝大愤，把叶志超、丁汝昌等，褫革有差，方伯谦正法。迟了。并因李鸿章备战无方，拔去三眼花翎，褫去黄马褂。另命四川提督宋庆，帮办北洋军务。又令御前侍卫公桂祥，统带马步各营，至山海关驻守。所用仍是非人。军报日紧一日。西太后此时，已加上“崇熙”二字徽号，接着这信，懊丧异常，只好降旨罢除庆贺。用皇帝名，颁一上谕道：

朕钦奉慈禧端佑康颐昭豫庄诚寿恭钦献崇熙皇太后懿旨：

“本年十月，予六旬寿辰，率土胪欢，同深忭祝。届时皇帝率中外臣工，诣万寿山行庆贺礼。自大内至颐和园，沿途跸路所经，臣民报效，点缀景物，建设经坛。予因康熙、乾隆年间，历届盛典崇隆，垂为成宪；又值民康物阜，海宇又安，不能过为矫情，特允皇帝之请，在颐和园受贺。讵意自六月后，倭人肇衅，侵我藩封，寻复毁我舟船，不得已兴师致讨。刻下干戈未戢，征调频仍，两国生灵，均罹锋镝，每一念及，悯悼何穷？前因念士卒临阵之苦，特颁内帑三百万金，俾资饱腾。兹者庆辰将届，予亦何心侈耳目之观，受台莱之祝耶？所有庆辰典礼，着仍在宫中举行，其颐和园受贺事宜，即行停办。”

朕仰承懿旨，孺怀实有未安，再三吁请，未蒙慈允，敬维盛德所关，不敢不仰遵慈意。为此特谕。

光阴易过，万寿届期，西太后仅在园内排云殿受贺，比五旬万寿时还要扫兴。后人有诗叹道：

别殿排云进寿觥，慈怀日夕轸边情。
诸州点景皆停罢，馈饵频闻发大盈。

欲知万寿后如何情形，容待下回再叙。

先圣有言，与其奢也宁俭。此实齐家治国之至言。以西太后之六旬万寿，必欲仿康、乾故例，筹备隆仪。试思康、乾为何如时，西太后为何如时耶，国帑支绌，公私交困，甚至经费无着，乃责诸官吏之捐俸！禄以代耕，古有明训。为祝寿故，令之减禄，官吏宁无身家思想？输款于上，必朘削于下，是不啻导之剥民也。况以海军经费，移筑颐和园，卒至中日一战，全军皆墨。不得已罢除庆贺，节省礼仪，易奢为俭，已无及矣。人咎合肥，我咎西太后。本回上半极写奢华，下半备述败状，一反一正，足为后来殷鉴。

第二十二回
姊妹花遭谗被谪　骨鲠臣强谏充边

却说清廷连接败耗，命提督宋庆帮办北洋军务，再令提督刘盛休出兵大连湾，将军依克唐阿出兵黑龙江，均赴东边九连城，扼守辽东要口。平壤败军亦陆续到来，共约七十余营。兵亦不可谓不多。朝旨命宋庆总统各军，除依克唐阿一军外，统秉宋庆节度。九连城南倚鸭绿江，东濒叆河，河东有虎口，为险塞，令聂士成驻守。再东为安平河口及长甸各隘，令依克唐阿驻守。西为安东县，再西为大东沟，令丰伸阿、聂桂林驻守。日兵甫渡安平河口，依军望风先遁，至日兵逼近叆河，诸军皆溃。剩了一个老宋，亟忙遣军来争。哪里抵挡得住，没奈何弃了九连城，退保凤凰城。日兵既踞九连，别遣支队入安东，丰伸阿、聂桂林等，早已不知去向。一班逃将军！老宋到了凤凰城，默思孤掌难鸣，索性远走数十里。日兵如入无人之境，占住凤凰城。复分作三路：一路出西北，陷连山关；一路出东北，陷岫岩州；一路出东南，陷金州大连湾。

宋庆此时已退至盖平，奉旨命援旅顺。宋庆乃令聂士成守摩天岭，阻截连山关的日兵，自率军徐徐南下。“徐徐”二字妙。摩天岭本是天险，日兵屡次进扑，都被聂军杀退。凑巧依克唐阿，亦率败兵到来，聂士成与他相约，规复连山关。依克唐阿倒也败后思奋，毅然应允。两军南北趋集，呐一声喊，蜂拥至关。日兵出关抵敌，大杀一场，还是聂、依两军厉害，只好退入关去。

两军乘胜攻扑，枪声炮声，昼夜不绝。守关统领乃是日本一员中尉，恼得性起，再开关出战，不一时被弹子击中要害，白丧了一条性命。蛇无头不行，顿时日兵四散，聂、依两军，安安稳稳地走入连山关。兵以气动，若能阵阵如此，何至一败涂地。等到凤凰城日兵来援，又被聂、依两军杀退。因此凤凰城东北一带，兀自守住。只东北、东南两处，毫无转机。岫岩既失，日兵分道西犯。丰伸阿、聂桂林等，连战连败，逃入海城。迨日兵踵至，又把海城弃去。辽西大震，同时旅顺复报失守。

旅顺是北洋海军第一良港，内阔外狭，重峦环抱，若得一个良将居守，端的是不易攻入。偏这丁汝昌认作绝地，托词战舰待修，避入威海卫，一切防守要务，委任了一位龚总办照玙。照玙庸弱得很，做个船坞总办，也不知是什么钻营，得充是任。他自汝昌去后，先在海曲备好渔船，准备逃走，到了日兵进攻，佯饬守兵抵御，自己早下舟潜遁。都是这等好角色！守兵没了主帅，纷纷自乱，一闻炮弹声响，大家都走了他娘，管什么旅顺不旅顺，军港不军港。日兵全不费力，唾手得了旅顺口，大家庆贺起来。

这时候，辽东西的警报似雪片一般，飞达清廷。光绪帝急得要不得，只得令王大臣等奏陈方略。日讲官文廷式，感上知遇，联络各大臣会衔，奏请起恭王主军国事，光绪帝心为之动，正令军机拟旨，命恭王入值军机。忽报太后驾到，忙得光绪帝更衣不及，即着便服出迎。西太后入宫降舆，光绪帝匍匐跪接。西太后也不理他，一直入宫。光绪帝只好起身，随了进来，又跪下请安，碰了几个响头。方奉慈命道："你且起来。谁要你主战？"光绪帝勉强起立。又听得一声呼喝道："谁要你主战，弄到一败涂地？"声如狮吼。光绪帝战栗道："盈廷王大臣统统说是可战的。"西太后厉声道："你何不叫他去临阵呢？我从前听政时，为了越南交涉，与法宣战，那时左、彭、岑、冯诸宿将都尚在世，开战以后，有败有胜，我还是得休便休。你靠了谁人，竟与日本开战呢？"光绪帝答道："日本欺我太甚，所以不得不战。"西太后道："好！好！目今战状如何？

由你这般瞎闹，恐怕列祖列宗的江山要在你手送掉了。你要开战，也应到园内禀明一声，待我出了主意，定议未迟。你为什么并未报闻？直到宣战下谕以后，方遣世铎禀报。我道你总有能耐，擅敢宣战，谁料你遣将用兵，多是一班饭桶。事到如今，看你如何了局？所以我特来问你。”光绪帝听到这番严谕，又只得碰头谢罪。西太后道：“你谢罪也是无益，我只问你如何了局？”光绪帝才答道：“今日廷臣联衔，奏请起恭王奕䜣办理军务。”西太后哼了一声道：“奕䜣么，你起来，把奏牍取来我阅。”言下大不满意。

光绪帝遵着起身近案，将奏折检出，双手呈上。西太后瞧毕，不觉怒容较甚，便道：“文廷式是新进小臣，也敢列衔会奏？我知道了。”回顾李莲英在旁，即道：“你去叫瑾、珍二妃来。”莲英奉命出去，光绪帝摸不着头脑，只呆呆地垂手侍立。我为阅者，亦摸不着头脑。片晌间，就见瑾、珍二妃随着李莲英冉冉进来，到太后前双跪请安。西太后厉声道：“你这两个狐媚子，日日陪着皇上调笑取乐，尚嫌不足，还想干预外政么？”劈头乱敲。二妃莫明其妙，只得双双磕头道：“婢子怎敢？”西太后道：“还说不敢么？莲英与我取杖来。”光绪帝闻到一个“杖”字，惊得魂飞天外，不由得屈膝道：“圣母慈鉴，她两人有罪，尽请圣母训责，只求圣母示明原委，方好使她伏罪。”西太后道：“你道我无风生浪么？我只问她一语，便足令她心服。”光绪帝道：“敢乞圣母明谕。”西太后道：“文廷式与她两人是否有师生谊？”光绪帝惴惴道：“这却未知。”西太后又勃然道：“你尚敢为她隐饰么？”这语甫毕，珍妃恰忍耐不住，竟朗声答道：“婢子幼时，曾由文廷式教授过的。”西太后指光绪帝道：“可是嘛！文廷式入选翰苑，不过数年，为何有这权力？不是她两个狐媚子暗中关说，你为何这般宠他？”原来为此。光绪帝又嗫嚅道：“她两人未敢如此。”西太后复嗤着鼻道：“她两个狐媚子仗着花容月貌，蛊惑左右，怪不得你言听计从。就是与倭人开衅，也闻得由她怂恿。你何不叫她去退敌呢？”又回顾李莲英道：“快去取杖来，每人杖她百下，儆戒她后来逞刁。”光绪帝呜咽道：

"请圣母开恩，饶她一次。"西太后不允，只催莲英取杖。吓得瑾妃抖个不住，独珍妃性颇偏激，竟启奏道："婢子入宫以来，并不敢与闻外事。就使与文廷式有师生谊，也未尝暗通一信。仰求慈鉴。"西太后大怒道："你敢与我斗嘴。难道我冤诬你么？"简直是不准她辩。光绪帝忙阻住珍妃道："你也太倔强了！圣母前只好乞恩，如何还要答辩。"西太后又喝莲英取杖。莲英看不过去，也只得跪请慈恩。此时莲英尚未与帝有隙。西太后才道："你等既代她求宥，我姑免她杖责。只她两人不配为妃，须降她几级方好。"光绪帝道："遵旨降她为嫔。"西太后道："不够。"光绪帝又请降为贵人，西太后道："还要将她两人羁禁三月，休得召幸，以儆将来。"太后言已，即命莲英起立，牵去两妃，交代宫中总监，幽禁别室。两妃只得含泪谢恩，起随莲英去讫。

西太后见案旁纸笔俱备，便提笔书纸道："瑾、珍二妃近来习尚浮华，屡有乞请，实属有违阃范。着即降为贵人。特谕。"书毕，指向光绪帝道："这谕立应颁发，不得迟延。"光绪帝唯唯听命。西太后又道："奕䜣究应起用否？"光绪帝道："奕䜣前直军机，办事尚称勤敏。现在疆事日亟，应用与否，请圣母酌夺。"西太后踌躇一会儿，方道："这且由你。只文廷式须要革逐，免得他外结亲王，内恃妖妃。"光绪帝不敢不应命。西太后又道："步军统领荣禄，忠诚有余，才识也还过得去，可叫他在总署当差。看来战事是支持不住了，为社稷计，不如忍辱议和，还可将就了事。"语至此，叹息数声。时李莲英已来复命，西太后便道："我们去吧。"光绪帝起至门外，又复跪送。不怕膝痛么！西太后又回嘱道："现在嘱咐一切，你须照行，否则我是不依的。此后须要小心，休被这种狐媚子再行蒙蔽。"光绪帝连声称"是"。

等到太后上舆远去，方敢起身入内，暗暗自忖：这是何人谗构，致触慈怒。想了一回，不禁失声道："总是她！总是她！"言毕，便步至坤宁宫。宫监入报，那拉后即出来迎驾。光绪帝踱将进去，后亦随入，坐甫定，光绪帝语那拉后道："你做的好事！"那拉后不解，惊问何故。光绪帝道："你含酸吃醋，妒着瑾、珍二妃，所以到太后前播弄是非，令太后前来责朕，并将二妃严谴。你真是好计哩！”那拉后道：“没有这事，休要见疑！”光绪帝冷笑道：“好一座大靠山！你只管去献殷勤，陷害好人。但俗语说得好，有势不可行尽，你也须留点余地哩！”那拉后闻此，忍不住两眶珠泪，带哭带话地辩了数句。光绪帝听得不耐烦，抽身出去。原来那拉后的才貌，不及瑾、珍二妃，光绪帝本不甚宠爱，独西太后以姑侄关系，向多回护，那拉后又常往来园中，以此光绪帝疑她怀妒，特地进谗。究竟是真是假，小子也不好妄断。只为此一事，帝后间渐渐生嫌了。为下文伏笔。

光绪帝既出坤宁宫，想去探望瑾、珍二妃。问明宫监，方知已被羁三所去了。心中愈加不乐，索性忍气吞声，拣个僻静的宫室，睡了一觉。是夕无话。次日，把西太后所嘱的事情，一一照办：瑾、珍二妃降为贵人；恭王奕䜣起为军机大臣；荣禄命在总理各国事务衙门行走；文廷式开去日讲官。又越日，恭王入朝，光绪帝遂与商量和议，选定侍郎张荫桓、邵友濂出使日本请和。恭王恐日本不允，复去拜会美国公使，托他居间，并聘美员福世德同往。

张、邵等甫出发，忽由御史安维峻呈上奏折，由光绪帝披阅道：

奏为疆臣跋扈，戏侮朝廷，请明正典刑，以尊主权而平众怒事。窃北洋大臣李鸿章，平日挟北洋以自重。当倭贼犯顺，自恐寄顿倭国之私财，付诸东流，其不欲战。固系隐情。及诏旨严切，一意主战，大拂李鸿章之心。于是倒行逆施：接济倭贼煤米军火，日夜望倭贼之来，以实其言，而于我军前敌粮饷火器，故意勒措之，有言战者，动遭呵斥；闻败则喜，闻胜则怒；准军将领，望风希旨，未见贼，先退避，偶遇贼，即惊溃。李鸿章之丧心病狂，九卿科道亦屡言之，臣不复赘陈。惟叶志超、卫汝贵，均系革职拿问之人，藏匿天津，以督署为逋逃薮，人言啧啧，恐非无因。而于拿问之丁汝昌，竟敢代为乞恩，并谓美国人有能作雾气者，必须丁汝昌驾驭。此等怪诞不经之说，竟敢陈于君父之前，是以朝廷为儿戏也。而枢臣中竟无人敢与争论者，良由枢臣暮气已深，过劳则神昏，如在云雾之中，雾气之说，入而俱化，故不觉其非耳。张荫桓、邵友濂为全权大臣，尚未明奉谕旨。在枢臣亦明知和议之举不可对人言，（彼）既不能以生死争，复不能以利害争，只得为掩耳盗铃之事——而不知通国之人，早已皆知也——倭贼与邵友濂有隙，竟敢索派李鸿章之子李经方为全权大臣，尚复成何国体？李经方乃倭逆之婿，以张邦昌自命，臣前已劾之。若令此等悖逆之人前往，适中倭之计。倭贼之议和，诱我也。彼既外强中干，我不能激励将士，决计一战，而乃俯首听命于倭贼？然则此举非议和也，直纳款耳，不但误国，而且卖国。中外臣民，无不切齿痛恨，欲食李鸿章之肉。而又谓和议出自皇太后，太监李莲英实左右之。此等市井之谈，臣未敢深信。何者？皇太后既归政皇上，若仍遇事牵制，将何以上对祖宗，下对天下臣民？至李莲英是何人斯？敢干政事乎？如果属实，律以祖宗法制，李莲英岂复可容？惟是朝廷受李鸿章恫吓，不及详审，而枢臣中或系私党，甘心左袒，或恐李鸿章反叛，姑事调停。而不知李鸿章久有不臣之心，非不敢反，直不能反。彼之淮军将领，类皆贪利小人，绝无伎俩；其士卒横被克扣，皆已离心离德；曹克忠天津新募之卒，制李鸿章有余；此其不能反之实在情形也。若能反，则早反矣。既不能反，而犹事事挟制朝廷，抗违谕旨。彼其心目中，不复知有我皇上，并不复知有我皇太后，故敢以雾气之说戏侮之也。臣实耻之。惟冀皇上赫然震怒，明正李鸿章跋扈之罪，布告天下。如是而将士有不奋兴，倭贼有不破灭者，即请斩臣，以正其妄言之罪。祖宗鉴临，臣实不惧，用是披肝胆、冒斧锧，痛哭直陈。不胜迫切待命之至。谨奏。

此奏有关系西太后语，故备录之。

这篇奏折，其中多捕风捉影之谈，不足为据。只云皇太后遇事牵制，何以对祖宗、天下，并劾李莲英左右和议，确是有些道着。但光绪帝览了此奏，不得不严谕痛斥，说他肆口妄言，着即革职，发往军台效力。当时都下人士争为安御史呼冤，还是你一折、我一本地上奏，大半是还要主战。有一个满御史，请起用檀道济为大将。一个满京堂，奏称日本东北有两个大国：一是缅甸，一是交阯，请遣使约它夹攻，必可得胜。光绪帝瞧不胜瞧，都付诸高阁。后由军机瞧见二满员奏折，统统哄堂大笑。只是缅甸、交阯尚有这两处地名，不过以小作大，指西为东，虽是大误，还算有一点影子。独檀道济系刘宋时人，相距一二千年，如何奏请起用？见者多茫然不解。嗣经一御史说起，拟任用董福祥，借檀道济为比拟，他即问明“檀道济”三字的写法，竟尔录奏。用此等人作御史，如何不亡！这且休提。

单说张、邵二使出发后，日兵又西陷盖平，南踞荣城，并占威海卫。至光绪二十一年正月，复将刘公岛夺去。北洋败残军舰，悉数被掳；岛内将士悬白旗乞降，海军提督丁汝昌，及总兵刘步蟾、张文宣，均服毒自尽。数载经营，一旦扫灭。京中人士方不敢言战，相率望和。无奈张、邵二使到了日本，被日员伊藤博文、陆奥宗光拒回，说非全权大臣，不便会议，并通告美使，谓须派位望崇隆的大员，畀以全权，方可来议和款。光绪帝不得已，乃命北洋大臣李鸿章为全权大臣，至日本乞和。鸿章不好违拗，只得硬着头皮，航海东去。正是：

失算竟遭全局隳（huī），匄（gài）和又遣老臣行。

毕竟李鸿章如何议和，且看下回分解。

中国之败，败于任用之非人及军费之不足。当时预知宿弊，无意主战者，惟一李鸿章。若以常情推测，则中国大而日本小，谁谓不可一战者？廷臣之多半主战，尚不足咎。瑾、珍二妃深居宫禁，其劝帝宣战与否，我不敢知，即果有此事，亦人情所同然耳。至于师徒挠败，海陆失利，文廷式奏请起用恭王，不为无见。清廷亲贵，如奕䜣犹为佼佼者。西太后不思移款筑园之误国，徒以丧师咎光绪帝，且怒及二妃，斥其干预外政，试问自为妃子时，其行状果何如乎？甚至以文廷式之奏请，亦疑二妃主使。原其怀疑之由来，犹是衔恨恭王之夙见。满腔私意，到处迁怒。安维峻谓其遇事牵制，不得为诬。或谓中国之弱，自日本一战始，曩令光绪帝先事慎重，当不致情见势绌若此！不知天下事非实力不办，羊质虎皮总有暴露之一日，讵能长此掩饰耶？本回叙二妃之被谪，及安御史之充戍，皆隐寓悯惜之意。悯二妃、惜安御史，西太后可无庸再论矣！

第二十三回
命和日宣示苦衷　主联俄遣订密约

却说光绪帝遣使李鸿章，曾至西太后处禀明，西太后立即应允。她因安维峻参劾李鸿章，奏中连及自己，不禁愤愤，自己不肯认错，所以把老李一方面也极力袒护。并嘱光绪帝道："他初意固不欲战，你早从他意见，也不至败到这般。目今非他不能议和。好好授他全权，叫他去吧！"无非因移款筑园的好处。

鸿章奉命东渡，先电商各国驻华公使，请他臂助。各使复词，多半模棱，独俄使喀希尼力任调停，并言：日人如多方要求，有敝国在，愿代拒日本，保全中国疆土。这样好人，普天下难得的！鸿章得复，喜出望外，才航海东行。不数日到了马关。日本已派专使伊藤博文、陆奥宗光在埠头等候。鸿章登岸，由伊藤两人邀入春帆楼。伊藤博文掀须道："好几年不见李伯相了。前时在天津议约，伯相勋高望重，一呼百诺，令人犹觉心悸。今日屈尊来到敝国，在此相叙，也是意想不到的事情。"鸿章闻言，不禁又愤又惭，老脸上面突突地热起来了。看官阅过前文谅记得，《天津条约》也为了朝、日的事，那时李伯爷摆着全副仪仗，去迓日使伊藤，所以伊藤有此谑词。补十八回之所未及。鸿章到这时光，只好任他奚落，奈心上总有些觉着，哪得不面红耳热？勉强耐着性子支吾了一会儿。

至两下开议，鸿章先请停战。伊藤道："欲要停战，非把贵国的天津、大沽、山海关三处为质不可。”鸿章不允。陆奥道：“李伯相休要坚持，敝国兵力虽弱，夺这三处地方恰似探囊取物哩！”鸿章道：“多年和好，为了朝鲜遂致开衅。贵国亦应原谅一点，方好议款。”伊藤道：“朝鲜与敝国定约，明说是自主之邦，贵国硬要认作藩属，这是贵国第一着错误。目今战衅已开，和议一无眉目，如何就要停战？”鸿章道：“既如此说，请贵国停攻大沽、山海关、天津三处，先行议和。”伊藤仍然不从。鸿章道：“今日初到贵国，心绪尚乱，且至明日再议。”当下辞别春帆楼，自至客寓暂宿。

购阅日本新闻纸，知营口、澎湖均被日兵占住，不免失惊道：“北失营口，南失澎湖，海道统要中梗，连输运都不便了。可恨倭人这般厉害，战不肯停，和又不许。奈何！”连岁整缮兵防，如何到这地步。越宿，又赴春帆楼会议。说得唇焦舌敝，仍是一些没效。没奈何惘惘归寓。途次，忽遇刺客，突发手枪，骨碌碌一粒弹子击中鸿章左颧。鸿章痛甚，忙唤日警捉拿刺客，自己掩面急归。一病数天，警问遍达欧美。那时各国舆论，统说日人无理，代鸣不平。日皇因众论难违，一面令日医赶紧调治，一面令伊藤、陆奥均往道歉。并说刺客小山丰太郎，已由警察擒获，按律治罪。鸿章叹道：“为了国家重事，到此议款，不期被刺客所击，一身负痛不足惜，只教贵国肯示通融，虽死亦无憾了。”伊藤、陆奥至此才自觉不情，允即议和。鸿章便要缔约停战，伊藤等允约面去。舍了一点颧血，还算值得。

越一星期，鸿章颧病略愈，更申和议。伊藤、陆奥提出条款：一要朝鲜自主；二要奉天南境及台湾、澎湖各岛；三要赔偿兵费三百兆两；此外还有添开口岸、减轻税则并机器进口、改造土货等款。限四日答复。鸿章允割安东、宽甸、凤凰城、岫岩州及澎湖列岛，并偿银一百兆两，通商权利仍照各国成约。伊藤、陆奥又强硬起来不肯照允。再四磋商，割地内减去宽甸，赔款减至二百兆，进口货税仍照旧例，鸿章还想辩驳。伊藤愤然道：“照这约稿，敝国已让至极点，贵国允与不允，两言决耳，不必多议。”何等斩截，外人之办交涉也如是。鸿章不便再辩，只得惟命是从，互签约稿，定于烟台互换正约。方返归天津。

这约一传，京内外诸大臣，又纷纷地奏阻款议。两江总督张之洞、河南道监察御史易顺鼎，各抗疏数万言，异常愤激。想是停战好几日，又有些胆壮起来。光绪帝踌躇难决，不得已请命西太后。西太后道："算了！连日警报纷乘，我被它闹得昏了，倘再迟疑过去，京畿也要戒严。你自主张开战，倒也无悔，我年已花甲，不愿担此惊忧哩！况署直督王文韶，曾奏称海啸成灾。天时、人事都来顺遂，此时忍着些儿苦痛，与他议和，或者恐惧修省，还可默迓天庥。"海啸事从太后口中叙出，可见太后此时已遍阅章奏。西太后说一句，光绪帝应一声"是"，至西太后说毕，方跪谢而出。遂决定和议，宣示全国，略云：

> 近日和约定议，廷臣交章论奏，谓地不可割，费不可偿，仍行废约决战，以冀维系人心，支撑危局。其言固出于忠愤，而于朕办理此事，熟筹审处，万不获已之苦衷，有未深悉者。自去岁仓猝开衅，征兵调饷，不遗余力。而将非宿选，兵非素练，纷纷召集，不殊乌合。以致水陆交绥，战无一胜。近日关内外事情更迫，北则近逼辽藩，西则直犯畿疆，皆眼前意中之事。况二十年来，慈闱颐养，备极尊崇，设使畿辅有惊，则藐躬何堪自问？用是宵旰旁皇，临朝痛哭，一和一战，两害兼权，而后幡然定计，其万分为难情事。言者章奏所未及详，而天下臣民所当共谅者也。无非为了西太后。兹批准定约，特将先后办理缘由，明白宣示。嗣后我君臣上下，惟期坚苦一心，痛除积弊，以收自强之效。为此通谕中外知之。

和议告成，准备换约。李鸿章回到天津，乞病请假。俄使喀希尼密函慰问，并愿联结德、法两国，代清廷索还辽东。鸿章复词感谢。俄使遂与德、法两使商定，电达本国，请速用公文，致日本外部抗议，并请飞调兵舰，游弋辽海。俄、德、法三国政府，料知有利可图，即日照办。日本闻警，颇觉为难：他虽战胜中国，总不免劳师糜饷，忽由俄、德、法三大国要与他抗争，哪里还有余勇，好与这三国开仗？只是平白地归还辽东，心实不甘。遂复书俄、德、法三国：辽东可还，兵费须要增偿一百兆。毕竟不肯落空。俄、德、法三使各接本国电命，出来与中、日调停：增偿兵费三千万两。日人勉强允从。议乃定。遂由中、日两国各派使换约。

台湾人民因割台成议，统向清廷奏阻。清廷置诸不理。主事丘逢甲倡言自主，推署理台湾巡抚唐景崧为总统，拒绝日人，居然开议院，设内部、外部、军部等机关，悬起蓝色黄虎文国旗。部署未定，日兵已由基隆登岸。台北城中兵勇，自相哗噪，纵火焚抚署。唐总统仓皇失措，只好推位让国，微服内渡。台北遂亡。尚有台南一带，系由总兵刘永福驻守。先时曾奉清廷命，帮办台湾军机。台南士绅闻台北已失，上总统印于永福。永福不受，仍称帮办，集民为团，力抗日兵。自夏至冬，大小数十战，互有杀伤，卒因饷械告竭，不能持久，永福独力难支，弃了台南，乘德国商船内渡。于是全台尽隶日本。相传光绪帝曾得梦兆，屡见一老人问道："几时还我旧物？"光绪帝不能答，嗣后奏闻西太后。太后道："如再梦见，可说驴儿年还你。"光绪帝记忆在胸。果然后来又梦见老人，彼问此答，仓促致误，竟说作马儿年还你，醒后追悔不及。中日开战，岁次甲午，午年肖马，时人谓为割台预兆，妖梦是践，定数难逃。这也不必絮说。梦兆未必真践，否则台湾本属郑氏子孙，何为割畀日本？

单说中日议和以后，廷议多归咎李鸿章。有旨召他入阁办事，置诸闲散，别命翁同龢、李鸿藻入直总署。翁系江苏人，是光绪帝师傅，李系直隶人，是同治帝师傅，当时已有南北派之目。翁主维新，李主守旧，政见又是不同。光绪帝因忍辱乞和，大为拂意，决计变法图强，挽回国势。巧值翁师傅与他意合，遂专心倚任。翁又纠合一班同志，如侍郎张荫桓，詹事府右中允黄思永，尚书李端棻，侍郎徐致靖，御史宋伯鲁、杨深秀，湖广总督张之洞，湖南巡抚陈宝箴等，讲求新政。今朝你上若干条陈，明朝我上若干条陈，无非是练兵、兴学、开矿、筑路、创办邮政、仿行印花税，统说得天花乱坠，立可富强。皮之不存，毛将安附？李鸿藻也结连几个守旧人物，若礼亲王世铎，若军机大臣徐桐、荣禄，右御史杨崇伊、文悌，若福州将军裕禄，甘肃提督董福祥等，与维新党反对。他恐推不倒维新党，索性贿托那李总管莲英，去请出有权有势的老太后来，暗中监督。西太后为了中日战事，埋怨光绪帝，正要设法钳制，遂命这守旧党人，遇着内外大臣奏对，无论大小统须密报。有两个不新不旧的侍郎，一名汪鸣銮，一名长麟，召对时抑扬吞吐，略略说到乾纲独断的话头，被西太后闻知，责他信口妄言，迹近离间，硬迫光绪帝将他革职，永不叙用。两侍郎只好奉命回籍。开了头刀。

会俄皇加冕，朝议以侍郎王之春，曾出使俄国，至是复拟令往贺。偏偏俄使喀希尼，以王之春资望太浅，不宜遣往，改请另派大员。翁同龢闻得此信，拟充当此差，聊避守旧党的嫉妒。究竟敌不过太后党。奈喀希尼指定李鸿章。已寓深意。西太后亦以鸿章老成，不如令他一行。光绪帝不好有违，便派鸿章为头等正使，命往俄国。临行时，西太后特别召见。由鸿章密陈联俄拒日的计策，深得西太后赞成。前门拒虎，后门进狼，同一失策。

及鸿章至俄，俄皇特遣大藏大臣微德，要求代索辽东的酬劳。鸿章依违两可。微德道："堂堂中国，被日本打败，非但贵国有意报复，即敝国亦代抱不平。若贵国与敝国协力御日，任他日人如何强悍，也要打他一个落花流水哩！"鸿章道："贵国如此照拂，还有何说？"微德遂袖出草约数条，递与鸿章道："贵国如肯照允，情愿协御日本，决不食言。"鸿章取过一瞧，乃是东三省铁路，要归俄人专造，并租借胶州湾为军港，暨训练满洲军，及兴办东三省矿务，统要由俄国派员理值。简直是要东三省。鸿章不禁瞠目道："这，这恐不便。敝国即愿允贵国，他国援例要求，如何对待？”微德道：“敝国大皇帝亦为贵国防这一着，所以不遣外部，特遣我与伯爷密议。但教彼此守了秘密，他国何从得知？”鸿章还是迟疑。微德道：“敝国并不要你东三省土地。只因日人很想着辽东，前时不得已归还，他日安保不再来占夺？若由敝国代筑铁路，代练满军，代兴矿务，并备了军港一处，那时行军迅速，饷需有着，屯驻亦便。日本倘要开衅，教贵国数句电文，千军万马可以立至，偌大日本，畏他什么？”言下掀须大笑。寻又语鸿章道：“这全为贵国着想，并非敝国硬要沾利。”承情，承情！鸿章明知词不尽实，但默思中日一役，扫尽自己威风，这时不如将计就计，得它借助臂力，压倒日本，中国也出点闷气。错了。当下便一口应承。微德欣然辞去。不数日加冕期到，各国使臣照例入贺，鸿章也去列席。颇承俄皇优待。是约款买出来的。礼毕后，鸿章别了俄都。一时不即回国，托词游历外洋，往欧洲各国去了。巧于趋避。

只俄使喀希尼，已奉本国命令，将鸿章所订草约递交中国总理衙门，限期钤印御宝。总理衙门人员，未识此中曲折，多是相顾惊叹。及进呈御览，光绪帝不觉愤愤道：“糊涂！混账！怪不得人人说他卖国贼。如何不奉朕命，擅与俄国订定这张草约？”遂搁过一边。俄使喀希尼常到总理衙门，三日一催，五日一逼，到了后来，竟说要下旗回国，与中国宣战。看官你想，扶桑三岛尚是战它不过，屡次败北，况俄罗斯素称大国，幅员比中国要大，兵力比中国强逾数倍，若要与它打仗，总是有败无胜。为这一番恫吓，吓得总署诸公，心胆几乎碎裂，又不好直奏光绪帝，只得禀报西太后。西太后恰不惊慌，淡淡地答道：“知道了！”早蒙台洽。

次日即驾至大内，迫光绪帝画押。光绪帝回奏道：“东三省是祖宗发祥地。若照李鸿章所订草约，盖了国宝，岂非是将东三省送与俄人？祖宗有知，亦要隐恫哩！”西太后冷笑道：“你今日方知有祖宗？你不想，前日议和，早已将辽东割让日本。亏得俄使相助，索还辽东。今日俄国不过造条铁路，借个军港，比那年陵庙震惊，安危相隔不啻倍蓰，你恰这般作难。你今日方知有祖宗么？”重一笔更凶。骂得光绪帝泪下涔涔，一声儿不敢出口。西太后又道：“快些盖印！倭人尚不敢与战，俄人更不好惹的。”光绪帝无可奈何，含泪盖印。弱国如是，君主如是。西太后见印已盖就，便着李莲英交与军机，转递俄使，自己仍返颐和园去了。俄国既得了重酬，法国亦不肯放过，要求滇边陆路，及广西镇南关至龙州铁路权，并辟河口、思茅为商埠，清廷不好不允，续与法使订了专约。只有德国向隅，德使也不来提及。清廷王大臣还道是德人好义，不愿索酬，竟安心过去。客气碰着老实。

独光绪帝迭遭激刺，越思奋发有为。是时京城里面有一个主事康有为，立起强学会，招集士人编书设局，倡言变法。维新党人很是欢迎，守旧党人大为不悦。御史杨崇伊是守旧党中健将，遂奏请禁止强学书局。不料同寅中有个胡孚宸，反奏请将强学书局改归官办。朝旨竟准胡拒杨。崇伊怏怏不乐，日向维新党中伺瑕寻隙。巧值翰林院侍读学士文廷式议论时政，他易忧为喜道：“这遭奏参，不怕不邀准了。”于是立上弹章，劾他遇事生风，广集同类，妄议朝政，并有与太监文海结为兄弟情事。小子有诗叹道：

党派相争意气嚣，倾排谁复顾同僚。
东林覆辙留明史，志士何为祸复招。

（诗意似责备维新党人，暗中恰深斥守旧党）

欲知光绪帝是否准奏，且待下回表明。

中东一役，战无一胜，势不得不乞和。是书独谓由太后意，恐阅者疑为虚撰，故录述宣示全国之上谕。一则曰慈闱颐养，备极尊崇，再则曰万分为难情事，言者章奏所未及详。可见光绪帝犹不愿乞和，主和者为西太后无疑也。至李鸿章遣贺加冕，与俄订约，光绪帝不肯钤印，由西太后胁迫而成，见诸梁任公之《清议报》，可以复按。天下未有恃人不恃己，而可以立国者。拒日不足，转思联俄，是皆行险侥幸之谬想。鸿章名为老成，胡竟堕入术中耶！光绪帝锐意维新，而廷臣复分党派，互相倾轧，互相争胜，复有左袒之西太后，把持其间，清至此已无可为矣。阅此回，为之一叹！

第二十四回
康主事连疏请变法　光绪帝百日促维新

却说杨崇伊参劾文廷式，奏发，竟批准下来，并降旨将廷式革职，永不叙用，驱逐回籍。守旧党相率欢跃，崇伊也自夸道："我早料这本奏折，必定邀准。前时太后早要将他革逐，当今为二妃情面，纵容至今，经我再去劾奏，就使铜铸铁钉，也要保不牢了。"不言守旧党得意。

且说光绪帝革去文廷式，原是碍于慈命，心中益滋不悦。偏西太后又来懿旨，命将荣禄洊擢。又只好依着，授荣禄协办大学士。正在抑郁无聊的时候，忽报醇王福晋，染了重疾。光绪帝笃念本生，自然禀过太后，亲至醇邸问疾。醇王福晋也不便多言，只嘱帝以"谨慎小心"四字。醇王夫妇始终保全荣名，得诀在此四字。帝为之泪下。驾返后，过了数日，醇王福晋即薨（hōng）逝。光绪帝临丧大恸。一则因本生父母先后去世，身为人子，乌能不哀？一则因醇王福晋为西太后胞妹，西太后与帝未协，还仗她暗中调停，自遭此变，密护无人，自然越想越痛。光绪帝孤矣。

及丧葬既毕，事过境迁，俄国要援约建筑辽东铁路，乃命出使俄国大臣许景澄，与华俄道胜银行订立东省铁路公司合同凡十二条。嗣后督办军务处王大臣，复与俄国驻京公使订定新约，与前东省铁路合同大略相似。只前为路事交涉，后为国际交涉，相同中又是不同。惟鸿章返国，西太后因他联俄有效，命入总署行走。光绪帝虽奉命照办，暗中很不相信。鸿章也乐得韬晦，暂且随俗浮沉。至光绪二十三年，英人又有责言：以前与英国订定缅甸界约，内有江洪一地，归还中国，何故转赠法人？总督诸公方记得是作法国谢礼。无奈不便表明。只得续订中英缅甸界约，改划界线，把工隆全地划与英国，并以那希喀相近三角地一段，永为英国租借，又添开梧州等口岸三处。真是日蹙百里了。光绪帝求治心切，恨不得立刻维新，争光海隅。巧值协办大学士李鸿藻逝世，去了一个守旧党魁，遂命户部尚书翁同龢入为协办大学士。维新党势焰骤张。

会山东曹州府巨野县，出了一桩教案，戕杀德国教士二人，德国与俄、法代索辽东，未得酬劳，正在人人怨望，一旦爆裂，师出有名，遂自由行动，派兵入据胶州湾炮台。总理衙门忙去问德国驻京公使海靖。海靖提出六条要约，大致是：将胶州湾四周百里租借一百年；由胶州至济南的铁路归德国建筑；路旁百里内的矿山也要归德国开采。总署不肯如约，恳他情让一点。他说："租期一百年中，让掉一年，总算九十九年；别事万难减轻。否则，立要占夺东三省了。"总署知无可理喻，只好允准了。与他订约，不料俄使又来诘问，提起从前密约，曾把胶州湾租借俄人，为何无端给德？总署复大吃一惊，情愿将旅顺代胶州湾。俄使不允，定要遵照原约。那时总署没法，仍请出原定密约的李伯爷前去说情。李伯爷见着俄使，苦口商量，俄使才有些转意。只一旅顺不够如数，还要索添一处，李伯爷便把大连湾加入，只租期恳他从短。俄使总算有情，议定二十五年。惟须准他建筑炮台，并将东省路线通至旅顺。李伯爷不好不从。这一边方才定约，那一边又有一个强国来索租地。恃人不恃己的结果。请中国人听着！弄得总署应接不暇，又请老李与他交涉。李鸿章问明原委，才知是英使照会，援利益均沾的旧约，索租威海卫，并展拓九龙租界。鸿章以九龙司远在粤东，前已租与英国，此次展拓界址，尚属无妨。独威海卫是北洋第二军港，不便照允。因将此意面达英使。英使愤然道："德租胶州湾，俄租旅顺、大连湾，贵国统是依顺，如何独拒绝敝国？"鸿章答以九龙拓界，未尝不依。英使坚执如故。辩到后来，竟拍案道：“德、俄二国如肯废约，敝国何敢索请？否则莫谓敝国无情，半语不从，就请备战。”一蟹不如一蟹。弄到鸿章无词可答，结果是愿从尊命。威海卫租期，如俄租旅大同，九龙拓界期限，如德租胶、澳同。这才是光绪二十四年的事情。至二十五年冬季，法国兵官过广州，为土匪所戕。法兵突踞广州湾，索租九十九年，也与中国定约。事在戊戌变法以后，这是后话。连类叙及，仍标明年限。

先是胶警方起，工部主事康有为上书请变法。略称：四邻交逼，胶警复乘，万国报馆，竞议瓜分中国。及时变法，犹可补牢。最要的计策有三：一请采俄、法、日以定国是，二请大集群才以谋变政，三请听任疆臣各自变法。每条都申说理由，差不多有数千言。越年春，又请开制度局，详定宪法。以下分设十二局，什么法律局，什么度支局，什么学校局，什么农局、工局、商局，什么铁路局、邮政局，什么矿务局、游会局、陆军局、海军局。还要广选亲王游历外洋，大译西书灌输新识，造纸币、立银行；遍设文艺、武备学堂；急练民兵数十万，以资富强。这两疏的激昂慷慨，清史中得未曾有。光绪帝瞧了又瞧，也不禁击节叹赏，当将原折发下部议。各部大臣有说是可行的，有说是不可行的。各争党见。只新党中人，默窥皇上有志维新，纷纷上折奏陈，或请开设经济特科，或请颁发昭信股票，或请先立京师学堂，或请文科改试策论，武科改试枪炮。光绪帝言言采纳，事事听从，变法各诏，次第下颁。

只军机领袖恭亲王奕䜣，自起任国政以来，诸多慎重，平时无左右偏袒。对于皇上变法图强的意旨，未尝不赞同。又素重翁同龢的学问，隐加护持，就使西太后问及，也时为解脱，褒多贬少。惟主渐进，不主躁急，尚和平，不尚激烈，以此军机总署各机关，新旧并进，虽然各挟党见，还亏他双方调和，不致闹出巨衅来。老成人尚有典型。可奈天不祚清，老成罹疾，始则肺病缠绵，继且加以心悸。光绪帝奉着西太后，三次探问，迭见沉重。首夏三月，竟尔薨逝。遗折劝皇上澄清仕途，整练陆军，遇着军国重事，须禀准太后方可施行。恭王已知两宫成隙，故有此遗疏。西太后临邸奠醊（zhuì），赐谥曰忠，命恭王孙溥伟袭爵。这也不在话下。

只是恭王一逝，维新、守旧两党嫉视尤甚。光绪帝毅行新法，下诏定国是，宣示中外。先是西太后闻知帝意，召帝垂询。帝以变法图强对。太后道："新法非不可行，但须不背祖宗大法，无损满洲权势，才可酌办。"及帝将行，又谕道："目前最可靠的大臣，荣禄外要算刚毅。若翁同龢是不应亲信的。他自诩通才，看满人不在眼中。若叫他秉揽政权，有汉无满，定要搅乱社稷。你须注意。"光绪帝口虽答应，意中不以为然。奈面奉慈嘱，只好半从半违：擢荣禄为大学士，刚毅为协办大学士。

荣禄历史已见前文。刚毅为何如人？他是一个卑鄙龌龊的满员，仗着钻营手段，居然做到刑部尚书。相传西太后六旬寿辰，王大臣等馈献甚多，大都为玉如意等物，数见不鲜。万寿节中，王大臣督抚等例进如意，以现任为限，开缺不能。独刚毅制铁花屏风十二面，入献园中。并贿通李总管莲英，托他置御道两旁。迨慈驾出入，瞧着这铁花屏风，雕镂精工，颇为奇特，便问李莲英道："这是何人所献？"莲英答是："刚毅进奉。"西太后命移入寝宫。未几，即令光绪帝授以重任，擢为刑部尚书。他既长刑部，尝自命为皋陶复出。陶应读如遥，他仍读本音，已足一噱；又称皋陶为舜王驾前刑部尚书，越发令人喷饭；又遇着案牍中瘐毙字样，必改瘐为瘦字。有愚直的司员，禀称瘐字无讹。他恰怒叱道："什么叫作瘐毙？有罪系狱，瘦死是常有的。误为瘐毙，还说无讹么？"司员为他解释字义，说明出处，他总不信。这等顽固人物，叫他入直枢机，真是清廷晦气。诚哉是言。这且休表。

且说光绪帝诏定国是，并命内外臣工，保举人才，翰林院侍读李士、徐致靖应旨荐贤，第一个就是工部主事康有为。此外，还有湖南盐法道黄遵宪、江苏候补知府谭嗣同、刑部主事张元济、广东举人梁启超。启超系康主事高弟。光绪帝瞧奏，便去问那翁协揆同龢。同龢道："康才胜臣十倍。"这一语说得光绪帝心花怒开，随即召见。康有为本是能言，入见时剀切直陈，说如何方能救敝，说如何便能起衰。光绪帝自亲政后，从没有见过这般敢言人士，这番遇着康主事，仿佛如昭烈遇孔明，苻坚遇王猛。两下问对，足足有两小时，方命退出，当日命在总署行走。

看官你想，总署中这班官员，多是资格很老，胡须很长，死多活少的人物，偏偏轧进一位康主事来，英棱轩露，词采逼人，哪个不要动气？守旧党越加侧目，集众私议道："小小一个主事，得蒙召见，是本朝闻所未闻。且居然厕入总署，傲然自大，目无前辈。若令他长此邀宠，我辈都可回去哩！"御史文悌道："我等合力参他一本，便好将他驱逐。"杨崇伊道："他是翁老头儿举荐。古语有道：擒贼先擒王。扳倒这翁老头儿，康有为自无能为了。"文悌道："翁老头儿方得主眷，怕不容易扳倒哩！"崇伊微笑道："我自有驱魔的妙法，你且看着。"无非去求观世音。过了数日，竟有上谕颁下道：

> 协办大学士户部尚书翁同龢，近来办事都未允洽，以致众情不服，屡经有人参奏，且每于召对时，谘询之事任意可否，喜怒无常，词色渐露，实属狂妄任性，断难胜枢机之任。本应查明究办，予以重惩。姑念其在毓庆宫行走有年，不加严谴。翁同龢着即开缺回籍，以示保全。特谕。

看官阅这上谕，便知是意出慈闱，光绪帝被她胁迫，不得已，才有此谕旨的。掣肘太多，如何变法。这户部尚书一缺，调直隶总督王文韶入代，直督缺恰简放荣禄，协办大学士，任用了孙家鼐。孙、王两人，唯唯诺诺，全凭着资格两字，挨到此职。只荣禄是西太后心腹，偏调任直督，这是何意？看官不必着急，待阅下文自知。故意含蓄。

那时康有为未悉内情，还是絮絮地呈请三事：要统筹全局以图变法；要御门誓众以定国是；要开局亲临以定制度。意在尊重主权，力杜牵掣。可奈光绪帝的权力，远不及西太后。西太后又创出一条新例：凡二品以上大臣谢恩陛见，并须诣皇太后前谢恩，外官也一体奏谢。这明是有心夺权，想把那京内外的官员，统罩在自己腕下，免得帮助光绪帝。守旧党统趋承太后，仗老佛爷庇护，诨名为老母班，呼维新党为小孩班。小不敌老，惹得光绪帝异常懊恼。又经康有为一激，遂想大整乾纲，显出些威柄来。适值满御史文悌，奏劾“康有为诬罔，御史宋伯鲁、杨深秀党庇，请立加严谴”等语。光绪帝愤然批斥，责其受人唆使，不胜御史之任，命回原衙门行走。文悌碰了这个钉子，便去密报西太后。西太后尚不欲发作，只想把军机里面多用几个满员，便好增长势力。省得光绪帝胆大妄为。于是又降一道懿旨，命裕禄入军机。

光绪帝明知太后掣肘，但已决定变法，索性尽力做去：今日饬各省府厅州县设立学校，明日谕各省士民著书制器，暨捐办学堂者，给予奖励；又越日，命改定文科新章；又越日，命变通武科新章；又越一两日，命删改各衙门则例。闹得这班办事人员，有的编查，有的抄写，有的校阅，不但日无暇晷，几乎夜不得安。光绪帝尚嫌迟慢，一谕才下，一谕又来，神机营改习洋操，各直省实行保甲，开办中国通商银行，设矿务总局、铁路总局，并农工商总局于京师。申谕变法不得已之苦衷，命群臣精白乃心，力除壅蔽。你说你的话，我有我的心，单靠一个皇帝，如何能使群臣洗心。顿时京内大哗，谣诼纷起。盛说，康有为是投洋教，曾向洋教士处买了一颗红丸，献与皇上。皇上服了丸药，迷住本性，因此康有为这么奏，皇上便这么办。从此过去，恐怕中国四万万人，统要去做洋奴哩。想总是做满奴好！康有为闻这谣言，深抱不安，遇着召对时，直陈无隐，并愿辞出总署。光绪帝点头会意。可巧协办大学士孙家鼐，奏请改《时务报》为官报。《时务报》本康、梁二人发起，馆设沪上。光绪帝览奏后，当即批准，谕派康有为督办。康谢恩时，又蒙光绪帝特别召见，密谈许久乃退。随降谕旨，命裁汰京内外各官。想总由康有为奏请。京内裁撤詹事府、通政司、光禄寺、鸿胪寺、太仆寺、大理寺各衙门，京外裁撤湖北、广东、云南三省巡抚，并东河总督缺。还有不办运务的粮道，向无盐场的盐道，亦在裁汰之列。又令官民一律应诏言事，内外大臣不得阻抑，应自陈者自陈，应代奏者代奏。

适直隶总督荣禄，赍折上陈，请皇上奉太后至天津阅兵。光绪帝禀明西太后，西太后以京津铁路早已告成，乘此出坐火车，也是第一次消遣，便欣然照允。光绪帝即下谕准奏，择于季秋举行。守旧党人以事出非常，相率惊诧。偏礼部主事王照又有一篇条陈，呈请堂官代奏。这时礼部堂官，满尚书是怀塔布，汉尚书是许应骙；满侍郎是堃岫、溥颋，汉侍郎是徐会澧、曾广汉，多是守旧人物。先把王照的条陈展览一遍，内有请剪发、易服一条，不禁大惊道："辫发都可剪去么？这真是丧心病狂了。辫子重于性命，所以至今还有辫子将军。还有一条，是请皇帝奉太后游历日本，各哗然道："日本国是我仇敌，要太后、皇帝同去游历，简直是要他性命。两宫落了人手，便好将中国让送日本。汉奸！汉奸！具何肺肠？"随后有一条是斥逐太监。大家恰不加评论，只说这等怪诞的话头，如何代奏，便将原折掷入字簏（lù）中，不意御史宋伯鲁、杨深秀等竟将此事奏闻。言官奏折，例可直递，当由光绪帝遣派左右，至礼部索取王照原折。怀塔布等不能不从字簏中检出，交来人携去，为这一事，光绪帝立降严旨，将礼部堂官六人，一概革职，并赏王照三品顶戴，以四品京堂候补。过了一日，又命内阁候补侍郎杨锐、刑部候补主事刘光第、内阁候补中书林旭、江苏候补知府谭嗣同，均赏加四品卿衔，着在军机章京上行走。又过数日，复以李鸿章、敬信两人，筹办新政不力，竟将他撤出总署。一面复宣谕中外道：

国家振兴庶政，兼采西法，牧民之政，中外所同，而西人考究较勤，故可补我所未及。今士大夫囿于成见者，谓被中全无条教。不知西国政令教学，千端万绪，主于为民开其智慧，裕其身家。朕夙夜孜孜，改图新法，岂为崇尚新奇？乃眷怀赤子，皆上天之所畀，祖宗之所贻，非悉令其康乐和亲，朕躬未为尽职，加以各国交迫，尤非取人之所长，不能全我之所有。朕用心甚苦，而黎庶犹有未知，咎在不肖官吏与守旧士夫，不能广宣朕意，乃至胥动浮言，使小民摇惑惊恐，山陬海澨之民，有不获闻新政者，朕实为叹恨。今将改行新法之意，布告天下，使百姓咸喻朕意，共知其法之可恃，上下同心，以成新政，以强中国。朕不胜厚望！着查照四月二十三日以后，所有关乎新政之谕旨，各省督抚均迅速照录，刊刻誊黄，切实开导。着各省州县教官，详切宣讲，务令家喻户晓为要。此次谕旨，并着悬挂各省督抚衙门大堂，俾众共观，以袪壅隔之弊。钦此！

这道上谕，乃是光绪二十四年，岁次戊戌七月二十七日颁发。回溯四月二十三日，共三个月有奇，差不多有一百日了。点醒眉目。

至八月初一日，直隶按察使袁世凯入觐。适光绪帝在颐和园，召见袁于仁寿殿，所言皆关系新政。袁极陈可行，且奏称练兵尤为要着。光绪帝大为嘉允，次日即谕，擢世凯为侍郎，令他专办练兵事务。在光绪帝的意思，原是不次超擢，冀他感恩图报，为主效力。谁知人心难料，奇祸猝乘，一着走错，满盘失败。有分教：

雷厉风行百日尽，冰消瓦解一般空。

欲知光绪帝如何遘祸，且至下回续表。

本回大旨，为传光绪帝乎？曰非也，传西太后耳。何谓为传西太后？曰：光绪帝之锐意变法，操之太骤，至同日斥革礼部六人，皆西太后有以激成之也。夫外患迭起，四邻交逼，非变法何以图存？但必须母子同心，上下协力，循序渐进，乃可奏效。乃维新者挟皇帝以自逞，守旧者仗太后以自尊，皇帝用一人，太后亦用一人，皇帝斥一人，太后亦斥一人，互相钳制，互相牵掣，新旧杂沓，阻力横生，欲其有成，得乎？至礼部六人被黜，新进四人入军机，乃由光绪帝愤懑已极，迫而出此。水性至柔，激而行之，可使出山。光绪帝少年使气，何怪其操切至此也！然则谓非西太后之激成，谁其信之？故观戊戌变法之未成，令人不能无嗛于慈闱云！

第二十五回
泄秘谋三次临朝　反旧政六人毙命

却说袁世凯入觐后，奉旨擢任侍郎，专办京畿练兵事宜。因侍郎官居从二品，例应至西太后处谢恩。西太后立即召见，问及皇帝召对时，有何嘱咐。袁以整顿陆军对。西太后道："整顿陆军极是应办。但近观皇帝所为，太觉躁急，我疑别有深意。你须遵我命令方好。"世凯遵旨而出。

西太后因帝在园中，便召之入内。先淡淡地问他几句，随即带着厉声道："什么王照，教你剪发易服？你道剪去辫发，易了服式，便能自强么？怀塔布、许应骙等人，老成硕望，你偏将他一律革职，反宠用那狂妄的贼臣。他教你剪发，你便剪发，他教你易服，你便易服，他教你割去头颅，你亦依他割去么？"光绪帝道："从前赵武灵王易服习骑射，卒以致强。……"西太后不待说完，便喝道："你算晓得几句史事，到我面前卖弄。有人说你吃了康有为蛊药，以致心性糊涂，看来恰不是虚言哩！"光绪帝答说："并无此事。"西太后道："无论有无此事，这康有为实是败类。他在外面倡言无忌，统派我的不是。你何不叫他来管束我呢？"这句话吓得光绪帝连忙跪下。西太后道："你也不用这般做作，你目中尚有我么？若是有我，也不致斥退旧臣，录用匪类。就是这胆大妄言的康逆，你也早早拿办了。"可见守旧党早已进谗。光绪帝不便开口，只好磕头。旁边侍着这位李总管，也是眼中有棱，恨不将光绪帝训斥一番。难道是光绪帝的阿爹？西太后又语帝道："我今天还没暇同你算账，你且退去，小心等着便了。”光绪帝诺诺连声，起身退出，越宿回宫，心中很不自在。暗想：太后训责，尚有可说，只李莲英形容凶悍，很觉可恨。

看官！前日降谪二妃时，李莲英尚乞免杖责，如何此时顿改初心？应二十二回。原来莲英有一妹子，小子前曾提及。应二十一回。莲英想乘二妃被谪，将妹子补入这缺，他妹子也怀着这想。尝乘光绪帝入园请安时，有心挑逗，故弄风骚。可奈美人有意，天子无情，任她如何卖俏，总是有施无报。光绪帝真是呆鸟！急得莲英没法，竟直禀西太后。西太后本怜爱这李大姑娘，也愿替她说合。偏光绪帝抬出祖制，说是满汉不得通婚，因此西太后不好强逼。莲英大失所望，未免生了嫌隙。一层。还有一件，西太后入园后，莲英势力愈大，作出一条新例：不论皇亲国戚，入见太后，必需门费。就是皇帝也要照例。光绪帝很是不悦，虽不好直禀西太后，当面总不免诘责。又多了一种芥蒂。二层。而且王照条陈，请斥太监，明明是指着李莲英。光绪帝反奖他敢言，擢为京卿，莲英得知，如何不恼？由是恨上加恨。三层。一班守旧党人，揣摩迎合，要想趋奉西太后，不得不巴结李莲英。总教莲英在西太后前，添了一两句好话，就使千金万两也没甚可惜。横直是民脂民膏，乐得使用。莲英一举两得，便与旧党中人，时常密议。旧党浼他设法，尽逐维新党。莲英道：“太后最相信的是荣中堂。前日简放直督，就令他镇定军心，免为煽动。前回疑案至此才现。乘此内外沟通，再请太后出来训政。不但这等小孩班毫不中用，就是他的主子，要他这样便这样，要他那样便那样。”主子是别人的，何妨把他摔去。说至此伸手一握，狞然微笑。形容尽致。御史杨崇伊道：“这是第一个妙策，明日就去见荣中堂吧！”议毕，彼此分手而散。

越宿，杨崇伊即赴天津去了。又越宿，乃是八月初五日，天将明，光绪帝御乾清宫召见袁世凯。世凯正要请训出京，闻命趋入。由光绪帝单独垂询，问他肯忠事朕否。世凯自然照答：“愿效微忱。”光绪帝道：“好！好！朕有一道密旨，你快去照行，不负朕心。”随从袖中取出一小柬，递与世凯。世凯双手接奉，复请光绪帝明训。光绪帝道："都在这密旨内，赶即出去照办便是。"世凯遂谢恩退出。正要出殿，空见殿外有人影一闪，险些儿要叫出来，连忙忍住了，匆匆回寓，把密旨展开，内藏小箭一支，取箭览旨，不觉伸舌。他本是心性灵敏，忙将密旨及小箭藏入怀中，即带着随人，出了京城，竟乘火车赴津去讫。不即叙密旨内容，笔法深沉。

到八句钟，西太后自园入宫亲祀蚕神，光绪帝出瀛秀门跪迓，慈舆入宫祀神毕，暂居西苑。午膳已过，转瞬薄暮，西太后正在西苑游览，陡见一人踉跄奔入，到西太后前连忙跪下碰头。西太后惊讶道："你是何人，不奉宣召，擅来谒见？"荣禄道："奴才系荣禄，求老佛爷救命。"西太后道："你为直督，何得擅自离任，讳禁入宫？且有什么事要我救命？这里也不是你避难地方，你敢是病狂么？"荣禄碰头道："奴才并不病狂。现有紧要密陈，乞太后俯谅愚忱，好使奴才详奏。"西太后会意，便命内监退出，只留李莲英在侧。荣禄取出光绪帝密旨，呈与太后。太后瞧毕，不由得心中大怒，面上却故示从容道："这事可真么？"荣禄道："这是袁世凯交与奴才。他是晌午到津，奴才不敢不来。乞老佛爷救命。"西太后道："你去传召几个王大臣，到此会议。"荣禄忙起身去讫。看官到此，定要究问密旨内容，小子正好乘隙一叙。这密旨所说，乃遣袁世凯速往天津，袭杀荣禄，夺了兵权，代任直督，随带兵星夜入都，扫清旧党等事。计是好的，可惜所托非人，且行之亦觉太骤。西太后食了晚膳。不一时，礼王世铎，协办大学士刚毅，军机大臣裕禄，已革礼部尚书怀塔布、许应骙等，都随荣禄入西苑，最后还有一个杨崇伊，想是随荣禄同来。统向西太后叩头。太后把密旨略述，各大臣都请太后速出训政，毋蹈危机。西太后点头。复语荣禄道："你有无亲兵带来？"荣禄道："奴才来京时，已与袁世凯商定，令他夜开专车，派兵千名到京。大约翌晨可到。"西太后道："这却很好。但目下且守秘密，俟来兵入京，把侍卫调出，方好行事。你明日仍回天津，截住逆党，休令逃脱。"荣禄遵旨。议定后，一律退出。

这时有一个孙太监，略得会议风声，忙去奏报光绪帝。光绪帝知凶多吉少，急自草一谕，令孙监密递康有为，命他速往上海，毋再迁延观望。康主事见夤夜递谕，情急可知，也不及通报同志，连胞弟广仁在京，都无暇顾及，候到黎明，只带些细软物件，挨出京城，乘火车至天津，复搭轮直往上海。荣禄在京待至兵到，调入禁城，方好乘车赴津，那时康有为已乘轮南下了。光绪帝怀疑未定，夜间不能成寐，闻鸡即起。用过茶点，入中和殿，阅礼部奏折，是预备秋祭典礼，倒也不放在心上，只批"知道了"三字，便算了结。此外也没甚要件，便即出殿。

忽有一西苑宫监，传宣懿旨，召帝立刻入见。光绪帝吓了一大跳，好似晴空中起了霹雳，不由得胆战心惊。无奈宫监催促，只好随至西苑。一入苑门，赫赫威灵的李总管，已带领阉党，在门内等候。见了光绪帝，也不请安，便昂然道："老佛爷有旨，命万岁爷至瀛台召对。"这语一传，那阉党即上来拥护，翼着光绪帝前行。约半里，过了小桥，即至瀛台，里面阒寂无人，光绪帝问太后来未。莲英厉声道："慈驾就到。"

不一时，西太后乘舆至，后面随着皇后，连瑾、珍二妃也都带来。光绪帝莫明其妙，只见西太后下舆，怒容满面，由光绪帝跪迎入室。西太后坐下，举指向帝道："你过来！你何故忘我大恩，胆敢谋我性命？"光绪帝忙跪叩道："子臣怎敢！"西太后道："你说不敢，你为何叫人带兵围颐和园？"光绪帝闻此，不觉发抖道："没……没有此事。"西太后道："你也不必抵赖。你入宫时，年只五岁。立你为帝，抚养成人，以至归政，我待你也算不薄了。你要变法维新，我也不来阻你，为什么丧尽天良，要加害我身呢？"光绪帝只是磕头，不敢再言。可怜，可叹！西太后道："你是命薄，没福做皇帝，听人唆使，好像一个傀儡。我也命苦，满望归政以后，好享几年清福，谁知闹出这般祸祟来。现在亲贵重臣又要请我训政。你试想想，我是六十多岁的人了，这副重担，如何还要我挑？像你方值壮年，正好励精图治，为何王大臣们没有一人向你？就使有几个汉奸，似乎助你，其实要搅坏我的清室江山。祖宗辛苦经营，难道由他断送么？”言至此，眼眦莹莹，似乎要坠下泪来，遂取襟下细巾，拭了凤目。复道：“像你也不配做皇帝。除非换一个诚孝的人，还好缵承祖武呢！”复顾皇后道：“我道你是我侄女儿，也好替我劝着皇帝，竭尽孝思。不料你也这般没用。”皇后也跪下谢罪。西太后道：“你也没有什么大罪。不过你失于监察，听他这个枭獍，设计谋我，所以我要责你。从今日始，你须监视他的举动，日日报告。如或替他隐饰，哼！哼！我先要将你处治呢。”究竟是姑母侄女，比待同治后，大不相同。皇后唯唯遵命。忽见珍妃跪下道：“皇上一时愚昧，听信匪人，还求圣母宽恕。”西太后怒道：“都是你等狐媚子蛊惑皇上。正要将你等处治，你还敢来多嘴么？”珍妃本是胆大，索性昂头道：“皇上乃一国共主，圣母也不便任意废黜。”语未说完，面上已着了一掌。但听西太后大喝道：“快将这贱人牵出去。她前时囚禁三所，不盈百日，得蒙释放，想她这副贱骨头，总不配居住宫内，罚她一个永禁三所，还是格外加恩哩！”光绪帝与珍妃，福气原是淡薄，哪能及你老佛爷！当由内监过来，将珍妃撵出门外，引至三所去了。这三所究在何处？小子于二十二回中，未曾表明，不得不补笔叙清。三所在景运门外，系是三间密室，凡宫眷有罪，统要罚禁在此。屋式与女狱相等，重门局鐍（jué），仅通饮食。当珍妃出去的时候，光绪帝偷眼相看，只见她愁眉半蹙，泪眼双垂，绯红如泛水桃花，坠粉如带雨海棠，已至门外，还是回顾。光绪帝有恋恋不舍情状。我见犹怜，忍哉西后！此时的光绪帝好似万箭穿胸，无奈自身尚且难保，哪能顾及妃子。瑾妃虽关怀手足，碍难乞情，只好眼睁睁地由她牵出。就是怀着兔死狐悲的痛泪，也惟有暗落柔肠。

西太后复语皇后道：“留你在此，你须记着我语。我要到大内去，缓缓儿同他算账。”又语李莲英道：“你去选几名妥当的太监，服侍皇后。前时皇上所用的内监们，统用不着。你去细细审问，有罪的处死，没有罪的逐出宫外。”

莲英应了几个“是”字，西太后即抽身出去。瑾妃以下一律随出。西太后上舆过桥，复命莲英道：“你去饬遣侍役，将桥板拆去。此后往来瀛台，有舟可通，无须此桥。”可谓严防。原来瀛台在西苑湖中，四面环水，只有一桥通陆。西太后命拆去此桥，是不许旁人出入的意思。莲英奉命，俟侍从过完，当场督役拆桥。迨桥板拆去，慈舆已去远了，莲英忙出西苑，飞至大内。“忙”字，“飞”字，写得尽情。

宫中的人已黑压压地挤满一堆。有两个军机大臣，援笔拟旨。一道是矫称帝诏，说：朕躬遇疾，再请太后训政，暂在便殿办事，至本月初八日，朕率王公大臣，在勤政殿行礼，着礼部衙门敬备典仪。一道是饬步军统领速拿康党，略说：康有为大逆不道，谋围颐和园，劫制皇太后。其党张荫桓、徐致靖、杨深秀、杨锐、林旭、谭嗣同、刘光第、梁启超、康广仁等，一并革职逮捕治罪。两谕颁发出去，西太后方命办事诸员，退出休息。莲英谒过太后，复去将光绪帝旧用宫监十二名，一一传讯。不管他有罪没罪，但教素来有点情谊，或立献巨金，即说他无过，出宫了事，否则任情杖责，血肉横飞，好几个毙于杖下，侥幸不死的发往充军。自残同类。

是夕步军统领，即来复旨，命捕诸人多已拿到，只逃了首逆康有为及梁启超。西太后忙命军机飞电各省，严缉康、梁。

康有为逃至上海，将要进吴淞口，舟忽停住。来了一个洋人，挨舱搜索。见了有为，似曾相识，便操着华语道：“康先生，你好大胆！敢来此地？”有为瞧着，乃是海关上办事洋员，向与有一面交。忙起与行礼，问着何事。西人就把京电缉拿略述一遍。有为不得已乞救。西人道：“本意是来代缉，如今反为代纵。好在你是政治犯，快来，随我同去。”有为即跟他出舱。见西人另有小轮，便舍了原舟，趋入小轮而去。看官，你道政治犯是什么解释？为国家政治上犯罪，叫作政治犯。乃是公犯与私犯不同。西国律例：凡他国政治犯逃至本国，不得交还。所以西人好带着远扬。有为所乘的轮船，本外国商人开办，见了海关人员，自然奉命维谨。有为随西人到关上，改乘英国威海司军舰，竟往香港去了。鸿飞冥冥，弋人何篡。梁启超命不该绝，这日正有事赴津，闻荣禄发兵入京，料知宫禁有变，急投日本兵舰，逃往横滨。自此师弟两人出亡在外，组保皇会，办《清议报》，直至宣统革命，党禁撤销，方得东归。这且按下不提。

且说西太后三次训政，八面威风，各位顽固老臣，统是喜气洋洋，非常得意。独这颓然失势的光绪帝，形容惨淡，步入勤政殿中，对着这位华服雍容的西太后，行过三跪九叩礼。然后各王大臣统排着位次，跪伏殿阶。殿中肃静无哗，只有一种蓬蓬勃勃的声音，响应方砖。看官道是何声？乃是王大臣的碰头声。笔下有力，刻画尽致。行礼已毕，未几还朝，光绪帝仍返禁瀛台。次日即用帝名降谕道：

朝廷筹办新政，冀为国家图富强，为吾民筹生计，并非好为变法，弃旧如遗。此朕不得已之苦衷，当为天下臣民所共谅。乃体察旧日民情，颇觉惶惑，总缘有司奉行不善，以致无识之徒，妄相揣测，议论纷腾。即如裁并官缺一事，本为淘汰冗员。而外间不察，遂有以大更制度为请者。举此类推，将以讹传讹，伊于胡底？若不开诚宣示，诚恐胥动浮言，民气因之不靖，殊失朕力图自强之本意。所有现行新政中裁撤之詹事府等衙门，原议将应办之事，分别归并，以省繁冗。现在详察情形，此减彼增，转多周折，不若悉仍其旧。着将詹事府、通政司、大理寺、光禄寺、太仆寺、鸿胪寺等衙门，照常设立，毋庸裁并。其各省应行裁并局所冗员，仍着各该督抚认真裁汰。至开办时务官报，及准令士民上书，原以寓明目达聪之用。惟现在朝廷广开言路，内外臣工条陈时政者，言苟可采，无不立见施行。而疏章竞进，辄多摭拾浮词，雷同附和，甚至语涉荒诞，殊多庞杂。嗣后凡有言责之员，自当各抒谠论，以达民隐而宣国是。其余不应奏事人员，概不准擅递封章，以符定制。时务官报，无裨治体，徒惑人心，并着即行裁撤。大学堂为培植人才之地，除京师及各省会业已次第兴办外，其各府州县议设之小学堂，着该地方官察酌情形，听民自便。其各省祠庙，不在祀典者，苟非淫祀，一仍其旧，毋庸改为学堂。此外业经议行及现在交议各事，如通商、惠工、重农、育材，以及修武备、浚利源，实系有关国计民生者，亟当切实次第举行。其无裨时政而有碍治体者，均毋庸置议。着六部及总理各国事务衙门，详加核议，据实奏明，分别办理，以副朝廷励精图治不厌求详之至意。将此通谕知之。

自有此谕，已将新政根本，全盘推翻。随后复命各项考试，仍用制艺，停办经济特科，禁止报馆，撤销农商总局，不准士民结社集会。举光绪帝半生心血，百日精神，都化作过眼烟云，消灭无遗了。

西太后复下严厉手段，令将杨深秀、谭嗣同、林旭、杨锐、刘光第、康广仁六人，即行正法，毋庸刑部讯鞫（jū）。六人临刑，神色不变。嗣同尚谈笑自若，宣言道："中国数千余年来，未闻有为国变法，以致流血，此番算是第一遭了。人谁不死，死后扬名，怕不是碧血千秋么？"六人同时遇害，时人呼为"六君子"。又将张荫桓发配新疆，严加管束，徐致靖永远监禁，李端棻革职充戍，陈宝箴革去巡抚职，永不叙用，复夺翁同龢原官，交地方官看管。一面命荣禄为军机大臣，节制北洋诸军。特任裕禄为直隶总督，许应骙为闽浙总督。老母班一概起复，小孩班一概诛逐。然后再作几篇官样文章，作为上谕。如融党见，杜攻讦，清理讼狱，训练兵勇，惩戒盗贼，勤课水利、农桑，饬办积谷、保甲、团练等事。守旧党人盛称西太后功德，仿佛是个女中尧舜。小子有诗咏道：

拨翻新政见雌威，率土臣民莫敢违。

尽说女中有尧舜，如何清室竟衰微？

欲知后来情状，看官试阅下回。

光绪帝之急于图强，与维新党之侈言变法，皆蹈欲速不达之弊，不能尽为无咎。然如西太后手段之辣，心思之悍，诚吕、武以来所未有。我不敢谓维新党之足以兴国，我却敢谓西太后之必致丧邦。清廷老朽，诡构有余，加以阉竖李莲英势倾内外，能无沦胥以亡乎？古人谓牝鸡司晨，惟家之索，观是书而益信矣。

第二十六回
大阿哥入嗣宗祧　义和团旁延畿辅

却说西太后诛逐新党，力反旧政，已是不遗余力。又因总署缺人，特命徐用仪、许景澄、袁昶、桂春、赵舒翘、联元、启秀、裕庚等人，先后入直。并将天津阅操的成命，一律收回。且下诏遍求名医，入视帝疾。略称“自四月以来，朕即觉违和，一病至今，尚未轻减”云云。四月中下诏变法，大有精神，如何说是有病？可见全是谎语。于是各省皆征名医入都，连西医都色夫，籍隶法国，也至西苑诊视。小子生长南方，只闻江苏名医陈莲舫，被征北上，到京后，由军机处带领入殿。陈医照例跪叩毕，屈膝如故。暗窥西太后与光绪帝对坐，中置矮桌，光绪帝面白无色，似有倦容，形容瘦弱，鼻如鹰钩，独西太后威仪严整，奕奕逼人。向例医官不能问皇帝病状，因此帝病由太后代述，光绪帝随时颔首，或略说一二字，证实病状，至西太后命诊帝脉，光绪帝方伸手置矮桌上。陈医跪按帝脉，模模糊糊地诊了一番，也不识他是什么病源。实是愁病。西太后又接述病情，略说舌苔如何，口中喉中生疮如何。陈医又不便仰视，姑妄听之而已。西太后语毕，陈医即退出，拟就一个不死不活的方剂，呈上军机，恳他转奏。自思药不对症，未能见效，不如赶紧出都。当时江苏巡抚曾送赆仪六千两，他即将这银贿托要路，方得回南。白跑了一次，还亏没有意外，乃是不幸中的幸事。话休叙烦。

且说西太后既幽禁光绪帝，有意废立，因恐中外反对，不好径行。暂时且托称帝疾，敷衍了一年，暗中时作废立的思想。拟厚集兵力，抵制中外，方好把光绪帝摔去。因是命荣禄节制北军，教他认真训练。荣禄遂奏设前、后、左、右、中五军：前军把守北洋门户，驻扎北塘、大沽一带，即以聂士成所统武毅军编制；为下文死事张本。后军驻扎蓟州，兼顾通州，即以董福祥所统甘军编制；左军驻扎山海关内外，专防东路，即以宋庆所统武毅军编制；令袁世凯募建陆军，驻扎小站，扼津郡西南要道，称为右军；革命后，袁得任总统，便是小站练兵的效果。自己另招亲兵万名，作为中军，驻扎南苑，保卫京师。五军同时筹备，满望将京畿四面，布置得密密层层，与铜墙铁壁相似。可奈国帑空虚，有兵无饷。遂命协办大学士刚毅启节南下，先到江南继到广东，两处搜括了几百万银子，才赋言旋。不知他中饱若干？西太后尚嫌不足，复命各省将军、督抚，着力整顿关税、厘金、盐课等项，凡商民输纳的款子，统要和盘托出，不得隐匿。其如官吏不从何！并令轮船招商局、电报局、及开平矿务局，盈余利息，酌提归公，好作练兵的寻常经费。计划已定，便提议废立问题。

其时端郡王载漪的福晋，入侍太后，已有数年。应二十一回。西太后颇加宠爱。遂命端郡王载漪，督练虎神营。这叫作妻荣夫贵。载漪顽劣无能，何知兵事？不过用了几个文牍员，上了几本虚张声势的奏折，西太后遂说他训练有效，从优奖叙。他有一子名叫溥儁，年方十四，尝随母入宫。他有一种小聪明，无论什么玩具，叫他一学，数日即能。兼且善能唱戏，所有汪大头、谭叫天的腔调，都能心领神会，随口模仿。因此太后异常爱他。好入戏迷传。他是道光帝曾孙，与同治、光绪二帝为犹子行。但支派已经疏远，论理不应入嗣。西太后注意择贤，不论亲疏，总教是自己中意，便好将他立为储贰。所谓溺爱不明。

可巧承恩公崇绮，废居私邸，闲散多年，得着这个消息，暗生觊幸。嘉顺皇后的遗恨，难道已忘却么？密与大学士徐桐、尚书启秀往来筹议，想乘此定策禁中，得邀殊宠。可奈朝上大权，统在荣禄掌中，若要阴谋废立，必须荣禄预奏太后，方可有成。当下同造荣第，先探荣禄意思。荣禄依违两可，三人告别归来，夜间即由崇绮密具疏草，引经援史，做了一篇煌煌大文。不愧殿撰才！徐、启二人瞧着，大加褒赏。崇绮道："这篇奏折，大致颇中时要。但必须荣中堂联衔，较为有力。"徐桐道："那个自然，启兄与荣中堂莫逆，明日请先为通意。"启秀应允。次日朝罢，启秀随荣禄退归，便与密商署折事。荣禄道："这事恐不易办到的。你不闻南方督抚早有违言么？"启秀问是何人作梗。荣禄道："太后早有此意，我兄弟未敢赞成。前曾发了密电去问南方各督抚，江督刘坤一复电到来，首先梗议。照此看来，这事只好缓图。"启秀道："公不闻伊、霍之事么？古语有云：'欲立非常之功，必待非常之人。'如我公功德崇隆，一举手间，便可成事。伊、霍不能专美于前，宁畏一外省疆臣么？"谀中寓激，措辞真巧。荣禄道："一个江督原不足畏，但外国驻京公使也常来问帝病状。一旦事出非常，安保不来诘责？"启秀闻到这语，颇也踌躇起来。寻又答道："慈寿已高，将来复要归政，为之奈何？"惕之以利害，又进一层。荣禄不禁嗟叹道："这也只好听天由命。"启秀复道："崇、徐二公，少顷当来拜会，晚生要拜别了。"荣禄也不去挽留，送行时只谆嘱道："二公处为我致意，幸勿卤莽。"启秀唯唯，出了荣第，即至崇、徐处报闻。崇、徐复亲至荣第投刺，不料门上竟称"挡驾"。惹得崇、徐二人懊恼起来，竟大着胆把三人联衔的奏章，浼了李总管，直达慈宁宫。

西太后览奏心动，是晚即召亲信王大臣密议。王大臣等多未接洽，奉了密旨，统是忐忑不定，陆续到宁寿宫。排班碰过了头。西太后即宣谕道："今上嗣统，国人多说次序未合。我因帝位已定，自幼抚养，直到今日。不料他毫不感恩，反而对我种种不孝，甚至与南方奸人同谋陷我。如此行为还配做皇帝么？"王大臣们尚未答言，太后又说道："我意已决议废立，改择新帝。此事可于明年正月元旦举行。汝等今日可议：今上废后应加何等封号？明朝景泰帝尝降封为王，古例也好援用么？"这旨一传，那大学士徐桐，便碰头奏道："从前金封宋帝，曾有昏德公名号，或可照用。"引明不若引金，真好满奴。西太后略略点头。随又道："新帝已择定端王长子。端王秉性忠诚，汝等应亦共知。他子性亦聪敏，若立他为帝，可无后虑。"说至此，即旁顾载漪道："汝此后可常来宫中，监视新帝读书。"

载漪闻言，几乎自顶至踵，无不爽快，忙即跪伏，磕了几个响头。忽有一人启奏道："依臣愚见，事宜从缓。倘若速行，南方恐要有变。现在不如默选贤良，参酌列祖列宗成例，俟要嗣立，方可举行。"太后瞧将过去，谏阻的人乃是协办大学士孙家鼐。还是此人。不由得沉着脸道："这是我们一家人会议，兼召汝等汉大臣，不过顾着汝等体而。况此事曾告知皇帝，皇帝也没有什么异言。汝等明晨至勤政殿候着，我当饬召皇帝御殿定夺便了。"王大臣等闻命趋退。端王载漪怒目视孙，恨不得将他扑杀，只在西太后面前不便发作，怏怏趋出。独荣禄奉着懿旨，特别留住。又历一小时乃退。

翌晨，各王大臣至勤政殿，伫候了一句钟，但见西太后乘着慈舆，由数太监簇拥前来。大众在阶下跪接，俟太后下舆入殿，诸人齐起，至殿门外跪下，约数分钟。见李总管莲英导着帝驾，至殿门外下舆，登殿行跪叩礼。西太后道："起来！"帝谢恩而起，从旁坐下。太后又召诸王大臣入殿，王大臣等入殿下跪。只听西太后语帝道："你年已及壮了，尚无后嗣，更且多疾，我意拟选立储君。你意以为然否？"光绪帝不敢多言，只答了一个"是"字。苦啊。西太后即谕王大臣道："帝意亦是如此。汝等谅各听见了。"王大臣等齐称"遵旨"。西太后复谕荣禄道："你去饬军机拟旨吧。"随即退朝。

又越日，大集群臣于仪銮殿，凡近支亲王贝勒、御前大臣、内务府大臣、各部尚书、南上两书房翰林，齐集殿阶。太后及光绪帝尚未到殿，大众各附耳密谈，争说今日有废立情事。内廷承值的苏拉，清宫太监名。且昌言道："今日要换皇上了！"不一时，两宫驾到。俟大众跪叩后，即命荣禄颁发谕旨。其文云：

朕以冲龄，入承大统，仰承皇太后垂帘训政，殷勤教诲，巨细无遗。迨亲政后，正际时艰，亟思振奋图治，敬报慈恩，即以仰副穆宗毅皇帝付托之重。乃自上年以来，气体违和，庶政殷繁，时虞丛脞。惟念宗社至重，前已吁恳皇太后训政。一年有余，朕躬总未康复，郊坛宗庙诸大祀，不克亲行。值兹时事艰难，仰见深宫宵旰忧劳，不遑暇逸，抚躬循省，寤食难安。敬溯祖宗缔造之艰难，深恐勿克负荷，且入继之初，曾奉皇太后懿旨，俟朕生有皇子，即承继穆宗毅皇帝为嗣。统系所关，至为重大，忧思及此，无地自容，诸病何能望愈。用再叩恳圣慈，就近于宗室中慎简贤良，为穆宗毅皇帝立嗣，以为将来大统之畀。再四恳求，始蒙俯允，以多罗端郡王载漪之子溥儁，继承穆宗毅皇帝为子。钦承懿旨，欣幸莫名，谨敬仰遵慈训，封载漪之子为皇子。将此通谕知之。

看官记着，这道谕旨，乃是光绪帝二十五年十二月二十四日颁发。当时王大臣等，起初疑是废立的懿旨，及看到此谕，方知是选立储君。颁谕后，王大臣等退朝，还是啧啧私议。预料明年元旦，嗣皇总要登基。谁知元旦这一日，寂无影响，反下了一道恩诏：因光绪帝三旬寿辰，赏赉王公大臣有差。这正是莫明其妙了。后来细细探查，乃知西太后本拟废立，嗣因大臣会议，被孙家鼐谏阻，未免动疑起来。随即留住荣禄，详询可否。荣禄婉言奏道：“圣母懿旨，谁敢抗议？但今上过失未曾表明，外国公使如来干涉，倒是一桩难事。”西太后道：“木将成舟，如何是好？”荣禄道：“这却无妨。皇上已值壮年，尚无皇子。为穆宗毅皇帝大统计，应早立储。今立端王子为大阿哥，承继穆宗，抚育宫中，慢慢儿地瞧着机会立为嗣皇帝。那时名正言顺，不怕外人梗议了。”荣禄未尝维护光绪帝，不过慎重一点。西太后默思良久，方道：“汝言亦甚有理。”随命退息。因此荣禄独迟迟出来。

只这位协办大学士孙家鼐，一时迫于忠愤，直言谏阻，继思得罪端王，定多不便，遂乞了病假，安然回籍。恰是明哲保身。他的遗缺由王文韶补入。王协揆随处圆到，京中号他“玻璃蛋”，光滑得了不得，所以始终不遭险难。当时还有沪商经元善，联络义士，拍了一个长电，力争废立事情。西太后大为愤怒，立饬军机电达江督，严拿元善。电文才发，东洋又来了一电，辱骂西太后，并说义师云集，指日来京问罪。气得西太后浑身发抖，又命军机电饬沿海疆吏，悬赏十万金，捉拿康、梁。毕竟大海捞针，无从搜捕。不但康、梁远扬，连经元善也不知去向了。

立储既定，溥儁即入居宫中，仍辟弘德殿教他读书，阖宫称他大阿哥。命崇绮为师傅，徐桐为监管。大阿哥性好游狎，要他静心读书，好像牛鼻上穿绳，哪里情愿？亏得崇、徐两公，统是好好先生，不去严行监督，所以大阿哥尚觉自由。他生平最喜欢的有两只洋狗，一入宫就带了进去。别人还道他读书，谁知他一味弄狗。一班狐群狗党，何分人畜。乃父端王，得了这个机会，权势越大。除崇绮、徐桐外，如刚毅、启秀、赵舒翘、英年等人，没一个不去趋奉。荣禄虽势力相埒，究竟位在彼下，也只得略献殷勤。还有载澜、载勋、载瀛、载濂、载滢等，统是他兄弟行，巴不得他父子发迹，好做现成的皇叔。凑巧山东巡抚毓贤，密报端邸，说有一种义和拳民，刀箭不入，枪炮不受，确是有些神技。想系上天有眼，赐佐新君等语。乱拍马屁。端王载漪闻这消息，不觉欢跃异常。暗想废立的事情，不即举行，无非为了洋人干涉，防他兴兵挟制。若得这班义民，驱逐洋人，那时便好废立，自己好做太上皇帝，连西太后也可捽去了。人有千算，天叫一算，奈何。忙进见西太后，奏称山东有义和拳，如何能干，可以试用。西太后道：“这等都是邪术惑人，有什么用处？”初见甚明。端王撞了一鼻子灰，惘然趋出。次日，奉谕“山东有义和拳会，以仇教为名，到处滋扰，并及直隶南境一带。此种匪徒，私立会名，聚众滋事，恐无知愚民，被其煽惑，酿成巨案，迨至用兵剿办，所伤实多。朝廷不忍不教而诛，着直隶山东督抚严谕禁止”等语。

端王看到此谕，懊恼得了不得。只暗中密复毓贤，叫他竭力保护，毋庸遵旨。这毓贤本端邸走狗，这是中国狗，不是西洋狗。端邸的说话，胜如懿旨，自然唯命是从。当下出示张贴，令改义和拳为义和团，认真训练。这班拳民，见了此示，越加欣跃。于是毁教堂，掠教民，无所不为，居然张起毓字黄旗，与洋人为难。各国驻京公使行文总署，请派兵速剿拳匪，并将东抚毓贤撤任。总署接这照会，奏闻西太后。太后命将毓贤调京，换了一个袁世凯。袁到任，一意主剿，派兵教千名，分头截击。那班义和团倒也耀武扬威，出来接仗，战了一场，被官兵杀得七颠八倒，连首领朱红灯，也由官兵拿去枭首示众。神技如何不用？剩了好几百败残团民，抱头鼠窜，都逃入直隶南境。直督裕禄与端王向来要好，早接端王密函，有心招集团民，来一个收一个，来百个收百个，三五成群，四五结党，自然越来越多。

究竟这义和团，是民是匪？作书人不得不追究来源。这义和拳，就是八卦教的遗孽。有乾字拳、坎字拳、震字拳、坤字拳诸名目，捏造符咒，练习拳棒，自称受玉皇大帝差遣，除灭洋人。他所持的咒语，约有数种，说将起来，统是喷饭。一种咒语是：快马一鞭，西山老君，一指天门动，一指地门开，要学武艺，请仙师来。一种咒语是：天灵灵，地灵灵，奉请祖师来显灵，一请唐僧猪八戒，二请沙僧孙悟空，三请二郎来显圣，四请马超黄汉升，五请济颠我佛祖，六请江湖柳树精，七请飞镖黄三太，八请前朝冷于冰，九请华佗来治病，十请托塔李天王，金吒木吒哪吒三太子，带领天上十万神兵。这两种咒语，最是通行。还有什么天光老师、地光老师、日光老师、月光老师、及长棍老师、短棍老师等咒，述不胜述。练技时，设案焚香，叩头膜拜，拜后焚符念咒，念毕咒语，伏地不动，霎时间口吐白沫，跳跃而起，持刀飞舞，如疯如狂。或有用符佩带身上，说是可避炮火。符用黄纸一张，绘以朱砂，中有一像，非人非鬼，非神非妖，有头无足，面尖削，但有眉眼，顶上有四圆光，当胸写小字一行，乃“我为冷云佛，火神在前，太上老君在后”

十余字。此外又有“菩萨”“龙”“虎”等字。种种怪诞，不值一辩。

又有一种红灯照，统是妇女演习，穿着红衣红裤，右手持红灯，左手持红折扇，年长的梳高髻，年幼的绾双丫髻，在静室中先习数日，术成后，持扇自煽，据说能升高蹑空，飞行自如，把灯掷下，便成烈焰。先是，天津府北乡开掘支河，挖起一方残碑，上有二十字，模糊可认。其文道：“这苦不算苦，二四加一五。满街红灯照，那时才算苦。”当时大家瞧着，无从索解。至拳匪闹事，联军入京，津民流离迁徙，备极惨状，遂有人解释碑文，谓上两句指甲午事，下两句指庚子事。甲午年有中日之役，京畿戒严，百姓也恐慌得很，后来马关订和，民心乃定。庚子年便是光绪二十六年，拳匪扰乱，天津大扰，才算是真苦了。小子诗兴复发，又随笔凑成七绝道：

黄巾以后又红巾，邪教由来尽匪人。
怪底朝臣甘庇纵，竟教小丑扰京津。

欲知拳乱如何结果，试看下回便知。

妇人最多偏爱，亦最忌偏爱，偏爱则种种嫌隙，因之以起，家不能齐，遑问治国？西太后名为英明，乃偏信端王载漪，竟立其子。试思光绪帝五龄入宫，自幼抚养，以至成人，尚有母子离心之患。岂十四岁之溥儁，必能毋违慈命，始终如一耶？崇绮、徐桐辈，利令智昏，尤不足道。甚至以荒诞支离之邪教，竟视作义民，妄思假彼术以排外。愚昧如此，实古今历史上之所罕觏者矣！故有古今罕觏之愚人，乃酿古今罕觏之奇祸。读是回，为之愤然。

第二十七回
袒拳匪误信邪术　颁战谕开罪友邦

却说山东巡抚毓贤，奉调入京。甫下车即至端邸谒候。载漪问义和团形状，毓贤称神技足恃，可以驱灭洋人。坐实祸首。载漪道："果真靠得住么？"毓贤把团民技术极力夸张，说得天花乱坠，不由得载漪不信。载漪随道："太后尚是怀疑，奈何？"毓贤道："太后未曾亲睹，难怪不信。先请王爷会集军机详奏一本，俟太后见召晚生，再为证实，这位老祖宗也可相信了。"载漪依计，便邀集各位懿戚及徐桐、刚毅、启秀等，到邸密商，托大家怂恿太后，信用义和团，扶清灭洋。大家齐声道："储君新定，百神效灵，所以降此义民来除妖孽，老佛爷近日也闻着义民忠勇，稍稍心动。总教各人协力，先后启奏，就可奉旨照行了。"统是做梦。载漪道："全仗！全仗！"大众退去。载漪又密饬裕禄，叫他赶紧招练团民，准备与外人对仗，倘得成功，不吝重赏等语。裕禄得了此信，格外效力，阳奉太后旨意，遣兵剿捕，暗中恰与将弁说明，与团民通同一气。所以直隶境内随处设坛，几变成拳匪世界。

李伯相鸿章自西太后三出训政，命他巡阅黄河，此时已回京复命，寓居贤良寺。闻端王载漪等将召集拳匪，与洋人为难，料知京中不甚安靖，一旦乱起，未免玉石俱焚，遂去与李总管商议，乞放外任。可巧两广总督谭钟麟被御史参劾，说他老迈昏聩，有开缺的消息。李总管即面禀西太后，不如令老李代任。西太后照准，竟命李鸿章去代谭钟麟。老李闻命大喜，即日请训出京，乘轮南下了。此老毕竟狡猾。

转瞬间已是仲夏，拳匪猖獗天津，竟将京津铁路拆掉。并由红灯照女子，毁坏车站。驻京西使屡向总署诘责。西太后得此信息，尚有严拿首要的谕旨。会直隶副将杨福同，为了涞水闹教，出去弹压，被拳匪当场戕害。警报直达清廷。西太后便召端王以下王大臣密议半日，竟遣协办大学士刚毅偕军机大臣赵舒翘，出京查办。西太后已渐受蛊惑了。一面召见毓贤，询及拳民。毓贤奏对称旨，特简任山西巡抚。他奉了慈命，走马上任去讫。过了数日，刚、赵二人回京复命，盛称拳民如何能耐，如何服从，把杨副将被戕事抹煞不言。杨副将死不瞑目。西太后信以为真，至此全信。即命载漪掌管总理衙门，启秀、溥兴、那桐，着在总署行走。眼见得朝政日非，酿成奇祸了。

刚毅到端邸道贺。正在接谈，忽来了一个侍卫，呈上一函。由载漪拆阅毕，递与刚毅。刚毅瞧着，内说：昨日有洋兵三百名由津来京，保护使馆，请端王知照虎神营，匆阻洋兵入城，老佛爷亦已照允了。下文署名，乃是“奕劻”两字。便语载漪道：“庆王爷何故袒护洋人？”载漪道：“我也不懂他什么意思。”随即详询侍卫各事。侍卫道：“庆王爷曾接直督来电，洋兵未带大炮，不妨令他入城。”载漪哼了一声道：“几百个洋鬼子，怕他什么？你去回报庆王爷，我已知道了。”侍卫去讫，刚毅又语载满道：“洋兵入京，无论多少，不可不防。”载漪道：“汝说也是有理。但如庆王等人未肯与我同心，还有一个荣中堂，常说拳民不可轻用。这次洋兵到京，老佛爷照允，恐怕也是他奏闻的。”刚毅顿足道：“扶清灭洋，在此一举，如何他们还要反对？我前时疑虑总在汉员身上，何故皇室懿亲也糊涂若此？”自己发昏，还说人家糊涂。载漪道：“总署归我掌管，我与洋人发难，也不怕他们中阻。可惜各位带兵的大员不尽可靠。”刚毅道：“董福祥很是忠勇。叫他带兵入京，围攻使馆，歼灭洋人。内应既除，不怕外合了。”载漪道：“我已早有此想。明日召他来京便是。”刚毅乃起身辞去。

越宿，即由载漪禀白太后，召董福祥带兵入京。董军纯系甘勇，素乏纪律。福祥又是个回匪头目，由左宗棠招抚投诚，因平回有功，擢至提督。俗语有道："江山可改，本性难移。"福祥虽然效顺，总有些粗鲁鄙陋的性子，一闻朝命宣召，立刻率兵驰入。载漪就令他围攻使馆，并放拳匪入城作董军的后劲。看官试想，甘勇本散漫无纪，加以这班如狂如痴的拳匪，跳跃六街，横行焚掠，这京城里面，除宫禁外，还有干净土么？京中百姓实是晦气。

各国使署，严诘总署，至再至三，不得答复，忙檄调洋兵进京保护。日本书记生杉山彬，闻本国兵到，至车站迎候。方出永定门，碰着一班甘勇，哗然叫道："这个东洋小鬼出城来做什么？"杉山彬不去理他，只管前行。甘勇又叫道："东洋小鬼擅敢出城，快快吃我一刀。"说时迟，那时快，杉山彬已被甘勇揿翻在地，手起刀落，毙于非命。难道是命该当绝么？日本驻使闻报大怒，请舆尸入城敛葬，一面电达本国。载漪等尚想隐瞒，偏荣禄先去奏明。西太后命军机拟旨，表示惋惜意思。载漪览谕，不觉愤怒道："杀一个东洋小鬼，惋惜什么！据我意思，在京中的洋鬼子，无论是东是西，统统杀尽，方出我气。"

言未已，刚毅又来拜会。载漪尚余怒未息，即与他复述前言。刚毅道："这事非运动李总管不可。"载漪道："我昨与李总管谈起，他亦赞同我意。只因荣中堂时常作梗，密奏老佛爷，不要围攻使馆，致碍万国公法，以此老佛爷为所煽惑，尚是迟疑未定。"刚毅道："他总常在老佛爷左右，随时可以进言，若托他竭力周旋，定生效力。"载漪点头。刚毅道："闻得毓贤到山西任上，杀了好几个教士，洋人也无可奈何。若外省督抚个个似他能耐，中国能有多少洋人，半月间好杀尽了。"个个似毓贤，恐怕中国百姓都要杀尽。载漪道："外省督抚多半汉奸，只毓贤确是忠心。毓贤以外还有一个李秉衡，颇肯为我效力。他现在巡阅长江水师，我已召他带兵来京，同灭洋人哩！"毓贤在山西情事，与李秉衡被召入京，俱从两人口中叙出，免得另费笔墨。刚毅道："如此很好。"

言未已，忽接直督裕禄急电："洋人联络八国兵舰，齐集大沽口，硬索大沽炮台。刚毅起贺道："师出有名了。"载漪道："八国联军到来，恐怕也不易抵敌哩？"刚毅道："洋人所靠的是枪炮，现在义和团不怕此物，就使海外的洋鬼子倾国前来，也不碍事。"载漪道："你前日亲去查办拳民的神术，谅总试验过的。"刚毅道："这个自然。前到静海县属的独流镇，巧值拳首张德成设坛习拳。内有几个小孩子，能跃高丈余，长大的不消说了。及细问德成，据说所持符咒，很有效验。有一个闭火咒，念将起来，无论什么枪弹，也放不出来。王爷你想，枪弹无灵，洋鬼子还能战胜我么？"载漪道："毓贤也这般说。你又亲眼瞧着，亲口问明，这真是天赐灭洋了！"天要灭你。

刚毅正思告别，门上又投进名刺，乃是启秀、那桐进见。载漪连忙迎入，分宾主坐定。启秀道："裕督专折到京，内言洋人索大沽炮台，请朝廷即与宣战。此折拟即呈递，特来禀明王爷。"刚毅在旁，不待载漪开口，忙道："早日宣战好一日。启兄何不速呈？"接连闻着载漪声音，说是"快呈进去"。那桐道："今日荣中堂至西苑，奏请送外使至天津，老佛爷已允他了。"刚毅勃然起立道："他如何专庇洋人？董军门曾对我说，五日以内可扫尽使馆，杀尽外使，只怕他暗中接济，拖延时日。大家总要参他一本，叫他出了军机才得成事。"启秀微笑道："刚协揆不要着急，荣中堂是扳不倒的。愚见倒有一策，十拿九稳，今日举行，明日定必宣战。"载漪道："启兄有何妙计？快令大家知道。"启秀附着载漪耳边说了数语，载漪笑盈盈道："确是妙计！确是妙计！"妙计，妙计，要全家覆没了。刚毅忍不住要问，又由启秀与他密述一遍，刚毅也喜形于色。当下三人告别。

是晚，由宫中传出，立召军机大臣入宫会议。载漪、启秀、那桐、刚毅、荣禄等，俱入见。行礼毕，西太后盛气道："洋人索我大沽炮台，无理已甚。看来只好与他决裂了！"载漪道："衅自彼开，何妨宣战。且外使还有一个照会，今日缴到总署，所说很是狂悖，还请老佛爷慈鉴。"言毕，便从袖中取出照会，呈与太后。太后不瞧犹可，瞧过后，把一张丰颐广额的慈容，气得与温元帅相似。愤然道：“他们怎么敢干涉我大权？是可忍孰不可忍！”随将照会掷付荣禄道：“你瞧，外人这般无礼，你还说是不应宣战么？”荣禄取阅照会，内说“要太后归政皇上，废去大阿哥溥儁，并许洋兵一万入京”等语。阅至此，仰窥西太后颜色，生平未见这般盛怒，欲要劝解，一时难以措辞。但见西太后对着道：“你愿意保全外使，你自去告诉他们，教他即日前往天津。但他们既有此妄言，我不能保他途中平安。我本不要他的命，前并允许洋人出城，保护使馆，我一人违拂众人的意思，压服义和团，都是为着他们。他们竟这样报我，我也顾不得什么，宁可拼死一战。”试问太后自己能战吗？又语载漪道：“你去饬知各王大臣，明晨在仪銮殿会议。今日晚了，汝等且退。”大众奉命退出。

翌晨，西太后御仪銮殿，召见各军机大臣。礼亲王世铎以下，相率到殿。荣标含泪跪奏道：“外人索我大沽炮台，昨晚来电，已将炮台占去。占去炮台亦于奏中叙入。原是由彼启衅，非我无端挑动。但围攻使馆决不可行。无论违背公法，危及宫廷，就使杀了外使数人，也与我国无益。吁请太后明鉴！”也算竭诚了。西太后怫然道：“我昨已同你说过，教你通知洋人赶快出京。除这话外，没有别的好主意。你不必在此多说，可即退出。”荣禄叩头而退。启秀即呈上所拟宣战诏书。西太后道：“很好，就这样办。”一语丧邦。又问各军机大臣意见如何。大众统称“遵旨”。西太后命诸臣暂退，自己入宫早餐。

越两小时，又出御勤政殿，李莲英侍侧，大集廷臣会议。光绪帝亦到，谒过西太后，方才入座，但觉身颤不已。猛听西太后厉声道：“外人欺我太甚，我已忍无可忍了。我本意压服义和团，不欲开衅，他既占我大沽炮台，复照会总理衙门，要我归政，皇上尚在，自认不能执掌政柄，外国何得干预？照这样挠我主权，尚好和平解决么？”大众不敢多言，西太后又语汉大臣道：“本朝二百余年，深仁厚泽，无间南北。我执政后，谨守祖宗成宪，不敢虐待吾民。前此发捻构乱，朝廷指授方略，削平大难，重睹升平。今日外人又来欺侮，正我全国臣民合力报国的时候。果能奋勉杀敌，何难制胜夷人！从前圣祖仁皇帝许外人自由传教，未免宽仁太过，酿成今日祸胎。连康熙帝都不及你，你真是个母大虫。夷狄不知圣化，遇事多没道理，自恃兵力，肆无忌惮。回忆咸丰十年，英法联军入京，议和太速，他竟自由来往。那时若有一支得力军队截他归路，不怕不转败为胜。你前时已去热河，不见京中情状，所以信口鸱张。今幸全国人心统已奋发，数十万义和团民起卫国家，从前仇恨可从此报复了！”未必。随顾光绪帝道：“你意如何？”光绪帝迟疑半晌，方含糊道：“请圣母听荣禄言，勿攻使馆，安送外使至天津。”这语甫出，太后后面的李总管已是怒目注射，吓得光绪帝身子越抖，不由得改言道：“这是军国重事，不敢妄断。总求圣母主持。”西太后尚未开言，赵舒翘忽启奏道：“内地洋人甚多，欲要开战，先请明降谕旨，令京内外扫除外人，免为内应方好。”西太后道：“你且退，命军机大臣斟酌奏闻。”赵退出，满员立山、联元，汉员徐用仪、许景澄、袁昶依次谏阻，大致说：“寡不敌众，持重为是。”袁昶且谓：西人颇和平讲礼，未必有这干涉内政的照会。端王载漪不待袁昶语毕，即怒斥道：“你们都是汉奸，老佛爷肯听信你么？”贼胆心虚。这句话声激而厉，西太后闻着，也觉载漪过甚，便语载漪道：“你也太觉暴躁了。”随命袁退。于是殿内寂然无声。西太后即命军机大臣，宣布开战的谕旨道：

我朝二百数十年，深仁厚泽，凡远人来中国者，列祖列宗罔不待以怀柔。迨道光、咸丰年间，俯准彼等互市，并乞在我国传教，朝廷以其劝人为善，勉允所请。初亦就我范围，遵我约束，讵料三十年来，恃我国仁厚，一意拊循，乃益肆枭张，欺凌我国家，侵犯我土地，蹂躏我人民，勒索我财物。朝廷稍加迁就，彼等负其凶横，日甚一日，无所不至，小则欺压平民，大则侮慢神圣。我国赤子，仇怨郁结，人人欲得而甘心，

> 此义勇焚烧教堂，屠杀教民所由来也。朝廷仍不开衅，如前保护者，恐伤我人民耳。故再降旨申禁，保卫使馆，加恤教民。前日有拳民、教民皆我赤子之谕，原为民、教解释宿嫌。朝廷柔服远人，至矣，尽矣！乃彼等不知感激，反肆要挟。近更索我大沽炮台，归伊看管，意在肆其猖獗，震动畿辅。平日交邻之道，我未尝失礼于彼。彼自称教化之国，乃无理横行，专恃兵坚器利，自取决裂如此乎？朕临御将三十年，待百姓如子孙，百姓亦戴朕如天帝。况慈圣中兴宇宙，恩德所被，浃髓沦肌，祖宗凭依，神祇感格，旷代所无。朕今涕泣以告先庙，慷慨以誓师徒，与其苟且图存，贻羞万古，孰若大张挞伐，一决雌雄。好大胆。连日召见大小臣工，询谋佥同。近畿及山东等省，义民同日不期而集者，不下数十万人，至于五尺童子，亦能执干戈以卫社稷。彼尚诈谋，我恃天理，彼凭悍力，我恃人心。无论我国忠信甲胄，礼义干橹，人人敢死，即土地广有二十余省，人民多至四百余兆，何难剪彼凶焰，张国之威！其有同仇敌忾，陷阵冲锋，抑或仗义捐资，助益饷项，朝廷不惜破格懋赏，奖励忠勋。苟其自外生成，临阵退缩，甘心从逆，竟作汉奸，即刻严诛，决无宽贷。尔普天臣庶，其各怀忠义之心，共泄神人之愤。朕有厚望焉。钦此！

这谕甫下，大众退朝。是晚，德国驻京公使克林德，带同翻译官，乘舆赴总理衙门，欲与诸王大臣辩论是非。并通知下旗回国。舆中备着手枪，为自卫计。谁意行至半途，误触枪机，竟将弹子放出。适值虎神营中兵队巡查过来，疑他有意放抢，还枪攒击。偌大一个德使，哪里禁得起许多弹子，霎时间死于舆中。端王等时在总署，闻知德使被戕，大呼道："杀得爽快！"庆王奕劻道："杀死外国公使，非同小可。从前咸丰年间，拘执英领事巴夏礼，还闹得不可收拾，况杀死公使哩？"刚毅道："杀一两个洋鬼子，有什么要紧。

庆王爷！你看这数日内，要将各使馆灭尽了。”恐他来生都未必看见。礼王世铎以此事关系重大，只得据实奏闻。西太后急召荣禄入见。荣禄道：“德使被戕，已由太常寺卿袁昶饬人棺殓。但两国相争，不斩来使，中国古法与西洋律例相同。这事不知闹到如何结果，奴才才疏胆小，乞老佛爷俯念愚忱，立赐革职，保全蚁命，不胜幸甚！”西太后才有些着急起来，便道：“你不必这么说。快叫军机拟旨：命将戕害德使的人拿捕治罪。”荣禄才答应退出。

西太后稍觉愁烦，出门闲步。遥见大阿哥执刀旋舞，上下跳跃。旁立宫监数人，与他问答。大阿哥哗然道：“我去杀洋鬼子徒弟哩。”宫监道：“哪个是洋鬼子徒弟？”大阿哥道：“便是当今的瘟皇帝。”西太后急走数步，随喝道：“你在此说什么？”大阿哥闻着西太后声音，才掷刀于地，垂手立着。西太后道：“随我来。”大阿哥只好跟着回入室中。西太后怒叱道：“你不用心读书，敢在此横行不法。快与我跪下！”大阿哥方跪伏地上。西太后命宫监道：“你去取皮鞭来。”宫监便取呈皮鞭。由西太后亲自动手，狠狠地敲了二十鞭，打得大阿哥号啕大哭，如杀猪般相似。该打。西太后随命宫监速带大阿哥到弘德殿去，交代徐师傅，毋令狎游，否则老徐亦要任责。宫监奉命，领着大阿哥去讫。西太后正愤懑间，忽报称端王求见。太后命召入。端王跪叩道：“老佛爷大喜！津兵与义民大获胜仗，洋鬼子都驱逐出境了。”西太后不觉改怒为喜道：“果有这等事么？”正是：

小胜即骄天夺魄，虚声入报后欢心。

究竟是否得胜，且待下回分解。

袒拳匪者，首毓贤，次刚毅，又次为载漪弟兄，及崇绮、徐桐、启秀、赵舒翘等人，又次为西太后。似西太后误国之咎，应从末减。然试问谁执政权，乃信任袒匪殃民之贼臣，开衅友邦，作孤注之一掷耶？总之天下人不应存一私见。毓贤、刚毅等为迎合而袒匪，载谕为觊觎而袒匪，西太后为仇视光绪帝而袒匪。赝鼎之照会忽来，宣战之诏书即下。不度德，不量力，妄思以一服八，可恨亦可笑也。

第二十八回
订特约江督保民　走制军津门失守

却说载漪入宫报捷，由西太后详细垂询。载漪道："顷得裕禄来电，详称天津大捷。洋鬼子首领叫作什么西摩尔，是英国提督，带着各国鬼子兵，想绕出天津来攻京师。到了杨村，被我军一阵击退，杀了无数鬼子。天津义和团又出去截杀一阵。西摩尔闻声胆落，领着残兵逃出大沽口去了。"语多鄙俚，确肖载漪口吻。西太后大喜道："谢天谢地谢祖宗！这遭战胜洋人，好泄我累年仇恨。"痴心妄想。载漪又道："京中义和团差不多有一万人，须派员督率方好。"西太后道："你看叫谁去？"载漪道："载勋已蒙老佛爷特旨，任为步军统领。若叫他统率团民，定不致误。再令刚毅、英年帮他办理，保管有效。"西太后道："你兄弟载澜倒也可用，你去叫军机拟旨。命载勋、刚毅统率义和团，英年、载澜会同办理便了。"载漪碰了好几个响头，起身出宫，一口气跑至军机处，传述西太后面谕，令军机章京拟就，立即发出。

载勋既带领义和团，遂令各处遍设神坛，无论王公大臣邸第，统有神坛设着。并出示悬赏：杀一男夷，赏银五十两；杀一女夷，赏银四十两；杀一小洋鬼子，赏银二十两。于是拳匪历乱都下，专寻二毛子，拿去领赏。二毛子的名目，便是拳匪称呼洋人的浑名。那时洋人多迁避使馆，前后左右都用洋兵护着。甘勇、拳匪攻了数日，尚不能动他分毫。各使馆尚不能攻掉，何况八国联军。他恐上司见责，把京中良善的百姓，指作教民，任情搜掠。稍稍与他辩论，力剑立下。一班车夫、小工及近京流氓，都冒作拳匪，随入抢夺，连京官家属也不能免。可怜官民两困，妇哭儿啼，都咒骂这端王载漪、庄王载勋，愿他速死。看到后来拳匪的咒语，不及百姓咒骂的灵效。

那时端、庄两人正兴高采烈，日日奖励拳匪。并带了匪徒六七十人，于早晨六句钟时，闯入宫中，直至宁寿宫门，大呼："瘟皇帝出来，他是洋鬼子朋友，先把他杀掉方好哩。"此时太后及光绪帝，因西苑时闻枪声，不甚安稳，所以徙入宫中。太后正起床饮茗，蓦闻宫门外一片哗声，即出立阶前。见载漪手舞足蹈，乐不可支。便大喝道："你自己道是皇帝么，敢这样胡闹？你要知道，只我一人有废立的权柄，现虽立汝子为大阿哥，顷刻就可废掉。你不要错想，快与我滚出去。非奉旨召见，不得擅自进来。"载漪大惧，忙跪下磕头，然后趋退。太后复命宫中侍卫，拿住为首的拳匪，锢入狱中，余匪都踉跄逸出。西太后既有此权力，纵匪殃民之咎，愈不可逃。西太后恨尚未息，又命将载漪罚俸一年，算作薄惩。

次日，即由御史徐道焜（kūn）奏称"洪钧老祖遣五龙守大沽，夷船统当沉没"等语。还有御史陈嘉言亦奏言："得关帝帛书，不日夷当尽灭。"此外如编修萧荣爵、郎中左绍佐、主事万秉鉴陆续上书，统说义民可恃，汉奸宜诛。想都是载漪叫他入奏的。只太常寺卿袁昶，连上二疏，请停攻使馆，立驱拳匪，并改战为和等情。各折都留中不发。惟乱命迭下，忽令荣禄保护使馆，忽饬董福祥速攻使馆。福祥闻命，径造荣禄家，索武卫军中的大炮。候至一小时，荣禄始出见。福祥愤愤道："快借我大炮一用，今日要毁尽使馆了。"荣禄佯作瞌睡，置诸不理。福祥叱荣禄道："你是个国家柱石，为什么袒着洋鬼子？我问你借用大炮，你索性睡着。糊涂！糊涂！"荣禄方开眼冷笑道："你要大炮，只有一个法子。可奏明老佛爷，先杀我头，后取大炮。"福祥怒甚，转身出门，随走随语道："混账！你道我不能面奏老佛爷么？"荣禄便抗声道："你即刻去见老佛爷吧！你是好汉，老佛爷又信用你，你去求见，没有不答应的。"

福祥被这一激，即往宁寿宫，大声吩咐太监，说是甘军统领求见。西太后正在宫中作画，颇觉闲暇。见太监进报，怒目道："叫他进来。"福祥入内跪下。西太后道："你已将使馆攻下么？"福祥道："尚未。"西太后道："你来做什么？"福祥道："臣来求见，是参劾大学士荣禄。他所带武卫军中有大炮，若移攻使馆，立即扫成白地。臣向他索取，他不肯借用，还说是老佛爷有旨，也是枉然。"西太后怒喝道："不准多嘴。你是个强盗出身，朝廷用你，无非叫你将功赎罪。像你这狂妄的样子，仍然不脱强盗行径，想是活得不耐烦了，去吧！非奉旨不准擅入。"福祥悻悻出宫，盛气跑至端邸，大叫道："端王爷！奸臣太多，看来此事是办不好了。我只好出京去。"话似强盗口吻。载漪道："怎么讲？怎么说？"福祥将借炮入宫事诉说一遍。载漪蹙额道："京内外多是汉奸，实是可恨。今日东南各督抚，竟联衔入奏，极力反对我们。且说与各国洋鬼子擅自订约，两不相犯。你道可恶不可恶么？"福祥愤愤道："罢了！罢了！我不要做统领了。"随将大帽除下，向案上一掷道："王爷！你与我缴还太后，我是要去了。"不如做强盗去。载漪道："这且不要如此性急！老佛爷并非曲庇洋人。如果能将鬼子杀尽，那时东南这班洋奴，我一一杀与你看。"言至此，便将大帽代他戴上，劝他去讫。

原来两江总督刘坤一、湖广总督张之洞、两广总督李鸿章、山东巡抚袁世凯，公同发起奏阻宣战。当时联衔的人，如川督奎俊、闽督许应骙、福州将军善联、苏抚鹿传霖、鄂抚于荫霖、湘抚俞廉三、粤抚德寿，同列在内。还有巡阅长江的李秉衡，由各督抚邀他署名，他也直捷照允。各督抚总道人多势旺，可以挽回朝命，维持大局。不意奏折上去，好似石沉大海，一声儿没有回响。沪上一方面洋人租界最多，统恐拳匪南下，多方戒备。并乞江督派兵保护。刘坤一夙怀忠愤，宁违朝命，毋害生灵，决计与洋人联络，互相保卫。当派商约大臣盛宣怀，及上海道余联沅，与各国领事申明各不相犯，订约八条。(一)是上海租界归各国公同保护，长江及苏杭内地，归各省督抚保护，以保全中外商民生命财产为宗旨。(二)是长江及苏杭内地，洋商及教士产业由地方官一体保护，并禁止谣言，严拿匪徒。(三)是各口岸外国兵轮，仍照常停泊，惟约束水手人等不准上岸。(四)是各国以后如不待中国督抚商允，竟派兵轮驶入长江等处，以致百姓怀疑，伤害洋商教士生命产业，事后中国不认赔偿。(五)是吴淞及长江各炮台，各国兵轮不得近台停泊。(六)是上海制造局厂一带，各国兵船勿往游弋驻泊。(七)是内地如有各国洋教士及游历各洋人，不得自往僻地，致遭不测。(八)是租界内各种防护，须安静办理，切勿张皇，摇动人心。各国领事相率签押。自此东南一带，安若苞桑，中外人民盛称各督抚威德。后来停战议和，鸿章北上，也将这事援为话柄。与外人和平交涉，方将大清的宗社又保存了十多年。这也是东南人民尚有幸福。载漪还时颁矫诏，申谕各省督抚，杀逐洋人，各督抚绝不为动。只直督裕禄、晋抚毓贤遵照办理罢了。

且说各国联军既占了大沽炮台，由英提督西摩尔为统帅，带兵入京。为中国兵匪所阻，中道折还。直督裕禄接连奏捷，不是说击毙洋人，就是说轰沉洋舰。朝旨再三褒奖，并颁内帑十万两，赏给兵团。独前军统领聂士成，素嫉拳匪，屡与裕禄商量，要把拳匪剿灭。这时裕禄正尊信拳匪，哪里还肯听从，反把他训斥一番。至大沽炮台失陷，守将罗荣光败走，裕禄劾知聂军门，说他匿兵不救。竟奉旨照准，把聂军门革职留任。裕禄又调聂扼守天津。聂到津门，遥见紫竹林租界，火光烛天。不禁叹息道："百姓何辜遭此荼毒哩！"旋入城。城内外统是拳匪，各持刀奔至，拟杀聂军门。聂驰入督署。拳匪从后赶入，请出裕制军，指名要杀聂士成。裕禄问为何事，拳匪道："他在落垡地方，杀死我们弟兄数百人，所以要他抵命。"裕禄道："他如何杀你们弟兄？"拳匪道："我等因郎坊铁轨为洋鬼子所造，正要拆毁，被他瞧着，硬行禁止。我等不从，他就令军士放枪。若非我等急忙避开，险些儿统丧性命。今朝狭路相逢，定然要他抵偿。”落垡等就此带出。裕禄道：“聂军门是国家大臣，就是有罪，也要请旨施行。你等为国宣劳，总是公仇要紧，不要专记私仇哩！”拳匪还喧哗不已。裕禄道：“我去请你大师兄来，自有处置。你们且出去吧！”拳匪方才出署。

看官，你道大师兄是何人？待小子报明姓名。他姓曹，名福田，直隶静海县人。本是个游勇，鸦片系他大瘾头。为了这瘾，弄得家无长物，只剩了一个光身。会闻张德成在独流镇设坛，遂去拜投了他。德成是白沟河人，向系操舟为业。自言得王老师父传授，精习神拳，并长符咒。别人问他师父姓名，他说叫作王德成。亦不知他是真是假，是一是二。嗣因福田入党，德成因他年长多智，将第一把交椅让与福田，推福田为大师兄，自称二师兄。先是德成称雄一镇，设坛集众，自称天下第一神坛。凡遇官民过境，即率众拦住，牵赴坛前，用黄纸作表文，焚香供表，纸灰上升者免死，不幸下降，便说他是教民，砍去脑袋。以此人人裹足，相戒不敢前。至战争已开，裕禄请他防守天津。他就带着党羽，并红灯照一班女子，聚集津城。自己乘了大舆，至督署拜会裕禄。裕禄饬巡捕传入，德成怒道：“我不是他下属，如何传我入见。”一个舟子会说此话，想是由福田教他。巡捕回报，裕禄忙冠带出迎，直至仪门外迓入，以上宾之礼相待。肆筵设席，宾主尽欢。德成遂请饷二十万，愿灭尽洋人。裕禄一一照允。上书保荐，蒙赏头品顶戴。想是交死运了。天津本有各国租界，地名紫竹林。德成率众攻扑租界，屡被洋人击退。附近有教堂教民，洋人无暇兼管。由德成下令，用红灯照毁教堂，用匪众杀教民。日间纵情焚掠，夜间即择红灯照妇女，抱入室中取乐。曹福田得这消息，也赶至天津。先令党羽至东南方，埋着火种，自登城楼，向着东南，口中念念有词。霎时间东南起火，烟焰上腾。他便向兵民道：“那边最多二毛子，我已派天将去纵火了。”兵民因东南一带，近在租界，便信以为真。俟福田下城后，多跪地迎接。福田恰格外谦冲，叫他不要多礼。又禁拳匪在城焚掠，津民越加敬信。

裕禄闻大师兄驾到，又去请他入署，仍然用着上宾礼，接待大师兄。裕制军可谓屈尊降贵！福田比不得德成粗鲁，举止谈吐井井有条，以此裕禄越加敬重。凡与拳匪交涉事件，都托大师兄斡旋。所以聂军门入署，被拳匪所窘，仍请大师兄到署解围。大师兄一到，裕禄竭诚尽礼，自不消说。且令聂军门与他相见。福田道："聂大人何致通洋？奈我辈弟兄们，不识情由，易致误会。若聂大人肯至坛前自明心迹，那弟兄们自然释嫌了。"聂士成见他烟容满脸，面目可憎，不由得发愤道："我不去！我不去！"裕禄见聂不允，只好替他缓颊，再与福田婉商。福田支吾了一会儿。忽有衙役入禀道："黄莲圣母到了。"裕禄问福田道："黄莲圣母是何人？"福田道："她是红灯照首领，有骊山老母附身，法术很大哩！大人须要恭迎。"裕禄即穿好朝服，出署迎入，虔请圣母上坐，向她行着参拜礼。圣母傲然自若，由他跪拜。不怕拜死么？还有三仙姑、九仙姑等，统随圣母入署，与圣母都服道装。圣母年约三十许，两仙姑不过二十许人，妖冶轻盈，只面上恰搽着许多脂粉。仙姑还要搽脂抹粉，无怪脂粉价贵。与裕禄相见毕，裕禄留她饮酒，仙姑恰称持斋。果真不吃大荤，我却未信。当下辞出督署，各乘仙舆而去。津民各家户外统供着看烛，待她如神明一般。这且不必细表。

单说裕禄返入内厅，复与大师兄叙了数语，大师兄去讫。聂士成亦即出署，率军守紫竹林附近。仅一日，联军前队到来。士成率游击宋占标，奋力出战。两边枪林弹雨，恶狠狠地斗了数小时，联军退去。越日又战。两军复开枪轰击，自辰至午，仍然不分胜负。联军又退却。是晚马提督玉崑，奉调来津，协守津门。与士成相见。士成慨然道："国事至此，不必说了。只我内扼权臣，外困匪党，进无可进，退无可退，真不知死所哩！"玉崑也不胜叹息。自率军去守京津东站了。越宿，炮声震地，旌旗蔽天，各国联军排墙而至。聂军门开营逆战，一当十，十当百，任他血肉横飞，只是相持不退。忽闻后面有哗噪声，忙回头一望，乃是兵匪联合，倒戈相向。这一惊非同小可。

亟饬令收军，把前队改作后队，已被联军击倒无数。及退至八里台，检查起来，方知部下有新练军一营，通了拳匪，自相攻击。不觉流泪道："死期到了。"随即写了遗书，饬亲校专送寓所，立刻迁眷回籍。次日，洋兵又鼓勇杀来，聂军门一马飞出，首先突阵。部将知他拚死，力挽马缰，不令前驰。军门用刀横掠，并语部将道："你们去吧，我今日殉国了。"一声河满子！部将泣谏不从，径突入联军阵内，身受七伤，肠裂而死。游击宋占标，同时阵亡。联军颇嘉聂忠勇，不忍戮尸，让他部将驰入，负尸归去。拳匪还想来抢夺，恰好洋兵赶上，纷纷四散，方得保全忠骸。拳匪可恨。裕禄闻报大惊，忙申奏朝廷。朝旨还责他督师有年，不堪一试，只照普通例赐恤。真是屈死忠魂了。聂军已败，马军孤守车道，势已不支。各国联军，节节攻入，玉崑倒也舍命相争。奈拳匪反来牵掣，胜不相让，败不相救，结果是一同败退，再至北仓下营。

裕禄深居督署，一筹莫展，镇日请曹、张二匪首商议。二匪首还一齐瞎说，捏称城中无虑，已由关帝、周仓、二郎神、尉迟敬德、秦叔宝、常遇春、胡大海等阴灵，四面防护。今夕再当申表玉皇，求派天兵天将下凡，击退鬼子。到重九后，可一律肃清了。裕禄半信半疑。至此方觉心疑，还算聪明。但到了此时，简直没法，就使匪首无灵，也只好求他出力。蓦闻城外炮声隆隆，料是联军进攻，急向曹、张两人打拱作揖，哀乞退敌。两匪首挺身自任，辞别出署。第一日还督率拳匪及红灯照妇女，上城守御，城中百姓尚约略见他形迹，第二日城外枪炮声陆续不绝，两匪首统不知去向。一班红灯照妇女都脱去红衣，开城四逸，各拳匪也相率遁去。裕禄还静候捷音，至衙役来报洋兵入城，才仓皇失措，由亲兵拥出北门，逃往杨村去讫。

联军次第入城，搜索拳匪红灯照，已是一个不留。后来黄莲圣母及三仙姑，被人缚送都统衙门，同日枭首。两道魂灵投入封神台去了。九仙姑投水死。想是水仙归位。其余一班妇女，或随了拳匪去作妻妾，或逃入妓馆去当婊子。

倒是肉身说法。且不必说。张德成逃至王家口，还是大模大样，造谣惑众，被乡民一阵乱斫，作为肉泥。曹福田较为狡猾，远扬他方，至次年潜回故里。毕竟作恶太甚，难逃天网，家居未久，又由里人缚住送官，正法了案。小子又有诗道：

无端妖语惑苍生，左道由来有典刑。
可惜王纲遭浊乱，到头一死法犹轻。

天津失守，警报达京。未知西太后悔过与否，容俟下回说明。

北方开衅，东南督抚独与各国领事互订保护之约，或谓以一隅与八国战，无怪不胜，是不然。甲午之役，南北未尝相离，尚且屡战屡败，况八国联军相率而来，宁尚有幸免之理乎？东南人民，幸得江督之倡起，赖以少安。是知江督之为民造福，实非浅鲜，安得以专擅目之？至如聂士成之死于八里台，乃迫于地位使然，为国死绥，不得谓为非忠。若裕禄之轻信拳匪，竟以亡命无赖之徒，待为上宾，甚至参拜淫妪，目为神圣。愚昧至此，乃令其建钺京畿，宁有不偾事者？汇书之，以见疆臣之优劣，并志朝政之昏迷。

第二十九回
豺虎擅权燕市流血　鸳鸯折翼宫井埋魂

却说天津失守之日，正许、袁二公联衔奏谏之时。太常寺卿袁昶因两疏不报，复与吏部左侍郎许景澄联衔入奏，请将徐桐、刚毅、启秀、赵舒翘、裕禄、董福祥，先置重典，再将袒护拳匪的亲贵，亦一律治罪。说得非常痛切，语语涕零。西太后览奏毕，也为动容。随道："这两人可谓有胆。许景澄且不必说他。袁昶在戊戌年，曾奏康有为居心难恃，颇合古大臣直言无隐的大义。惟今日不应固执成见，扰乱我心。朝廷自有权衡，不必他们越俎。"言罢，即命传旨申饬，勿得再行续奏，以扰圣衷。

旨甫下，荣禄入宫面奏，略言："前日外交团照会，实系捏造，请太后不要误信。"西太后道："照汝言，是何人捏造出来？"荣禄奏："系端王载漪及尚书启秀，教军机章京连文冲所为，已由奴才查明，文冲直认不讳了。"西太后沉吟一会儿，又道："无论照会真假，但战争已开，一时不能停止，只好拼命做去。"实是不肯认错。荣禄道："倘使拳民战败，北京为洋人所破，将如何办法？"西太后道："《汉书·贾谊传》有三表五饵的计策，可以用得。"三表者：以信谕，以爱谕，以好谕也。五饵者：文绣以坏其目，美食以坏其口，声乐以坏其耳，高堂邃宇以坏其腹，隆礼厚爱以坏其心是也。荣禄退出。载漪复入宫奏道："天津被洋鬼子占去了。"西太后吃了一惊。便道："天津一失，北京恐也保不住。你前说义和团法力高强，为什么一败至此？"载漪道："这都是义和团不虔守戒律，所以打败。且闻各国洋鬼子，统用妇女秽物压住法术，就使天兵天将下来，也避秽回去。因此洋人所用枪炮仍得胜利。但北京很是坚固，鬼子决不敢来。”西太后道：“都是你闯出来的祸祟。你假造外交团照会，迫我宣战。若洋兵入京，看你这头颅能保得牢么？”载漪忙跪称不敢捏造。西太后道：“我今日知你的心了。你想儿子登基，你好摄政。我告诉你，我一日在世，一日没有你做的。你再不安分，立刻赶出，家产充公。你名叫载漪，确是相配，狗心狗肺，不枉你的狗名。”语可解颐。载漪捣头如蒜，才得奉旨告退。西太后复宣召荣禄入宫，令他备办西瓜、酒、蔬果、冰等物，送与各国使馆。并命庆王奕劻，前往慰问，转达懿旨。即用三表五饵之计。一面令军机拟旨，调李鸿章补授直督，令他兼程来京。

不意巡阅长江的李秉衡，竟惘惘入都。先入端邸密议，继至宁寿宫朝见太后。太后道：“你来得正好！京津这么扰乱，东南各督抚，并不闻带兵入援，你恰还有些忠心进来见我。只目下天津被陷，京师吃紧，究竟还要主战，抑是主和？”秉衡奏道：“既战不能言和。且这班义和团，同仇敌忾，确是难得。机不可失，臣愿主战。”徒自送死。西太后道：“团民入京，未免哗扰。前时说有法术，今亦被洋兵战败，失陷天津，恐是不可常恃的。”秉衡道：“这是督率不善的缘故，并非团民没用。若用兵法部勒，仗他一股锐气，出去抵敌，不怕洋人不退。”请你一试何如。西太后道：“你前时与东南督抚会衔奏阻战事，如何今日却来主战？”秉衡道：“那是刘坤一、张之洞将臣加入的，并非臣的本意。前日原是不错，此时却受鬼迷。且东南督抚中亦非全然主和，如苏抚鹿传霖与臣晤谈，亦愿带兵前来。若果下诏勤王，总有数大员来京效力。”西太后道：“我前已通饬各省，令一律杀逐洋人。他们并不加杀逐，反与外人订约保护。你想这等没良心的狗官，不奉朝旨，独行独断，还说肯来效力么？”秉衡道：“前次屡奉诏旨，都是保护字样，并没有杀逐字样，所以东南一带，订约保护。”西太后诧道：“有这样事么？”秉衡道：“臣不敢欺。”西太后道：

“哪个敢擅改诏命，你快出去查明。”

秉衡退后，翌日与刚毅进见。西太后道：“昨事已查出否？”秉衡道：“臣与协办大学士刚毅等，彻底查办，乃是袁昶、许景澄二人，擅改谕旨，把杀逐字样改作保护字样。”刚毅又接口奏道：“他二人擅改谕旨，大逆不道，按律当处极刑。”确是做过刑部尚书的。西太后不觉大怒道：“赵高指鹿为马，不意复见今日。若非将他正法，朝廷还有威信么？”西太后既熟谙史事，宁不见郭京六丁六甲耶！便命刚毅道：“你去传谕，把袁昶、许景澄逮捕正法。”又命李秉衡道：“你去传语军机，即日颁谕，令各省督抚带兵勤王。你暂时且帮办武卫军部勒兵团，出京阻敌。”两人碰头退出。

不一时，即下许、袁二人逮狱正法的谕旨，派载澜、徐承煜监斩。载澜系载漪弟，曾封辅国公。承煜乃徐桐子，官任刑部侍郎。两人威风凛凛，坐着大舆，带了兵役刽子手，押着许、袁二公，赴菜市口。许、袁因未曾褫职，即遭重辟，仍旧戴着翎顶，衣冠楚楚，乘轿而来。两旁拳匪立着，不下数十人，拍掌称快。内有拳匪首领，问二公道：“你两人何故仇视我们？”袁太常叱道：“大臣谋议国事，尔等不得过问。”转瞬间已到法场，两公下舆。徐承煜喝令兵役，将犯官褫去衣冠。兵役等方拟动手，许侍郎道：“你等是奉谕来么？谕旨有‘正法’二字，没有‘革职’二字。士可杀不可辱，如何褫我等衣冠？”未曾革职，即要正法，恐有清二百余年间未曾见过。袁太常道：“我等有什么大罪，连刑部都未审讯，即刻处斩？”承煜道：“你犯大不敬的罪名。还有何辩？”袁太常笑道：“这刻时光，你们尚倚附权奸，逞凶作恶。恐怕过了数天，冰山难靠，天日复明，你父子也没有生理呢！”载澜拍案道：“误国奸臣不许多言。”袁太常毫不畏惧，仍大言道：“我辈无罪，死且不朽。似汝辈昏狂愚妄，罪实当死，死后还有余臭哩！”转顾许侍郎道：“不久即相见地下。我们视死如归，怕他什么？”拳匪见他直言呵叱，统环绕过来，拔刀拟颈。袁太常怒目叱道：“朝廷自有国法，宁容汝等动手？”载澜愤极，几欲下来批颊。但听一声号炮，两公都已就义去了。

载、徐二人复旨，并回报端王载漪。载漪道："杀了一两个汉奸，也是不好算数。还有徐老头儿用仪，同着联元、立山，前日会议时极力与我反对。我总要把他除灭，省得他人再来作梗。"载澜道："就是这个洋鬼子的好朋友，也要杀掉方好哩。"居然想行弑逆。载漪道："这也不难，我已摆布好了。"正私议间，杨村又来急报，内称：洋兵大举入攻，改推德国瓦德西为统帅；提督马玉崑军败溃，直督裕禄亦向蔡村逃去。载漪语承煜道："快去请李鉴帅来，叫他前去抵挡，或可截住洋兵。"承煜匆匆去讫。少顷，李秉衡到了端邸，由载漪接入。令他火速出兵，秉衡还是大言不惭，约定次日带兵出京。载漪俟秉衡出门，复召拳匪首领入邸，叫他带领匪徒，去拿徐用仪、联元、立山三人。匪首欢跃而去。不数时，将三人拥至刑部。刑部尚书赵舒翘，已由载漪着人接洽，便命把三人推出斩首。可怜徐尚书年已及耄，做官已四十多年，平白地遇此飞殃，竟至身首异处。临刑时，也没有怨言，但说："洋兵定要来京，我死于国法，不死在洋人手中，还算幸事。"联元本崇绮高弟，至是因反抗端王，亦遭奇祸。立山官内务府二十年，资财颇裕。尝与载澜争昵名妓绿柔，两下里很是吃醋。此番奏阻战事，载漪已经懊恼，载澜尤如怂恿，以此家资被拳匪抢光，自己亦身死燕市。叙三人死事与袁、许二公略有分别，这是著书人阐微处。

话分两头。且说李秉衡率兵出京，带着部下张春发、陈泽霖、夏辛酉各军，浩浩荡荡，发往通州。前驱又有许多义和团，奇服异装，非鬼非怪，沿途纵跃过去，差不多如生龙活虎一般。想从李秉衡心目中看出。到通州后，复出至河西务，遥见前面败兵陆续奔来。秉衡勒马问明，乃是直督裕禄麾下的士卒，报称：连战三次，都被洋兵杀败，没奈何只好返奔。秉衡又问道："裕制军在哪里？"败兵答道："裕制军受伤颇重，闻已在蔡村自尽了。"秉衡不禁大叫道："可惜！可惜！"可惜什么，你也要步他后尘了。随抚慰败兵道："你等不要入京。我已来接应你们，明日随我接仗，定可转败为胜。”梦话。败兵多半未信，奈途中为他所阻，只得跟随了他，再作计较。又行数里，见前面尘头大起，隐隐闻着枪炮声。料是洋兵前攻，忙饬各军扎营，准备对敌。令甫下，军中已鼓噪起来。秉衡惊问何事。但听得一片喧声道：“洋兵来了！洋兵来了！”秉衡道：“有我在，怕什么洋兵！”你不念念退兵咒？言未已，果然骨碌碌的弹子，在前面乱滚。前队一班团民，呐一声喊，都落荒逃走。何不用兵法部勒？秉衡大愤，令张春发、陈泽霖等下令军中：逃者立斩。张、陈二人回禀道：“大敌当前，军心已变，看来是不便交战哩！”秉衡叱道：“你等说什么？养兵千日，用兵一时，如何临敌先怯哩？”陈、张二人道：“有法术的义民未战先溃，况没有法术的军士，叫他如何敢战？”秉衡尚想再言，前面的枪弹来得愈紧。陈、张二将不待秉衡军令，竟带着部兵，回头就走。秉衡见不可支，也只得拍马转来，入通州城。各军四散，任你李鉴帅如何禁止，没一个去服从他。秉衡顿足道：“罢了！罢了！早知如此，我也不北上了。”后悔已迟。随即服毒自杀。

秉衡一死，洋兵长驱直入，进逼京师。大学士荣禄忙入宫奏闻西太后。西太后到此，也手忙脚乱起来。便道：“怎么好？”荣禄默然不答。西太后又道：“我方寸已乱了，你替我想个法子才好哩！”荣禄道：“奴才原不敢主战。那是端、刚等欺蒙太后，搅得这般样子，叫奴才如何设法？”西太后不禁垂泪道：“除死无大难，我与皇帝一同殉国吧。”恐怕你的老命还不肯如此弃掉。荣禄也含泪道：“现在奴才尚有一法。”西太后急问何策。荣禄道：“速下旨将端、刚等正法，表明朝廷本心，再与各国公使商量停战。”西太后道：“各国公使尚在么？吓昏了神。你快快派兵护送出京，也是阻住洋兵的一法。”荣禄道：“恐他未必答应。”西太后道：“你且去与各使商议，再作计较。”

荣禄出去，到了总署，载漪尚命董福祥等，速攻使馆，立刻踏平。荣禄冷笑道：“等到使馆踏平，京城早化为乌有了。”载漪道：“不是汉奸接济，几百个洋鬼子早已杀尽，何至今日？”荣禄也不去理他，只命军机写了照会，派总理章京舒文送往使馆。舒文奉命前去，甫到东交民巷，见载澜亲自督攻，兵匪摇旗呐喊，与发狂相似。东交民巷的使馆，并非铜墙铁壁，如何屡攻不入，恐怕外人倒有法术呢！舒文不禁好笑，谁知已被甘勇瞧着，抓住舒文，险些儿把他斩首。舒文忙取出照会，递与他瞧，方放他过去。舒文送入使馆，各使不待瞧毕，便即掷还，置诸不答。舒文只可回报荣禄。

荣禄复入宫复奏。西太后的老泪又一点一滴地垂将下来。你即哭死，亦是无益。荣禄道：“太后慈寿已高，不宜再受惊吓。依奴才愚见，不如暂幸热河，聊避寇氛。”西太后迟疑良久，方道：“热河在京师北方，也非安静之处。若要避难，不如出幸张家口。”荣禄道：“但凭太后主裁。”西太后道：“你去探听外边确音，再行定夺。”荣禄出去，西太后又召见载漪，大加训斥。载漪道：“奴才前时曾奏闻老佛爷，请杀奕劻、荣禄、王文韶等人。若将这几个汉奸先行正法，洋鬼子断了接济，那时使馆早已荡平，还有哪个敢来呢？”西太后怒道：“你闹到这般地步，还敢再来瞎说。限你今夕想好法子，阻住洋人入京，否则先割你的狗头。”载漪不禁伸舌，转身竟出。

是夕，各国联军已至京城外驻扎，用巨木作架，架上置着大炮，向城开放，隆隆不绝。城内流弹纷飞，房屋多被击坏，人民多受重伤，号哭声震动天地。西太后在宁寿宫，也隐隐闻着，心中很是不安。夜间就召见军机数次。大众面面相觑，不发一言。须臾天明，炮声愈紧，载澜匆匆入宫道：“老佛爷，洋鬼子来了。”西太后尚未及答，刚毅随入，报称：有回兵一大队，驻扎天坛附近，想是从甘肃来援，或可退得洋兵。西太后道：“甘肃很远，难道会派勇入援么？”言未毕，荣禄又进来道：“事已急了，请太后速决大计。”西太后道：“刚毅说有回部入援，屯驻天坛。”荣禄不俟说完，忙道：“那是俄国的哥萨克兵，如何认作回部。”西太后着急道：“如何是好？”刚毅道：“三十六计，走为上计，请老佛爷即刻出走。否则外国鬼子就要进来，那时走亦不及了。”

何不叫义民拦截。西太后道："快去预备车辆要紧。"刚毅应声出去。西太后复语荣禄道："京城内外，统兵的大员难道都逃去么？"荣禄道："马玉崑从北仓败回，现令防守京城。"西太后道："你去传旨，叫他速选精兵千人，往颐和园候着，教他保护我们。"荣禄亦遵旨去讫。太后复连召军机大臣，叮嘱京内一切事情。到了夜半，还要召见军机，等了许久，只有王文韶、赵舒翘、刚毅三人入宫。西太后道："他们到哪里去了？想都跑回家去了。丢下我娘儿不管，真好良心！"性命是人人要的，宁特你母子要命。说着时，泪珠又流个不尽。王文韶奏慰道："太后不必过悲，臣等尽愿随驾。"西太后道："好！好！无论有什么事，你们总要跟着我走。但你年纪也大了，我不忍叫你受这辛苦，你随后赶来吧。"又语刚毅道："车辆已备好么？"刚毅应声称"是"。西太后道："你与赵舒翘同会骑马，应该随着我走，沿路照顾，一刻不能离开。"两人统称"遵旨"。西太后道："你们出去，明晨进宫愈早愈好。"三人同时去讫。

西太后又令宫监通知帝、后及妃嫔等人，自己略略卧着。刚要蒙眬睡去，忽听一声怪响，惊了一身冷汗。忙问侍女道："何处来的怪声，莫非洋兵已入禁城么？"侍女道："没有怪声，只有鸡声。"风声鹤唳，草木皆兵。西太后道："鸡声已唱，要天明了，快起来吧！"侍女们当即俱起，李莲英亦即入值。西太后起床盥洗毕，仍要莲英替她梳髻。并嘱道："你与我梳一汉髻吧，赶快要紧。"莲英忙与梳栉，绾就一个麻姑髻。西太后揽镜自照，含泪道："谁料今天到这样地步！"叫问你自己。复语李莲英道："时已不早了，快去叫皇帝来吧。"莲英匆匆出去。不一时，光绪帝带着后妃人等统到宁寿宫，请过早安。西太后垂泪道："洋人就要进来了，我等逃命要紧，快快走吧。"光绪帝大哭道："子臣情愿殉国，请圣母暂时出幸！"西太后道："殉国有什么益处？白送掉性命。"光绪帝尚是狐疑，西太后大声道："不必多想，随我走吧！"光绪帝道："宫眷很多，如何走法？"西太后道："我同你先至颐和园，那边有卫兵候着，叫宫眷们陆续出来，到园内会齐，就好动身。"光绪帝只好遵着，转顾瑾妃道："你的妹子在三所，奈何？"西太后闻言怒道："你尚记着这狐媚子么？"便嘱崔太监道："你速去引来见我。"崔监已去。西太后又嘱皇后道："你去将宫中金银财宝，统教宫监们搬到这里。埋在院子里面，较为妥当。"皇后挈着瑾妃，亦即出去。

此时崔阉已带着珍妃入宫。珍妃至西太后前，跪下请安。西太后道："洋兵来了，我本拟带你出宫，可奈拳众如蚁，土匪蜂起，你年纪尚轻，倘被掳遭污，怎么好哩？我看你不如去死，落得干净。"珍妃倒也不甚畏惧，反朗声道："婢子死不足惜，但皇上亦应留京才是。"西太后喝道："你说什么？"便回顾崔监道："你快带她出去，推入井中。"光绪帝闻了此语，魂灵儿几飞入九霄，连忙跪下碰头乞恩。西太后大愤道："起来，你还要替她讲情么？自己性命都保不住，还要庇护这狐媚子。我偏要令她去死，好惩戒那不孝的孩子，并教那鸱枭看看，羽毛稍稍丰满，便要啄他娘的眼睛。"到此地步还凶悍至此，令人一读一恨。崔监本是内廷总管，仗着自己凶威，竟将珍妃牵去。光绪帝目不忍睹，只觉得一片娇啼，送入耳中，模模糊糊地听着"拜谢皇恩，来世再见"八字，我不忍闻。不觉哀痛异常，忍不住呜咽起来。崔监还扬扬自得，入宫复命，说已推入宁寿宫外的大井了。后人曾有宫词吊珍妃道：

赵家姊妹共承恩，娇小偏归永巷门。
宫井不波风露冷，哀蝉落叶夜招魂。

珍妃已殁。忽有二人奔入宫来，大声道："不好了！不好了！"毕竟二人为着何事，且至下回再叙。

袁、许二公之被杀，旨出西太后。徐用仪、联元、立山，则实由载漪杀之，载漪何人，乃敢擅戮大臣乎？吾谓西太后不杀袁、许，则载漪犹不敢擅杀三大臣，袁、许可杀，三大臣亦何尝不可杀乎！是杀袁、许二公者西太后，杀徐用仪、联元、立山三大臣者，亦未始非西太后，不过假手于载漪耳！不然，西太后岂竟聋瞽，绝无见闻乎？迨至联军入京，仓促出走，犹必置珍妃于死地，恶之即欲其死，庸得谓非大惑者？荣禄屡请杀端、刚诸人，卒未邀准，可知庚子之乱，西太后实任其咎。著书人虽未明言，微旨已跃然纸上。

第三十回
失京师出奔慈驾　开和议惩治罪魁

却说二人入报西太后，太后瞧着，乃是贝子溥伦，及大阿哥溥儁，忙问何事。二人道："东直、齐化二门已被洋鬼子攻入了。"西太后忙道："外面有车辆来么？"言未已，刚毅已到，报称有三辆骡车到来。西太后道："很好！快走吧。"正要出宫，皇后及瑾妃亦到。西太后忙语皇后道："嘱咐你的事情，快快办好，我不及检点了。临走还要顾着财物，真是死要金钱。你等去改换汉装，随后就来。"皇后唯唯从命。

西太后挈着大阿哥，叫溥伦随着光绪帝，同出宫门。后妃以下，一律跪送，恭祝西太后万寿。西太后也不暇回答，只语李莲英道："我知你不惯骑马，你侍着皇后来吧。"又行数步，赵舒翘亦到，向前行礼。西太后道："不必，你与刚毅骑马，随着我走便是。"赵舒翘便让太后、皇帝等先行。车夫见两宫出来，便移近了车。西太后命溥伦道："你挂皇帝车沿，好招呼。我坐的那辆车，教溥儁挂沿。"当下统已坐定，西太后又命车夫道："快赶往颐和园去。若有洋鬼子拦阻，你不要说话，我会跟他说的。我们是乡下苦人逃回家去。"车夫也不答应，尽力赶这骡子。出了神武门，天已启晓。看官记着，这日是光绪二十六年七月二十一日。是年正是庚子年。历史中叫作庚子之变。点明年月日，与上文笔法相同。

西太后等既出内城，复至德胜门。但见人山人海，拥挤得不可名状。车夫略略逗留，西太后不胜焦急。亏得刚毅、赵舒翘放马赶到，大众防马蹴踏，让开两旁，方得前行。沿途幸没有洋人阻挡，一直至颐和园。满员恩铭正在园中值差，蓦见有骡车二辆，推入园中，正思着人诘问，适溥伦、溥儁下了辕，至恩铭前相见。恩铭方惊道："何故坐着骡车？"溥儁忙答道："洋鬼子入京，老佛爷慌得走了。"活绘一个蠢童口吻。恩铭道："老佛爷在哪里？"溥伦回顾道："那不是老佛爷么？"恩铭望将过去，只见一个汉装的老妪，穿着一件蓝布夏衣，如乡间农妇相似，后面随着一人，乃是黑纱衫、黑纱裤，不禁诧异起来。仔细一瞧，方知是西太后及光绪帝。两宫服饰，就恩铭眼中写出。忙抢前跪谒。西太后着急道："此刻不是行礼的时候，你快起来，饬侍从收拾园中珍宝，送往热河，免被洋鬼子劫去。"专顾珍宝，不顾人民。恩铭方才起立。西太后又道："昨日马玉崑带兵来否？"恩铭道："他于昨晚到此，大约有兵数百人，现在园右屯驻。只他未曾说明慈驾到来，所以奴才不先路迓。"西太后道："知道了，你去照办吧，不必在此侍着。"恩铭奉命自去。刚毅、赵舒翘亦下马入园，陪着太后、皇帝等，至乐善堂少坐。园吏奉上茶点，西太后随饮随食。命光绪帝以下统共食毕，才见皇后、瑾妃及李莲英等到来。未几又有端王载漪、庆王奕劻、肃王善耆暨贝子公爵数人同至。

西太后便命动身。当由马玉崑带着各兵，前护后拥，向西前发。途次统是旷野，人迹稀少，遍地荒凉。行了十余里，已是晌午，后面又有数大员赶到。西太后瞧着，乃是军机大臣溥兴、吴汝梅及各部堂官数人。便问："京中怎么样了？"溥兴答道："奴才出京时，闻正阳、永定两门统被洋兵占去。这时不知如何了。"西太后道："我们出走，洋鬼子尚是未知。倘若被他知道，不是要追来吗？"便命马玉崑道："你带着各兵缓缓随着，让我们先行一程。前面想无洋人，总教后面截住，便不妨了。"玉崑奉旨，勒兵暂停，让西太后等前去。

西太后等又行数十里，腹中辘辘不绝。各想买些食物，苦无购处。西太后顾李莲英道："我们迤逦行来，已不下数十里，如何茶店饭馆一家没有？现在口也渴了，腹也饥了，何处觅些茶点来？"莲英道："待奴才下去查觅，再行复命。"说罢，饬舆夫停车，下舆径去。是时十余辆车子，均已停着。道旁近小村落，有几个农夫野老，前来问讯，西太后只以避难告，不敢说出真情，并问乡民道："此处系往来大道，何故无食物可买？"乡民道："此地近着长城，本来不甚闹热。现闻洋兵入京，恐他来此骚扰，所以富家大贾多走避一空，就使近地有几爿铺子，也都闭户去了。我们穷苦得很，没资迁徙，只得挨死居此。"西太后点头。有顷，李莲英方抱瓮转来，呈与太后道："村中没有食物，只有凉茶少许，请老佛爷一尝。"西太后取瓮一喝，也不管茶味好歹，饮了几口，遂递与光绪帝。光绪帝瞧着，这瓮口肮脏得很。且不必说瓮内的茶叶好似柴片，茶水又似驴溺。便摇着头，交与莲英道："你去还他。"究竟光绪帝系出天潢，比不得西太后幼时微贱，所以西太后还可饮得，光绪帝恰是不愿。莲英又入村还瓮。光绪帝微叹道："这统是拳匪的恩赐。"西太后忙截住道："休要多言。"至莲英转来，复命开车。车夫多半喧嚷，统说腹饥无力。还是西太后好言抚慰，方才前行。至贯市日已薄暮，又由莲英下车去觅食物。仍无购处。一时急得没法，只得向市民道："我等统是官眷，逃难至此，一日没有茶饭，求你们接济一点，不吝重酬。"市民闻言，方献上麦豆。大家争着掬食，俄顷即尽。比宫中食味何如？西太后道："时近黄昏，何处投宿？"市民道："此处有回民教堂，颇还宽敞，倒可借宿一宵。"西太后取出好几块银牌，给与市民。市民很是欢跃，争至教堂先容，于是西太后等方得宿处。教堂中空空洞洞，只有一个砖炕，又无被褥等件。西太后上炕暂卧，光绪帝以下，俱坐地打盹儿。一宵苦况，不胜缕述。翌日早起，买了些粗麦、粉粟、蔬菜等物，又至向光峪驼行。贳了三乘驼轿，西太后自坐一乘，一乘给皇后，一乘给光绪帝及贝子溥伦，其余仍各乘骡车。大阿哥不得乘驼轿，已寓废储之意。

启行至居庸关，延庆州知州秦奎良迎驾。延庆本是个苦缺，所献食品，没甚可口。西太后倒也随缘。临行时，奎良想与西太后等换顶大轿，饬役购办。各处觅购，只有蓝呢轿一乘。没奈何奏明太后。西太后道："也好。"遂自乘蓝轿，其余仍旧。奎良送驾去讫。一路行来，荒落如故。

至二十四日到怀来县，才觉有些喧闹。怀来县知县吴永，骤闻驾到，不及穿着官服，慌忙便服出迎，跪于大堂左首。县中百姓都拥入署内环视，吴永饬役驱逐。西太后降舆后，语吴永道："这等朴实的乡民，不妨令他来观，休去撵他。"吴永便请西太后等入室，家眷也来跪迓，西太后概称免礼。当下西太后住县太太房，皇后、瑾妃住少奶奶房，皇上住签押房。西太后至房中，拍着桌子，语李莲英道："快教吴县官去备食物，我腹中已饿极哩！"莲英传旨出去，吴大令惊惶得很，忙令厨子先备点心，送入上房。西太后拿来就吃。稍稍果腹，就取了吴夫人的奁具，叫莲英替她梳栉，改了满髻。梳毕进膳，恰有燕窝鱼翅，虽不及宫中丰备，比那途次的食物，不啻天壤。西太后以下饱食一餐。吴大令又进呈衣服。西太后大喜道："好孩子，难为你办得周到，我很要超擢你了。"便叫李莲英传语光绪帝，速写朱谕，升吴永为道员。吴永谢了西太后恩，并出去向光绪帝谢恩。吴永恰是交运。

忽报军机大臣王文韶到来。忙由吴永接入，进见西太后，太后殷殷垂询，备问途中苦状。王文韶道："幸叨老佛爷福庇。"西太后道："我等已备尝艰苦，想你应亦如此。但不识京中究作何状？我很是担忧呢！"王文韶道："臣观洋兵入京，并非定要占夺京城。倘令亲贵回京议和，洋人当亦释嫌停战了。"西太后道："我也这么想。看来只好着奕劻前去。"随召庆王入内，嘱他回京，与各国联军议和。庆王不敢前往，奏称：奴才恐不胜任。西太后道："从前咸丰年间，英法联军入都，有恭王奕䜣主持和议，方得转危为安。现今恭王去世，惟你能肩这重任。你只可勉为其难，毋得再辞。"何不遣得力军袭击洋兵。庆王尚是支吾，西太后的珠泪又扑簌簌地坠下。庆王方硬着头皮，口称"遵旨"。并请西太后下诏罪己。当在怀来县住了一宿，告别返京。

西太后复休息一天，于次日早起动身。才命陪驾各大臣，下了一道罪己诏。词旨似极恳切，实则将中外开衅的缘故，统推在亲贵及拳匪身上，只把自己蒙尘的苦况说了一番。且又是光绪帝的名义，于西太后似全无干涉的。哪个相信。西太后阅过诏旨，便命吴大令颁发各处，随即启行。阅三日方到宣化府，府中供张较备，一直住了四日。又至大同府，也住了四日。决计西幸太原。遣干役赍谕赴京，命部院堂司各官，分班速赴行在。正要登程西去，忽报甘肃布政使岑春煊，带兵到来，进见西太后，呈上鸡蛋及荷包带子等。西太后闻道："你何故知我到此？"春煊道："臣奉勤王诏命，星夜前来，不意至此已接着慈驾，臣还觉迟慢，乞太后治罪。"西太后喜道："甘肃到此，路程甚远，怪不得你迟缓。各省大臣们如人人像你忠诚，我等也不必出走了。你来正好，今日即护我西行。"春煊奉旨，就扈了两宫西幸。西太后方得换坐绿呢大轿，行仗亦觉粗备。

越两日，至雁门关。负山为城，高可千仞，形势很是雄壮。西太后命暂停舆，浏览一带风景。忽语光绪帝道："此次出京得观世界，也算有些乐趣。"黄连树下弹琴，苦中作乐。光绪帝道："人心当快乐时，自然如此。"岑春煊下马，采了一束黄花，献与西太后。西太后饶有喜容，即以乳酪一杯作为赏赐。速至忻州，地方官进呈黄轿三乘，至是始符仪制。

过数日方到太原，巡抚毓贤在城外跪接。西太后命他近前，面谕道："你请训出京时，力言义和团可靠。可惜你错了，目下北京已破，我等蒙尘至此。看山西境内，确无洋人，你也好算奉旨了。但洋人报仇，必索祸魁，我将来不得不把你革职。但你不必因此伤感。为眼前计，无可奈何。你宜体贴我意方好。"观此语，可见拳匪之祸，实自西太后造成。毓贤九叩首答道："奴才捉拿洋人，如瓮中捉鳖，虽小洋鬼子及小洋狗，也不使他幸免。臣已预备革职受罪。义和团的打败，由他们不遵法律，扰乱治安，无论是教民与非教民，统加杀掠，以至如此。他拳首实是可靠的。"可谓至死不悟。西太后不去答他，遂命舆夫入城，寓居抚署。

不一日，庆王奕劻有电奏到来，果然洋人首索祸魁，指出好几个姓名，毓贤亦在其内，非加重辟，不能停战议和。西太后颇费踌躇。适湖南布政使锡良以勤王故赴行在，西太后遂命署山西巡抚，将毓贤开缺。一面电催李鸿章速赴京师，与庆王奕劻协力议和，准其便宜行事。时鸿章早交卸粤篆，北行至沪，闻联军已逼京都，料知直隶不便履任，便在沪上逗留。只电奏了一本，请将拳首正法，并罢斥端、刚诸人。那时西太后避难不暇，还有何心览奏。及驾至太原，又记起这位李伯爷，连忙电谕敦促。李伯相惯作居间人，此次恰亦非他不办。李鸿章老成更事，先电京问各外使有无允和的意思。各使复电候议，李伯爷方乘轮北上。识见固优，未免狡猾。既到京畿，复电奏行在，请派刘坤一、张之洞会商和议。西太后照准，并令荣禄亦会同议和。荣禄自京师失陷，与崇绮同逃出城，走至保定。崇绮投缳毕命，由荣禄代奏，请照例赐恤。嗣奉会同议和的上谕，意欲返京。不料驻京各外使，竟与奕劻晤谈，不愿接待荣禄。荣禄只得驰赴行在。

是时江苏巡抚鹿传霖亦北上勤王，甫至近畿，闻两宫已往西走，遂绕道赴山西。西太后见他来到，很是喜慰，召见一次，即命在军机大臣上行走。旋闻荣禄亦到，立刻召入，垂询途次情形。荣禄奏称途中平安，只妻室在道病殁。西太后很为悲悼，是西太后的老朋友，无怪其然。命升荣妾刘氏为福晋。并问及善后事宜。荣禄道："只有一条路：必须杀端王及其他信用拳匪的王大臣。"西太后叹道："刚毅已在闻喜县死了。保全首领，大是幸事。此外且从缓议。你妻既死，不妨在此开吊。你且勉抑悲怀，助我办理各事。"荣禄遵旨谢恩。

会接庆、李两大臣电奏，略称：京城里面，虽由洋兵分段占据，恰比拳匪在京时安静许多。宫禁统归日本兵保护，妃嫔以下一概无恙。只大学士徐桐自缢，前黑龙江将军延茂，祭酒王懿荣、熙元，侍读宝丰、崇寿，翰林院庶吉士寿富等亦均殉难。太后阅至此处，未免悲喜交集。看到后文，乃是和议入手：第一要严惩罪魁，第二要两宫回銮，若蒙照允，方得开议。看官试想：这两件事是难不难呢？罪魁多是亲贵，一时如何惩治？况西太后有意纵使，若要加罪，难保他不反唇相讥。是第一件已是难办。至于回銮一节，本可允准。但和议尚无头绪，一旦仓促回京，四面统是洋兵，倘或翻起脸来，那时鸟入笼中，岂不由他播弄？这也是难以照准的。当下召集行在诸大臣，会议行止事宜。各大臣俱不敢措议，惟荣禄以两宫总应回京，略略奏对数语。西太后道："近日总不便回銮。惟此地亦非久驻的地方。"西太后此语，盖恐毓贤结怨洋人，洋兵未免报复耳。随问岑春煊道："陕西如何？"春煊答道："陕西地势巩固，雄关天险，可无他虑。"西太后道："我等不如暂幸西安。俟和议成后，再行回銮。现令你为陕西巡抚，先赴西安，筹备行宫。我等即日可以动身。"春煊谢恩去讫。西太后复酌定惩办罪魁一条：将庄王载勋，怡王溥静，贝勒载濂、载滢等革去爵职；端王载漪撤去一切差使，交宗人府严议；载澜、英年交该衙门严议；赵舒翘交都察院、史部议处。一面优恤被戕德使克林德及日本书记官杉山彬。两谕遣员赍京。自己带着帝、后等人又复西去。看官你想，西人所要求的两事，一件没有实行，空把那无关痛痒的诏书，赍交议和大臣，令他对付西人，那西人肯就此停战么？

是年适为闰八月。各国联军复分兵占山海关，踞北塘炮台，复西出攻陷保定，杀直隶布政使廷雍，并声言将西追两宫，直入山、陕。正是：

出走仓皇犹庇匪，联军猖獗又追驰。

毕竟后来和局如何，且至下回再阅。

本回纯叙西太后蒙尘事，历历写来，备见苦况。可知福为祸倚，乐极悲生，古今以来，大都如此。若西太后以误信奸邪之故，至于仓皇出走，素衣豆粥，一饱难求。在别人处之，必有深悔前此之非，极力惩治罪魁，以谢天下。乃待外人之要请，犹流连不忍，徒欲以革职议处之薄谴，敷衍了事，何视臣民若土芥，而视权奸若干城耶？天下惟妇人处世，往往因小不忍之心，酿成大乱。故妇人不足与语家国事，西太后其殷鉴也。

第三十一回
定北京全权议款　寓西安下诏回銮

却说各国联军因中国不允所请，仍遣兵西进，陷了保定，直攻宣化。宣化知府惶急万分。亏得总兵何永鳌，保荐了一个“塞上福星，朔方生佛”，才得和平就绪。这人非别，乃是道员沈敦和。敦和前在江南，办理洋务，信孚中外。是时适在北方，即由何总兵禀请察哈尔都统，星夜檄调。逮敦和至，单骑驰敌军，请将城池保全，勿纵兵队扰害。往返商酌，洋兵素慕沈名，当即允议退兵。嗣敦和奉旨总办察哈尔张家口洋务局，招练警察，保护商旅。人民大悦，因此推为“塞上福星，朔方生佛”。老佛不及小佛。

联军拟转攻他处，适又接到行在电谕，重惩罪魁：载漪革职，载勋、溥静、载滢同交宗人府圈禁；载濂革爵；载澜、英年降调；赵舒翘革职留任；毓贤充边；董福祥亦革职，回甘肃原籍。联军统帅瓦德西，以纵容拳匪诸臣无一正法，仍然未允。庆、李两全权大臣只得申奏行在，再请重惩首祸。一面运动了一位艳帜高张的尤物，令她暗中设法，转圜和议。

看官！你道这尤物是谁？乃是前出使大臣洪钧的簉（zào）室，前名傅彩云，后号赛金花。闻名久矣。她原籍本隶姑苏，依着姊氏，悬牌沪渎。生小已是倾城，及笄居然冠世，水上桃花为性格，湖中秋藕比聪明。翰林院修撰洪钧丁忧回乡，道出申江，作平康游，一睹芳容，爱同拱璧，遂出重金购为簉室。后来携至都下，适奉朝旨超擢侍郎，出使英国。一对比翼鸳鸯，竟尔双航欧海。到英后，居然充做公使夫人，一般的觐见英皇。英皇维多利亚是全球中著名女杰，瞧着她风流细腻，也惊为极艳，称她为东方美人，时令她出入英宫，视同腻友。曾并坐摄影作为纪念。欧洲各国得此照片，尝什袭珍藏。谁知归国以后，不二年洪侍郎病亡。赛金花不亚夏姬，洪殿撰偏逊巫臣。彩云寂寂寡欢，竟与她俊仆相奸，俨为夫妇。忽而升天，忽而入地。既而私蓄用尽，所欢亦殀，没奈何仍回沪上，再操卖笑生涯，改名赛金花。苏人把她撵逐，又返津门，再改名曹梦兰。

会联军到来，她不及避难，正在惊惶的时候，谁料德帅瓦德西竟折柬相招。霎时间落溷（hùn）名花，又做了西帅宠眷。既入京，德兵愤驻使被戕，将虐待京中官民，复仇泄恨。礼部尚书怀塔布、侍郎李昭炜、御史陈璧等，或被遣拉车，或被迫运尸，或被召担粪负石，稍一违慢，立施鞭挞。因此达官贵人多半摆酒接风，请出自己的妻妾，侍宴承欢，只恐那碧眼骄儿，动气惹恼。可奈西兵素性于淫掠一层，倒还少见，只戏弄华人，恰无所不至。幸赛金花起了一片婆心，婉劝瓦帅代为请命。有时怀中娇语，有时枕畔私谈，任你威震全球、权倾八国的大元帅，到此也俯首听从，严申军禁，保护京民。都中人士统悬着顺民旗，盛称瓦帅威德，哪里晓得他都是受教美人呢！西太后对之，应有愧色。瓦德西命把仪銮殿做了联军统帅府，所有内房，即做了统帅藏娇室。日间管着无数军士，驱叱熊罴，夜间拥着半老娇娘，颠倒鸾凤，倒也非常忙碌。李伯爷闻这消息，遂与庆王奕劻商议，通内线与赛金花，教她暗里调停。赛金花颇具爱国心肠，尝乘间怂恿瓦帅。瓦帅虽握着全权，究竟事关重大，须要七国统同应允，方好修和。他一面咨照庆、李两大臣，准即停战；一面与七国政府及驻京公使商酌，格外转圜。两宫回銮这一件，不妨少缓，只严惩罪魁一条，总要狠狠地办一下子，才有议和可言。于是庆、李两大臣申奏，西太后也顾不得什么，只得再行加重。谕：将载漪、载澜均发往新疆，永远监禁；载勋赐自尽；毓贤正法，英年、赵舒翘斩监候；刚毅追夺原官；

徐桐、李秉衡撤销恤典，并一概革职。当由庆、李转致瓦德西。

瓦德西又集众会议。大众尚嫌从轻，李鸿章允再申请，惟先请示和议大纲。瓦德西照允。过了数日，方将和议约稿录出。内列十数款，由庆、李两大臣逐条研究。条条是不便遵行，无如彼直我曲，彼弱我强，彼众我寡，势难坚持到底，只得把最关利害的约文驳了回去。看官试想，此时的紫髯公，哪里还同你讲理！自然大言无忌，定要照原约施行。庆王资望，本没有什么，明知言不足重，竟把这副重担子，推交与李伯爷。诸满员谓汉人不足恃，何故事到万难，仍要汉人办理？李伯爷诿无可诿，没奈何提起精神，与外人仔细交涉。谈论了好几月，听过若干讽刺，看过若干脸面，才磋定议和大纲十二章。节录如后：

一、德国公使被戕，由中国派亲王专使谢罪，并于被害处树立纪念碑。

二、肇祸诸人由各公使指出，严惩无贷。其戕虐各国人民之各城镇，停止文武考试五年。

三、日本书记被戕，中国须用优荣之典，致谢日本政府。

四、各国人民坟墓，有被污渎发掘之处，由中国建立碣碑。

五、军火及专为制造军火材料，公禁入口二年。

六、中国允赔偿各国公私损失，计四百五十兆银两，分三十九年偿清。年息四厘，如期当本息两清。

七、划使馆附近地界，驻兵保卫，界内不许华人杂居。

八、大沽炮台削平。

九、由京师至海道，择要屯驻西兵。

十、华民此后如有肇乱情事，立罪该地方长官，不得借端开脱。并张贴永禁军民仇外之谕。

十一、修改通商行船条约。

十二、改总理各国事务衙门事权。

大纲已定，即由两全权大臣飞奏行在。西太后不能不允。且见条约中没有关系自己明文，心中也放宽一半，遂下旨照允。可见前次要求归政的照会，明是捏造。并命两全权磋商详细节目。

庆、李接旨后，即签复瓦德西，约期撤兵。瓦德西也是乐从。

谁知仪銮殿犯了秽禁，触怒九庙神灵，居然请祝融氏税驾，于夜半逞着火威，哔哔剥剥地爆裂起来。那时这位瓦大帅方在温柔乡中，寻那高唐好梦，蓦然惊醒，已是浓烟满室，无户可钻。举目四瞧，只有一线窗隙尚是透光，他急不暇择，忙劈开窗门，转身挟住那娇娇滴滴的美人儿，一跃出窗，才得免祸。几乎杀身，险哉色也。只一座仪銮宝殿，已被祝融一炬，付作劫灰。

西太后闻这灾耗，越加叹息。且因外人索办罪魁，指名载漪、载澜、载勋、毓贤、英年、赵舒翘、启秀、徐承煜等人，定要一一正法，没奈何再降谕旨：载漪、载澜斩监候，加恩贷死，永戍新疆，不复释回；载勋已赐自尽；赵舒翘、英年亦均赐死；毓贤正法。独启秀、徐承煜于联军入京时，已被日本军拘住，囚禁顺天府署，西太后命两全权大臣，索还二人，自正典刑。复昭雪徐用仪、许景澄、袁昶、立山、联元冤诬，开复原官。并命将五月二十四日以后，七月二十日以前，谕旨汇呈，将矫擅妄传各旨，提出销除。然后用光绪帝名义，下一悔过维新的诏旨道：

本年夏间拳匪构乱，开衅友邦，朕奉慈驾西巡，京师云扰。迭命庆亲王奕劻、大学士李鸿章，作为全权大臣，与各国议和，既有悔祸之机，宜颁自责之诏，朝廷一切委曲难言之苦衷，不能不为尔天下臣民明谕之。此次拳教之祸，不知者咸疑国家纵庇匪徒，激成大变。殊不知五六月间，屡诏剿拳保教。而乱民悍族，迫人于无可如何，既苦禁谕之俱穷，复愤存亡之莫保。哪个教你，弄到如此。迨至七月二十一日之变，朕与皇太后誓欲同殉社稷，以上谢九庙之灵。乃当哀痛昏瞀（mào）之际，经王大臣等数人，勉强扶掖而出，于枪林炮雨中，仓皇西狩。是慈躬惊险，宗社阽危。阛阓（huán huì）成墟，衣冠填壑，莫非拳匪所致。及此，始知为拳匪所致耶！朝廷其尚庇护耶？庇护久矣。夫拳匪之乱，与信拳匪者之作乱，均非无因而起。各国在中国传教，由来已久。民教争讼，地方官时有所偏，畏事者袒教虐民，沽名者庇民伤教。民教之怨，愈积愈深，拳匪乘机，浸成大衅。由平日办理不善，以致一朝猝发，不可遏抑。是则地方官之咎也。涞涿拳匪，既焚堂毁路，急派直隶练军弹压。乃练军所至，漫无纪律，戕虐良民。而拳匪专恃仇教之说，不扰乡里。以致百姓皆畏兵而爱拳，拳势由此大炽，拳党亦愈聚愈多。此则将领之咎也。该匪妖言邪说，煽诱愚人。王公大臣中或少年任性，或迂谬无知，平时嫉外洋之强，而不知自量，惑于妖妄，诧为神奇。于是各邸习拳矣，各街市习拳矣。或资拳以粮，或赠拳以械，三数人倡之于上，千万人和之于下。朕与皇太后方力持严拿首要，解散胁从之议，特命刚毅前往谕禁，乃竟不能解散。而数万乱民，胆敢红巾露刃，充斥都城，焚掠教堂，围攻使馆。非太后主使，安敢如此？我皇太后垂帘训政将四十年，朕躬仰承慈诲，夙昔睦邻保教，何等怀柔，而况天下断无杀人放火之义民，国家岂有倚匪败盟之政体。既知如此，何必当初。当此之时，首祸诸人叫嚣隳突，匪党纷扰，患在肘腋。朕奉慈圣，既有法不及众之忧，浸成尾大不掉之势。兴言及此，流涕何追？此则首祸王大臣之罪也。都是他人不好。然当使馆被围之际，屡次谕令总理衙门大臣，前往禁止攻击，并至各馆会晤慰问。乃因枪炮互施，竟至无人敢往，纷纭扰攘，莫可究诘。设使火轰水灌，岂能一律保全？所以不致竟成巨祸者，实由朝廷极力维持。是以酒果冰瓜，联翩致送，无非朕躬仰体慈怀。惟我与国，应识此衷。今兹议约，不侵我主权，不割我土地，念列邦之见谅，疾愚蒙之无知，事后追思，惭愤交集。惟各国既定和局，自不致强人所难。着奕劻、李鸿章于订立约章时，婉商力辩，持以理而感以情。各大国信义为重，当视我力之所能及，以期其议之可行。此该全权大臣所当竭忠尽智者也！当京师扰乱之时，曾谕令各疆臣固守封圻，不令同时开衅。东南所以明订约章，极力保护者，悉由遵奉谕旨，不欲失和之意。故列邦商务，得以保全，而东南疆臣，亦借以自固。数语恐为东南疆臣所窃笑。惟各省平时，无不以自强为辞，究之临时张皇，一无可恃，又不悉朝廷事处两难，但执一偏之辞，责难君父。试思，乘舆出走，风鹤惊心。昌平、宣化间，朕侍皇太后素衣将敝，豆粥难求，困苦饥寒，不如氓庶。不知为人臣者，亦尝念及忧辱之义否？总之臣民有罪，罪在朕躬。朕为此言，并非追既往之愆尤，实欲儆将来之玩泄。近二十年来，每有一次衅端，必申一番告诫。卧薪尝胆，徒托空言；理财自强，几成习套。事过之后，徇情面如故，用私人如故，敷衍公事如故，欺饰朝廷如故。大小臣工，清夜自思，即无拳匪之变，我中国能自强耶？夫无事且难支持，今又构此奇变，益贫益弱，不待智者而知。尔诸臣受国厚恩，当于屯险之中，竭其忠贞之力，综核财赋。固宜亟偿洋款，仍当深恤民艰；保荐人才，不当专取才华，而当内观心术。其大要无过去私心、破积习两言。大臣不存私心，则用人必公，破除积习，则办事着实。惟公与实，乃理财、治兵之根本；亦天心国脉之转机。（中略）朕与皇太后有厚望焉！将此通谕知之。

这谕从西安颁发，庄王载勋、刑部尚书赵舒翘、都察院左都御史英年，也都在西安自尽。毓贤已遣戍新疆，行抵甘肃，方接到正法的上谕，由按察使何福堃监视行刑。启秀、徐承煜，由庆、李两全权索还，同杀于北京菜市口。启秀临刑时，尚问是谁人命令。监斩官谓奉西安谕旨。启秀道："这是太后旨意，不是洋人意思，我虽死无怨了。"只知有太后，不知有国家，死不足以蔽辜。

西太后默察时势，料知此后行政，不便拘泥旧制，于是再下谕变法。命京师设立督办政务处，派奕劻、李鸿章、荣禄、崑岗、王文韶、鹿传霖为督办政务大臣，刘坤一、张之洞遥为参预。京内外一班官吏，又复鼓唇弄舌，摇笔成文，谈几条变法章程，草几篇变法奏牍。过是中国人惯技。西太后也施行几种，先命销毁各部署案卷，裁汰书吏；又饬各省清厘例行文籍，裁革胥吏差役；并令复开经济特科，暨整顿翰林院，课编检以上各官政治之学；再寄谕出使大臣，访察游学生，咨送回华，听候考试录用。总算新政发硎（xíng）了。一面履行和议条约，授醇亲王载沣为头等专使，往德国谢罪；侍郎那桐为专使大臣，赴日本谢罪；改总理各国事务衙门为外务部，班出六部上，即令庆王奕劻为总理，王文韶为会办大臣，瞿鸿禨（jī）为尚书，并授为会办大臣。各国联军，见中国已如约施行，遂将条约十二款、附件十九则，一一签字。庆、李两全权，也随同画押。瓦德西即启程回国。因西例不能无端纳妾，只得把赛金花仍行撇下，怏怏而返。赛金花失了庇护，仍去做那老买卖。后来虐婢致死，被刑官批解回籍。这也不在话下。一场春梦。

且说西太后驻跸西安，借了陕甘总督的行辕，作为行在。一切布置，略如北京仪式。饮食衣服，都由岑抚供奉。可奈诸事草创，室居湫隘，行宫正殿，老旧不用，旁殿召见人员。左首有一屋，为西太后起居所在。皇帝、皇后同居一小房，与太后卧室相通。西偏另有小房三间，居住大阿哥溥儁。李总管莲英住在太后所居的东偏，只有一间。西太后住了几月，常是闷闷不乐，想起颐和园情景，越加凄恻。那边是亭台殿阁，非常轩爽；这边是荒凉逼窄，备极萧条，未免有情，谁能遣此。而且度支很是拮据，岑抚又主张从俭，不使滥费。西太后每日膳费二百金，较之在京时不过十分之一。西太后尝语岑抚道："现在我们俭省多了。"岑抚对道："圣母以俭德治天下，国用不难渐裕呢！"西太后不去驳他，只能得过且过。惟各省进贡物品及金银，西太后无不贮藏。又因南方所贡，多系燕窝鱼翅等物，大加叹赏。每日必选择数种，作为肴馔。鸡鸭鱼肉等又复减味。曾回忆豆粥麦饭时否？独光绪帝所食菜蔬，与路上也差不多。太后下谕，每饭只准六肴，不得过多。自己喜食牛乳，于行在附近豢牛六只，每月喂养费需二百金，陕西传为异事，西太后尚不如意。嗣岑抚窥破慈意，奏请移居抚署。其实两处房屋大略相似，西太后迁了过去，懊怅依然。何从得颐和园。

万寿期届，岑抚欲举行庆典，贝勒溥倜反对。略言国势危急至此，宗庙陵寝皆入洋兵手中，老佛何心更做万寿？满宗室中之佼佼者。西太后闻了此语，亦命停止祝典。幸山陕颇有名伶，有时令他演剧，聊遣愁怀。一日，西太后正在听戏，忽闻座上有拍案声、怒骂声，不禁惊讶起来。急起视之，乃一肥胖少年，状类伧荒，戴一金边毡帽，内穿皮衣，外罩红色军服，如护标的棒师相似，对着台上戏子大声呵叱，说他鼓板参差，腔调浮滑，似有不共戴天的仇愤。仔细一瞧，并非别人，乃是大阿哥溥儁。忙语李莲英道："你去叫他过来。这个蠢儿越发不像了。"莲英宣召溥儁至西太后前，由西太后训斥一番，令他侍着，不得再离。戏毕，西太后入内，令李莲英鞭责溥儁甚至百下。溥儁哭个不住，反说出那不尴不尬的话语来，是何词耶？请看官自猜。气得西太后胸怀噎塞。李总管亦眉目奋张，随下令停闭戏园，又将酒馆、茶肆，亦封禁数家，免得大阿哥出去游荡。

转瞬间已是光绪二十七年，和议告成，庆、李两全权及各省疆吏，陆续请两宫回銮。西太后乃下谕：择于七月十九日由河南、直隶一带回京。嗣因天气尚热，不便登途，又展期一月，改为八月二十四日启跸告归。惟西太后寓居陕西，已将一年，自思没甚恩意，逮及陕民，似乎心中未快。可巧西安苦旱，西太后遂斋戒三日，特派大臣上太白山祷雨，恭代行礼。彼苍者天，竟默鉴西太后诚心，降了一日夜甘霖。天道果属有知也，是惠及陕民，非西太后所能幸致。随扈诸大臣，又是赓扬盛德，代作一篇御制申谢文，泐石山巅，把西太后徽号十六字全镌碑首。后人有诗咏道：

大白参天灵气钟，云碑丽藻竖层峰。

差同玉简投龙壁，不似金轮咏石淙。

欲知两宫回銮情形，容待下回再表。

西太后以一时之私愤，不惜举社稷生灵付诸一掷，至于北京残破，城下乞盟。和约十二款，不必一一推究，即以赔款而论，计银四百五十余兆。加以三十九年之利息，不下千兆。试问此巨款为谁人所负担？殃民误国，竭我脂膏，尚欲以一纸虚文掩人耳目乎？清之亡，亡于西太后；即中国之弱，亦弱于西太后。端、刚诸人虽曰首祸，微西太后之有心纵使，亦决不至此。至寓居西安，每日膳费二百金，犹云太俭；每月豢牛费亦二百金，尚嫌不足；长安祷雨，适得甘霖，乃即铺张扬厉，制文勒石，冠十六字徽号于碑首，谬以为至诚格天。吾谓荒妄至此，有益足令人齿冷者。叶赫，叶赫！那拉，那拉！千载而下，犹有遗憾存焉。

第三十二回
储君被废安辇入京　新政重行临朝布敕

却说光绪二十七年八月二十四日，两宫自西安启程，千乘万骑，同时东行。沿途所备的行宫，及其他供应一切，统是力求完美，较诸上年出走时光，几不啻天渊之隔了。前行为兵队及侍卫，后行为扈驾大臣及宫监等，中为西太后、光绪帝、那拉皇后、瑾妃数人。西太后寿近古稀，望去不过如四十许人，衣裳华丽，珠锦辉煌。皇后、瑾妃也装束如天仙一般，粉白黛绿，长袖轻裾，头上所戴的珠宝，统是光耀夺目，秀美绝伦。独光绪帝面带愁容，冠服亦都晦暗。潜龙勿用。道旁观者如堵。西太后有说有笑，毫不拘束。皇后以下，统是面带欢容。所难堪者，独一光绪帝耳。一路行来，已入河南。豫抚松寿，早派员在边境迎接。西太后慰劳有加。就是沿途一带的地方官，敬谨迎送，也均蒙太后嘉奖。独李莲英以下诸阉寺，乘机勒索，借势呼叱，总叫餍他所欲，方无意外纠缠。地方官敢怒不敢言，没奈何把官囊私蓄，尽行供奉。后来仍向百姓取偿，故国家大患，莫若阉人。

既到开封，由豫抚松寿迎入。请过圣安，并奏报全权大臣李鸿章出缺。西太后讶道："数日前尚有奏陈，谁知竟尔谢世。"松寿道："京电于今日始到。料知慈驾必来，所以入城面奏。"西太后流泪道："这次和议，也亏他竭力斡旋。目前大端虽定，细事未了。天何不假他一二年，令他办理就绪呢？"这却是平心之论。当下命随扈大臣，拟定谕旨，赠李鸿章为太傅，晋封一等侯爵，入祀贤良祠，子经述袭封。寻复予谥文忠，除各省曾经建功地方，许立专祠外，并立专祠于京师。汉员邀此重典，也算是不多得了。了李一生。是时王文韶已早返京，京中资格，算他最老，便令他署理全权大臣。又因李鸿章生前曾保荐袁世凯才可大用，命署理直隶总督。

西太后即欲入京，独李莲英从旁劝阻，请老佛爷暂住数天，过了万寿祝期，方可启行。看官，你道这李莲英是何用心？他从前也庇护拳匪，与端、刚等同为罪魁，恐怕入京以后，又为洋人属目，指名索办，那时不能狡脱，自取灾殃，于是劝止慈驾，静探京中消息，再定行止。小人真可畏哉。西太后就此暂憩。一日复一日，竟过了半月余。万寿期至，便在开封府受庆祝礼，筵宴数天。庆王奕劻派员代祝，并以密函致李莲英，叫他即日奉两宫回京，保他无事。莲英心才放宽，且思干些回天事业，令洋人永远勿疑。

京使去后，他即密奏太后道："老佛爷此次回京，对待洋人，用着何术？"西太后道："我前与荣禄说过，用五饵三表的法儿，款待外人，教他意思转过来，便可无虑。"莲英道："慈衷自有良策，但奴才恰有杞忧。"西太后问为何事。莲英道："袒庇拳匪的首祸，莫如端王载漪。他已贬为庶人，永锢新疆，他的儿子尚为大阿哥，能免外人后言么？"说得动听。西太后不觉皱眉道："我为此事已踌躇几次了。"莲英复道："大阿哥现为将来皇帝，他的老子势不能长留戍所。欲释回无以对外，不释回又无以对内。还请老佛爷三思。"一层紧一层。西太后道："我何惜一童騃。只前已正式立储，不便将他轻废哩！"莲英道："从前圣祖仁皇帝为了立储大事，改易至再，后来并没有什么异议。况大阿哥品行恶劣，老佛爷亦应有所闻。乘此废立，一来可想见慈明，二来可敦全友谊，真可谓一举两得了。"西太后道："这个蠢奴，却是没福，我的颜面都被他丢掉不少。前与宫女们都调笑起来，亏我防范素严，不致闹成笑话。据你说很是有理，看来只好废掉他吧。"锢光绪帝，废大阿哥，统是莲英暗中作祟，然亦由西太后不明之故。越日即用帝名降谕道：

朕奉皇太后懿旨，已革端郡王载漪。其子溥儁前经降旨立为大阿哥，承继穆宗毅皇帝为嗣，宣谕中外。概自上年拳匪之变，肇衅列邦，以至庙社震惊，乘舆播迁。推究变端，载漪实为首祸，得罪列祖列宗，既经严谴，其子岂宜膺储位之重？溥儁着撤去大阿哥名号，并即出宫。加恩赏给八分公衔俸，毋庸当差。至承嗣一节，关系甚重，应俟选择元良，再降懿旨。将此通谕中外知之。

大阿哥溥儁览到这谕，恰也没有什么介意。仍然嬉笑跳跃，顽劣如常。虎父犹生犬子，犬父安得虎儿？惟前此正位青宫，宫监们无不趋奉，一经废撤，宫中人统视同犬豚，相率奚落了。

十一月初四日，西太后自开封启銮。过黄河时天气适逢晴明，太后率帝致祭河神，焚香行礼。地方官预备龙舟，太后及妃嫔等均乘舟渡河。由此北行，途次遇洋人来观，一律优待。既抵顺德府，已入直隶界。署督袁世凯亲来迎驾，即日登途。京城里面，派恭亲王溥伟等，出赴正定府礼迎。俟两宫驾到，已预备特别火车，奉两宫回京。是日为二十四日。由西太后先行传旨，择于巳牌开车。皇后、妃嫔等于七句钟到车站，光绪帝于七句半钟亦到。待西太后到时，光绪帝率领余人跪接。西太后含笑点首，概令起立。随即监查诸办事员，及安排发货等事。此时行李包裹，堆积如山。所有文武各员，即于车台上觐见西太后。奉旨小心安排，毋致贻误。车站总管系比国人，名叫杰多第。亦由西太后召见，温词奖谕，并言宫廷行李紧要，须仔细照料为佳。杰多第退后，西太后徐步上车，帝后以下相率随入。西太后尚凭窗瞭望，直至行李等件一一装毕，方命开车。宗社可以轻掷，行李务要顾全。纯是妇女性质。汽笛一声，车随轮动，先货车，次仆役车，又次为铁路办事人车，又次为王公大臣车，又次为皇上特别车，又次为军机大臣、内务大臣车，又次为西太后特别车，又次为皇后、妃嫔等特别车，又次为李总管莲英车，又次为侍从太监车，最后为杰多第事务车，共计二十一辆，风驰电掣而去。

当时铁路总理为盛宣怀。相传办理此车，所费甚巨：太后、皇上、皇后车中，皆用黄缎围绕，又各有宝座、睡榻、军机厅等；各妃嫔车中，统备有厚重帘幕，蔽住外观。不过西太后已降懿旨，凡有中外人民观瞻，不必阻止他。因此沿路所经，除遇着风日外，一律开窗，任人浏览。后妃人等，又皆贪看景色，无不开窗凭眺。所设帘幕，只夜间应用而已。钦天监赋闲已久，至此费了无数心力，拣了一个大吉日时，请两宫于二十八日到京。西太后颇为迷信，通知杰多第，务于吉日良时，到永定门。既到保定，两宫下车，至保定府署中，宿了一宵。杰多第与西太后约：须次日七点钟开车，方可不误时期。翌晨六句钟，西太后等已到车站。此时严霜冱冻，朔风扬尘，两旁兵队统执炬导着舆夫，陆续肩到车台。西太后降舆后，态度很是安适，并不觉有凛冽情形。且检点辎重，井井有条，仍照前例登车。小事了了，大未必佳。至十一点钟到丰台，乃是芦汉路线，与京津路接轨的地方。车务总管乃是英人。杰多第至此交卸，遂至西太后处告辞。西太后慰劳备至，并出双龙宝星为赐。杰多第称谢而去。

未几开车，阅数小时，即至北京前门。车站旁已设一极大篷帐，布置很是华美，中有金漆宝座、祭坛用品，及各种贵重佳瓷，灿然陈列。京中大员，自庆王奕劻以下，统鹄立守候。另有一特别雅座款待西人。排外之后，继以媚外，可见中国人心理。遥闻汽管呜呜、车声辘辘，二三十辆的列车，飞行过来。渐近站旁，车中有一窗全启，露着西太后慈容，各大员皆跪地恭迓，惟西人兀立不动。内务府大臣继禄，大呼西人脱帽，西人尚傲然自若，嗣见西太后向他微笑，方才脱帽鞠躬。西太后亦起立车中，略略举手答礼。车既停，李莲英首先下车，至此不怕洋人了。即往检点行李。既而光绪帝亦下，跪迓西太后下车。

西太后下车后，见各舆已预备停当，便令光绪帝先行。光绪帝起立，匆匆上舆而去。不许他出一言语，总是初心不改。庆王奕劻趋请圣安，王文韶后随，西太后亦慰劳数语。庆王请西太后登舆。西太后道："不忙！"左右回顾约数分钟。总管李莲英呈上箱笼清单，由西太后细视一遍，复递与莲英。只管着这一件。署理直督袁世凯，带领铁路洋总管入见，西太后又温奖有加。洋总管退，西太后始上舆。舆旁有两太监随行，指点沿路景物，请西太后注视。忽有一洋人经过，太监大叫道："老佛爷快看那个洋鬼子。"西太后也不加训责，只以目示意。过前门，直入内城。城旁有庙，供奉满洲保护的神祇。西太后下舆入庙，亲自拈香，有道士数人赞礼。不脱老婆子面目。礼毕，复出庙登舆。遥见正阳门城楼上面，站着西人甚多，遂表示一种慈柔态度，对西人瞧了数眼，才启舆入紫禁城，径回大内去了。皇后、妃嫔以及王公大臣，及随扈兵队，统行入城。不消细说。

西太后既入宫，自瑜皇贵妃以下，都来请安。西太后道："难为你们好意。我寓行在时，尚劳你们手制棉衣，饬役带来。只洋兵入京时，你们曾否受着惊慌？"瑜皇贵妃答道："叨太后福庇，宫中没甚惊扰。外来各兵颇守纪律，一人不入宫门，每日仍照例进膳。所以还安稳至今。"西太后道："这是祖宗的呵护。你们且退，缓缓叙谈便了。"瑜皇贵妃等遵谕而退。原来瑜皇贵妃，是穆宗的妃子，曾饬各嫔御制就寒衣，赍送行在，所以西太后略略道谢。西太后既饬退先朝嫔御，忙挈皇后入宁寿宫，瞧视所藏金宝，一些儿没有失掉，不觉大喜过望。尊为太后，要此何用。小憩片刻，用过茶点，复至仪銮殿故址，阅视一周。但见颓垣败壁，犹是依稀可认，中间成了一堆瓦砾场，又不免感叹多时。回宫晚膳。是夕无话。

先是西太后将到京师，已于途次传旨，赏奕劻亲王双俸，荣禄、王文韶、刘坤一、张之洞、袁世凯等双眼花翎及宫衔有差。返京第二日，临朝召见各大臣，复极力奖励一番。又越日，追赠珍妃贵妃位号，并以随扈不及，殉难宫中，宣布中外。一面宣入留京崔总监，令他收拾行装，即日出宫。崔总监叩首乞恩。西太后道：“我去年临行时，不过恨着珍妃，说了一句气话，叫她自寻死路，并不是真要她死。你竟将她推入井中，你心可谓太忍。姑念你承值有年，此外尚无大过，所以命你好好出宫。你不如趁早走出，免令我见你寒心呢。”崔总监知难挽回，只得谢过了恩，即于次日出宫自去。此是西太后笼络人心，不要认她悔过。

十二月初旬，光绪帝御乾清宫，接见各国公使。西太后亦列坐殿上。凡有问答，仍是由太后应酬。其后又接见公使夫人等。由公使领袖夫人带领上殿，向西太后作祝辞，无非是欢迎两宫回銮，及重敦交谊等语，文词颇觉逊顺。西太后答辞，亦极和蔼。又和颜悦色，对着各公使夫人道：“上年拳匪闹事，宫中谣言很盛，我不能不走。但途中很惦念各国公使，及诸位公使夫人。犹幸乱事渐平，彼此无恙。所愿各国公使及诸位公使夫人，仍如往昔友谊，互敦和好，我与皇上亦感惠得多了。”各公使夫人均答道：“愿如尊意。”觐见毕，大众告辞。西太后于受觐时，起立离座。各与握手。临别时，亦亲送至殿门。又勤勤恳恳地教她暇时来宫，常可接谈。各公使夫人申谢出宫，个个满意，都说西太后雅度谦冲，得未曾有。想亦上她的当了。自此次觐见后，国际情形一如曩昔。西太后乃日与政务处大臣商议新政，并下一剀切的上谕道：

世有万变不易之常经，无一成不变之治法。穷变通久，见于大《易》；损益可知，著于《论语》。盖不易者三纲五常，昭然如日星之照世；而可变者令甲令乙，不妨如琴瑟之改弦。伊古以来，代有兴革，当我朝列祖列宗因时立制，屡有异同。入关以后，已殊沈阳之时；嘉庆、道光以来，渐变雍正、乾隆之旧。大抵法积则敝，法敝则更，惟归于强国利民而已。自播迁以还，皇太后宵旰焦劳，朕尤痛自刻责。深念近数十年积弊相仍，因循粉饰，以致酿成大变。现正议和，一切政事，尤须切实整顿，以期渐致富强。懿训以为取外国之长，乃可去中国之短；惩前事之失，乃可作后事之师。自丁戊以还，伪辩纵横，妄分新旧，康逆之祸，殆更甚于红巾。迄今海外逋逃，尚以贵为富有等票，诱人谋逆，更借保皇、保种之奸谋，为离间宫廷之计。殊不知康逆之讲新法，乃乱法，非变法也。恐为维新党借口，故意剔清眉目。该逆等乘朕躬不豫，潜谋不轨。朕吁恳皇太后训政，乃得救朕于濒危，而锄奸于一旦。实则剪除叛逆，皇太后何尝不许更新；损益科条，朕何尝概行除旧？酌中以御，择善而从，母子一心，臣民共睹。今者恭承慈命，一意振兴，严祛新旧之名，浑融中外之迹。中国之弱，在于习气太深，文法太密，庸俗之吏多，豪杰之士少。文法者，庸人借为藏身之固，而胥吏恃为牟利之符。公私以文牍相往来，而毫无实际；人才以资格相限制，而日见消磨。误国家者在一私字，祸天下者在一例字。晚近之学西法者，语言文字、制造器械而已。此西艺之皮毛，非西学之本源也。居上宽，临下简，言必信，行必果，服往圣之遗训，即西人富强之始基。中国不此之务，徒学其一言一语，一能一技，而佐以瞻徇情面，肥利身家之积习，舍其本源而不学，学其皮毛而又不精，天下安得富强耶？口是心非。总之法令不更，锢习不破，欲求振作，须议更张。着军机大臣、大学士、六部九卿、出使各国大臣、各省督抚，各就现在情弊，参酌中西政治，举凡朝章、国政、吏治、民生、学校、科学、军制、财政，当因当革，当兴当并，如何而国势始兴，如何而人才始盛，如何而度支始裕，如何而武备始精，各举所知，各抒所见。通限两个月内，悉条议以闻，再行上禀慈谟，斟酌尽善，切实施行。特是有治法，尤贵有治人。苟无其法，敝政何从而补救？苟失其人，徒法不能以自行。使不分别人有百短，人有一长，以拘牵文义为守经，以奉行故事为合例，举宜兴宜革之事，皆潜废于无形。群旅进旅退之员，遂酿成此不治之病。欲去此弊，慎始尤在慎终；欲竟其功，实心更宜实力。是又宜改弦更张，以祛积弊，简任贤能，上下交儆者也。朕与皇太后久蓄于中。物穷则变，转弱为强，全系于斯。倘再蹈因循敷衍之故辙，空言塞责，遇事偷安，宪典具在，决不宽贷。将此通谕知之。

自是准满汉通婚，命编纂中西律例，定学堂、选举、鼓励章程。派张百熙为管学大臣，吴汝纶为大学堂总教习。令王文韶充督办路矿大臣，瞿鸿机充会办大臣，袁世凯充督办商务大臣，张之洞暨伍廷芳充会办大臣。各道上谕，联翩而下。又命奕劻、王文韶与驻京俄使雷萨尔商议，订交收东三省条约。为这一件事交涉，又惹起一大战衅来。小子有诗叹道：

国威荡尽已无余，慎尔邦交尚患疏。
怪底庸奴太不谅，谬伸螳斧欲挡车。

毕竟东三省交涉，为何而起，且看下回便知。

前半回详叙回銮情形，与上文出狩时，大不相同。安即忘危，乐不毖患，是欲其力惩前辙，一除宿弊，不待智者而已知其难矣。在西太后之意，以为外人可以利诱，可以色取，因思假五饵三表之术，为挽回友谊之计。不知西汉之世，朔方只有匈奴，汉室尚称全盛，贾长沙之五饵三表，言或可行，而当时犹有议其非计者。近则环球列国，犬牙相峙，方百出其谋以伺我，岂五饵三表所得而笼络之？是本原固已大误矣。至若维新之诏再下，所行犹是康梁之旧，而谕旨中必欲顾全体面，使国人知此次变法，与前日异趋。吾谁欺？欺人乎？欺己乎？要之西太后之心，一不肯认错而已。惟不肯认错，乃真成为大错。

第三十三回
两全权与俄订约　二慧女随母入宫

却说东三省的交涉，也因拳匪而起。当拳匪四扰时，俄兵入黑龙江境。欲假道省会，直通至哈尔滨，保护满洲铁路。黑龙江将军寿山不许，厉兵秣马以待。俄人分道攻入，击毙副都统凤翔，并将中俄交界的屯驻旗人，统驱入黑龙江中，做了漂流之鬼。那时俄人声势愈盛，直指黑龙江省城。寿山无计可施，服药自尽，妻子亦皆殉难。俄人又转入奉天。将军增祺哪里还敢阻挡，忙出城去迎俄兵。俄兵算不去难为他，只教他服从命令。俄政府闻关东得手，遂日夕运兵过来，不到几月竟增至十八万人。已视同外府了。至北京议和，俄使独提出东三省，谓与中国有特别关系，须由中俄自行订约。各国也莫明其妙，听他提出另议。他遂首倡撤兵，示好清廷。一面胁迫将军增祺，另订东三省条约，名系交还，暗实侵占。增祺咨照李鸿章，鸿章与驻京俄使交涉，俄使坚不肯让，硬要鸿章签押。鸿章此时已心殚力疲，染了重病，俄使尚日至榻前催促签字。不料字未签就，命已催归。好似一道催命符。因将此议搁起。

后来江督刘坤一、鄂督张之洞，联集东南士绅，力争此事。日本也纠合英、美两国，从旁力阻。俄人恐众怒难犯，一时也未敢强迫。到光绪二十八年方订了条约四款：（一）勘定疆界；（二）保护人民；（三）整顿防务；（四）兴办铁路。所有东三省的俄兵，分三期撤退，每期以六个月为限。第一期撤盛京西南段至辽河，第二期撤盛京东北段并吉林全省，第三期撤退黑龙江省。约既定，复将山海关的铁路交还中国。也由俄使雷萨尔与全权大臣奕劻、王文韶交接。看官试想，这奕劻、王文韶两人，并不闻是外交能手，远不若仪、秦，近不逮曾、薛，如何虎狼强俄，竟被他折服呢？他两人因办事顺手，非常欢悦；就是这位老太后，还道是自己才具，把一片假殷勤，哄得外人心悦诚服，东三省如约撤兵，山海关立时交路，竟没有意外纠葛，从此可高枕无忧了。只顾目前，不顾日后。清廷王大臣又是歌舞承平，颂扬功德，一些儿没有防备。独东邻的扶桑三岛，很是注目。暗想俄人何故这般和平，莫非其中阴怀叵测。将来辽东属俄，于自己大有不利，遂隐隐地练兵筹饷，准备与俄人对垒。自己睡在鼓中，反要外人留意，煞是可愧。后来日俄一役，就从这里埋根。

小子就时事编次，因清宫尚有遗闻，只好把俄事暂搁，先叙述一段清宫历史。西太后回銮以后，宫中少了好几位心腹：醇王福晋已是早逝，端王福晋同戍新疆，荣禄福晋又已病逝，莲英妹子也去嫁人，只有一位荣寿公主，尚出入禁闼（tà），承值宫中。再回应二十一回。但公主素性秉正，平时力持大局，侃侃直谈。西太后虽视若养女，恰也有些顾忌。瑾、珍二妃与公主有姻娅谊，珍妃枉死，公主尝有后言。就是光绪帝被禁瀛台，中外喧传废立，公主密白太后，不应废帝，致遭物议。西太后意遂中沮。公主又力劝宫中撙节，勉济时艰，凡皇后以下，偶或滥费，即予匡正。会西太后制一锦衣，色料俱美，价值亦昂，心中很是欣慰，但密语近侍，不可使公主预闻。不料公主已曾察觉。某日入宫请安，从容向太后道："臣女于某处见锦衣一袭，材料、颜色，可称绝品，拟购制进御。无如我朝祖制，向崇俭德，圣母上承祖训，必不喜此华装艳服，所以作为罢论了。"西太后默然不答。待公主退后，语左右道："我曾与汝等言，勿使彼闻，如何复被她知晓？"左右答称：谨遵懿旨，不敢他泄。西太后勃然道："如果你等没有多说，公主宁有此语么？"言下很是怏怏。所以面子上似爱着公主，意中恰有些芥蒂。

适驻法使臣裕庚归国，入宫朝见。西太后询及法国政治，裕庚据实奏陈。西太后又问道："闻你有两个女儿，生得甚是聪隽，现你又带往外洋，想于中外文字，总可通晓。明日可叫她入宫，我恰要赏识一面哩！"裕庚奏道："奴才原有二女，现在年龄尚稚，恐朝见太后，未娴礼节，还求慈躬格外宽恕。"西太后道："我却不拘定一切礼仪。你若因女儿年轻，叫她妈带了进来便好。"裕庚才遵旨出宫。

翌晨，裕太太带着二女，入宫进见。那二女长名德菱（德龄——编者），次名龙菱（容龄——编者），妙年韶秀，才貌兼全。这次因懿旨特召，越打扮得花团锦簇，玉润珠明。唯秀媚中另具一种英采，与寻常一般宦家闺秀，文俗不同。究竟游历外洋，见多识广，不似那深闺坐守，专从调脂抹粉上着想，自掩丰韵。因此举止冲雅，自然落落大方。为有才有色的女子特别写照。

既到宁寿宫，即有小太监前来迎迓，请她娘儿仨入门。门左有一耳房，即由小太监导入，小坐片刻。室中所列桌椅，统是红木紫檀，上铺红缎垫子，映入德菱姊妹眼帘，似乎未能免俗。小太监等先奉香茗，裕太太等略略沾唇，就从衣袋中取出银票一页，作为赏赐，小太监等欢颜道谢。旋又来了宫婢四名，执着牛奶、饽饽等物，交与裕太太等，说是奉太后特赐。裕太太挈着两女，谢过了恩，方敢领受。宫婢又道："老佛爷就要召见，太太们少待片时便了。"言毕自去。壁上钟声，正当当地敲了六下。过数分钟，又有宫监出来，请她三人入内，裕太太等方随了进去。绕过游廊，便是七大间深院。院门里面，立着两位宫眷，乃是礼王世铎及庆王奕劻的女儿。裕太太便上前请安。又命两女道："这两位统是郡主，你们须敬谨行礼。"两姊妹请过双安。二郡主笑对裕太太道："好一对粉妆玉琢的女娇娃。"裕太太正在鸣谦，又有两位半老佳人移步出来。为首的笑吟吟道："裕太太带女入朝，也算是一番佳话了。"裕太太忙趋前数步，跪将下去，两女亦随跪一旁。两人齐声道着"少礼"，并亲手搀扶她母女起来。裕太太又嘱咐两女，指着为首的道："这位是长公主。”又指着随后的道：“这位是当今皇后。”两女竦然起敬。瞧着两人装束，大致相似，只皇后服饰较为华丽，头上戴着一枝金凤凰。皇后笑容可掬道：“难得你这个老人家，生成一对好女儿，这么俊，那么俏，怕不是仙子下凡么！”哪有许多仙子肯下凡尘！

裕太太未及答言，忽来了李总管莲英，戴着红顶孔雀翎，穿着一品公服，大着步行入院中，向着裕太太道：“老佛爷要召见了，快随我到正殿去。”裕太太领着两女，随着李总管再向里面进去，行过一座院落，才至殿门。皇后、公主及二郡主，也一同进来。先入殿中，站立两旁，俟太后出来。不一刻，那位雍容华贵的老佛爷出了殿，登上宝座。李莲英即带她母女入殿，行过三跪九叩礼。西太后宣旨平身，母女谢了恩，才敢起立。不意西太后已离座下来，裕太太也移步上迎。西太后道：“教你两个女孩儿不要畏缩，我好仔细端详哩。”说着，便走前一步，两手挽着两女，左顾右盼。好一歇，方笑语裕太太道：“我瞧这两人模样都是秀慧，但阿姊尤胜妹子。我此刻正少女侍，这两个好女儿，不如让给我吧。”裕太太又跪下道：“圣母厚恩，赐及臣女，便是这二女孩有福了。”此时二女亦思跪下。西太后道：“不必！不必！你两人肯晨夕侍我，比跪叩好得多了。”又顾裕太太道：“你也不必多礼，你起来。我想母女情谊，不便相离，如叫你二女在宫，你为娘的能无挂念？此后你也好时常进来，一切礼节，概从简便。况现在宫眷们统叫我作老祖宗，你们也以老祖宗呼我便了。”言至此，光绪帝也踱入殿中。西太后复引裕太太们，觐见光绪帝。裕太太及二女行过了礼。西太后道：“时已不早了，我们临朝去吧。”李莲英跪称舆已备齐，请老佛爷上舆。西太后点首，挈了光绪帝，步出殿门，皇后以下皆跪送。西太后上舆时，复顾裕太太道：“你们娘儿仨不要出去，我下朝后还要与你们细叙哩！”又语皇后等人道：“你们领她随便游玩，不要去拘束她。”大家唯唯奉命。西太后乘舆前行，光绪帝及李莲英等后随，统至朝堂去讫。

皇后等起立后，遂邀同裕太太等入坤宁宫，分案列坐。皇后把外洋风俗人情，略加研诘，由裕太太略述一遍。忽有一人问道：“我闻外洋的风俗，与中国大是不同。凡遇筵宴，男女杂坐，不避嫌疑。还有什么跳舞会，并非自己眷属，乃一男一女，可以对舞，抱腰握手，非常媟亵。这样俗尚，还说是如何文明，我却很觉他野蛮呢！”裕太太道：“外国礼教原是不及我国，不过他艺术优长，所以自号文明。”龙菱恰耐不住道：“这也不可一例论的。他们筵宴的时光，虽是男女同坐，亦属左右分开。就是跳舞会中，男女对舞，亦不常见。就使有这种情状，也必有特别关系，并不是一味乱扯呢。从前我国出使大臣，到了欧美，往往闹成笑柄。一则因礼俗不同，一则因吾国人亦有短处。”说至此，裕太太忙出言截住道：“你小小年纪，住欧洲只两三年，便唠唠叨叨地说个不休。我国礼教，冠绝五洲，就如格格的冰清玉洁，也是服膺圣训，不屑逾闲的好处。小女孩懂得什么。”裕太太究意老成，所以处处顾到。看官，这裕太太所说的话，明明是有意斡旋。因评议西俗的宫眷，乃是庆王奕劻的女儿，排行第四，宫中称她四格格。格格乃是满语，即汉文所谓郡主。四格格青年守孀，裕太太素来知道，所以把龙菱的辩议，从中阻住，免致呕动四格格。龙菱被母亲训斥，弄得哑口无言，把粉颈垂了下去。四格格恰触起悲情，眼眶中含住了泪，几乎要坠下来。就是旁坐的荣寿公主，也未免叹息数声。当下四座无言。裕太太心中恐又未免自嫌唐突。

皇后觉静寂无味，复向龙菱道：“你说我国使臣，前时多闹成笑柄，何不讲几件故事，一消岑寂呢！”龙菱闻着，仍然红涨了脸，不发一语。到底不脱儿女常态。裕太太道：“你前时横生议论，现在皇后要你讲谈，你为何变作反舌无声？”皇后嫣然一笑，大家倒也陪笑起来。德菱忙从旁接口道：“种种传闻，也不知是真是假，不过外人作为笑谈。今承皇后下问，愿据所闻上陈。”措辞甚婉，乃妹固不逮多矣。皇后道：“你快讲来！”德菱道：“从前有一位驻美公使，避暑至法。适法国某公爵夫人开筵邀客，驻法钦使为他介绍入席。第一盘是汤，乃是西餐中常例。汤毕，厨役捧了一大盘鱼出来敬客，香味扑鼻。主人先演说这鱼出处，如何难得，厨司烹调，如何可口。座客咸思下尝。仆人指导厨役捧鱼先敬驻美公使，以鱼首近手侧，令他取鱼。他还没有觉得，喉中适有痰壅，咳嗽一声，回首欲吐于地，孰意不偏不倚，正落在鱼盘中。顿时脚忙手乱，欲去掬痰。那厨役大声呼叱，竟捧盘而返。”说至此，大家都评论起来，说这个公使也太觉冒失了。德菱又道：“他亦自觉莽撞，逃席竟去，连驻法钦使也很是怀惭哩！”

皇后道：“此外有无新闻？”德菱道：“还有一个驻法公使，初莅法国，包定火车头等厢房一间，到夜半时，公使忽患腹泻，不及登厕，弄得淋漓满裤。公使一时性急，竟用指甲剔去粪迹，随处乱弹，满房统是粪点。会参赞醒来，公使以告，参赞知西人好洁，忙自解下衣，令公使易去秽裤，掷出车外。又取他物，将各处粪点揩净，方免痕迹。两人忙乱了一宵，亏得包定一间厢房，不使外人闻知，否则外人要加呵逐了。”荣寿公主道：“中国人不爱洁净，恰是极大坏处。”德菱道：“龌龊还是小事，外人还讥诮我国钦使，要做盗贼呢！”荣寿公主道：“是否崔国驷故事？”德菱道：“他的家眷曾窃西国酒馆的手巾，被西人搜出，登报糟蹋，崔因此被谴。这是中外共闻的。他在英国时，他的夫人，还为他全馆上下诸人洗衣，索取洗资。正是要钱得了不得。一日，使馆门前悬着几条白色长带，随风飘扬。英人还道使馆中有什么丧事，遣人来问。使馆中人答言没有。来人指门外白带道：何故悬此？使馆中人方才觉得，忙将白带收入，只是不好实告，支吾对付便了。”皇后道：“白带何用？”我亦要问。德菱忍不住要笑，勉强熬着道：“乃是他馆中妇女裹脚带。”一语甫毕，全座都哄堂起来。确是好笑。

德菱复道：“即如跳舞会事，也闹过一场笑语。李钦差伯爷出使日本，有随员查益甫，素来放荡不羁，一日某处开跳舞会，查亦与座。见一西人送茶与西妇，他也贸然送给一盘。西妇与查素不相识，因见是中国官员，勉强接受。

不意西妇伸手来接，查又缩手不与，西妇大笑而去。及跳舞时，查一人独自乱跳，西人相率捧腹，他还自鸣得意呢！还有横滨领事黎某，与学生监督林某，随着驻日钦使，同赴日皇宴会。他两人怕食西餐，只把水果吃了数枚。水果中柿子最多，两人信手乱剥，弄是狼藉不堪，惹人厌恨。宴毕逛园，因坐椅不多，惟妇女得有座位。有一妇方起身接物，二人即乘她后面，拖椅自坐。妇未及知，背身返座，竟致倾跌，险些儿闹出事来。”大家听到此语，又哄堂一笑。皇后道：“你父亲曾出使日本，所以东洋笑话，也听着几条。”补叙裕庚使日本事。德菱应声称“是”。荣寿公主道：“使才原不易得，中国又是新近遣使。数年前盈廷王大臣，还目使臣为汉奸，大家都不愿出去，怪不得有此笑柄。”德菱道：“如曾、薛二公，恰是中外倾慕的。”荣寿公主道：“那是绝无仅有的了。就是你父亲使日、使法，也好算不辱君命呢！”德菱正待答言，忽有宫监入报，老佛爷退朝回宫了。皇后等陆续起身，均往宁寿宫请安。

适值西太后驾到，由大家行过了礼，西太后便问裕太太道：“你们曾否闲逛？”裕太太答云：“未曾。”西太后道：“差不多有三四小时，你们同在哪里？”皇后代奏道：“在坤宁宫闲谈。”西太后道：“好！好！你们也好腹饥了。”随命李莲英道：“快饬宫监去取茶点来。”须臾，由宫监进呈御点，西太后分赐诸人，大家饱啖一顿，又各喝过了茶。西太后随问二女道：“你们通几国语言？”德菱道：“略谙几句法文及几句英语。”西太后道：“好极了！条约中多用法文，应酬中多用英语。既通这两国语言文字，可在我处充个翻译。明天我就叫你当这个差使哩！”德菱道：“老祖宗恩典，赏婢子这个差使，哪有不思报效之理。但婢子年幼无知，倘一时办错，反致辜负慈恩，恳请老祖宗收回成命。”西太后道：“你不必过谦，我自有定夺。今朝还没有委你这差，你且待我吃过午膳，我同你娘儿仨，往颐和园听戏去。”德菱不敢再言，惟跪下谢赏听戏恩。裕太太率着龙菱也一同跪着。西太后喜道：“起来！起来！你们总要行这礼节，我也觉得厌烦呢。”又命李莲英道：“你去取三个白玉戒指，赐她母女三人。”莲英入内检出，呈与西太后，由西太后亲手赏给。裕太太复又谢了恩。又过一小时许，宫监进呈午膳。西太后端然上座，命裕太太母女伴食。清宫旧例：侍食太后前只好立着，不能就座。裕太太懂这规矩，谢恩后，就率二女站着吃饭。

饭毕，西太后饮过香茗，吸过香烟，即命李莲英道：“我们往颐和园听戏去了！”正是：

几经世变忘前辙，犹是承平谱乐声。

欲知以后情事，容待下回分解。

中国外交之棘手，莫若清季。虽有仪、秦之辩，随、陆之才，而无国力为之后盾，徒借三寸不烂之舌，欲折冲于樽俎间，盖亦难矣。况国际之大势未谙，专对之口才又绌，顾欲办理如意，无逆吾命，试思外人何爱于我，乃肯就我范围乎？言甘者心必苦，棘手可虑，顺手愈可虑。顾朝野上下，狃于目前，不复振作，西太后亦安乐如故，徒欲得内外舌人，为联络交谊之计。外交之道，宁在于此？本回复借德菱口中，叙及使臣笑谈，言有由来，事原确凿，不必果为德菱言，亦何妨借作德菱言。观此已可知当时外交之大概，不必深究利弊也。

第三十四回
中戏迷详究声歌　讲新学兼陈政法

却说西太后命赴颐和园，裕太太母女三人，原是遵旨随去，就是皇后以下诸宫眷，也一律随行。大小轿子，依次出城，一路行去，约历三小时，才到园门。西太后乘舆径入，皇后以下，统在门首降舆，鱼贯而进。园内承值的人，左右分站，肃静无哗。大家直入乐善堂，见西太后正在降舆，由众人簇拥进去。皇后等随步而入。俟西太后入座，请安行礼，各遵常例。嗣复由西太后赐给茶点，彼此饱德。西太后便道："我们去听戏吧。"李莲英请西太后出乘露舆。西太后道："今日天色晴朗，颐乐殿又是很近，不妨步行。"于是西太后在前，大众在后，从殿右越将过去，不过数十步，就至德和门。应上文第十九回。耳边已听得鼓乐悠扬，笙簧杂遝（tà）。

一入了门，便见剧场在望，三层舞台，翼然高耸。其下层是演戏处，中一层是布景处，最上一层是扮戏处。台上正在开幕，西太后入殿就座。伶人亦上殿碰头，跪请点戏。西太后问道："今日谭老板来未？"伶人答道："老板过歇就到。"西太后道："好极，想来演压台戏了。"伶人道："今日闻老佛爷驾到，所以谭老板拟来供奉。"西太后道："难为他。此外尚有何等角色？"伶人道："现如杨小楼、王楞仙、龚云甫、王瑶卿、陈德林、田桂凤、金秀山、德珺如、王长林、郎德山等，统已到齐。"西太后道："名伶毕集，定有可观。你去传我命令，叫各人自演拿手戏，不必由我特选。待谭老板来，我与他自行问话。”伶人叩首而去。西太后顾德菱姊妹道：“你两人未曾到此听戏，今日初次到来，即遇谭老板登台，也可谓有眼福了。”德菱姊妹同声道：“谢老佛爷慈恩。”西太后复语道：“你两人不妨旁坐。”两人口称不敢。西太后道：“我叫你们旁坐，就坐不妨。”两人口称谢恩，仍然站着。西太后向后一顾，见皇后以下，统站在后面。便道：“你们统就座吧，让她姐妹亦可坐得。”大众统遵旨谢恩，一律坐下。只德菱姊妹，未识谭伶如何名角，连太后都叫他老板，私自问她母亲。裕太太道：“便是谭叫天。”德菱姊妹仍是莫明其妙，不意已被西太后闻知，便顾德菱姊妹道：“他姓谭名鑫培，湖北人，是近日伶界中巨擘，都人称他为伶界大王呢！”名士不若名伶，又为清季一叹！德菱姊妹均应了一个“是”字。于是大众敛气屏息，统注意戏台歌舞。先演了杨小楼的《长坂坡》，次演了德珺如的《岳家庄》，又次演了龚云甫的《钓金龟》。

三出戏已将下场，谭老板尚未见到。西太后道：“谭老板的身价也太重了，天已薄暮，为什么他尚未来？”正说着，见有一戏子下台进来，年约五十许，面色黄瘦，皱纹很多，只颏下尚不留须，登了殿，向西太后跪叩。西太后大喜道：“你来了。我望眼将穿呢！”那人跪禀道：“午后才知老佛爷驾临，所以到此较迟。”西太后笑道：“你无非具着烟霞癖，一时还没有过瘾啰！我也晓得你的脾气。你快起来，上台去演出《盗魂铃》，叫郎德山做你配角，扮演小猪。”说至此，旁指德菱姊妹道：“这两个大姑娘，从外洋游历归来，还没有看过你的演戏。像你这等名角，演了一出好戏，俾她赏识，也不算是辱没你。”那人唯唯趋出。看官不必细问，便可知是谭老板叫天。

有顷，龚云甫下台，谭叫天扮着猪八戒，郎德山扮小猪，粉面登场。做工之妙，不消细说。中唱梆子腔一段，一字一唱，一唱一转，一转一音，词调激越，声韵苍凉。西太后非常称赏，按着戏中的板眼，用手拍案，作为过板。描摹逼真。等到老谭唱毕，方定了神，旁语德菱姊妹道：“戏中情节你可懂得么？”德菱答称：“懂得。”西太后道：“你虽知戏中情节，未必知戏中腔调。这戏内有二段梆子腔，不但唱着的戏子，要提足喉音，字字着实，就是拉弦、敲板的人，也须讲究五声六律，方能得心应手，按腔合拍。即如老谭上台，配角原是不肯苟且。就是台后的弦师鼓板，闻他也一一拣过。他前时曾对我说明，拉弦的叫作梅大锁，打板的叫作李五。必要他两人帮助，老谭才能唱好这梆子腔呢。”你是主持国事的太后，为何不研究政治，却研究戏调。随又语李莲英道：“郎伶扮作小猪，为何他不作猪声，恰作羊声呢？”可见她处处留意。莲英一时不能回答。寻忽大悟道：“老佛爷，他是信奉回教的。”西太后笑着道：“怪他不得。”

又过数分钟，天色昏黑，戏亦闭幕。西太后挈着众人，暂入休憩室，并宣召谭、郎两伶进见。等到谭、郎两人进来，太监等已呈上果点。西太后问太监道：“尚有么？”太监答一“有”字。西太后道：“你都去取了出来。今日演戏的伶人，多肯出力，我要一例赐食呢！”太监去讫。此时谭、郎二伶一同跪着。西太后道：“你们起来。所有演戏诸名伶，由你们去召他进来。”两人奉命出去。不一刻，各伶人依次进见，黑压压地跪在一地，陆续碰头讫。太监数人，搬进饽饽等物罗列桌上。西太后嘱李莲英道：“你去散给各伶，每人给饽饽五枚，叫他们就此食下。”莲英应旨分讫。各伶相率跪食，只郎德山受了饽饽，并不入口。西太后问道：“你何故不食？”郎德山答道：“腹痛忌荤。”西太后憬然道：“我又失记了，饽饽内大约裹着猪肉。”随语太监道：“下次去嘱庖厨，饽饽内可夹裹羊肉，免得他们忌口哩。”各伶食罢，谢恩去讫。

西太后道：“我们要食晚膳了，果点可一律撤去。”语毕，便携着德菱手，并肩行走，返入乐寿堂。这是太后非常宠爱，特别赐恩。德菱亦格外起敬。返室后，西太后又语德菱道：“我生平最爱看戏。古今来成败得失，及人世间悲欢离合，均可借戏中传出，很容易感动人情。只演戏的优伶，必须声容、台步，般般周到，色色完全，方可醒目。从前伶园名角，要推程长庚。程善唱老生，实则各项角色，无不擅长。他做三庆部班长时，与善演青衫的喜禄偶有口角。次日排青衫戏，喜禄故意托病不肯登台，程遂自扮青衫登场演唱，不亚喜禄，由是声名益噪。今则长庚已逝，大名要算谭叫天。他的做工能独得神似，扮什么便似什么，所以喜怒哀乐无不中节。他的唱工能把牙音、齿音、喉音，一一清晰，又能将平、上、去、入四声，字字咬清，妙在纯任自然，绝不牵强。昂首一鸣，声入云际，罄喉一控，万斛潮来，可高可低，可抑可扬，可狭可广，可急可缓，这正所谓神乎其技呢！”谭叫天固擅绝技，西太后亦算知音，但与国家政治毫无干涉，为之奈何？德菱只连声称“是”。未几晚膳，由西太后命她侍食，如午膳例。

膳毕，西太后语德菱道：“今日已是黄昏，不及入城。你母女三人，可在园中寓宿。明日你返了家，检点几套衣服，携带入园，便好来做宫眷。你妈、你妹也一同来此，免你冷静。此外如被铺等物，以及一切妆具，这里都有，不消另备了。”德菱母女免不得照例谢恩。西太后复起立道：“这殿左首有三间静室，颇觉清雅，你母女三人住此最好。来，来，我引你们先去一瞧吧。”此时电灯四映，光同白昼，西太后带着她娘儿们，越过左厢，绕出重廊，即见有三间精舍，窗户都砌着玻璃，玲珑剔透，巧夺天工。既入门，由西太后领视一周。床铺、桌椅，均已陈设整齐，四壁悬着书画，多是西太后御笔。西太后指示德菱道：“这等统是我暇时亲笔，你道如何？”德菱道：“老祖宗聪明天授，所以擅此神笔。”西太后道：“生而知之的圣人，世上是罕有的。我也是学出来呢！我少时颇喜翰墨，入宫后所藏的书画帖，很是不少，我便闲中消遣，拣着笔气相像的，日夕模仿，渐渐地也能书画。似你秀外慧中，若能留心学着，也容易成功哩！”德菱道：“全仗老祖宗教训。”西太后道：“师友也是要紧的。数年前，我归政皇上，镇日在园，没有什么事情，我想与宫眷们讲谈书画。无如她们统不谙此道，仿佛对牛弹琴。我想中国很大，总有几个能书画的妇女。我便降旨令各省访求，可巧四川有个官眷缪氏，工绘能书，由川吏驿送来京。召见时当面试着，她绘的花鸟很是精工，楷法虽逊，恰亦楚楚可观。只她已是个嫠（lí）妇，年亦将近五十。其夫仕蜀，死后宦囊萧涩，我怜她才妇薄命，畀她月俸二百金，免她跪拜。她与我平时谈话，颇得画中三昧，我恰得益不少。嗣闻她儿子已领乡荐，我复叫她捐个内阁中书。可惜她身弱多病，不便久住此间。我又因康、梁构逆，再出听政，无心及此，便令她回籍去了。现在她的存没，我亦未令查闻，只她的笔墨倒留着不少。有时还与我作代笔呢！”西太后是好胜的人，要缪氏作代笔，谅必技出己右。裕太太插嘴道：“是否即缪太大？”西太后道：“是她。你曾否会见过的？”裕太太道：“未曾会过。只她的手迹恰看见过的，她款中曾署着‘素筠’二字。”西太后点首。借此叙入缪素筠事，亦是一篇掌故。

随又语道：“这房间好住不好住？”裕太太等齐声称好。西太后复引她出来。又至乐善堂，并另饬宫女道：“那殿左三间的房屋，已令裕太太母女居住。房内尚缺妆具等物，应与她赶紧备齐。”宫女应声出去。西太后入寝室，裕太太等随了进去。又谈了数语，已是十句钟。西太后道：“你们也好乏了，去睡吧！”裕太太等遵旨，请了晚安。当有宫女导着，出了寝宫，行往卧处，卸装就寝。一宵无话。

次日起身，至乐寿堂请过早安，便叩头告别。西太后吩咐道：“你们赶快进来，早则两日，迟则三日，免我挂念。”裕太太等应着。西太后道：“你们曾吃过早点么？”裕太太答称尚未。西太后道：“既如此，你们在这里吃过早餐。此后进园，要什么吃，尽可着宫监侍女到御厨中去携取。倘若她们迟误，告诉我知道好了。”裕太太连声“遵旨”。未几，侍着西太后早膳。膳罢，又歇了片刻，方起身告辞。西太后道：“不要忙，这里有苏杭贡缎，赏你们几匹，好带回去做点衣服。”裕太太等跪下道：“慈恩高厚，如何图报？只得永远感恩，长镌心版。”西太后不待说完，便道：“我爱着你两个女孩子，赏她几件衣料，也不算什么厚恩。”便召进李莲英，命他取出贡缎六匹，由西太后亲自验过，随叫宫监三人捧着，送裕太太母女出园。裕太太等碰过了头，就别了西太后，并至皇后及各宫眷处辞了行。

皇后等俱有例赏，均着宫监携送出门。到了园门外，三乘大轿已经候着。各宫监均将赐物交代。裕太太因赐物不便轻亵，复命舆夫另添一乘大轿，把赐物装在轿中。一面复取出银票数页，分给宫监。宫监们都道了谢，候三人上舆，欢天喜地地回去了。总教银子回话。裕太太令装载赐物的轿子当先抬行，娘儿仨的轿子随后，取道回家。

由裕庚接着，裕太太等下了舆。先将赐物取出，交与裕庚，裕庚恭恭敬敬地捧入大厅，供在当中，自己也行三叩首礼。随取了银票，赏给舆夫。这舆夫本系园役，不能照外人开发，自然给资从优。舆夫亦欢谢去讫。看官，你道裕太太母女这次召见，及入园一宿，吃着、坐着、卧着，都蒙西太后特赐，她还花费了千百两银子。怪不得疆吏入觐，部中有费，殿中有费，宫中有费，园中有费，还有一班亲贵又要去孝敬他，一掷数万，才得出京。他们做官的人，哪里来许多家资，自然去刻剥百姓，一半入宦橐，一半作消费。所以到了清季，合京内外无数官员，没有一个清廉，都是棺材里伸手，死要金钱哩。慨乎言之。

闲文少表。且说裕庚资遣舆夫，入内与妻女叙谈。裕太太便把面承的懿旨，述了一遍。裕庚道："老佛爷既爱怜两个女儿，你便带她过去。且懿旨也不好有违的。"裕太太道："老祖宗只限期两日。家中内务颇繁，我又不能不去，这便怎处？"裕庚道："不妨事的。我出使回来，一时总没有要差，在家时多，一切仆婢人等，我也会指挥的。"裕太太方才无言。休息一宵，次日即将应着的衣服，及应用的物品，检出数件，贮好箱笼，忙碌了一整日，才得收拾妥当。

次日，娘儿仨带着箱笼等件，又乘舆入园，叩见西太后。适值西太后亲览奏折，便问德菱道："你来得正好，你中国文字想亦知道的。"德菱应声称"是"。西太后挽着德菱手，叫她站在左侧，把各奏折取与她瞧。德菱瞧着，多是关系学务的奏章。西太后复问道："外洋的学术究竟如何？"德菱是经过游历的人，识见颇是明达，想趁这机会，劝西太后力行新政，此女见识，颇高出满人。随即答道："近来外国文明，全仗这学术哩。"西太后道："有什么学术比我国见长？"德菱道："农有农学，工有工学，商有商学，兵有兵学，此外如声学、光学、化学、电学，以及一切机械学、物质学、生理学、天文地舆学，无一不备，无一不精。就是法律学、政治学，也是日有发明。所以有此富强呢！"西太后道："近日京内外各奏折，都说要注重新学，资遣学生出洋。据你说来，这事也是要紧么？"德菱道："取他人的长处，补我国的短处，也是自强的基础。请老祖宗降旨施行。"西太后便提起笔来，就小笺中，写了一行，系命各省挑选学生，派往西洋各国，讲求专门学业。写毕，又语德菱道："你也是个满族女子，有此开通，总算难得。我记得数年前，大学士倭仁，力崇理学，把西学批得一钱不值。目今看来，实太不通时务。我们皇族中人，今日还是迂拘的多，明通的少。我也想令亲贵子弟出洋留学，增点知识呢！"德菱道："老祖宗这么想着，确是皇族中的幸福了。"西太后又道："庠（xiáng）序学校的制度，中国古时本是有的，想与欧美各学堂大致相似。后世始尚科举，传至明朝，复用八股取士。看来八股实是无用。我已降旨废去，改试策论。惟科举积习，一时难返，只好慢慢儿革除吧。"说毕，便把写好的谕旨，交李莲英递将出去，令军机如旨颁发。寻复语德菱道："你说西国有法律学，究属如何？"德菱道："西国法律不止一端。即如刑律一门，比中国宽仁不少。他们最重刑律，莫如枪毙。此外如羁禁的犯人，也好好儿待他，不过罚他工役，所得工资，公私兼济，恰是情法两尽呢！"西太后道："现在王大臣章奏，也是这般说，要我参用西律，改定刑章。我想凌迟、枭首等刑，确是残酷。我朝入关，不过仿用明制，相沿未改，其实也非列祖列宗的本心。我已决计停废，此后用刑，以斩决为止，也算是宽仁的了。"德菱又道："外人不用刑讯。凡有审鞫等件，总教搜集证据，证据完全，便好判决。我国官吏，往往不问曲直，妄用刑具，三木之下，何求不得？老祖宗很是仁慈，还恳停止刑讯，嘉惠民生，这也是浩荡的皇恩。”可见女子不可无学，满人中有德菱，可称翘楚。

西太后略略点首。随问裕太太道：“你们有无物件带来？”裕太太道：“有箱笼几件。”西太后道：“交过宫监没有？”裕太太道：“已交过了。”西太后道：“你们前日来园，只听了一会子戏，园中景色想没有逛过，我教宫眷们引去一逛如何？”裕太太道：“正要去谒见皇后及公主、郡主等。”西太后道：“不必！我着人去召她来。”言下便有宫女应命。不一时，皇后以下统冉冉进来，与裕太太母女见过了礼。正拟奉旨逛园，不料李莲英回来奏报，说是江督刘坤一出缺了。西太后不禁怅怅道：“这也可惜。”江督刘坤一有功人民，故载其逝世。小子有诗咏刘公道：

帝座倾危仗力争，东南保障又成城。
晚清疆吏多庸鄙，肝胆如公算竭诚。

未知刘坤一得邀赐恤否，且待下回续叙。

嗜戏亦常人恒情，惟西太后不宜嗜戏。西太后手握大权，日理万机且不暇，安得日夕听戏，置国政于不问耶？况以嗜戏故，宠遇名伶，受觐赐食，视名伶不啻王公。昔人谓羞与哙伍，屠狗英雄，名公卿犹耻与列，况伶人乎？至讲论政学一段，看似西太后究心新法，实则为德菱增一身份。著书人恶顽固，喜明通，故前于端、刚辈多恨词，而此于德菱女士多褒词。且借口发议，无一语无来历，不得仅仅以小说目之。

第三十五回

勃夫人入觐开盛宴　荣中堂弃世上遗言

却说西太后正惋惜江督，军机大臣亦即进见，呈上江督刘坤一遗折。西太后瞧毕，便道："刘坤一平粤有功，其后历任疆圻，亦无大过。拳乱时保护东南，近年更参议国际交涉，好算一个社稷臣。你们去从优议恤，并一切封赠予谥的典礼，拟定进呈，候我酌夺。"军机大臣遵旨退出。西太后又自叹道："老成凋谢，也关系国家命脉。江督一缺，任大责重，看来只好调张之洞去。"言毕，见裕太太等尚站立一旁。便道："你们何不去逛园？"又命两郡主道："你引她去逛一会子。"裕太太及郡主等各遵旨去讫。过一小时，军机即拟定谕旨，呈入慈览。拟追封刘坤一为一等男，晋封太傅。谥法拟定数条，由西太后圈出"忠诚"二字。遗缺由张之洞调署。随即发出。转瞬间日已晌午，裕太太等回来。西太后问德菱道："园中景色可好么？"德菱答称"很好"。西太后道："现在将交冬季，草木已是凋零，比春夏时已减色了。现在将要午膳，你们回房休息。开饭时当由宫女送来，不要做客，随便好吃的。"裕太太等谢恩趋出。

是日傍晚，又由太后宣召德菱。德菱闻命即往。西太后道："明日俄使夫人要来觐见，令你充个译员。"德菱道："婢子不善俄语。"西太后道："怎么好？"德菱道："俄人多会讲法语。想俄使夫人应亦如此。"西太后笑道："这叫作想当然呢，你明日便陪着她。"德菱道："需要更衣。"西太后便接着道：

“要换什么衣服？我与她们见过几次，并没有更衣。”德菱道：“老祖宗自然不用更换。若婢子去充招待，换了西服，似格外亲近一点。”此语应合西太后意，德菱亦善于措辞。西太后道：“你西服有带来吗？我是不喜欢西服的。”德菱道：“愿遵老祖宗嘱咐。”西太后道：“我不过这么说。你有西服带来，尽可穿着，令她晓得我们宫内也有完全的译员。”总是爱顾体面。德菱口称遵旨。西太后又道：“我听得西洋各国，服饰华美，要算法兰西，你寓法国有两三年，曾见有希世奇珍么？”德菱道：“外人最重金钢钻。所有时装服色多用着金钢钻呢！”西太后道：“金钢钻虽是贵品，不过光芒四闪，它无足奇。我国最好的玛瑙宝石，也差不多的宝光。最难得的，是大而且圆的珍珠呢！”说着，携德菱手入寝宫。

寝宫里面有珠宝室，四面陈着檀木方橱。西太后引德菱入内，取出一钥，令德菱开橱。德菱接匙去开，觑定锁心，开了半晌，不见动移。西太后道：“这个聪明的女孩儿，也被我难倒了。故令她开锁，以试之。这锁中藏着机械，钥匙套入后，须随锁心左转五次，便可开锁。多、少都是没效。”德菱依言，锁即脱下。开了橱门，见里面都排着锦盒，外标黄签。西太后检出一绣缎包裹，装潢最丽的盒子，启了盖，指示德菱道：“这种珍珠恐怕外人也没有哩！”德菱瞧着，但见宝光透射，朗若明星，有大有小，有粗有细，没一颗不是精圆。有几粒最大的，差不多如龙眼相似。不禁称羡道：“这真是无上奇珍！”西太后道：“还有一粒好的，我取来你看。”说着，便另从妆台屉中，取出一个金镶玉嵌的小盒，揭去盒盖，内贮一粒大明珠，足足如鸡子形。便道：“我入宫已数十年，只有这粒宝珠，乃是列代留传，遗与我的。我想配一成对，竟没处可采。这正是独一无二呢。”宝非所宝。德菱道：“照这样珍珠，是古今中外罕见的奇宝。老祖宗洪福齐天，所以得此异品哩！”西太后闻着，很是欢喜。无非喜谀。随在锦盒内取出两粒似豆的明珠，赐与德菱。德菱跪谢讫，西太后命她起来，将锦盒仍藏橱内。且令德菱扃（jiōng）了橱门。德菱掩门上锁，将钥匙右转五周，已经锁就。西太后赞她道："古人云，闻一知二，与你说了左转，你便晓得右转，岂不是闻一知二么？"德菱又谢了奖，随西太后出来。西太后道："你在此做着宫眷，有事时你须站着，没事时不妨少憩。现我已没别话了，你且退去休息吧！"德菱方退出。晚间挈了妹子，同去值班，至十下钟回房。

次日早起，梳洗毕，姊妹又同入寝宫。西太后正在起床，德菱忙上前服侍。西太后道："你们起得颇早。夜间睡得安否？"德菱回奏"甚安"。俟西太后盥洗梳栉，一一就绪，才侍着太后早点。太后食罢，光绪帝及皇后也入内请安。西太后便把食余分给帝、后，又赐与德菱姊妹，每人各数枚。西太后复语德菱姊妹道："你们两人去换了西装，我在此等着。再过两小时，俄使勃兰康夫人要来入觐哩！"

德菱姊妹应着，即趋至自己寝室，卸去旗装，改服西衣。并将髻子亦改梳西式。自顶至踵，统行换着：戴了一顶浅色外国帽，上面饰着翠羽，穿了一件淡红外国长衣，外绒里绸，系着一条外国花绒的长裙，上紧下宽，脚下着了皮鞋，仿着西妇行法。两姊妹并肩趋入，西太后望着道："两个洋鬼婆来了，看她怎么行礼？"这语已被德菱听着，将至乐寿堂，巧遇着荣寿公主，便向公主三鞠躬，请公主奏闻太后："身服西装，应行何礼？"公主入内奏明。西太后道："我晓得她为难了，免礼吧。"德菱姊妹便站立阶下，静待西太后出来。西太后瞧透她的意思，便出了乐寿堂，上了露舆。光绪帝在舆右随行。德菱姊妹俟露舆过后，随在后边，一直到仁寿殿。

西太后下舆，入殿升座，光绪帝坐在左侧，德菱、龙菱分站西太后两旁。西太后语德菱姊妹道："你去迎俄使夫人入殿吧。"两人趋出，少顷，即导俄使夫人登殿。俄使夫人行了三鞠躬礼。西太后起立，上前与俄使夫人握手。俄使夫人申祝辞，西太后致谢辞，俱由德菱辗转译出。好在俄使夫人很谙法语，两下里不嫌隔膜，彼此满意。这叫作无巧不成话。俄使夫人见左侧坐着光绪帝，也与他行礼。光绪帝忙起与握手，并问俄皇安好。德菱亦与代译。礼毕，西太后便引俄使夫人进乐寿堂，彼此统是走着。入堂后，令俄使夫人就座，并以自己常食的乳酪，赐夫人饮。随谈及中国牛乳与外国牛乳的异同。俄使夫人随答数语。西太后复把俄国风俗略加垂询，亦由俄使夫人粗陈大概。随后说到两国交谊，愿长此和好过去，彼此往来，不啻一家，俄使夫人亦深表赞同。西太后喜甚，便语德菱道："你导勃夫人去会晤皇后，以后夫人进来，也好随时叙谈。"

德菱遂引俄使夫人至宜芸馆，见了皇后。坐谈了两刻钟，俄使夫人告辞出馆。适遇宫监趋至，传着懿旨，命德菱陪夫人入餐室，留客午餐。德菱即用西语转述，俄使夫人恰也不辞。至餐室门，已由荣寿公主带着宫眷数人，肃客入室，龙菱亦在其列。两下分宾主列坐。只德菱姊妹能与俄使夫人直接谈话，此外有所问答，均须两姊妹间接。西国语言文字，所以不可不学。因此荣寿公主以下，不过寒暄数语。以后只听她三人讲谈，有说有笑，咕噜了好多时，不知说些什么。仿佛是鸭听天雷。此时席间已列着茶点，当由荣寿公主周旋一番，未几进膳。仿着西餐式子，每人各有专肴。俄使夫人坐了客席，荣寿公主坐了主席。宾主言语不通，殊乏意趣，何不改命德菱。想是主人不可乱代的。欢宴既竟，俄使夫人吸完一支雪茄烟，便与德菱说及，要面谢太后。德菱又引入乐寿堂，向西太后道谢。西太后已备好翡翠玉一方，嘱德菱至寝宫取出，赠与俄使夫人。俄使夫人领谢讫，即辞别去了。德菱姊妹及荣寿公主等，俱送至外面甬道旁。至俄使夫人上了舆，方返乐寿堂复命。

西太后问德菱道："俄使夫人曾说我否？"德菱道："她说老祖宗甚慈祥！"西太后道："怕不是么？"自己有心病。德菱道："似老祖宗这般和蔼，自然人人钦敬。"西太后道："恐她还记念拳乱的事情。"德菱道："她毫不提起。"西太后道："为了拳乱这桩事，外交上很是为难。外人统疑是我纵庇的，其实都是载漪、刚毅等闯出祸来。我也一时没了主意，致受外人唾骂。若要恢复名誉，总非自强不可。”德菱道：“老祖宗实心图治，总有自强的一日。”西太后道：“英皇维多利亚算是福寿兼全的女皇。目今她已去世，西人还歌颂不绝。我从前的历史，自谓不弱于她，不料三次垂帘，闹出这种乱事。这也是当今皇上害我，若他能任贤去邪，拨乱反正，我好安享承平，完名全节，怕不及一维多利亚么？”肚痛埋怨灶司，都是恕己责人。德菱从旁劝慰了一番。

过了数日，西太后亲谒东西陵，叫德菱姊妹亦随了她去。回銮时，至南苑驻跸数日。南苑在京师南，系元时南海子故址，一名飞放泊。乾隆时孝圣皇太后，道光时孝和皇太后，皆尝一幸南苑。西太后思绳祖武，所以到南苑时，也停留数天。苑南有晾鹰台，从前皇帝谒陵回跸，必于南苑观猎，御台校阅。道光后已废此典。西太后登台浏览，慨然道：“我朝以武功开国，入主中夏二百数十年，不意一蹶至此，反任那碧眼紫髯的洋鬼子，横行中国，正是令人可恨！”仇视外人之心，毕竟未改。扈驾诸人，统是默然。返京后，京内外没甚大事。

有话即长，无话即短。忽忽间已是光绪二十九年。元旦这一日，西太后在宁寿宫受朝贺。元宵这一日，西太后在颐和园受庆贺。仿佛是尧天舜日，景星庆云。冷语。过了上元，京内外各官员照例开印。又有几本半新半旧的章奏，呈入慈览。内有递减科举一折，乃是直督袁世凯及鄂督张之洞联衔奏请。略言“科举为学校大碍，请将各项考试，逐科递减，即以减额移作学堂奖励。俟科举减尽，此后士子专以学堂为进身阶级，庶学堂不难普兴”等语。即月攘一鸡之故技，且仍以利禄提倡学堂，根本亦误。西太后随即允准。小子于本回起首，曾叙及刘坤一出缺，以张之洞调署，如何此处复变作鄂督？原来二十八年冬季，江督缺任了魏光焘，张之洞仍回原任，所以此处仍照书鄂督。这且休表。且说春光易过，转眼间又是二月，宫中吃肉的时期又到。满洲风俗，向重祭神，连坤宁宫中均供奉神位，本应由皇后每日行礼。嗣后特设女官恭代，食三品俸，名叫萨满，俗讹称作撒麻太太，旧会典谓之赞祀女官。惟二月朔日，须由皇后亲自主祭。祭余之肉，帝后以下，席地坐食，谓之吃肉。西太后也迷信鬼神，所以到了这日，亦必在佛前祈祷。是日在颐和园，早起即登万寿山，至佛香阁拈过了香，然后回到乐寿堂。也令宫眷们吃肉。裕太太母女三人，均得列座。吃肉后，继以午餐。午后太后小睡一句钟，起来率宫眷泛湖。春风澹（dàn）荡，绿水暄妍，到了穿堂殿，登陆小憩，免不得吃些茶点。至兴尽归来，已是电灯荧荧了。

越数日，西太后复往祭西陵，返宿保定行宫。忽由宫监入报，庆王爷求见。西太后便叫他进来。庆王入见，请安毕，报称荣禄病殁了。西太后大惊道："有这事么？他告假多日，我已派内侍慰问数次。他说近日尚安，谁知竟背我长逝了。"庆王道："尚有遗折在此。"当即奉上黄盒，由西太后展盒披折。其文道：

军机大臣文华殿大学士奴才荣禄，备录官衔，以示宠荣。为病处危笃，恐今生不能仰答天恩，谨跪上遗折，恭请圣鉴事。窃奴才以驽下之才，受恩深重，原冀上天假以余年，力图报称。追思奴才起身侍卫。咸丰十年，国势岌岌，内则奸臣蓄谋不轨，外则英法联军占据京师，宗庙震惊，宫驾出狩，驻跸热河。奴才备位侍从。文宗显皇帝圣躬不豫，渐至弥留，奴才乘间进言于皇太后，发觉郑、怡二王之阴谋。原来也是他起头。及圣驾宾天，奸王僭称摄政，图谋不轨。皇太后身处危险之中，有非臣下所忍言者。幸上天佑助，皇太后沉机默运，宗社危而复安。自此之后，两宫太后垂帘听政，叛乱削除，升平复睹。奴才蒙恩升任内务府大臣。当穆宗毅皇帝宾天之际，皇太后亲命奴才迎请皇上入宫，以社稷重大之事付之奴才，受命惶悚，感激何可言喻！又是一种定策功。奴才虽竭尽心力，岂能仰报于万一耶？其后受任步军统领，触犯圣怒，曾尚记得宫妃否？七年之中，闭门思罪。皇上亲政，复蒙慈恩出任西安都统，既而仍回原职。

光绪二十四年，皇太后、皇上鉴于国势之弱，决意采行新法，以图自强。皇上召见奴才，蒙恩简任直隶总督，命以破除积习，励行新政。孰意康有为借口变法，心怀逆谋，致为新政之阻。皇上误信奸人夸诞之辞，一时之间，偶亏孝道，亲笔书谕，言变法之事，为皇太后所阻。又谓皇太后干预国政，恐危国家。对于奴才，数动天威，几罹斧锧（zhì）之诛。奴才密见皇太后，陈述康党逆谋。皇太后立允奴才等所请，再出垂帘，以迅雷之威，破灭奸党。这是最大的功劳。光绪二十六年，诸王大臣昏愚无识，尊信拳匪，蒙蔽朝廷。虽以皇太后之圣明，不免为其所动，竟以国家之重，轻徇妖术，直至宗庙沦陷，社稷阽（diàn）危。奴才屡请皇太后睿识独断，不蒙信纳，数奉申斥，忧惧无术，四十日中，静侯严罚。然皇太后仍时时召奴才垂询，虽圣意未能全回，而得稍事补救，各国公使不致全体遇害。故事过之后，时荷天语感谢。自西安回銮之初，即将肇祸之王公大臣，分别定罪，渐次改革庶政，不事急激，期臻实效。两年以来，改革已不少矣。圣驾回京，如日再中，东西各国亦均感皇太后之仁慈。奴才自去年以来，旧病时发，勉强支撑。两月之间，请假开缺。蒙皇太后时派内侍慰问，赏赐人参，传谕安心调理，病痊即行销假，恩意叠沛。无奈奴才命数将尽，病久未痊。近复咳嗽喘逆，呼吸短促，至今已濒垂绝之候。一息尚存，惟愿皇太后、皇上励精图治，续行新政，使中国转弱为强，与东西各国并峙。奴才在军机之日，见朝廷用人，时有人地不宜者，此乃中国致弱之源。奴才以为改革之根本，尤在精选地方官吏及顾恤民力、培养元气之两端。皇太后、皇上深居九重之中，闾阎疾苦难以尽知。拟请仿行康熙、乾隆两朝出巡之故事，巡行各省，周知民情。奴才方寸已乱，不能再有所陈。但冀我皇太后、皇上声名愈隆，乃达奴才宿愿，则虽死之日，犹生之年。谨将此遗折，交奴才嗣子桂良呈请代递。临死语多纰缪，伏乞圣鉴赦宥（yòu）。奴才荣禄跪奏。

西太后览毕，垂泪道：“他遗折上所奏的事情，语语出自真诚。就是拳乱时候，他亦尝屡次奏阻。外人反疑他庇护，待他不平。他前曾奏辞各项要差，我没有允他。他死，朝上大臣哪个还似他忠诚？”西太后心中原只一个荣禄。这句话说得庆王都怀惭起来。西太后又道：“你去叫军机拟旨，赏银三千两治丧，并赐他陀罗经被，所有封赠事宜，着即议奏。”次日奏上，拟赠太傅，追封一等男。西太后照允，并予谥文忠，入祀贤良祠，嗣子桂良袭爵。越日，又命赐祭席，着恭王溥伟带领侍卫十员，前往祭奠。平生事迹，宣付国史馆立传。向例未立战功及非皇室宗支，不能得此优典，西太后因他忠勤逾恒，所以开此特例。小子尝有诗咏荣禄道：

椒房宠泽已如春，死后承恩更绝伦。
莫怪此公邀异数，慈闱第一大功臣。

荣禄死后，那时仰承慈眷的亲贵，要算庆亲王奕劻了。欲知后事，请看下回。

款待外宾，未始非交际礼仪，但终不足服外人之心。外宾告别时，固极口称谢，然关于国际交涉，则仍要索多端，丝毫不让。可见卑礼、盛筵，全然无用。本回叙俄使夫人之入觐，不过借表德菱姊妹之才，若谓其有益国家，则非作者之本意。至下半回述荣禄谢世，系顺时叙事之笔。惟备录其遗折，乃因荣禄一生，为西太后忠诚之仆。西太后数次临朝，大半出荣禄之力，遗折一一详及。足以证本书之演述，信而有征。荣禄死，而西太后亦不久矣。是回殿以诗云“慈闱第一大功臣”，语近旨远，最足令人玩味。

第三十六回
万牲园太后临幸　海晏堂西女写真

却说西太后闻荣禄死耗，心甚怏怏，即令启跸回京。途次坐着火车。到京后，下车换舆，面色很是不豫。西太后弟桂祥，至车站跪接，奉着慈谕道："荣禄如何就死？"桂祥道："他嗽疾日甚，奴才曾荐医诊治，服药罔效，竟致不起。"西太后道："照你说来，是你害了荣禄，举荐了那个没用的医生？"说毕，匆匆上舆而去。自是西太后连日不怿。宫眷们稍有不周，便遭她训斥，就是德菱姊妹，也不能免。德菱暗想：这老太后没有长性，自己入宫时，何等邀宠，以后就渐觉平淡，近日虽为着荣中堂事，不无郁闷，然也不至迁怒至此？意欲借词请假出宫回去，又恐逢彼之怒，一时不便启齿，只好小心谨慎，延挨过去。西太后性情于此略见一斑。不意天公更会播弄，数月不雨，镇日里燥尘飞扬，地土槁裂异常。想是刮干地皮。西太后愁上增愁，闷上添闷，懒与人交谈一切，有所禀报，动遭呵叱。嗣因旱魃未除，下旨斋戒三日，又日去祷佛两次。可奈茹素无效，祈佛无灵。西太后又命延长斋戒期。并饬光绪帝虔诚祷神，一直到了四月初旬，方见甘霖下降，淅沥了一昼夜。一班趋承迎合的满奴，又交颂太后感格神明。西太后才有些高兴起来。

一日，光绪帝入内请安。西太后道："万牲园不知怎么样？我拟亲去看视，明日你随我同往。"光绪帝自然遵命。越宿，光绪帝奉西太后幸万牲园，后妃宫眷们一同随驾。侍卫宫监差不多有数百名。园在西直门外，旧名三贝子花园。嗣因各使臣任满回国，多采购奇禽异兽，入呈慈览，宫中无处喂养，便借这园内畜牲，所以叫作万牲园。园四周可十里，凡狮、象、虎、豹等类，多用铁栅为栏，把它羁住，朝夕令人喂饲。经费由内务府拨给。各大臣因太后好奇，逐年有所贡献，因此园中的禽兽越集越多。他如海马、文犀、怪鳄、大蟒、猕猴、鼯鼠等类，无不搜集。还有各种名花瑶草，亦一一移植。遂分作动物园、植物园。自新政举行后，注重实业，又将植物园改名作为农事试验场，招集官民子弟，学习农事。并命商人亦得入园设肆。振兴农商，当从普及入手，仅有此园，乌足济事。平时除太后入园，禁止闲人外，一任民人游览。所以都中人士，往来园中，倒也络绎不绝。园内亦有楼、台、亭、榭。最高楼约有数仞，名曰畅观楼，闻系西太后命名。畅观楼附近，有自在庄、豳风堂等。所有题额，亦由西太后御笔。各处建筑，虽不及颐和园中的富丽，规模恰也宏敞，陈设很是精雅。又于园中凿成一河，设有画舫，可以代步。北人多乘舆，少乘舟，所以游人至此，辄喜乘舟泛棹，游行一周。话休叙烦。

单说西太后等到万牲园，即由管园的满员跪迎慈驾。既入门，西太后便命停舆，随即下舆步行，光绪帝亦即降舆，随着太后。所有宫眷人等，已早于园门外下舆趋入。大众都拥着太后登堂。太后少坐，由园总管跪奉茶点。太后随意食罢，照常例散给。即起座道："我们先去动物园。"当下令园总管导着，信步前进。猛听得一声奇吼，仿佛与雷声相似。西太后也为一惊，顾园总管道："这不是狮吼吗？"园总管应声称"是"。西太后道："我们先去瞧狮子。"园总管即导至狮槛旁。但见狮威方发，大步往还，项中鬣竖作一团，张着大口，滴着馋涎。西太后回顾宫眷道："这个猛兽，确是可怕，怪不得叫作兽王呢。"宫眷相率称"是"。西太后又道："从前中国画师所绘的狮子形，统是全身有毛。我观现在这狮并不是这么样子，所以百闻不如一见。"宫眷又都应着"是"字。信手叙来，无非学识。西太后见德菱在列，便问她道："你在法国时，有无看见狮子？"德菱道："也是少见。"西太后道："这狮子是非洲进来的。欧亚二洲想是少有呢！”德菱道：“非洲地近热带，所以猛兽最多。”西太后点首。

再向前行，有豹、有象。豹文驳杂，最为可观，象系灰色，鼻甚长，两牙外露，喜食瓜果。及看到虎栏，有大小二虎，蹲地睡着。西太后道：“这虎很是瘦弱，莫非月粮不足么？”看守的人伏地奏道：“虎喜食肉。每日饲它，不足一饱，所以形容瘦削哩。”西太后道：“谁叫你克扣虎粮？”率兽食人，西太后独未闻么！看守的复奏道：“并非克扣虎粮，乃是虎不足食。”西太后怒道：“胡说！它不足食，何不增粮？”复语园总管道：“这虎须要饱饲，休教它饿毙。若是死了，要看守吏偿命。”人不如虎，太草菅人命了。园总管连忙应旨。又巡视过去，见有奇马两匹。一匹是项上多一足，叫作五足马；一匹是满身五色，形似柳条纹，叫作文马。西太后道：“这两匹马煞是奇异。我一时失记，不知是哪里采来的？”便问园总管道：“你可知两马来历否？”园总管跪伏于地，悚惶不能对。西太后笑道：“你可谓得鱼忘筌，专顾物体，不知物名哩！”复转问看守吏，也是蠢然无知。西太后道：“你们都与牛马相类，怪不得不懂动物学。”

德菱闻言，恐遭问及，不便妄对，暗捏了一把汗。幸西太后只管前行，阅过了许多猴子，有蓝面的，有红面的，有黄面的。又有许多鼠子，形色也是不一。还有鳄鱼两尾、大蟒一条。鳄有水窖，蟒有铁笼，所以不能肆毒。其余如野熊、猩猩等类，统是世所罕睹。迤逦过去，听得鸣声上下、音韵铿锵，有无数怪鸟聚集一处，四面用铁网罩住，形状个个不同。他若鹦哥、百舌等，或系诸架上，或置入笼中，彩羽蹁跹，翎翮修润。西太后目不胜赏，但说道：“都非凡鸟，可惜没有凤凰。”你也好算是人中凤了，可惜是野凤凰，不是真凤凰，鸣盛不足，鸣乱有余。随语光绪帝道：“我们到植物园去吧！”

于是相率转趋出了动物园。李莲英奏请太后上舆。西太后道：“不如步行为佳。”当下移步前行。约数十步，即见奇花含蕊、琪草向荣，风吹百和之香，日映千重之锦，怡情悦色，豁目赏心。西太后老兴陡增，步履益健，大家统还跟得上，只李总管年已将老，精力衰疲，走一步，懒一步，随行数里，似乎呼吸俱促，痰喘交乘。胡不遄死？西太后回顾道："你年纪尚不及我，奈何这般没用？你缓缓走来，我们到畅观楼去。"李莲英口虽应命，究竟不好落后，只得撑着两足，踯躅随上。既到畅观楼，西太后循梯而上，也不见什么吃力。独这位李总管已喘作一团，西太后特旨赐坐。自己凭窗遥览，遥见葡萄满架、桑叶成荫。便回语园总管道："葡萄可以酿酒，很是有用的植物。若蚕桑是中国绝大利源，此处种着桑叶，想系农事试验场，有人指授蚕桑，今日试验场的生徒到哪里去了？"园总管道："今日适逢假期，又遇老佛爷驾临，他们未奉懿旨，不敢迎谒，所以多趋避呢！"西太后道："这也不必。蚕桑是最要紧的实业，大内亦有桑园，后妃等尝采桑饲蚕。我至今尝亲祀先蚕，不敢愆误。前年且命浙省抚臣，招选湖州蚕妇数人入宫，教习饲蚕的法子。并设立绮华馆，另募机匠，缫丝织绸，目前颇有成效。可见北地未必不宜桑，北人未必不宜蚕，所患在不肯学习呢。"数语颇含至理。园总管本没有什么才智，况是煌煌慈训，不啻圣经贤传，自然应声维谨。

西太后眺了一会儿，才在楼上用些茶点，复命皇帝以下，随便充饥。寻下了楼，至豳风堂小憩。见有商肆陈列，西太后亲问物价，肆商跪陈数目。西太后问李莲英道："这物价恰很便宜，我们所用的物件，从没有这样贱价哩！"李莲英复奏道："这是民间所用，货物低劣，比不得宫中贵品。"明明浮冒，恰说是货有优劣。西太后不禁微笑。也知他是诳言，无如难以割爱。又见肆中有食物陈着。便道："他们的食物，不知味道如何？"李莲英又奏道："他们的食物，未必洁净。"西太后道："你们总是这般说。你不记得那年出走时么？"果能时时记着，中国亦能自强，所恨只有五分钟！随顾园总管道："午牌将近，我们在此午膳。你去向厨子说，园中颇有菜蔬，不妨取来烹调。菜根味长，比鱼肉好得多哩！"园总管即要出去，西太后道："我们至自在庄午餐。"园总管应声去讫。西太后便出了豳风堂。李莲英又请太后乘舆，并言：老佛爷不宜过劳。西太后道："我爱园中景色，所以来此一逛，聊解愁闷。如坐在舆中，究竟不能自由，算什么闲逛哩？"

复照前步行，逐路眺赏。到了自在庄，日光将要晌午了。园总管已在庄中，指点厨役，摆设杯盘。西太后道："这里寓乡村风味，我们且作一会儿乡人。一切肴樽，求洁不求丰，宜雅不宜俗，何如？"园总管遵嘱，每席不过八肴，只首席陈了十二肴。西太后瞧着道："很好！此地不比宫中，大家坐食不妨。"于是西太后上坐，帝、后等分坐两旁，宫眷等统在别席分坐。食过午膳，大家休息一小时，西太后命乘舟泛河，派坐了五只画舫，先后启行，在园中绕了一周。差不多有三四下钟了，西太后兴尽思归。登了岸，上舆返大内，帝、后等随从入宫，不必细表。

次日西太后临朝，内务府呈上奏本，乃是海晏堂已经竣工。西太后搁过一边。复由广西巡抚岑春煊寄呈章奏，内是参劾巡抚王之春及提督苏元春，纵匪养痈。西太后语庆王道："王之春这么无用，苏元春想是疲老，不合统军。现在练兵要紧，似这种麻木不仁的人物，须把他立即革职，方可警诫别人。惟何人可以接替？"庆王道："奴才愚见，不如令柯逢时去任桂抚，提督一缺，还是叫冯子材接任，他是个老成宿将哩！"子材恰负盛名，柯公乃得抚缺，未免运动出来。西太后道："也好！就照此颁谕吧。"

此外，尚有考取经济特科一折，西太后语庆王道："你去于近十日间，定个日子，并派员监试，及主试阅卷等。拟好了，候我裁夺便是。"当下退朝。次日便由庆王拟定试期及主试监试阅卷等员，奏呈御定。西太后瞧了一遍，也不加参换，便发下礼部，明白晓谕，一班应试士子，届期入场。大众统想中榜，把生平所学的经济抒写成卷，出场后恭候揭晓。一等只取了九名，第一名乃是袁嘉谷。二等加倍，算取了十八名。后来袁嘉谷亦不见大用，徒然夺了锦标，落得一场空欢喜。想是不善钻营之故，但西太后变法之心，亦自此可见。

西太后注重兵政，又加意理财，遂增设一个商部。叫庆王的儿子载振，做了商部尚书。纨绔儿何知商务？将前时所立的路矿总局，归并商部。并设立练兵处，命庆王奕劻为总理，下置军政、军令、军学三司。又颁布大小各学堂章程。总算是除旧布新的见端。

西太后复亲至海晏堂，阅视一周。全殿都仿西式筑造，殿内陈设的器具，也都依着西式，心下倒也喜欢。恐怕未必。随回宫语德菱道："海晏堂已经筑就，照你所绘的图形，大致无讹。将来召见外宾，便在这堂受觐，恰便当许多哩。"德菱称"是"。西太后道："我看这堂落成，便好宣召各使眷属，游宴一番。你仍替我们充着翻译，可好么？"德菱遵旨。西太后便命外务部关照各使馆，邀他眷属入宴。

于是美公使康格夫人、美参赞韦廉夫人、西班牙公使佳瑟夫人、日本公使尤吉德夫人、葡萄牙代理公使阿尔密得夫人、法参赞勘利夫人、英参赞瑟生夫人，挈领一班随员妇女，联翩至海晏堂。只德公使杜扬，恰亲身自到。当由西太后率同光绪帝，登堂受觐。德使杜扬氏带了各女宾进见。两下里各有译员，辗转通词，宾主统是快意。外务部总理奕劻，也入堂陪宾。便邀各宾到旁室茶点。未几即陈酒肴，刀叉具备，杯盘杂陈。奕劻与荣寿公主，作为男女陪宾，应酬一切，统由德菱译述。

酒阑后，各宾都至太后处申谢，西太后复一一接见。瞧着康格夫人后面，有一个青年女士，面目韶秀，身材更带着三分袅娜，恰与中国美人儿相似，不觉心爱起来。便指问康格夫人道："这是何人？"康格夫人说是"密司卡尔"。西太后不能解，转问德菱。乃知"密司"是西女统称，犹中国所谓姑娘。"卡尔"是西女名，译作中文，乃是一个"克"字。西太后问明后，康格夫人更令这密司卡尔行礼。西太后与她握手，又问她年龄几何，擅长何学。密司卡尔答了数语，俱由德菱译陈。西太后便道："姑娘精绘事么，恰是难得。"密司卡尔又答数语，复自德菱转译，系克姑娘要绘西太后慈容，送到圣路易博览会去。西太后闻这一语，恰有些迟疑起来。德菱窥透慈意，便奏道："外国帝、后统有肖像。每遇各处赛会，都把肖像陈列，使人瞻仰。克姑娘恳请临绘，倒也是一种好意。"奏陈很是中肯。西太后复沉吟一会儿，方道："我也破例一试。由我们择了吉日，邀她来绘便了。"各女宾才一律辞出。西太后便旨饬钦天监，选吉绘容。这事是清代创例，满洲旧俗，必须帝、后升遐，方绘遗容。此次临绘生前，钦天监格外慎重，特将西太后年命，接时合日，拣了一个黄道良辰，令克女士在海晏堂开绘。后人有诗咏道：

朱丹绣罽（jì）大秦妆，缇壑人来海晏堂。
高坐璇宫亲赐宴，写真更召克姑娘。

欲知肖像绘成，曾否携入博览会，且看下回分解。

读司马长卿《上林赋》，知长卿用意在规谏汉武，非侈述草木禽兽，以自矜其美博也。本回述万牲园动植各物，并非捏造，著书人曾亲历其境。所陈各物，不过撮举大凡，已觉无奇不有，而寓意恰暗藏讽刺。国帑空虚，司农仰屋，民有饥色，野有饿殍，乃尚欲岁糜款项，以豢无用之禽兽，是亦可以已矣！且仪銮殿被焚后，即改建海晏堂，备召见外宾之用。海晏未必果晏，而所费又不可胜计。试思清宫岁耗，何一非穷民膏血？禽兽可已而不已，土木可已而又不已，民脂有尽，上欲无穷，是犹欲挽贫返弱，亦何异南辕而北辙也！至夹入新政二三条，虽是依时穿插，亦皮里阳秋之笔。

第三十七回
划战域中立布条规　斥台官西巡辟妄语

却说克女士应召入绘，为西太后画油像，形容态度，很是相似。约数日即已告成，呈诸西太后。西太后道："亏她描摹，差不多是拍照呢。"原来西太后平日，已拍过数次照相，朝服便衣，各式都备，或独自一个拍影，或挈着后妃等合照。就是德菱姊妹入宫，西太后亦同她照过。且有一张渔家装束，亦与后妃人等并拍，烟蓑雨笠，孤棹扁舟，颇脱尽宫闱习气，乃是在颐和园昆明湖中照的，西太后很是欣慰，晒印了好几页，随处悬挂。后来流传京外，各直省都仰慈容，这也不在话下。单说西太后瞧了油像，重赏克女士。克姑娘谢过西太后，陛辞而去。

西太后以所绘油像，送往博览会，应郑重将事，遂命外务部预备典仪。送一油像，都要预备盛仪，好奢甚矣！外务部无可援例，只好把西太后游幸的礼节，模糊参酌，定了一个非驴非马的礼节，非驴非马四字妙。呈入候核。西太后也不管什么，总教形式体面，局面堂皇，便好照准。惟拟定礼节中，有用黄舆恭奉肖像，送至火车。西太后因用舆舁像，几如丧仪，爰将此条删去。改用外部人员双手恭奉，上用黄缎华盖作为翊蔽。临行时，皇帝以下，相率跪送。及经过城中，官民等亦须跪着。到了车站，王大臣等犹敬谨送行，如太后亲往一般。外人见了这种仪制，统讶为咄咄怪事，西太后恰快慰异常，还道是什么荣誉了。可发一笑。

外务部办理既毕，忽接俄日启衅消息，又吓得魂胆飞扬。看官你道外部诸公，何故如此胆小么？原来此事是为着关东问题，与中国大有关系。小子于三十三回中，曾叙过中俄条约，俄允将东三省屯兵，分三期撤退。第一期只撤掉了几百名。第二期非但不撤，反运入无数兵马，驻扎吉林。外务部咨照俄使，俄使一味延宕，并无实言。在吉林的俄兵，只管斩伐森林，兴筑兵房，为久屯计，并由俄国特派阿力克塞夫为远东总督，竟来管辖东三省。仿佛是英领印度。清廷急得没法，复电饬驻俄钦使胡维德，速与俄国外部交涉。不意过了数日，复电到来，说是东三省事宜，要与俄远东总督直接商办，俄外部不肯照理。那时清廷只好电命奉天将军增祺，去问俄督阿力克塞夫。阿力克塞夫答非所问，竟要将满洲地租，令增祺详细报告。增将军禀复清廷，清廷王大臣，统是面面相觑，哪个敢来参议。就是聪明绝顶的西太后，要想再宴俄使并他眷属，他也推说有事，无暇入宫。可见特别优待，全然无益。

山穷水复疑无路，柳暗花明又一村。英、美、日三国驻使闻了这事，竟到外务部探听消息。庆王奕劻见风使帆，忙与他商议，邀他帮助一臂。日使建了一策，乃是开放满洲，作为各国通商场。英、美两使也是赞同。奕劻依言，照会俄使。俄使模棱两可，只说要请命政府，方可作复。谁料他延搁多日，并无回音。那远东总督阿力克塞夫，反得步进步，遣哥萨克兵六千名，直抵盛京，居然把盛京地方，改了新名，令居民遇着俄国节庆，悉悬俄旗。日本因俄人占据辽东，与朝鲜逼近，有碍本国势力，遂仗义执言，自与俄国交涉，迫他遵约撤兵。前时俄代中国索还辽东，此次日本亦代中国收还关东，可谓循环报应。俄国方有些注意起来。日本驻俄公使栗野氏，与俄外部大臣蓝斯道夫会商。俄驻日本公使罗笙，也与日本外务省大臣小村氏协议，彼此辩论数次。日本的宗旨，是要保全中国、朝鲜的主权。俄国的宗旨，简直是先并关东，后吞朝鲜。嗣将朝鲜方面让与日本，独东三省要归俄国处置，与日本无涉。日本不肯照允。到第三次撤兵期，俄国不肯撤兵，毋庸细说，日本诘问愈亟。

俄皇竟变起脸来，声言日本阳托协商，阴实挑战。日人闻言，大动公愤，一面征兵筹饷，预备决裂，一面命驻俄日使催俄外部限期明复。俄国逾期不答，日本遂暗遣军舰，直指辽东。

光绪二十九年十二月二十三日，俄驻旅顺口水师提督司塔氏，因家眷生辰，开筵宴客，属下武弁，统至提督行辕祝贺。宾主酬酢，很是欢跃，到晚设跳舞会，兴致尤酣。大家正手舞足蹈，忽闻炮声雷震，弹丸雨飞，仿佛如天崩地塌、山鸣海啸一般。顿时人人惊诧，个个仓皇，忙令军士探报。回称：日本军舰，已来攻旅顺口了。武弁等立即出辕，归船接仗。不意已有数兵舰，被敌击沉，余舰虽早已戒严，究竟变起仓促，一时不及对手。等到武弁回船，开始还击，已被日兵占了先着。亏得事前尚有预备，炮弹等均已配齐，还好勉强支持。否则全军覆没，旅顺口早已失陷了。若经清兵守着，便如所言。两下相持一小时，日舰竟退去。次日日本巡洋舰三艘，往来游弋，俄舰正要开炮轰击，日舰复驰还。过了一点钟，日舰如墙而至，列着黄金山下，开炮猛攻。俄舰里面的炮力，不及日舰的剧烈，互击了一小时，俄舰沉没一艘，受伤六艘。日本只失去鱼雷船一只，余舰都安然退去了。忽来忽去，这是日人狡猾处。这番攻击，已是宣战的开手。两国调兵遣将，起劲得很。只战线在辽东地方，本系中国土地，被两国鏖斗起来，劝无可劝，阻无可阻。辽东百姓又是晦气！

西太后闻得此信，愁闷万分，只得与庆王奕劻等朝夕商议。三个缝皮匠，比个诸葛亮，竟参照万国公法，拟出一条局外中立法来。什么叫作局外中立？他国宣战，此国作壁上观，无左右袒，便是局外中立的意旨。但日俄交战，是在中国境内，比不得海外各国，宣告中立，是堂堂正正的。所以法学家研究这事，乃是局部中立，若称为局外中立，还是掩耳盗铃的说话呢。语有根底。清廷既拟定中立，便照会日、俄两国，略说“两国同为友邦，重以亲交，当依局外中立例处置。已通饬各省一体遵守，且严饬地方官保护商民、教徒。惟盛京及兴京，为陵寝宫殿所在，应令该将军敬谨守护。所有东三省的城池、官衙、人命、财产，两国皆不得损伤。原驻中国军队，彼此各不相犯，各省及边境内、外蒙古，统照局外中立例办理。两军队各不得侵越，若阑入境界，中国当出兵拦阻，不得以失和论。嗣后不论谁胜谁败，东三省的疆土权，仍归中国自主，不得占据”云云。一面饬南北洋张贴告示，晓谕兵民。共列十余条章程，无非是禁止干预战事、接济军火、租卖舰只、借给款项、代探消息、帮运兵械、私售粮食等情。

嗣接到驻日杨钦使电文，报称我国虽守局外中立，据日本外部意见，边防总须筹备，请朝廷速即裁夺，以免贻误。西太后遂即降旨，命提督马玉崑带兵十营，驻守辽西，郭殿辅带兵四营，驻守张家口，另派直隶旗兵五营驻守锦州、淮军三营驻守新民厅、常备军六营驻守山海关，又调集各省劲旅，入卫神京。看似军容很盛，实皆是场中傀儡，摆一虚架而已！各军陆续到防，西太后心始少安。忽又由驻日使臣，电达日本外部照会，内称“日本军队当谨守交战法规，凡非敌国所有，不得无故损伤，贵国政府尽可无虑。惟战线在贵国领域。日本有所措置，一依军事上必需之件，非敢损贵国主权，实园地势所限，不得不然。所有关于贵国官民，果确守中立规则，即在战斗地域内，日本军队亦当竭力保护”等语。这一个照会，分明是指辽东为交战场。清廷不得已，与奉天将军，酌定战地界限规则九条，通告日、俄，并颁示中外。小子因这几种规条，为局部中立的佐证，姑一一录后：

（一）日、俄二国倘在奉省地面开仗，拟即指定战地。两国开战及驻扎之军队，只能在战地限内，不得逾指定战地界限之外。

（二）西自盖平县所属之熊岳城，中间所历之黑峪、龙潭、洪家堡、老岭、一面山沙、里岙、双庙子以东，至安东县街止；由东至西，所历以上各地名，分为南北界限；限以南至海止，其中之金州、复州、熊岳三城，及安东县街为指定战地。抑或西至海岸起，东至鸭绿江岸止，南自海岸起，北行至五十里止，为指定战地。两国开战后，凡战地域内之村屯城镇，免遭兵祸。

（三）两国开衅，无论胜负，军队俱不得冲突窜入指定战地界限以外之地。如有侵及限外之地，杀伤人民，烧毁房屋，抢掠财物，以及一切损失，应由越限之国认赔。其战败之军队及受伤人等，无论行抵何处，我既守局外，一概不能收留。

（四）此次指定战地限内之地，但供两国战时之用。如胜负已分，军事已竣，所有指定战地，两国兵队，均各随时退出，不得占据。

（五）两国宣战以后，所有指定战地限内，除日、俄两国外，其外无论何国兵队，不得任意阑入。并届时无论何国官民一切人等，如欲赴指定地方者，均应照章向华官请领护照，及沿途华官呈验，方准前往。其不应前往之人，仍由华官查禁。

（六）人民财产，不免冲突，倘有损失，照公法应由战败之国认赔。如有无故杀伤人民、烧毁房屋、抢掠财物，何国所行之事，应由何国认赔。两国开战，我既守局外，所有界限以北之城市，应由我自行派兵防守，两国军队，不得冲突。其在界限以南，即指定战地限内，安东、复州、熊岳各屯，向有之巡捕队，仍照旧驻扎，两国不得阻拦，并不得收我军械。如两国定期开战，以上各巡捕队，均行调回各该城内驻扎。至省城外地面兵少，亦当酌调一二营弹压，以免惊扰。俄人亦不得阻拦，收我军械。

（七）两国征调军队，有必须由指定战地限外地方经过者，不得逗留久住。粮食、柴草一切日用之物，须该国军队自行备办携带，以符我守局外之例。

（八）我既守局外，两国开战以前、开战以后，均不得招募华民匪类，充当军队。

（九）如有匪徒窃发，在战地限外者，归华队剿捕；其在战地限内者，与何国兵队相近，即由何国剿捕。惟均不得越界，以免别滋事端。

（十）两国如已订定开战，须将日期及在何处开战，预先知照华官，出示晓谕，俾人民知避。

辽天荡荡，战鼓咚咚，华历除夕之辰，正日俄两国正式宣战之日。辽东所有殷富商民，统迁出战线以外，只穷苦百姓，无资移徙，不得已耐着性，拼着死，缩着身子，听天由命。西太后恰也顾念民艰，不忍自娱，于光绪三十年元旦，停止庆贺礼。惟慈寿已届七旬，王大臣等援例陈请，预备万寿庆典。屈指尚有十月，那时应海晏河清，当即奉旨照准。体面是不可少的！奈辽东战信，日紧一日。俄国派兵部大臣苦鲁巴金，专任辽东总督，指挥陆战事宜；又命海军提督马哈罗夫，到旅顺口指挥海战事宜。日本海、陆军队，煞是厉害，一面扫逐仁川俄舰，专力堵住旅顺口，一面从朝鲜进兵。先与朝鲜定约，令作为日本保护国，所有外交、军政，归日本处置。看官曾记得《马关条约》么？《马关条约》有一条便是朝鲜自主。应二十三回。此次因日俄交战，不费什么兵力，只借口假道，轻轻地将朝鲜主权篡取了去。朝鲜本亦宣告中立，至此骤然取消，朝人还道是日本卵翼，可以高枕无忧，哪知全国版图，已入日人掌握。日人就通道鸭绿江，仗着一股锐气，驱逐俄兵，并将九连、凤凰二城尽行占据。

俄海军提督马哈罗夫，闻俄兵陆战失利，懊恼得了不得。召集旅顺口各舰，麾令出口，大有灭此朝食的气势。巧值日将南泽安雄，带了水雷驱逐舰，分作甲乙二队来攻旅顺。两下相遇，于老铁山南顿时炮对炮，枪对枪，弹对弹，扑通扑通地互击起来。那时从烟火弥漫之中，望见日、俄主舰，各已受伤。日将南泽安雄面上受创，鲜血淋漓，尚是挥旗力战。日舰见主帅受伤，蚁附而来，攻击愈猛。马哈罗夫自知不敌，遂收兵退还。这场海上的恶战，日兵又获胜利。南泽氏蒙赐金鹤章，各舰队亦邀赏赉。当下军心益奋，恨不得立下旅顺。过了数日，复整率舰队，再攻旅顺，被俄舰击沉福井丸一艘，船长广濑武夫死难，余舰才退。又越数日，两军又接战于黄金山下。俄督马哈罗夫，奋勇当先，直冲日阵，不意一声怪响，船竟破裂，海水涌入船中，霎时间竟致沉没。马哈罗夫无自逃遁，竟率领全船兵役，朝见海龙王去了。涉笔成趣。原来日兵已暗埋鱼雷，俄督不及预防，遂致罹祸。俗语有道，蛇无头不行。那时俄舰相率慌乱，日舰越加得势，眼见得日胜俄败。亏得俄舰中有亲王几利尔，忙下令收队，方得回港。几利尔也受了几弹，总算未中要害，性命还得保全。为此一战，俄舰已成余烬，不能再出堵截，只好死守旅顺，专待援兵。

这捷音传达清宫，西太后正自庆慰。日人得胜，何足自慰？忽庆王奕劻入宫求见，报称俄兵阑入辽西，凡新民屯、沟帮子、白旗堡、梁家屯、广宁、双台、锦州等处，统有俄兵踪迹，擅夺粮食、马匹，现日使正来诘问，应请旨办理方好。西太后道："你为外务部总理，何不致电胡使，令他与俄国交涉？"奕劻道："奴才早电饬胡使。胡使复电谓：俄政府遇事推诿，要我国与他前敌大员，自行协商。奴才再照会俄使，俄使置诸不理。这事未免棘手了。"西太后道："且电令增祺，与他远东总督交涉，何如？"奕劻领旨而退。西太后自叹道："我前时原想定都西安，被中外逼我回銮，致受各种惊吓。如今后悔无及了。"这句话也不过一时太息，偏宫中无知的太监，竟传将出去，顿时一传十，十传百，都中谣言蜂起，争说西太后又要西幸。太后想是西司命，所以专事西顾。连各国驻华公使，也纷纷照会外务部，请两宫切勿西行，牵动大局。若俄、日破坏中立，我等亦当出阻。外务部复称："并无是事。"谁意御史汪凤池，还似睡梦未醒，上疏谏阻西巡事。当奉旨申饬道：

现在日、俄两国失和，并非与中国开衅，京师内外，照常安堵，何至有西幸之举？御史汪凤池以无据之辞，轻率奏陈，实属不明事理。着传旨申饬。嗣后如有妄造谣言，淆惑众听者，着步军统领衙门、顺天府、五城御史一体严拿惩办，以靖人心。钦此！

这谕下后，又命奉天、吉林两将军，确守中立定约，毋庸瞻徇。这是仗着各使的言论。

孰意一波未平，一波又起，沪上黄浦滩头，又有一俄舰出现。日使又来诘责外务部，正是：

强国有公法，弱国无公法。
交涉日益艰，何不一愤发？

毕竟外务部如何处置，容待下回说明。

日俄交战于辽东，中国仅守局部中立之例，坐视辽疆震动，辽民流离，不敢为之过问，可耻也！以我所固有之辽疆，我所久隶之辽民，不能直接安抚，反仰仗他人鼻息，归其保护，尤可耻也！俄胜则辽东危，日胜则辽东亦未始不危，乃沾沾于日人之胜，竟视为中国幸事。慷他人之慨，愈可耻也！日兵方战胜辽东，俄兵竟阑入辽西，西太后且悔回銮之失策。至于宫监泄言，中外共闻。劝阻之照会频来，规谏之奏章复上，虽曰以讹传讹，而西太后之轻视社稷，情可知矣。况日俄战争，仍为拳乱之结果，西太后不悔信邪任佞之非，反以羁身西安，可免惊吓，曾亦思我能往，寇亦能往，岂关中果为天险，足杜戎马之足耶？视身太重，视国太轻，书中已隐露端倪，阅者可于夹缝中求之。

第三十八回
万寿届期力辞徽号　五臣归国特降纶音

却说外务部接到日使照会，正拟电达南洋，查明虚实。适南洋大臣来电，也是为着此事，请外务部速与交涉。外务部只得又照会俄使。俄使答词甚妙，据言为保护侨商起见。外务部竟无以应，转把俄使言通知日使。好教我左右做人难。日使坚持不允，竟电致本国，也派兵舰赴沪。沪上商民，正因俄舰到来，非常惊骇，不意又来了日舰，同泊黄浦滩头，哪里还敢安枕。幸各国驻沪领事，以日、俄两舰寄泊一港，不无生衅，遂援照万国公法，迫俄舰卸去军装，归中立国看管。于是俄舰无可奈何，只得照允，日舰亦退了出去，才得无事。惟辽西一带，俄兵尚是往来。奉天将军增祺，去谒俄远东总督。他竟托病不见，增祺束手无策。犹幸是日兵连战得利，入金州，进营口，下牛庄，据析木城、海城等处，复西北攻辽阳，击败俄人，把辽阳城亦占据了去。并将南满洲铁路，一律拆毁，杜绝俄军出入。俄人自是不敢南来。清廷王公又私相庆贺，西太后也稍稍放心。丑！

谁料西藏又生事端，达赖喇嘛被英兵迫走库伦。原来西藏与印度毗连，藏印时有龃龉，曾由清廷特派专使，与英人订立《藏印条约》，先后凡两次。达赖不愿遵约，久未履行。英将荣赫鹏遂带兵入藏。藏人不能拒，由他攻入拉萨。达赖只得弃藏北遁。荣赫鹏竟与藏人私立条约十款，要将藏境属英保护。驻藏大臣有泰，飞电清廷，清廷才得闻知。一面令有泰力阻画押，一面派侍郎唐绍仪由印度入藏查办。绍仪陛辞去讫。西太后因交涉日繁，镇日里住着宫中，连颐和园也无心游览。每当退朝余闲，向佛拜祷，默祈中外和平。婆子气总未能免。奈天心总未悔祸，西藏事尚远隔天涯，辽东事恰近在眉睫。

一天一天地愁闷过去，竟要到万寿诞辰了。王大臣等预备典礼，已早办妥，并联衔上折，请皇帝再上太后徽号。光绪帝此时，如木偶一般，所上奏折，都由西太后亲览。西太后瞧到此折，不禁叹息道："我命生得这么苦，除四旬寿辰外，五旬遭中法战争，六旬遭中日战争，今年七旬，我国并未与人开衅，偏偏日、俄两国，失和宣战，竟将我国的辽东作为战场。看来万寿期届，大家又无心祝嘏，我也不愿受贺，还要加什么徽号。"随亲书朱谕道：

值此时事多艰，日俄两国兵事未定，我东三省境内人民，方在流离颠沛之中，广西叛匪披猖，生灵屡遭荼毒，其余完善各省，亦复疲于捐派，民力难堪，满目疮痍，深宫无日不为引疚，岂尚忍以百姓之脂膏，供一人之逸豫？所有万寿典礼，均应从省，及皇帝请加上徽号，亦毋庸举行。总之皇帝当以图治安民为孝，诸臣当以匡时体国为忠，宵旰忧劳，正宜交相咨儆。内外臣工，其各修职业，各矢血诚，于筹饷、练兵、兴学、育才以及农、商、工、艺诸要政，凡有裨于民生者，合力振兴，切实整顿，用以宏济艰难。俾天下苍生，咸乐升平而跻仁寿，是则予之所厚望也。特谕！

写毕，便召入庆王奕劻，将朱谕交他颁发。庆王还说是日俄开战，与我国无涉，请太后不必鸣谦。西太后不允，奕劻才奉谕出走。到了内阁，便命办公人员，添上"朕奉皇太后懿旨"等字样，照例发出。王大臣见了这谕，都道："似太后的温恭俭让，正是古今罕有的！"奕劻转入外务部。适有日本使馆送到照会一角，不由得吃了一惊，忙展开一瞧，乃是"俄国波罗的海舰队，远航东来，请中国沿海戒严”等语。还好，还好。心中一想，幸还没有什么交涉。不免禀报太后，请旨饬沿海各省，严守中立条规，毋使俄舰入境。旨下后，沿海疆吏，自然严行防范。过了数日，已届西太后寿期。宫廷内外，统是高搭彩棚，悬灯结彩，满天都用黄缎遮蔽，就是那“普天同庆”“万寿无疆”的字样，也多用贡缎组成，还有一切陈设，无不精妙，花花色色，光怪陆离。祝嘏这日，一班王大臣统随着光绪帝，盛行庆祝礼，比甲申、甲午两年，格外繁备，不胜殚述。这叫作无名有实。

小春一过，倏忽残冬。日本海、陆两军，前后围攻旅顺。俄国守将援绝粮尽，只好通款乞降。日军收了旅顺，至次年春间，又占了奉天省城，养精蓄锐，专待俄国波罗的海舰队到来，与他厮杀。波罗的海，在欧洲北部，乃是俄都圣彼得堡领海。此次发舰来援，须绕道大西洋，通到太平洋，沿途所经，都是中立国境界，无处寄泊。就使船身坚大，镇日在大洋驶行，差不多似一叶芥舟。那日本国消息很灵，俄舰队到一处，日侦探即报一信。待航到中国海滨，已与日本海相近。日本仿坚壁清野的计策，将所有高大的舰队，尽行藏伏，专用狭小的鱼雷艇游弋海中，作为诱敌的疑兵。日人真乖。俄舰自数万里到来，一股锐气早已中衰，既入日本海，军威早铩，海道又是未熟，好像盲人瞎马，夜半深池，稍识兵法的旁人，已晓得俄舰无幸了。确犯兵家之忌。俄舰到了对马峡，乃是日本要口，天然险要，莫能偷越。日本海军，看他惘惘进来，把诱敌各舰，收入峡中。俄舰守候两日，并无对仗的敌船，放出一阵大炮，也没有还击的炮声。那时进退两难，只好冒着了险，闯入峡口。孰意船甫入峡，四面八方的日舰，霎时齐集，你一炮，我一炮，都望俄舰轰击。俄舰虽开炮还击，奈日舰多是狭小，往来甚捷，所射弹子，十丸中不着一丸。那俄舰恰是很大，每被敌炮击着。仿佛是虎入犬丛，虎一犬百，百犬攒绕一虎，任你如何勇悍，也被群犬所欺。当下酣斗一场，俄舰弄得麻木不仁，铁甲半被洞穿，舰队又多受伤，战无可战，遁无可遁，没奈何束手归降，做了俘虏。俄国到此地步，已是不能再战。

恰好美国大统领罗斯福，出来调停，劝两国停战休兵。就借美地朴次茅斯，为两国专使会议场，彼此开议。日使小村氏提出议案，一要俄国偿还战费，二要俄国承认朝鲜主权，三要俄国割让桦太岛，四要俄国让与旅顺、大连湾租借权，五要俄国撤退满洲兵，六要俄国承认保全清国领土及开放门户，七要俄国将哈尔滨南边的铁路让与日本，八要俄国将海参崴的干线作为非军事铁道，九要俄国窜入中立国军舰交与日本，十要限制东洋的俄国海军，十一是要俄国让与沿海州的渔业权。俄使槐脱便把十一款允了七款，只第一、第三、第九、第十共四条，坚持不允。嗣经美大统领代为磋磨，将桦太岛南半部让给日本，余三条一概取消。和议乃结。全约公布以后，东三省中的俄兵总算尽行撤去。无如前门拒虎，后门进狼，南满洲一带，统入日本势力圈，北满洲一带，俄人尚横行无忌。从此中国的东三省，不啻为俄、日平分，只表面上称作中国版图便了。中国只顾全虚名，其余尽可概让！

西太后闻俄日修和，东三省土地归还中国，忙遣使致谢日本。且时常与德菱女士谈及，国势不在大小，总要兵力强盛，小亦可以敌大。日本国小，恰能战胜绝大的俄国，我国如赶紧练兵，或亦能返弱为强，不畏外人。舍本逐末之言。德菱恰奏称："兵不在多，在乎同心协力。日本宣战时，全国上下，无不视国如家。男子固荷械从军，女子亦脱簪助饷。所以得此胜仗。"西太后闻言，亦不加可否。嗣闻一时舆论，多说日本因立宪而胜，俄国因专制而败。中国极应仿效日本，将君主专制政体，改作君主立宪政体，庶几可以图强。西太后亦置诸不理。惟自日俄战争以后，尝移居宫禁中，借示镇定。至此因时事和平，仍常驻颐和园，游玩消遣。

奈主张立宪的言论，日盛一日，起初不过都下闲谈，后来竟时形诸奏牍。西太后迫于众议，也只好勉力从新。于是废弓箭，停科举，考试出洋学生，赎回粤汉铁路合同。又遣载泽、戴鸿慈、徐世昌、端方、绍英五大臣分赴东西洋各国，考求一切政治，作为维新标准。京内外人士喁喁望治，总道西太后自悔前非，更张旧辙，不知她如何刻励，如何勤劳。谁知西太后从容不迫，颐养自娱，想是能人不忙。登山泛湖，抹牌掷骰，午后、昏黄，且横陈一榻，把阿芙容膏作为延年益寿品。怪不得鸦片流毒，屡禁不绝。

一日正在吸烟，蓦闻一声怪叫道："老佛爷，不好了！革命党来了！"西太后掷烟起床，忙问道："你说什么？"那人复道："正阳门外来了革命党，乱放炸弹，将考察政治的五大臣一一炸伤。"西太后惊道："这还了得！"说着时，瞧那禀报的人，乃是一个值园的太监。随又道："你不要妄报。你去探听的确，再来报闻。"太监自去。西太后叹道："康逆尚未拿获，孙逆又来闹事，真是可恨！"看官，这康逆是康有为，前文概已叙过，毋庸细表。那孙逆恰是何人？不得不略略表明。

当时有一个排满兴汉、鼓吹革命的大首领，姓孙名文，字逸仙，号中山，籍隶广东香山县。幼时在教会学堂读书，便已领略那博爱、平等的训词。嗣又投广州博济医院，学习医术，转入香港推利士医院，学术大进。毕业后，他就借行医为名，暗中结识同志，隐图革命。后来立了一个兴中会，自己做了会长。竟凑集资本，向外洋去购枪械，拟夺广州为根据地。冤冤相凑，密谋竟泄，粤大吏严密缉拿。亏得孙文先行走避，航海去英。嗣后被驻英使臣龚照瑗诱入馆中，将他拘住，又由英人康德利，与孙有师生谊，替他设法救出。孙文虽经蹉跌，毫不胆怯，越发冒险进行。有为者亦若是。

自是游历外洋，遇着侨居的华民，及留学的志士，每与他谈说大清的坏处，革命的要事。有几个相信的，便加入会中，愿效死力。还有几个富翁，慨允助饷。只因中国沿海，逻察很严，一时不便进来，只好与从前几个好友，暗地通信。粤人史坚如，想去借粤督德寿的头颅，被德寿觉着，把他的头颅借去。中国第一次革命流血，要算这位史烈士了。过了一年，湖南志士唐才常又想发难，机谋未密，死在张之洞手中。粤东三合会首领郑弼臣，在惠外府起事，复遭失败。嗣又有湖南人黄兴，邀了同志万福华，潜踪上海，刺杀故桂抚王之春，险被拿住正法。黄兴命不该绝，经问官查无实据，释狱东去。浙江人蔡元培、章炳麟，四川人邹容，组织会社，高谈革命，江督魏光焘饬上海道密捕，蔡走脱，章、邹被逮下狱。邹病死狱中，章后得释。

此次五大臣奉命出洋，受亲友的欢送，饯宴数日。方出京城，至正阳门车站，突遇炸弹爆裂，烟雾飞扬，五人中跌仆二人。一是载泽，一是绍英。经仆役搀起，幸喜没有损命，不过受着一些儿微伤，慌忙抱头趋回。只那放弹的人，自己已烧得焦头烂额，倒毙车站。当由警察收检尸身，在袋中觅得名片，乃是姓吴名樾，字孟侠，皖北桐城人。看官不必细问，想总是个革命党了。直截了当。西太后闻宫监言，尚是虚实未明，旋由庆王奕劻入报，才知受伤只有二人，忙命奕劻拟谕，饬京城内外，严索党人。戒严了好几日，没有第二个革命党。

那时西太后再促五大臣出行。偏这徐世昌、绍英不愿奉命，没奈何改派尚其亨、李盛铎，会同载泽、戴鸿慈、端方，择了一个吉日，往游外洋。途中颇幸安稳。亏得拣定吉日。从日本转赴美国，又到英、德，吸受了好些新闻。便从海外邮递一折，请西太后改行立宪，期以五年。西太后也似信非信，只降了一道懿旨，命政务处王大臣妥筹立宪事宜。复设考察政治馆，延揽通才，悉心研究，慎择中外可行的政治，酌纂成书，随时进呈，候旨定夺。一面设巡警部，令徐世昌为尚书。设学部，令荣庆为尚书。徐世昌请将绿营改为巡警，荣庆请宣示教育宗旨，以忠君、学孔为纲，尚公、尚武、尚实为目，俱蒙西太后允行。只西太后注重兵政，特派袁世凯、铁良为秋操阅兵大臣，至河间阅操。自是垂为常例。

至三十二年，五大臣从外洋归国，各大臣多至车站欢迎。既入京，当由西太后召见，极陈立宪的好处，与不立宪的弊端。西太后无可无不可，再谕令政务处大臣，公同会议。大家叙论一番，决定筹备立宪。五大臣又分陈数折，政务处亦会陈一折，乃于七月十三日，颁发预备立宪的诏旨。其词云：

> 朕钦奉慈禧端佑康颐昭豫庄诚寿恭钦献崇熙皇太后懿旨，我朝自开国以来，列圣相承，谟烈昭垂，无不因时损益，著为宪典。现在各国交通，政治法度，皆有彼此相因之势，而我国政令，日久相仍，日处险危，忧息迫切。非广求智识，更订法制，上无以承祖宗缔造之心，下无以慰臣庶治平之望。是以前简派大臣分赴各国，考查政治。现载泽等回国陈奏，皆以国势不振，实由于上下相睽，内外隔阂，官不知所以保民，民不知所以护国。而各国之所以富强者，实由于实行宪法，取决公论；君民一体，呼吸相通，博采众长，明定权限；以及筹备财用，经画政府，无不公之于黎庶。又兼各国相师，变通尽利，政通民和，有由来矣。时处今日，惟有及时详晰甄核，仿行宪政，大权统于朝廷，庶政公诸舆论，以立万年有道之基。但目前规制未备，民智未开，若操切从事，徒饰空文，何以对国民而昭大信？故廓清积弊，明定责成，必从官制入手。亟应先将官制分别议定，次第更张，并将各项法律详慎厘订，而又广兴教育，清理财政，整顿武备，普设巡警，使绅民明悉国政，以预备立宪基础。着内外臣工切实振兴，力求成效。俟数年后规模粗具，查看情形，参用各国成法，妥议立宪实行期限，再行宣布天下。视进步之迟速，定期限之远近。着各省将军督抚，晓谕士庶人等，发愤为学，各明忠君爱国之义、合群进化之理，勿以私见害公益，勿以小忿败大谋，尊崇秩序，保守和平，以预储立宪国民之资格，有厚望焉。将此通谕知之。钦此！

颁谕的第二日，即派镇国公载泽，大学士世续、那桐、荣庆，贝子载振，尚书葛宝华、徐世昌、陆润庠、寿耆、奎俊、铁良、张百熙、戴鸿慈，及直隶总督袁世凯，会同编纂官制，由奕劻、孙家鼐、瞿鸿禨总司核定。大家振刷精神，参酌中外，草创的草创，讨论的讨论，先将官制厘定起来。正是：

观政已归筹立宪，任贤未就且论官。

欲知厘定官制情形，且俟下回续叙。

自西太后垂帘听政后，每遇万寿周旬，辄有中外变故。当时有以慈寿为不利者。不知此正天之所以儆西太后，令知戒满防倾之理，勉其自抑也。西太后之辞上徽号，第出于一时之愤懑，而诚意未尝贯注。迨至日俄停战，即驻园自逸，颐养天年，其偷安苟且之心可见矣！至若派遣五大臣，出洋考察政治，凭数月之游历，即以为了明西政，可以吸取文明，天下事宁有若此易易者？且降旨筹备立宪，徒以厘定官制，为入手之方，犹是尸居余气之庸臣，易其官，不易其人，何足济事？是殆谚所谓换汤不换药者。总之西太后一生之误，误于骛虚，误于崇华，又误于好奢好逸、矜才使气，至老不悟，而清社即随之而亡矣。可胜慨哉！

第三十九回
纳歌姬言路起风潮　防党人政府颁宪法

却说清廷王大臣等，奉旨厘定官制，忙碌了几十日，方把京中官制，拟就草案，呈与总核大臣核定。庆王奕劻暨瞿中堂鸿禨、孙中堂家鼐，彼此商酌，略加改削，然后会衔上奏。奏中大意，是分立法、行政、司法为三部。立法部应属议院，因在筹备时候，议院未设，暂设资政院以作立法机关。行政部专属内阁各部大臣，内阁设总理、各部尚书，分司部务，合参阁议。部有外务、民政、度支、吏、礼、学、法、陆军、农工商、邮传、理藩诸名目。民政部即系巡警改名，度支部即系户部改名，陆军部即系兵部改名，农工商部即系商部改名，邮传部即系工部改名，法部由刑部改设。司法事宜，专属法部，另设大理院任审判，以法部总其成。此外有应增应减各员，均一一声明。共列清单二十四件，并呈慈览。

迨至上谕颁发，竟把要紧的内阁问题作为罢论。宗旨先误。其余各员，除各部新名外，亦多有参改。朝臣虽未免诧异，究竟王言如纶，不便反抗，只好啧啧私议罢了。京官已经定制，又奉谕厘定各省官制，免不得又有一番手续。起草各员因此事关系各省疆吏，屡拍电文与商。各省疆臣互生了一回议论，结果是由京中解决。凡各省督抚下，设布政、提法、提学三司。交涉烦多的直省，增设交涉使。有盐的直省，留盐运使，或盐法道及盐茶道。所有分巡、分守各道员，一律裁汰。各府州县公牍，直达督抚，不必由司道间接，以省转折，是为外省行政的大凡。每省各设审判厅，置审判官，受理诉讼案件，受成于提法使，是为外省司法的大凡。至若外省立法，俟选举议员，开设谘议局后，方有专责。议既定，照例申奏，奉诏允行。且命先由东三省开办，各省依次推行。载泽等复将各随员日记，裒录成编，分门纂辑，共成书六十七种，都一百四十六册。又搜采东西文政治书籍，得四百三十四种。均咨送政法馆，借备采择。亚东的老大帝国，几乎革故鼎新，大有振兴气象。貌似神非。政务处又奏定禁烟章程十条：限种罂粟，分给牌照，勒限戒瘾，禁开烟馆，清查烟肆，特制戒烟丸，广设戒烟会，责成绅董劝导，严禁官员吸食，商禁洋药进口。所有禁烟事宜，厘然并举。西太后且嗜吸鸦片，为禁令所不能及，奈何？

在朝的大员，镇日研究法治，期挽时艰。在野的革命党，偏声东击西，声西击东，越发来得厉害。适值江西萍乡县闹荒，革命党伏处湖南浏阳县，闻这信息，遂暗中与萍乡通线，叫他起事。萍乡矿工居然发难，瞎闹了一会子，卒被官军击败。浏阳的革命党，正拟到江西接应，一闻败耗，料知不能成功，也潜踪遁去。西太后因党人时发，颇加忧愤，左思右想，定了一个计策。便召进庆王奕劻，拟升孔子为大祀。奕劻莫明其故，又不好细问，便应声出来。翌日，即降下一道谕旨，略称“孔子至圣，德配天地，万世师表，允宜升为大祀，以昭隆重”等语。看官试想，清廷正在取法外洋，筹备新政，为什么把至圣先师抬将出来，格外崇隆？这是西太后因孔圣微言，多主尊君。革命党辄怀无君主义。若举孔子去压革命党，庶几人心免致煽惑，革命党孤立无援，自然失败。这也是无策中的一策呢。孔子非全然尊君，礼运大同之说可以取鉴，且仅仅升为大祀，宁即能变易人心耶？

流光如驶，忽又是光绪三十三年新春。正月间照例庆贺，粉饰承平，恰也无事可述。二月间亦无甚变故，只死了邮传部尚书张百熙，少了一位通达时务的大臣，恤典从优，予谥文达。毋庸细表。到三月间，改奉天将军为东三省总督，将民政部尚书徐世昌简放出去，命他实行新官制。奉天、吉林、黑龙江各设巡抚。奉抚特授唐绍仪，吉抚令朱家宝署理，黑抚令段芝贵署理。朝廷用人，自有微权，哪个敢去私测。就清廷谕旨作为辞采，煞是得趣。

不意未及一月，竟由河南道监察御史赵启霖，奏参疆臣夤缘亲贵，引起一桩倚红偎翠的公案来。这被参的疆臣，便是署黑龙江巡抚段芝贵。芝贵本是直隶道员，相传庆王长儿振贝子，曾奉旨查办东三省事件。公毕回京，道出天津，少年公子，性喜冶游，闻津沽素多歌妓，也思一去评赏。此时段道员正在天津，遂与振贝子同去听剧。游览了几个戏场，声色技艺，不过尔尔。振贝子拟起程回京，段道员恰雅意留宾，并陪至天仙园再行看戏。起初演了几出，也属平常，后来见一花旦登场，唱了一声梆子腔，已是清脆绝伦，到了台前，身材儿很是娉婷，面庞儿更加齐整，花不足喻其艳，玉不足比其华。这道神采射将过来，几乎把振贝子魂灵儿都摄将过去。人少慕少艾，吾于振贝子无怪焉。及看到俏眼传情，柔声作态的时候，不由得拍案道：颠不剌的见了万千，这般可喜娘罕曾见。段道员闻了这语，料知振贝子已是中意，便道："这个便叫杨翠喜，乃是津门第一歌妓。"大名鼎鼎。振贝子道："果然名不虚传。"至翠喜下场，后来登台的女伶，就使有相像台步，恰没有相像歌喉，就使有相像歌喉，总没有相像美貌。振贝子又语段道员道："曾经沧海难为水，除却巫山不是云。我们去吧。"两人相偕趋出。路上犹想象杨翠喜丰神，仿佛国色天香，历历在目。既至段寓，就展衾高卧。一时竟睡不着，到蒙眬睡去，好似身在戏园中，领略美人颜色。此谓之寤寐思服，辗转反侧。正在高声喝彩，猛闻一声鸡鸣，把睡魔儿驱逐，才觉得身在客邸，一榻孤眠。俄而红日三竿，方慢腾腾起床，盥洗茗点，不劳细说。

上午与段道员谈论杨妓籍贯，方知是直隶北通州人，家贫落溷，转鬻歌楼。那杨妓生就一副珠喉，更兼姿性敏慧，所有弹词、歌曲，一学即成。旋复娴习花旦，妖容媚态，冠绝一时。津人爱看花旦戏，其时有协盛茶园，迎合人情，遂怂恿杨妓登台，引吭一唱，靡靡动人。一班戏迷子弟，无不称赏。不是戏迷，实是色迷。杨妓因戏界趋重梆子腔，复随时变通，学成一口好梆子。天仙茶园班主，遂重价聘请，月出包银八百金。一登龙门，声价十倍，那时“杨翠喜”三个大字，几已传遍津门，有目共知，有耳共闻了。

下午又偕段道员同去听戏，越看越美，越听越娇，恨不得即日取来，贮以金屋。段道员瞧透情形，有心迎合，便向振贝子密谈数语，乐得振贝子欢动颜开，大加感激。翌日回京复旨，临行时，犹殷殷嘱托段道员。段道员满口应允，才登车返京。嗣因官制新更，载振任农工商部尚书。父子弄权，声势赫耀，京内外人员，但教得他父子垂青，无不立跻显要。振贝子指挥如意，令出必行。只与段道员所结密约，尚无佳音，未免生了觖望。正拟致书诘责，适接到天津来电，照码译出，乃是段道员饬送杨翠喜来京，欢喜得不可名状。忙遣心腹订定某旅馆作为杨美人行辕，并饬至车站欢迎。是晚，杨美人已至京邸，振贝子早待行辕。一见了面，似曾相识，软语缠绵。当下摆酒接风，对坐小酌。一个是眉挑目语，卖弄风骚，一个是心醉神迷，竭情缱绻。酒酣添兴，耳鬓厮磨，就借行辕作为舞台，配演几出枕头戏。郎贪女爱，我我卿卿，为这一宵恩爱，方了这数月相思。一过数日，便纳入邸中。可巧庆王寿辰，段道员又送了一份厚礼，差不多有十万金。此施彼报，礼尚往来。顿时恩旨下来，擢段道员为布政使，升署黑龙江巡抚。

偏这赵御史喜事生风，竟拜本奏参。奉旨将段署抚撤去职衔，派醇亲王载沣、大学士孙家鼐切实查明。载沣系庆王的侄儿。孙家鼐系庆王老友，哪有不庇护之理。两人联衔复奏，把杨翠喜当作王家使女，说他“捏词参劾，任意诬蔑”等语。于是刚直不阿的赵御史，竟挂吏谴，奉谕革职。赵御史也没有什么怨词，言官恰为他受屈，顿时大哗。庆王奕劻未免不安，乃令振贝子上书辞职。西太后初尚不允。经庆王入宫面恳，才将振贝子开去御前大臣，领侍卫内大臣，及农工商部尚书等缺，默示通融。无如一班台官，还是你一本，我一折，请西太后曲恕直臣。西太后批驳下来，台官虽无可奈何，总不免啧有烦言。过了两月，方奉旨复赵御史职，慈恩总算高厚了。

独庆亲王奕劻，面子上虽似优待言官，心中恰很是不悦。暗想大学士瞿鸿禨，与赵御史同籍湖南，赵御史敢来参劾，恐怕是老瞿授意。自古说道，明枪易躲，暗箭难防。瞿中堂全未提防，庆亲王已设陷阱。凑巧邮传部侍郎朱宝奎，被尚书岑春煊劾罢。宝奎是奕劻心腹，奕劻哪肯干休，竟哄动西太后，出春煊为两广总督。曾广铨谋接宝奎遗缺，运动老瞿，老瞿转向老庆关说，老庆不允，又荐为顺天府尹，也被老庆中阻。不顾贤否，专徇情弊，老庆固不足责，老瞿亦属不合。广铨恨甚，竟至中外报馆中登出一段新闻，无非说老庆贪赂纳贿，卖官鬻爵。这消息传入老庆耳中，老庆如何不愤，一面上书奏恳，愿开去各项要差，一面阴嗾学士恽毓鼎，令劾瞿鸿禨授意言官、暗通报馆、阴结党援、分布党羽四大罪。西太后也知庆、瞿暗哄，只倚任老瞿，总不如倚任老庆。右满左汉，莫能为讳。遂下旨慰留庆王，并命孙家鼐、铁良查办老瞿事件。孙相素来见好庆王，自然把老瞿指摘一番，与铁良会衔复奏。西太后因平时眷注老瞿，至此亦不欲深究，只着令开缺回籍，了却一件公案。王文韶见老瞿被逐，未免存了兔死狐悲的思想，且由老病缠绵，即上奏乞休。得旨俞允，他却整装回杭，安享晚福去了。庸庸者多厚福。

不料皖江大起风潮，安徽巡抚恩铭，被候补道员徐锡麟刺毙。锡麟系浙江绍兴人，向与同志设光复会，共谋革命。他因无可下手，意想了一法，醵资捐一道员，指发安徽。到省禀到，恩抚委他办陆军小学堂，嗣又令为警察总办。锡麟朝夕勤劬，很得恩抚器重。会值学堂将放暑假，有几个陆军学生，届期毕业，校中行毕业礼，由恩抚亲自验阅。甫就坐，枪机一发，弹洞恩胸，恩抚当即晕倒。左右护军，忙将恩抚负出，顿时秩序大乱。锡麟率了党人陈伯平、马宗汉趋占军械所。官兵奉藩司冯煦命，统来围攻。彼此轰击多时，陈伯平中弹殒命，马宗汉受伤被擒，锡麟逃匿邻近，也被官兵搜获。至督练公所，审讯一堂，锡麟直认不讳。当由冯煦电达京师，请旨办理。西太后勃然大怒，立饬就地正法，并剖心致祭恩抚。凌迟枭首等刑已经除去，如何还要剖心？马宗汉一同就戮。那时浙江巡抚张曾敭，迎合政府，忙饬绍兴府贵福，查抄徐氏家属。贵福格外巴结，不但将徐氏家产，抄没入宫，并查得女士秋瑾，与徐氏有中表亲，向亦通好锡麟，密谋革命。竟把她拿入府署，勒令实供。秋女士曾游学东洋，夙耽文墨，就讯时，书了"秋雨秋风愁煞人"七字，贵福便当作供据，电禀张抚，请就地处决。张抚复电准请。可怜这位秋女士，也被绑至绍城轩亭口，俯首就刑。

自恩抚被刺后，清廷亲贵，异常震悚。就是西太后也懊闷不已。没奈何命内外各衙门，妥议化除满汉畛域。又令汪大燮、于式枚、达寿，分赴英、德、日本，考察宪政，决计实行立宪，挽回人心。随派溥伦、孙家鼐为资政院总裁，沈家本、俞廉三、英端充修订法律大臣，与礼部汇订满汉通行礼制。沈家本系中外刑律专门名家，时论尚称得人。只溥伦是亲贵少年，年止二十余，骤长资政院，舆情多不满望。仍不脱右满宗旨。

会浙江为争路事，又起风潮。先是沪杭甬铁路，与英国订立草合同，归英人承修。苏、浙绅商不服，严拒外款，愿由本省筹款自办。经邮传部侍郎盛宣怀咨照英使，请废前时草约，英使不允。两省绅商，益加义愤，各举代表到京，坚请政府拒绝外资。嗣经政府通融办法，分办路、借款为两事，路由本省人民自造，不足则再贷英金。争路事乃少息。

朝旨再命各省开办谘议局，设立调查局，各部院均置统计处，新政迭行。奈革命党气焰越张，排满的风声越盛。上不以诚示下，下谁以诚应上？广西边徼的镇南关，又被孙文、黄兴等合攻，夺去右辅山炮台三座，险些儿把关陷落。还亏官军闻风大集，一阵击退党人，才得保全雄关。革命党心终未死，仍向日本购运大批军火，阴图两粤。事被粤东水师提督李准闻知，立遣宝璧兵轮管带吴敬荣，在粤海逻察。吴管带留意侦查，到光绪三十四年春季，果见有日本船一艘，名叫二辰丸，停泊海口，起卸货物，形迹可疑。向他盘诘，该船主傲然不理。吴管带上船搜检，确有军火装载，又没有准单，便将他扣住，带回虎门。一面电告外务部，一面按照海关会审章程，请驻粤日领事，前来会审。日领事不允。由外务部与日使交涉。日使越来得强硬，几致决裂。外务部力屈计穷，只好命释放二辰丸，谢罪惩官，并将扣留军火，备价购取，才得了结。弱国如此，可怜可叹。革命党人黄兴复在云南起事，占据河口、南溪等处。终以军火不继，败投海外。

清廷防不胜防，专从立宪上着想，特设宪政编查馆，编定宪法大纲，于筹备立宪事宜，分九年进行。又订就议院法、选举法，颁示中外。在下尚记得当时的谕旨道：

朕钦奉慈禧端佑康颐昭豫庄诚寿恭钦献崇熙皇太后懿旨。宪政编查馆、资政院王大臣奕劻、溥伦等会奏，进呈宪法、议院选举各纲要，暨议院未开以前，逐年应行筹备事宜一折。现值国势积弱，事变纷乘，非朝野同心，不足以图存立；非纪纲整肃，不足以保治安；非官民交勉，互相匡正，不足以促进步而收实效。该王大臣等所拟宪法暨议院选举各纲要，条理详密，权限分明，兼采列邦之良规，无违中国之礼教。要不外乎前次迭降明谕，大权统于朝廷，庶政公诸舆论之宗旨。将来编纂宪法暨议院选举各法，即以此作为准则。所有权限，悉应固守，勿得稍有侵越。其宪法未颁、议院未开以前，悉遵现行制度，静候朝廷次第筹办，如期施行。至单开应行筹备事宜，均属立宪国应有之要政，必须秉公认真，次第推行。着该馆院将此项清单，附于此次所降谕旨之后，刊印誊黄，呈请盖用御宝，分发在京各衙门，在外各督抚府尹司道，敬谨悬挂堂上。即责成内外臣工，遵照单开各节，依限举办。每届六个月，将筹办成绩，胪列奏闻。并着该馆院王大臣切实考核，在京言路诸臣留心察访。倘有逾限不办，或阳奉阴违，或有名无实，均得指名据实纠参，定按溺职例议处。该王大臣等若敢扶同讳饰，贻误国事，朝廷亦决不宽假。当此危急存亡之秋，内外臣工，同受国恩，均当警觉沉迷，破除积习。如仍泄沓坐误，岂复尚有天良？天良汩亡久矣。该馆院王大臣休戚相关，任寄尤重，倘竟因循瞻庇，讵能无疚神明？总教禄位稳固，金钱堆积，管什么负疚不负疚！所有人民应行练习自治、教育各事宜，在京由该管衙门，在外由各督抚，督饬各属随时催办，勿任耽延。至开设议院，应以逐年筹备各事办理完竣为期。自本年起，务在第九年内，将各项筹备时宜，一律办齐。届时即行颁布钦定宪法，并颁布召集议院之诏。凡我臣民，皆应淬厉精神，赞成郅治。如有不靖之徒，附会名义，借端构煽，或躁妄生事，紊乱秩序，朝廷惟有执法惩儆，断不能任其妨害治安。总期国势日臻巩固，民生永保承平，上慰宗庙社稷之灵，下答薄海人民之望。将此通谕知之。钦此！

这谕下后，又命荫昌、端方巡阅江南、湖北的陆军会操，借示军威。文治、武备，一律举办，总道是变法维新，可以扶衰起弱。谁料人心已去，天意难回。是年七月二十一日，忽有大星从西北来，掠过殿角，其声若雷，尾长数十丈，光烁烁照庑楹，都下竟称为怪事。小子有诗咏道：

潜龙韬晦已多年，母悍妻骄孰我怜。

天上紫微星忽陨，孱皇劫尽促登仙。

毕竟星象主何应兆，俟小子下回叙明。

本回随事铺叙，宗旨在滥用亲贵，空谈宪政。庆王奕劻，贪赃骫

(wěi)法，兴国不足，亡国有余。其子载振，少年渔色，乃任以管辖部分，督办实业。彼一纨绔子弟耳，宁能知农工商各事者？以此而欲立宪，何异问道于盲！吾闻徐锡麟供词，谓越立宪得快，越革命得快。夫清廷果真心立宪，则为人任官，为官择人，开诚布公，选贤与能，天下不难治，革命党何自而起？徐烈士之言，尚系一偏之论。故吾谓清室之亡，亡于伪立宪，有伪立宪，乃有真革命。西太后造成此果，乃先时谢世，不及见清室之墟，老妪其犹为有福欤？

第四十回
望龙髯瀛台留恨　回鸾驭尘梦告终

却说大星陨落以后，都中人士，喧传紫微星下坠，定主不祥。过了数日，果下诏征求名医，诊视帝病。应征医士，诊脉出来，都说帝病已剧，不易疗治。此番是成真病。其实光绪帝是因忧致疾，因疾成痨。看似每日起床，那龙体已逐渐尪瘠。秋风一起，病势益增，咯血、遗精诸症，杂沓而来，眼见是不可救药了。

可巧达赖喇嘛，自库伦至西宁，上表请入朝。他前时为英兵所逼，逃入库伦。经侍郎唐绍仪入藏，与英人改订《藏印条约》，藏境少宁。达赖感念清德，遂乘便赍表，愿觐天颜。西太后览表后，非常欢喜，立准入觐。独李莲英谏阻道，皇帝与活佛，不便同居一城，请老佛爷收回成命。西太后惊问道：“此说从何而来？”李莲英道：“京中向有此说，若皇帝、活佛同城，必有一人不利。”莲英此言，似乎顾着光绪帝，吾意以为未然。西太后冷笑道：“皇帝也病得长久了，多日不死，难道活佛一到，便死了不成？”只教自己长命延寿，管什么皇帝。莲英知难再阻，默然而退。西太后便命达赖入朝，沿途令地方官优礼接待。嗣闻达赖将到京师，又饬亲王大臣出城迎劳。各处供张，大约花费了数百万金。

京内人民因活佛到来，咸去瞻仰。至瞧见后，也并没有什么稀罕，不过一个秃头和尚，穿着一件黄袈裟，戴着一顶毗卢帽，手携锡杖，乘舆而至。

见橐驼言马肿背，中国人心大都如此。既入京，赐居雍和宫。达赖所携贡品，恰也不少，即转托亲王进呈，满望西太后待以殊礼。谁知西太后援着成例，仍要达赖行磕头礼。达赖不允。两下里争辩多日，后来商定达赖入朝，叩头如旧，惟太后及皇帝，起立相答，并赐旁坐。于是择日陛见。达赖上殿，勉强跪叩，光绪帝时已病剧，没奈何欠身离座，西太后恰和颜悦色，极表欢迎。即命达赖坐定旁边藤榻，便略略慰问数语，即要达赖替祝长生。老而不死，有何益处。达赖应命而出。旋蒙特旨，赐达赖为诚顺赞化西天大善自在佛。

且因西太后生日将到，令他虔诚唪经，暂留宫内。京内渐起谣言，统说活佛留京，不是活佛有碍，定是帝座遭灾。从前康熙朝班禅入觐，出痘身亡；雍正朝达赖来朝，世宗驾崩；到嘉庆朝上皇宾天，正值班禅到京的时候。大家援古证今，好似持之有故，言之成理。想是李莲英授意。明眼人本不甚相信，偏这谣言发生之后，恰有奇验，这也是自古到今，无可索解的事情。达赖在宫诵经，光绪帝的病势，正日重一日，到了十月初旬，西太后万寿期近，宫廷内外，盛行庆祝礼，连都城街市，也装饰一新。宫内设一特别戏场，演戏五天，王公以下，概赐听戏，达赖亦蒙召与座。

初十日黎明，文武百官，齐集薰风门外，恭候叩祝。光绪帝也倚着宫监两肩，一步一欹，一欹一呻，自南海彳亍而来。至德昌门，门已微启。侍班官窥望帝踪，遥见光绪帝连声喘息，并以两足起落作势，自舒筋骨，为拜跪计。可怜。迨太后御殿，光绪帝正思进去，忽由李总管传出懿旨，略谓皇帝病体未愈，免率百官行礼，并命乘舆返南海。帝奉旨不禁泪落，随即上舆自去。王大臣等相率进谒，达赖亦随班祝嘏。礼毕，赐达赖及诸王公宴。西太后很是高兴，到了下午，尚亲游南苑，泛舟湖中。此时德菱母女，早乞假出宫。带过一笔，结束前文。只后妃、福晋等人，随着太后，容与波中。太后异想天开，命宫监取了古装服饰，选着几个年轻命妇，扮作龙女，最小的扮作善男童子，自己扮观音大士，着李莲英扮韦驮，从湖中拍一小影，留作纪念。不啻泡影。

日暮归来，遥望残霞四散，斜日半昏，不觉嗟叹。顾着后妃人等道："今岁寿辰犹得同汝等一游，明年今日，不知如何情景哩？"瑾妃起立道："老佛爷晚福正隆，将来寿亨期颐，未可限量。婢子辈亦得叨庇无穷。"瑾妃不死，赖有辞令。西太后微笑道："人生七十古来稀，我年已七旬有三了。艰难险阻，我已备尝，但得安然坐逝，我亦瞑目了。"汲汲顾景，宜乎不永。言下黯然。

返宫之夕，即染痢疾。想是酒食过量所致。翌晨起来，稍觉精神困顿。但平素本是好胜，且自恃身体坚强，恰也不以为意，仍照常视事。过了两三天，痢疾如故。召医服药，并未见效。老年人最忌泻疾。本来鸦片亦可疗泻，偏西太后加倍服着，也是不灵。泻了一星期，丰容广额的老寿母，也变作瘦骨柴立的老病妇了。一日晚间，不知听了谁人的谗言，大加震怒。宫眷们不敢过问，只李莲英默探消息，从旁解劝。恩眷未衰，只他一人。西太后愤愤道："那不孝的儿子，闻我病痢，竟有喜色，这真是始终不变的逆肠。我虽病，当不致先他死，他休痴想。"莲英闻旨，料知是说着光绪帝，也觉默然。次日，西太后亦病倒了。光绪帝久不视朝，西太后亦难御殿，王大臣等未免忧心。达赖独呈上佛像一尊，奏称"可镇压不祥，应速送至太后万年吉地，以冀慈寿日增"云云。西太后很是欣慰。为这一喜，病都减了数分。

翌晨复出临朝，召见大臣如常。命庆王奕劻，速将佛像送往陵寝，敬谨安置。奕劻犹豫未决。西太后问他何故迟疑。奕劻直奏道："慈躬现值违和，皇上亦曾抱恙。如何是好？"西太后道："这几天内，我未必就会死。我现在已觉得好些了，无论怎样，你照我的话办理就是。"奕劻不便再言，才奉了佛像，即日往普陀峪，到西太后寿宫前去了。又越日，直隶提学使傅增湘，陛辞请训。西太后召见于瀛台，光绪帝亦抱病临座。傅提学入内叩首。西太后谕道："你去视学，切戒学子浮嚣。近来一般学生，好谈革命，风气大坏，你须极力劝导，挽救颓风才好。"傅提学遵旨退出。傅去后，复召医生四人，入诊帝病。彼此悉心参酌，拟定一方。不料饮将下去，病且加重。西太后也于是日夜间，泻了好几次。

越宿天明，王大臣等入朝，只见禁门里面添着兵卫，严查出入，伺察非常。大家不胜诧异。俄有数宫监出来，由王大臣等探问消息，据言出去净发。王大臣惊问道："宫中有什么事情？"宫监悄语道："两宫病甚。皇上更不得了。今日是罢朝哩。"王大臣等将信将疑，姑入朝房静候消息。未几果传旨辍朝。大众商议道："倘有意外变故，哪个敢担重任。看来不如电达庆王，请他速即返京，好决大计。"必需此老何为？议既定，立即拟定电码，饬人发电，大众始分道归去。候至次日，幸没有什么耗闻。至午牌时候，庆王奕劻已经赶到，王大臣等接着，便与他谈着宫中状况，不知吉凶究竟。庆王道："待我入宫，自有消息。"庆王进去约一小时，即由内监传着懿旨，宣召醇王载沣，暨军机大臣袁世凯、张之洞、鹿传霖、世续等入见。载沣以下，奉命至宁寿宫，见西太后已出御宝座，庆王奕劻在侧。大家跪请慈安。西太后朗声道："我看皇帝的病已大渐了。现时只好照皇帝即位的上谕，为同治皇帝立嗣。我意中已是有人了，但想跟你们商量，看你们是否同意？"庆王跪奏道："溥伦年龄最长，且系宣宗成皇帝长支传下，理应嗣立。"西太后只是摇头。庆王复奏道："其次莫如恭王溥伟。"老庆此奏恰是合理。西太后仍摇首不答。载沣亦下跪道："庆王爷的奏语，请老祖宗采择。"西太后道："你不记得你丈人荣禄的功劳么？庚子一役，亏他保护使馆，极力维持。我所以将他女儿与你指婚。今幸生了二子，长子溥仪，应入为嗣君，报你丈人一生的忠悃。"载沣碰头道："溥仪年仅四龄，不足胜任。恳老祖宗另择亲贤。"西太后沉着脸道："我意已定，不必另择。"专立幼主，岂尚欲永久临朝耶！复问军机大臣道："你等以为是否？"袁世凯等唯唯遵旨。西太后复谕载沣道："溥仪年幼，你可为监国摄政王。国初曾有摄政王仪制，不妨援行。"以摄政兴，以摄政亡，大造真巧于播弄。载沣不敢固辞，方碰头谢恩。西太后又顾庆王道："你去述与皇上知道。"庆王奉命去讫。西太后又令军机大臣拟旨，立溥仪为大阿哥，醇王载沣监国，当日颁发。并命载沣送溥仪，夤夜入宫。大家叩头告退。

时庆王已至瀛台，由老太监导入，趋近御榻前。只见光绪帝沉沉睡着，面目黯淡无光，呼吸之间，只觉出气多，进气少。寝侧也没有什么妃嫔，连皇后也不曾侍着。庆王瞧这情形，也不禁凄然垂泪。看官听着，光绪帝与皇后，本是不甚和协。戊戌后因居瀛台，皇后且承西太后谆嘱，居了监察位置，督责皇帝，两下里益觉参商。某日帝后争论起来，闹动光绪帝性子，揪着皇后发髻，竟要下手动蛮。亏得宫监们从旁排解，方才罢休。惟皇后的玉簪儿已堕地敲碎。便是分离之兆。此簪系乾隆朝遗物，光彩莹莹，实是稀世奇宝。无端敲断，皇后懊怅异常，竟奔至西太后前哭诉。西太后教她移居别室，免再淘气。自此帝后几同离异。就是光绪帝罹病，皇后也不甚顾着。况兼西太后同时抱恙，自然陪着太后要紧。庆王越看越悲，竟泣涕有声。不意光绪帝竟猛然惊醒，睁起双目，向庆王瞧着。庆王忙向前请安。光绪帝气喘吁吁道："难得你来看我。我病已不起了。"说了两语，喉中已是哽噎，扑簌簌地流下泪来。庆王勉强劝慰。光绪帝喘住了气，又道："年将四十，后嗣尚虚，意欲请太后另立嗣子，仰承宗祧。"庆王才述及立溥仪事。光绪帝道："时事多艰，何不择立长君？但太后有命，不可少违。"言下非常酸楚。庆王道："已命醇王载沣为摄政王。"光绪帝稍有喜色道："这且很好。惟他何不进来一谈？半生手足，恐要长别了。"惨语更不忍闻。庆王道："他正奉召至慈宁宫。想奏对后定当谒见皇上。"光绪帝道："你快去与他谈及，我命在旦夕，叫他进来，我有话说。"庆王方应声退出，转至慈宁宫。

正值载沣出来，遂把光绪帝所嘱，略述一遍。载沣忙趋至瀛台，途中遇着御医，即问帝状如何。御医言帝鼻煽动，胃中隆起，皆非佳象。载沣不待说毕，踉跄自去。既入帝寝室，药炉烟烬，御案尘封，侍奉左右，不过两三个老太监。睹此情形，忍不住心中凄楚。名为皇帝，不及庶民。迨揭帐，光绪帝正仰面卧着，形容已憔瘦不堪，鼻煽唇开，眼光也是散淡，只圆睁睁地望着。

见了载沣，便道："你来了么？你子已选为嗣皇，我死亦足瞑目。惟我即位三十余年，受尽苦楚，你亦应有些知晓。我也自觉命苦，无所怨恨。所恨戊戌政变，有一人口是心非，坏我大事。你当国后，须念及你兄被欺，为我雪恨，我在泉下，也感念你了。"载沣应了几个"是"字。光绪帝道："你知道那人么？"载沣复应声称"是"。光绪帝又道："嗣子溥仪曾已入宫否？"载沣道："应即去送入。"光绪帝道："现在是什么时候？"载沣道："差不多要日暮哩。"光绪帝道："太后病状亦不知怎么样？皇后、妃嫔也无暇顾我。总之为兄命薄，尚有何言？你年力正强，国家事赖你支持，所嘱托的言语，幸勿忘怀。你有事去吧！"

看官，你道光绪帝的嘱咐，为着何事？便是那年通报荣禄的袁世凯。他经西太后重用，擢任军机大臣。至两宫崩后，摄政王即令他开缺回籍，无非遵着遗嘱。不料日后的清室江山，又丧掉老袁手中。这恐是命数使然呢！袁之不能成功，被逼而死，想亦因冥中受谴耳？且说载沣既退出瀛台，又去奏报西太后，说是帝病甚剧。西太后即命去挈溥仪。自己带领后妃等人，至瀛台视帝一次，自觉身体欠安，匆匆退出，就在西苑暂住。后妃等亦随驾出来。此时载沣夫妇，也送溥仪至西苑，命向太后前行礼。溥仪依着他娘腋下，不肯上前，促他跪叩，反号啕大哭。与光绪帝入宫时另一叙法，但总是不祥之兆。嗣经西太后赐与果饵等物，才有些转悲为喜。载沣教他磕头，乃匍匐叩首。继复叩见后妃。皇后扶起溥仪，将他抱入怀中。正在抚弄，忽有宫监奔入报称：皇帝不好了。皇后急将溥仪放下，与瑾妃等趋至瀛台。一入寝宫，光绪帝已经宾天，目炯炯地挺着龙床上，不由得放声大哭。瑾妃亦哭了一场。嗣由李莲英进来，皇后令他返奏太后。太后闻皇帝驾崩，即召庆王奕劻等入内，恭拟遗诏。略称"朕躬气血素弱，自去秋不豫，医治罔效。阴阳俱亏，以致弥留，兹奉皇太后懿旨，以摄政王载沣子溥仪入承大统，为嗣皇帝"等语。拟定后，呈上慈览。西太后也不多言，随命颁发。独庆王奕劻跪奏道："嗣皇帝应继何人？"西太后道："这也何必絮问，自然是承继穆宗了。"奕劻复道："大行皇帝亦未有嗣子，例应由嗣皇帝兼祧。"西太后默然不答，面上带有怒容。奕劻又碰头道："今日士大夫中，难保不有第二个吴可读。若再上书渎奏，那时如何对付。"老庆此举，总算对得住光绪帝。西太后沉吟一回，方道："由你吧，你去照此拟旨便是。"奕劻乃复令军机拟旨，以嗣皇帝溥仪承继穆宗毅皇帝为嗣，兼承大行皇帝之祧。这道懿旨拟定，即有人报知皇后。皇后很是感念。因此溥仪嗣统后，老庆权势愈隆。这是后话。

单说西太后既颁了各谕，复命李莲英往瀛台，准备吉祥轿，载帝尸回宫，自己方入寝室休息。莲英到瀛台后，天色渐明。是日已是十月二十二日。把吉祥轿扛入御寝，载好帝尸，出西苑门。皇后披发送丧，瑾妃等亦随着李莲英领着太监，执香随后，凄凄切切地入西华门。直至乾清宫，日色迷蒙，差不多是巳牌了。王大臣等统去哭临。礼臣赶备殓具。正拟办理殓祭仪制，有西苑侍监仓皇奔至，口称："老佛爷晕去了。"比报光绪帝病危时，尤为迫切。皇后听着，魂飞天外，慌忙趋出，一面走，一面笼挽散发，皇后情形，亦与昨日不同。至西华门，才乘舆赴西苑。瑾妃等亦相率随去。王大臣都出投西苑，单剩了一个帝尸，委卧殿中。李莲英亦起身欲行，转语小太监道："大行皇帝不便长此摆着，应先殓了吧。"莲英去讫，小太监就此动手，草草地将帝尸殓好，纳入梓宫。大清旧例，皇帝即位数年，便营寿域，独光绪帝的吉壤，并未提起。后来急不暇择，便把西陵附近的绝龙峪，作为陵寝。绝龙名目不佳，拟改名九龙。又因清自世祖至光绪帝，历世凡九，几疑终数，又复改称金龙。其实国家兴亡，半由天命，半由人事，徒然改易名称，有何益处。扼要之言。话休叙烦。

且表西太后于二十二日卯刻，本已起床，早餐后，虽觉得头晕目眩，总还支撑得定，召见军机王大臣，谈论新帝登基的仪典，及庆祝尊号的礼制，并筹备监国授职礼。约商榷了两小时，才谕军机暂退，自返寝室休息。不料一阵昏晕，竟致仆地。慌得宫监搀扶不迭，忙向地上扛着慈体，移到床上，或捶摩，或呼叫，碌乱了好几刻，方见西太后苏醒转来。

随命宫监速召光绪皇后与摄政王载沣及军机王大臣等齐集。皇后踉跄先至，载沣等亦即趋到。西太后即语载沣道："所拟定的尊号已下谕否？"载沣奏称："尊太后为太皇太后，兼祧母后为皇太后，已有明谕颁发。"西太后道："我头晕得很，险些儿几致中风。现虽醒转，身子很是不宁。脱有不讳，一切国政，统应交你理值，或遇事体重大，可禀询皇后。你亦可去拟谕才是。"光绪皇后从旁插口道："老祖宗须自保重，千万不要……"说到"要"字，竟呜呜咽咽地哭起来了。西太后道："我与你前为姑侄，今为姑妇，也极望管你数年。可奈天下无不散的筵席，人间无不死的金丹。我欲生存，天偏不允你。不看见寝门左右，已有人唤我么？"语带鬼气，性命休了。说着，把首摇了数摇，又晕厥过去。皇后等连忙呼着，不闻答应。那时西太后的神魂，已出离驱壳，似乎随着一个古装侍女，趋出西苑。苑门以外，别有一天。约行了里许，即见有嫏嬛福地，仿佛是曾经到过。既而步入仙阙，由侍女入内通报，户辟帘开，有数仙姝出来相迓，各吐着清声道："国母来了，尘世间的趣味如何？"西太后望将过去，多是面善得很。便答道："好几年不见了，诸位想统安好？"有两个丽姝嗤然道："我辈是静处幽乡，不及你尘寰享福，什么西苑，什么南海，什么万牲园，什么颐和园，由你随处游览。醉生梦死的五六十年，你的威风也算使尽了，你的荣华也好享足了，我辈惭愧得多哩。"西太后道："哪里说来，我的安乐虽是不少，我的患难恰也很多。"丽姝复笑道："区区患难值得什么。你是应着大清的数，要你去干一下子，好教覆清兴汉。现在清室已将亡了，你的功恰也不小。"说至此，举起纤手，拍西太后胸前道："你难道还尘梦未醒么？"西太后猛叫一声，只听得众声嘈杂道："好了！好了！"恐怕未必。启目外视，方知此身尚在西苑，唾了一口痰，复回忆梦境，如在目前。以梦起，仍以梦结，首尾如率然相应。

自知病必不起，遂命军机大臣草拟遗诏。军机奉旨属稿，不一时拟定上呈。西太后尚亲自过目，并谕以某处应改，某处应加入一二语。嘱咐毕，不觉痰壅气喘，又闭目静养了一歇。众人还道她从此归天，不意她复展目四瞧。见奕劻、载沣在旁，便谕道："我临朝三次，实是出于不得已。以后勿再使妇人预政，有违祖制。尤不得令太监擅权，明末覆辙，可为殷鉴。"西太后至此才觉悔悟了。语罢复瞑，未几鼻息沉寂，面色转变，一代威灵煊赫的老太后，竟尔西归。大众照例哭临。皇后、摄政王尤觉悲切，宫监中只有李莲英格外凄惨。是晚小殓，也由西苑移入禁中。当即颁发西太后遗诏道：

予以薄德，祗承文宗显皇帝册命，备位宫闱。迨穆宗毅皇帝冲年嗣统，适当寇乱未平、讨伐方殷之际，时则发、捻交讧，回苗俶扰，海疆多故，民生凋敝，满目疮痍。予与孝贞显皇后同心抚视，夙夜忧劳，秉承文宗显皇帝遗谟，策励内外臣工，暨各路统兵大臣，指授机宜，勤求治理，任贤纳谏，救灾恤民，遂得仰承天庥，削平大难，转危为安。及穆宗毅皇帝即世，今大行皇帝入嗣大统。时事愈艰，民生愈困，内忧外患，纷至沓来，不得不再行训政。前年宣布预备立宪诏书，本年颁示预备立宪年限。万几待理，心力俱殚，幸予气体素强，尚可支持。不期本年夏秋以来，时有不适，政务殷繁，无从静摄，眠食失宜，迁延日久，精力渐惫，犹未敢一日暇逸。本月二十一日，复遭大行皇帝之丧，悲从中来，不能自克，以致病势增剧，遂致弥留。回念五十年来，忧患迭经，兢业之心，无时或释。今举行新政，渐有端倪。嗣皇帝方在冲龄，正资启迪，摄政王及内外诸臣，尚其协心翊赞，固我邦基。嗣皇帝以国事为重，尤宜勉节哀思，孜孜典学。他日光大前谟，有厚望焉。丧服二十七日而除。布告天下，咸使闻知。

越日，嗣皇帝溥仪即位，以明年为宣统元年。溥仪登极时，又是哭泣不休。王大臣称他孝思，都人士已识不祥。寻复上光绪帝庙号，叫作德宗；上太皇太后尊谥，叫作孝钦；光绪皇后的徽号，叫作隆裕皇太后。监国摄政王礼节，亦一一制定。一朝天子一朝臣，又另是一番气象了。在下单述西太后事，便好就此收场。只宣统即位以后，仅仅三年，武昌革命，全国响应，好一座锦绣江山，完全退让。后人还记念西太后，说她老人家如尚在世，定不至这么迅速。哪里晓得祸因恶果，已自西太后造成，叶赫亡清的谶语，偏偏应着。这个道理，煞是难解。据心理学讲来，乃是暗示的作用，小子也不敢妄断，只好凑成两首歪诗，作为西太后演义的尾声。诗曰：

碑文未必尽荒唐，母后亡时清亦亡。
六十年来成一瞥，空凭遗感话沧桑。
已覆前车戒后车，妇人预政祸非虚。
写残秃笔留殷鉴，敢附稗官作郢书。

两宫之崩，仅隔一日，世人多疑词。著书人就事论事，未尝以无稽之言，羼入简端。名曰小说，实同信史。是回前半叙帝崩事，多惨痛语，后半叙太后崩事，多讥讽语，借宾定主，彻始贯终。至若梦景迷离一段，并非无端附会，实是回顾首编，揭明作书之宗旨。西太后如是，非西太后，亦何在不作如是观也！富贵如浮云，繁华等泡影，我敢援笔以纪其后曰，是可作历史小说、政治小说、社会小说及醒世小说读。